高职高专"十二五"规划教材

★ 农林牧渔系列

饲料分析与质量检测技术

SILIAO FENXI
YU ZHILIANG JIANCE JISHU

曾饶琼　王中华　主编

化学工业出版社

·北京·

内 容 提 要

本书依据饲料生产管理、生产作业一线的需要，在介绍饲料样品知识的基础上，重点阐述了饲料物理性状的测定，常规成分分析，热能、氨基酸、矿物元素、维生素和有毒有害物质、添加药物及违禁药物测定的基本知识和技能，并结合饲料厂生产过程，将配合饲料加工过程的质量监控知识单独作为一章详细讲授。书中融入了饲料分析与检测的新技术、新方法。书后附有饲料分析检测所需的试剂成分表、培养基配置表及饲料卫生标准等内容。本书实践性强，信息量大，较好地满足了高职高专教育和饲料生产岗位的实际需要。

本书可作为高职高专畜牧兽医类专业学生的教材，也可作为畜牧生产及饲料生产一线技术人员或从事相关工作的技术和管理人员的参考书和工具书。

图书在版编目（CIP）数据

饲料分析与质量检测技术/曾饶琼，王中华主编.

北京：化学工业出版社，2010.11

高职高专"十二五"规划教材★农林牧渔系列

ISBN 978-7-122-08617-4

Ⅰ. 饲…　Ⅱ. ①曾…②王…　Ⅲ. ①饲料分析-高等学校：技术学院-教材②饲料-检测-高等学校：技术学院-教材　Ⅳ. S816.17

中国版本图书馆 CIP 数据核字（2010）第 204406 号

责任编辑：梁静丽　李植峰　　　　　　　　装帧设计：史利平
责任校对：战河红

出版发行：化学工业出版社（北京市东城区青年湖南街 13 号　邮政编码 100011）
印　　装：三河市延风印装厂
787mm×1092mm　1/16　印张 13　字数 327 千字　2011 年 2 月北京第 1 版第 1 次印刷

购书咨询：010-64518888(传真：010-64519686)　售后服务：010-64518899
网　　址：http://www.cip.com.cn

凡购买本书，如有缺损质量问题，本社销售中心负责调换。

定　价：25.00 元　　　　　　　　　　　　　　　　版权所有　违者必究

高职高专规划教材★农林牧渔系列
建设委员会成员名单

高职高专规划教材★农林牧渔系列
编审委员会成员名单

高职高专规划教材★农林牧渔系列
建设单位
（按汉语拼音排列）

安阳工学院
保定职业技术学院
北京城市学院
北京林业大学
北京农业职业学院
长治学院
长治职业技术学院
常德职业技术学院
成都农业科技职业学院
成都市农林科学院园艺研
　究所
重庆三峡职业学院
重庆文理学院
德州职业技术学院
福建农业职业技术学院
抚顺师范高等专科学校
甘肃农业职业技术学院
广东科贸职业学院
广东农工商职业技术学院
广西百色市水产畜牧兽医局
广西大学
广西职业技术学院
广州城市职业学院
海南大学应用科技学院
海南师范大学
海南职业技术学院
杭州万向职业技术学院
河北北方学院
河北工程大学
河北交通职业技术学院
河北科技师范学院
河北省现代农业高等职业技
　术学院
河南科技大学林业职业学院
河南农业大学
河南农业职业学院
河西学院

黑龙江农业工程职业学院
黑龙江农业经济职业学院
黑龙江农业职业技术学院
黑龙江生物科技职业学院
黑龙江畜牧兽医职业学院
呼和浩特职业学院
湖北生物科技职业学院
湖南怀化职业技术学院
湖南环境生物职业技术学院
湖南生物机电职业技术学院
吉林农业科技学院
集宁师范高等专科学校
济宁市高新技术开发区农业局
济宁市教育局
济宁职业技术学院
嘉兴职业技术学院
江苏联合职业技术学院
江苏农林职业技术学院
江苏畜牧兽医职业技术学院
金华职业技术学院
晋中职业技术学院
荆楚理工学院
荆州职业技术学院
景德镇高等专科学校
昆明市农业学校
丽水学院
丽水职业技术学院
辽东学院
辽宁科技学院
辽宁农业职业技术学院
辽宁医学院高等职业技术学院
辽宁职业学院
聊城大学
聊城职业技术学院
眉山职业技术学院
南充职业技术学院
盘锦职业技术学院

濮阳职业技术学院
青岛农业大学
青海畜牧兽医职业技术学院
曲靖职业技术学院
日照职业技术学院
三门峡职业技术学院
山东科技职业学院
山东省贸易职工大学
山东省农业管理干部学院
山西林业职业技术学院
商洛学院
商丘职业技术学院
深圳职业技术学院
沈阳农业大学
沈阳农业大学高等职业技术
　学院
苏州农业职业技术学院
乌兰察布职业学院
温州科技职业学院
厦门海洋职业技术学院
咸宁学院
咸宁职业技术学院
信阳农业高等专科学校
杨凌职业技术学院
宜宾职业技术学院
永州职业技术学院
玉溪农业职业技术学院
岳阳职业技术学院
云南农业职业技术学院
云南省曲靖农业学校
云南省思茅农业学校
张家口教育学院
漳州职业技术学院
郑州牧业工程高等专科学校
郑州师范高等专科学校
中国农业大学烟台研究院

《饲料分析与质量检测技术》编审人员名单

主　　编　曾饶琼　王中华

副 主 编　李进杰　周国彬　刘庆华

参　　者　（按姓名汉语拼音排列）

褚海义　河北北方学院

葛丽红　云南省玉溪农业职业技术学院

何　文　四川省南充职业技术学院

李进杰　河南省农业职业学院

刘　佳　信阳农业高等专科学校

刘庆华　郑州牧业工程高等专科学校

刘素杰　辽宁农业职业技术学院

刘泽敏　四川省宜宾职业技术学院

聂芙蓉　郑州牧业工程高等专科学校

孙　蕾　辽宁医学院动物科技学院

王　强　四川省宜宾市农业科学院

王中华　河南省商丘职业技术学院

杨加琼　四川省眉山职业技术学院

易宗容　四川省宜宾职业技术学院

曾饶琼　四川省宜宾职业技术学院

周国彬　四川省宜宾市农业科学院

朱德艳　湖北省荆楚理工学院

主　　审　方希修　江苏畜牧兽医职业技术学院

序

当今，我国高等职业教育作为高等教育的一个类型，已经进入到以加强内涵建设，全面提高人才培养质量为主旋律的发展新阶段。各高职高专院校针对区域经济社会的发展与行业进步，积极开展新一轮的教育教学改革。以服务为宗旨，以就业为导向，在人才培养质量工程建设的各个侧面加大投入，不断改革、创新和实践。尤其是在课程体系与教学内容改革上，许多学校都非常关注利用校内、校外两种资源，积极推动校企合作与工学结合，如邀请行业企业参与制定培养方案，按职业要求设置课程体系；校企合作共同开发课程；根据工作过程设计课程内容和改革教学方式；教学过程突出实践性，加大生产性实训比例等，这些工作主动适应了新形势下高素质技能型人才培养的需要，是落实科学发展观，努力办人民满意的高等职业教育的主要举措。教材建设是课程建设的重要内容，也是教学改革的重要物化成果。教育部《关于全面提高高等职业教育教学质量的若干意见》（教高〔2006〕16号）指出"课程建设与改革是提高教学质量的核心，也是教学改革的重点和难点"，明确要求要"加强教材建设，重点建设好3000种左右国家规划教材，与行业企业共同开发紧密结合生产实际的实训教材，并确保优质教材进课堂。"目前，在农林牧渔类高职院校中，教材建设还存在一些问题，如行业变革较大与课程内容老化的矛盾、能力本位教育与学科型教材供应的矛盾、教学改革加快推进与教材建设严重滞后的矛盾、教材需求多样化与教材供应形式单一的矛盾等。随着经济发展、科技进步和行业对人才培养要求的不断提高，组织编写一批真正遵循职业教育规律和行业生产经营规律、适应职业岗位群的职业能力要求和高素质技能型人才培养的要求、具有创新性和普适性的教材将具有十分重要的意义。

化学工业出版社为中央级综合科技出版社，是国家规划教材的重要出版基地，为我国高等教育的发展做出了积极贡献，曾被新闻出版总署领导评价为"导向正确、管理规范、特色鲜明、效益良好的模范出版社"，2008年荣获首届中国出版政府奖——先进出版单位奖。近年来，化学工业出版社密切关注我国农林牧渔类职业教育的改革和发展，积极开拓教材的出版工作，2007年年底，在原"教育部高等学校高职高专农林牧渔类专业教学指导委员会"有关专家的指导下，化学工业出版社邀请了全国100余所开设农林牧渔类专业的高职高专院校的骨干教师，共同研讨高等职业教育新阶段教学改革中相关专业教材的建设工作，并邀请相关行业企业作为教材建设单位参与建设，共同开发教材。为做好系列教材的组织建设与指导服务工作，化学工业出版社聘请有关专家组建了"高职高专规划教材★农林牧渔系列建设委员会"和"高职高专规划教材★农林牧渔系列编审委员会"，拟在"十一五"、"十二五"期间组织相关院校的一线教师和相关企业的技术人员，在深入调研、整体规划的基础上，编写出版一套适应农林牧渔类相关专业教育的基础课、专业课及相关外延课程教材。专业涉及种植、园林园艺、畜牧、兽医、水产、宠物等。

该套教材的建设贯彻了以职业岗位能力培养为中心，以素质教育、创新教育为基础的教育理念，理论知识"必需"、"够用"和"管用"，以常规技术为基础，关键技术为重点，先进技术为导向。此套教材汇集众多农林牧渔类高职高专院校教师的教学经验和教改成果，又得到了相关行业企业专家的指导和积极参与，相信它的出版不仅能较好地满足高职高专农林牧渔类专业的教学需求，而且对促进高职高专专业建设、课程建设与改革、提高教学质量也将起到积极的推动作用。希望有关教师和行业企业技术人员，积极关注并参与教材建设。毕竟，为高职高专农林牧渔类专业教育教学服务，共同开发、建设出一套优质教材是我们共同的责任和义务。

介晓磊

2008 年 10 月

　　我国饲料工业经过 30 多年的快速发展已取得了巨大的进步，近年来饲料年产量已达千万吨，技术也得到了极大的提高，饲料生产已位居世界前列，为我国农业产业结构调整、畜牧业的持续发展起到了重要作用，饲料产业已成为国民经济中的一个重要组成部分。

　　随着生活水平的逐渐提高，人们对食品的需求已从数量的保障转为质量的提高，因此畜牧业对饲料的要求更加注重营养、安全。进入 21 世纪以来，国内外发生的食物中毒事件中有不少是由于饲料的原因而引起的，饲料安全越来越得到了人们的重视，"饲料安全即食品安全"已成共识，饲料的分析和检测是保证饲料安全的重要手段，是畜牧兽医专业的主要课程之一。

　　本书编者来自全国各地的高等院校、科研所和生产企业，在总结了畜牧教学、科研和饲料生产第一线的经验与成果，以培养应用型高级技术人才为目标，经过共同的努力编写而成。本书的特点是紧扣高职高专教育培养"实用型高级技术专门人才"的目标，以能力培养为本位，注重提高学生的职业素质和实践能力；密切联系饲料生产实际，注意与国家制定的饲料检验化验员职业资格标准相适应，突出实用性、适用性和实效性；注重选取饲料分析与检测方法的最新国家标准，以适应饲料分析与检测技术的更新与发展需要；内容上对重点章节设置了"操作关键提示"，增强了本书的实用性、针对性和适用性。

　　本书在编写过程中，参考了同行专家的相关文献资料及图表，并得到了四川农业大学动物营养分析专家贾刚教授的悉心指导，以及四川省宜宾市五粮液集团饲料公司营养分析师凌受军对书稿内容、文字、数据的修改建议，在此我们一并表示诚挚的谢意！

　　由于编者水平有限，更有饲料分析检测技术及手段的不断发展，书中难免有不足之处，诚请广大读者提出宝贵的意见和建议，以便再版时修订。

编　者

2010 年 11 月

第一章 绪 论

[知识目标]

    1. 了解饲料分析与质量检测的意义。

    2. 了解饲料工业标准化的分类、等级。

[技能目标]

    1. 能正确进行饲料分析与检测的操作。

    2. 能正确使用在饲料分析与检测中常用的仪器设备。

第一节 饲料分析与质量检测的意义

一、简介

    饲料是动物的食物，是维持动物生长和健康的物质基础，影响着动物产品的质量与人类的健康。饲料分析与质量检测就是利用物理学、化学或生物手段对饲料原料或饲料产品的生产、加工、贮存、运输、销售及其使用过程进行卫生监督和分析检验，以保证动物的安全；防止动物疫病的传播和保障动物性食品安全的综合性应用学科。

    我国的饲料工业起步于20世纪70年代中后期，1978年全国配合饲料、混合饲料产量仅为几十万吨，不及欧洲共和体一个小国家。改革开放以后，党和政府非常重视我国饲料工业的发展，1984年，国务院批准了国家计委《1984～2000年全国饲料工业发展纲要（试行草案）》，将饲料工业正式纳入国民经济发展计划；1985年，国家经济委员会饲料工业办公室成立；1989年国务院在《关于当前产业政策要点的决定》中，把饲料工业列为重点支持和优先发展的产业。在短短的十几年时间里，我国饲料工业从无到有，从小到大，走完了国外几十年走完的路，已初步建成了完整的饲料工业体系，2008年我国的饲料总产量已达1.31亿吨以上。1992年起，我国已成为列美国之后的世界第二大饲料生产国。饲料工业在整个国民经济结构调整中，对增加农业总产值中养殖业的比重，活跃并推动农业和农村经济的发展，发挥了越来越重要的作用，成为国民经济中的一个重要支柱产业。当前我国饲料工业中主要存在的两大问题是饲料资源匮乏和饲料安全性问题，特别是饲料安全问题不容忽视。

    饲料产品的安全不仅关系到饲喂动物的安全和健康，更间接影响人的卫生安全。1991年我国已经发布了部分饲料卫生标准，对常见的16种有毒有害物质在饲料中的允许量作了规定。农业部在1989年公布的20种畜禽饲料中允许使用的药物添加剂及其使用方法的基础上，1998年又调整为30种。这些标准和规定对保证畜禽饲料的卫生安全起了重要作用，但是饲料卫生标准还很不完善，远不能满足对饲料安全管理的需要。有些有毒有害物质在饲料中的允许含量还没有制定标准，即使已制定的卫生标准也仅限于畜禽饲料，对水产饲料没有涉及，水产饲料的卫生标准至今还是空白。调查显示，部分企业为了商业目的，在饲料产品中长期使用一些国家明令禁止的药物或化学药品，导致药物和化学药品残留增加；更有甚者，在水产饲料中添加国家在20世纪80年代就已经禁用的敌百虫；有些人为了牟取暴利，在饲料中添加绒毛膜促性腺激素、甲基睾丸酮、雌二醇等激素类药物，导致动物产品安全问题时有发生。例如，1998 年 5 月香港发生食用大陆供港活猪引起的 β-兴奋剂中毒事件，就是某些饲料企业片面追求瘦肉率，在饲料中添加了激素类添加剂造成的严重后果。英国疯牛病传播的重要途径之一，是在饲料中使用了动物加工副产品制成的肉骨粉；比利时发生的"二噁英"事件是由于在饲料中使用了受污染的工业用油引发的。另外还有一些企业饲料原料配置不合理，重金属和有毒有害物质残留严重。由于药物等残留和卫生指标超标，造成我国畜禽及其产品出口困难，更增加了人们对动物性食品卫生质量的怀疑，消费受到抑制，导致肉、蛋、鱼产品库存增加，销售不旺。活畜禽及其产品内、外销不旺，给养殖场（户）、饲料企业和国家带来巨大经济损失。

影响饲料质量的主要因素有：原料的质量、饲料配方、饲料添加剂是否科学使用；饲料加工工艺设计、设备选型是否符合产品生产要求；管理人员、技术人员和操作人员的素质；贮存条件能否满足饲料原料、产品质量稳定不变的要求。在饲料生产过程中，不管控制何种影响因素，都必须通过饲料分析与检测这一基本手段来评定饲料的质量。我国 2001 年 12 月 29 日公布实施的《饲料和饲料添加剂管理条例》中第九条明确规定：设立饲料、饲料添加剂生产企业，把有必要的产品质量检验机构、检验人员和检验设施作为必备条件之一。从 2001 年 3 月 1 日起，我国对从事饲料的原料、中间产品及最终产品检验、化验分析的人员实行就业准入制度。从业人员就业前必须经过职业培训和职业技能鉴定，取得饲料检验化验员资格证书方能受聘上岗。在此基础上，农业部组织实施了饲料安全工程项目，完善了饲料检测体系，加强了监管手段。通过饲料质量检测体系的建设，有力地促进了我国饲料质量安全水平的提高，为饲料工业的健康发展创造了良好的发展环境。

二、饲料工业的标准化

饲料工业标准化主要包括原料标准、产品标准、饲料卫生标准、检测方法标准、通用技术要求标准和管理标准等几个方面。

1. 标准等级

我国饲料工业标准分为四级，即国家标准、行业标准、地方标准和企业标准。

（1）国家标准　是由国务院标准化行政主管部门制定，要在全国范围内统一的技术要求。如 GB 10648—1999《饲料标签》标准和 GB 13078—2001《饲料卫生标准》等。

（2）行业标准　是由国务院有关行政主管部门制定，并报国务院标准化行政主管部门备案，是在没有国家标准的情况下，需要在某个行业范围内统一的技术要求。如国家医药管理局颁发的 YY 0037—91《饲料添加剂维生素预混料通则》等。当公布了国家标准时，相应的行业标准即行废止。

（3）地方标准　是在没有国家标准和行业标准的情况下，需要在省、自治区和直辖市范围内统一的工业产品安全、卫生要求，并报国务院标准化行政主管部门和国务院有关行政主管部门备案。地方标准在本地区是强制性标准。

（4）企业标准　是企业依据已有国家标准或行业标准，制定的严于国家标准或行业标准，或在没有国家标准或行业标准的情况下，企业制定的标准，主要包括产品标准和检测方法标准，仅适用于企业内部。

2. 标准性质

国家标准或行业标准按照其性质又可分为强制性标准、推荐性标准和指导性技术文件。

（1）强制性标准　保障人体健康，人身、财产安全的标准和法律、行政法规规定强制执行的标准为强制性标准，如《饲料标签》（GB 10648—1999）和《饲料卫生标准》（GB

13078—2001），这些标准一般为国家标准。国家强制性标准代号为 GB。

（2）推荐性标准 一般为行业标准和非强制性国家标准，如《饲料用玉米》（GB 17890—1999）、《饲料粉碎粒度测定 两层筛筛分法》（GB/T 5917.1—2008）等。推荐性标准为指导性技术文件，是行业为满足规范生产，对产品生产技术和技术管理中的过程、程序、方法和参数等内容规定统一要求的一类标准。推荐性标准和指导性文件代号分别为 GB/T 和 GB/Z。我国现行的饲料产品标准大部分是推荐性标准。

（3）指导性技术文件 是由国务院标准化行政主管部门编制计划，组织草拟，统一审批、编号、发布，它是为仍处于技术发展过程中（如变化快的技术领域）的标准化工作提供指南或信息，供科研、设计、生产、使用和管理等有关人员参考使用而制定的标准文件，如《出口鳗鱼制品质量安全控制规范》（GB/Z 21700—2008）、《出口蔬菜质量安全控制规范》（GB/Z 21724—2008）等。

3. 标准的执行

强制性标准，企业必须按标准严格执行，对于不符合强制性标准的产品，是严格禁止进入市场的。地方性标准和行业标准在一定地区和相应行业中也是企业必须严格执行的，企业生产的产品，必须按标准严格组织生产，按标准严格进行检验，并且经检验合格的产品，由质量检验部门签发合格证书后方可出厂销售。

三、构建饲料质量安全体系，提高饲料质量安全水平

建设以国家级饲料质量监测中心为龙头，部省级饲料监测中心为骨干的饲料监测体系。建立国家饲料安全工程技术研究中心和饲料安全评价中心，改善饲料监测机构的基础设施条件，逐步把饲料监测机构建设成产品质量检测评价中心、技术咨询服务中心和专业人才培训中心，提高饲料监测体系的整体水平。建立饲料安全预警体系，通过对各种因素的综合研究与分析，对饲料安全性进行预警预报，为政府和企业提供防范预案和防范措施，为政府进行战略性决策及政策调整提供决策依据。

认真实施和不断完善生产许可证制度，逐步实施对饲料与饲料添加剂生产、经营和使用实行全程监控，积极推行危害分析关键控制点（HACCP）管理体系和饲料产品认证在饲料企业的应用，尽快使我国饲料行业质量管理与国际接轨，确保饲料质量安全和卫生。

不断完善饲料管理法规，修改完善并颁布实施《饲料生产企业审查办法》等法规。配合立法机关积极推进《饲料法》的起草，进一步完善饲料安全监管制度。建立健全饲料安全标准体系，包括饲料和饲料添加剂质量安全标准、动物性饲料检测方法标准、禁止在饲料和动物饮用水中使用的药物检测方法标准、各类违禁药品和限量使用的各种抗生素的速测方法标准等。

加强饲料安全监管，实行生产、经营和使用全方位质量安全检测，强化源头管理和生产监控。加大饲料和畜产品中瘦肉精等违禁药品专项整治工作力度，对危及饲料安全的各类生产、经营企业和产品予以曝光。稳定饲料执法队伍，提高执法人员素质，更新执法手段，提高执法水平，加大对假冒伪劣饲料的打击力度。加强饲料安全的舆论宣传，大力宣传和普及科学饲料配方和健康养殖技术，提高饲料从业人员的能力和信心，为饲料工业的健康发展创造良好的环境。

第二节 饲料质量检测的方法

饲料质量检测的常用方法主要有五种：感官鉴定法，化学分析法，显微镜法，点滴试验与快速试验法，近红外光谱分析技术。

一、感官鉴定

感官鉴定是借助人感觉器官的功能，如视觉、味觉、嗅觉和触觉等来检查饲料的色泽、滋味、气味、质地、形状和组织结构等从而对饲料进行检验的方法。感官检验方法简单、快速，不需要特殊器材，容易实施，但带有一定的人为性和主观性，主要适用于饲料的现场检验。

二、化学分析

化学分析是应用化学试剂对饲料进行分析、检验和鉴别的方法，包括定性分析和定量分析两种，是饲料分析与质量检测中最常用的方法。

定性分析是应用化学试剂对饲料进行分析、检验和鉴别的方法，是根据被测物质和某试剂由于发生化学反应而出现的沉淀、颜色变化等现象判断饲料优劣的分析方法。这种方法简单、快速、灵敏，易于操作，是饲料常规分析中最常用的方法。如间苯三酚与木质素反应呈红色，据此可检测出饲料中是否混有锯末、花生皮粉末、稻壳粉末等。

定量分析是对饲料中某种成分的含量进行准确的测定，如饲料中水分、粗蛋白质、粗纤维等含量的测定。这种方法可测得具体含量，灵敏度高，但定量分析仅能提供某种成分的含量，如用凯氏定氮法测定饲料中的蛋白质，以粗蛋白质（$N \times 6.25$）表示所得结果不能揭示氮的真实来源，因此在应用定量分析时，可结合其它检验方法做出综合判断。

化学分析常规的操作主要包括以下几个方面。

1. 称量

称量是指将物体和砝码在天平上进行比较以求得物体的质量的过程，也叫称衡，是分析化学实验的重要操作步骤。要取得准确的称量结果，操作者必须遵守天平使用规则，化学药品和试样的称量都要在专用的容器中进行。称量方法主要有两种。

（1）增量法　先将容器（如称量皿、称量纸等）的质量称出，然后调整砝码至所需质量，再将被称物体加入容器中，调整天平使处于平衡状态即称得其质量。

（2）减量法　被称物体置于专用称量瓶中，先称出总质量，然后取出称量瓶，按规定操作倾倒出适量被称物后再做称量，通过几次倾倒，最后称得一份符合预定要求质量的样品。被称物的准确质量由最初一次质量减去最后一次质量求得。这一方法适用于称量不能暴露于空气中的物体（如易吸潮的物体和挥发性液体等），定量分析中的试样和基准物质大都用此法称量。采用此法，可以连续称出多个样品，操作简便。

2. 干燥

在化学工业中，常指借热能使物料中水分（或溶剂）气化，并由惰性气体带走所生成的蒸气的过程。例如干燥固体时，水分（或溶剂）从固体内部扩散到表面再从固体表面气化。干燥可分自然干燥和人工干燥两种。自然干燥是指通过自然蒸发达到干燥的方法；人工干燥是指通过人工方法使物料中的水分（或溶剂）蒸发的方法，又分为真空干燥、冷冻干燥、气流干燥、微波干燥、红外线干燥和高频率干燥等方法。

3. 消煮

消煮是对样品的消化处理，是测定样品粗蛋白质和粗纤维的重要步骤，通常使用消煮炉或电炉，一般要在通风柜中进行。

4. 蒸馏

将液体加热至沸腾，使液体变为蒸气，然后使蒸气冷却再凝结为液体，这两个过程的联合操作称为蒸馏。蒸馏可将易挥发和不易挥发的物质分离开来，也可将沸点不同的液体混合物分离开来。但液体混合物各组分的沸点必须相差很大（至少30℃以上）才能得到较好的分离效果。

5. 浸提

浸提是指将样品中的可溶物转移到适宜溶剂中的过程。常用的浸提方法有以下几种。

（1）煎煮法　是指用水做溶剂，加热煮沸浸提药材成分的一种方法。

（2）渗漉法　渗漉法是将适度粉碎的药材置渗漉筒中，由上部不断添加溶剂，溶剂渗过药材层向下流动过程中浸出药材成分的方法。渗漉属于动态浸出方法，溶剂利用率高，有效成分浸出完全，可直接收集浸出液。适用于贵重药材、毒性药材及高浓度制剂，也可用于有效成分含量较低的药材提取。但对新鲜的及易膨胀的药材、无组织结构的药材不宜选用。该法常用不同浓度的乙醇或白酒做溶剂，故应防止溶剂的挥发损失。渗漉法有单渗漉法和重渗漉法两种。

（3）水蒸气蒸馏法　水蒸气蒸馏法有两种，一种是将水蒸气发生器产生的水蒸气通入盛有被蒸物的烧瓶中，使被蒸物与水一起蒸出；另一种是将水加入到装有被蒸物的烧瓶中，与普通蒸馏方法相同，直接加热烧瓶，进行蒸馏，这是一种简化了的水蒸气蒸馏方法，当蒸馏时间较短，不需耗用大量水蒸气时，可采用这种方法。

（4）回流提取法　回流法是用易挥发的有机溶剂加热提取样品成分的方法，采用回流提取法可减少溶剂消耗，提高浸出效率。适宜受热稳定的成分的提取，溶剂消耗量较大，操作亦烦琐。受热易破坏的成分不宜用此法。

（5）浸渍法　浸渍法是将样品溶解于溶剂中，以使其有效成分浸出，选取溶剂时依照相似相溶原理。这种方法浸出率较低，如果用水溶解，提取液还会发霉变质，因此应注意加入适当的防腐剂。

（6）超临界流体提取法　超临界萃取所用的萃取剂为超临界流体，它是介于气液之间的一种既非气态又非液态的物态，这种物质只能在其温度和压力超过临界点时才能存在，如二氧化碳、水等都具有超临界流体的性质。超临界流体的密度一般较大，与液体相仿，而它的黏度又较接近于气体，因此超临界流体是一种十分理想的萃取剂。

（7）超声波提取法　在容器中加入提取溶媒（水、乙醇或其它有机溶剂等），将样品根据需要粉碎或切成颗粒状，放入提取溶媒中；容器的外壁粘接换能器振子或将振子密封于不锈钢盒中投入容器中；开启超声波发生器，振子向提取溶媒中发出超声波，超声波在提取溶媒中产生的"空化效应"和机械作用，一方面可有效地破碎样品的细胞壁，使有效成分呈游离状态并溶入提取溶媒中，另一方面可加速提取溶媒的分子运动，使得提取溶媒和样品中的有效成分快速接触，相互溶合、混合，达到提取某种成分的目的。

6. 灰化

灰化指使固体废物燃烧而转变为二氧化碳、水和灰的过程。此法是利用高温使样品中有机物氧化分解，燃尽除去，待测的无机元素留在于灰中，然后再用稀酸（如盐酸，硝酸等）加热溶解。灰化法目前有高温灰化和低温灰化两种。高温灰化是在可控温的马弗炉中进行，低温灰化是在低温等离子体发生装置中进行。

常用的高温灰化是根据待测元素的特性，一般取一定量的干燥样品于瓷坩埚中，放在马弗炉里，在 $500\sim600\,^{\circ}\!C$ 灰化 $2\sim4h$，灼烧除去有机成分。该方法的优点是，设备简单，取样量较大，溶剂用量不多，而且可批量操作。

7. 燃烧

燃烧是一个化学变化，一般指在高温时，某些物质与空气中的氧气剧烈化合而发光发热的过程。而广义的燃烧定义是指任何发光发热的剧烈的化学反应，不一定要有氧气参加，比如金属镁（Mg）和二氧化碳（CO_2）反应生成氧化镁（MgO）和碳（C），该反应没有氧气参加，但是剧烈的发光发热的化学反应，同样属于燃烧范畴。燃烧的种类有以下几种。

（1）闪燃 闪燃是指易燃或可燃液体挥发出来的蒸气与空气混合后，遇火源发生一闪即灭的燃烧现象。发生闪燃现象的最低温度点称为闪点。在消防管理分类上，把闪点小于28℃的液体划为甲类液体，也叫易燃液体；闪点大于28℃小于60℃的称为乙类液体；闪点大于60℃的称为丙类液体，乙、丙两类液体又统称可燃液体。

（2）着火 着火指可燃物质在空气中受到外界火源直接作用，开始起火并持续燃烧的现象。这个物质开始起火并持续燃烧的最低温度点称为燃点。

（3）自燃 自燃指可燃物质在空气中没有外来明火源的作用，靠热量的积聚达到一定的温度时而发生的燃烧现象。

（4）爆炸 爆炸指物质在瞬间急剧发生氧化或分解反应产生大量的热和气体，并以巨大压力急剧向四周扩散和冲击而发生巨大响声的现象。可燃气体、蒸气或粉末与空气组成的混合物遇火源能发生爆炸的浓度称爆炸极限，其最低浓度称为爆炸下限，最高浓度称为爆炸上限。低于下限的遇明火既不爆炸也不燃烧，高于上限的，虽不爆炸，但可燃烧。

8. 洗涤

从广义上讲，洗涤是从被洗涤对象中除去不需要的成分并达到某种目的的过程，通常意义上讲，是指从载体表面去污除垢的过程。在洗涤时，通过一些化学物质（如洗涤剂等）的作用以减弱或消除污垢与载体之间的相互作用，使污垢与载体的结合转变为污垢与洗涤剂的结合，最终使污垢与载体脱离。因被洗涤的对象要清除的污垢是多种多样的，因此洗涤是一个十分复杂的过程，同时洗涤过程还是一个可逆过程，分散、悬浮于介质的污垢也有可能从介质中重新沉积到被洗物上。因此，一种优良的洗涤剂除了具有使污垢脱离载体的能力外，还应有较好的分散和悬浮污垢、防止污垢再沉积的能力。

9. 滴定

滴定是一种化学实验操作，也是一种定量分析的手段，它通过两种溶液的定量反应来确定某种溶质的含量。

滴定过程需要一个定量进行的反应，此反应必须能完全进行，且速率要快，也就是平衡常数、速率常数都要较大。而且反应还不能有干扰测量的副产物，副反应更是不容许的。在两种溶液的滴定中，未知浓度的溶液盛于滴定管中，已知浓度的溶液盛于下方的三角瓶里。通常把已知浓度的溶液叫做标准溶液，它的浓度是由不易变质的固体基准试剂滴定而测得的。反应停止时，读出消耗滴定管中溶液的体积，即可用公式算出被滴定溶液的浓度。

根据反应类型的不同，滴定分为以下几种。

① 酸碱中和滴定（利用中和反应）。

② 氧化还原滴定（利用氧化还原反应）。

③ 沉淀滴定（利用生成沉淀的反应）。

④ 络合滴定（利用络合反应）。

滴定反应需要灵敏的指示剂来指示反应的完成。指示剂在反应完成时，会迅速变成另一种颜色，这样实验者就可以根据指示剂的变色来确定反应的终止。指示剂一般有两种形态，两种形态呈现不同的颜色，指示剂在变色范围内呈现过渡色。有的指示剂有三种不同颜色的形态。由于在变色范围时会发生"突跃"现象，颜色会变得很迅速，只要1滴溶液就可以让指示剂完全变色，因此选择指示剂时，只需让反应完成时的pH值落在突跃范围内即可，不必苛求准确。

10. 比色

比色分析是基于溶液对光的选择性吸收而建立起来的一种分析方法，又称吸光光度法。

其原理是有色物质溶液的颜色与其浓度有关，溶液的浓度越大，颜色越深。利用光学比较溶液颜色的深度，可以测定溶液的浓度。根据吸收光的波长范围不同以及所使用的仪器精密程度，可分为光电比色法和分光光度法。

比色分析具有简单、快速、灵敏度高等特点，广泛应用于微量组分的测定。比色分析同其它仪器分析一样，也具有相对误差较大（一般为 1‰～5‰）的缺点。但对于微量组分测定来说，由于绝对误差很小，测定结果也是令人满意的。在现代仪器分析中，有 60% 左右采用或部分采用了这种分析方法。

11. 过滤

过滤的原理是利用物质的溶解性差异，将液体和不溶于液体的固体分离开来的一种方法。过滤可从物质中筛选出符合条件的可溶物，去掉不符合条件的不溶物。过滤不能取出可溶物，只能采取蒸馏的方法获得。如用过滤法除去粗食盐中少量的泥沙。过滤使用的仪器主要有漏斗、烧杯、玻璃棒、铁架台、滤纸。操作要做到"一贴、二低、三靠"。一贴即指滤纸紧贴漏斗内壁；二低指滤纸边缘低于漏斗边缘及液面低于滤纸边缘两个方面；三靠指盛混合物的烧杯紧靠玻璃棒、玻璃棒下端紧靠滤纸三层处和漏斗下端关口紧靠烧杯内壁三个方面。

12. 皂化

是指酯的碱性水解反应。油脂在化学成分上都是高级脂肪酸和甘油所生成的酯，属于酯类，主要成分是脂肪，这类油脂与碱能发生作用，分解成能溶于水的脂肪酸盐（肥皂）和甘油。

13. 浓缩

通常是指使溶液中溶剂蒸发，溶液浓度增大的过程。泛指用一定方法减少物质中不需要的部分，从而使需要部分的相对含量增加的过程。

14. 高效液相色谱法

高效液相色谱法是用高压输液泵将具有不同极性的单一溶剂或不同比例的混合溶剂、缓冲液等流动相泵入装有固定相的色谱柱，经进样阀注入供试品，由流动相带入柱内，在柱内各成分被分离后，依次进入检测器，色谱信号由记录仪或积分仪记录，达到分析样品中各种成分的目的。

三、显微镜检测

显微镜检测是通过显微镜观察来检测饲料原料或配合饲料的形态特征、物化特点，并与饲料原料或配合饲料本身应有的特征进行对比，以判断饲料中应有的成分是否存在，是否含有有害成分、污染物和霉菌等，以及是否有掺假现象等，是饲料分析与检测中非常重要的一种方法，可以弥补感官检测和化学分析检测中的不足。显微镜检测包括体视显微镜检测和生物显微镜检测两种，在本章第三节中将做详细介绍。

显微镜检测方法操作简单、快速，准确、分辨率高，并且设备简单、耐用，分析费用低，是饲料加工企业和养殖户常用的方法，可对饲料原料的质量进行初步的评估。

四、点滴试验与快速试验

随着我国畜牧业和饲料产业的迅速发展和人们对无公害产品的要求，养殖企业和饲料企业为了产品的质量，许多快速化学试验方法和点滴试验方法被研究出来，并广泛应用于生产实践中，特别是把显微镜检与点滴试验、快速试验以及化学分析相结合，对原料进行综合分析、综合评定，对畜牧业的可持续发展起着非常关键性的作用。尤其是对于小规模的饲料加工厂和饲养场，一般无力提供装备精良的实验室进行化学分析，可使用饲料显微镜检测与某些快速试验和点滴试验相结合的方法，如脲酶活性检验、尿素检验、石灰石掺假检验等，这些技术简单而实用，可使一些小型的饲料加工厂和饲养场以较低的成本生产出优质的饲料。

点滴试验就是一种简单、实用的微量化学分析方法，即用一滴无机（或有机）溶剂在滤纸或点滴板上检测被检成分是否存在的方法，可检出含量在 1μg 以下的物质。其优点是快速、经济、可靠，不用复杂仪器，对无机物和有机物都适用。20 世纪 20 年代，F. 法伊格尔系统地研究了利用灵敏的有机试剂检出金属离子的方法，奠定了点滴试验的基础。常见的点滴试验主要有无机点滴试验和有机点滴试验。

（1）无机点滴试验　其方法是采用灵敏的有机试剂，使无机物转化为：①有色的络离子或螯合物、染料、离子缔合物或有色的氧化还原产物，如深蓝色的 $[Cu(NH_3)_4]^{2+}$、红色的丁二酮肟镍、钼蓝等；②沉淀，如金属硫化物；③荧光物质，如 Be^{2+}、Al^{3+}、Sn^{4+} 与桑色素生成的产物；④特征性气体，如 SO_2、H_2S、CO 等。此外，还可凭借催化反应、吸附现象（如滤纸吸附和沉淀吸附）、隐蔽和解蔽进行点滴分析。

（2）有机点滴试验　其方法是使无机试剂直接与官能团起作用，生成加合物、螯合物、氧化还原产物、缩合物等，根据它们的颜色、荧光、溶解度等，确定是否存在这种官能团。也可借助有机化合物在转变、分解、合成等过程中出现的现象（如产生气体、有色物质、荧光物质）进行鉴定，有时则利用酶催化反应进行鉴定。由于有机反应多数以分子状态起反应，速度慢，反应不易进行完全，且常伴有副反应，因此一般说来，其检出灵敏度相对较低些。

另外还有树脂点滴试验，即使离子在离子交换树脂上进行反应的分析方法，或使被分析离子先在树脂颗粒上富集，然后用显色剂显色；或者使显色剂固着在树脂颗粒上，然后使它与溶液中的离子起反应；或者用带有分析官能团的螯合型树脂检测离子。离子交换树脂能将离子富集，故树脂点滴试验法的灵敏度比相应的点滴试验高，螯合型树脂还能提高离子选择性。

五、近红外光谱分析技术

近红外光谱技术（简称 NIRS）是 20 世纪 70 年代兴起的有机物质快速分析技术，其在测试饲料成分前只需对样品进行粉碎处理，应用相应的定标软件，在 1min 内就可测出样品的多种成分含量。近红外光谱分析技术具有快速、简便、相对准确等优点，不仅可用于饲料常量成分分析，而且在微量成分分析、有毒有害成分测定，以及饲料营养价值评定等方面都可广泛应用，目前在很多大规模饲料加工企业都在使用，可有效地进行饲料原料质量控制和产品质量检测等现场的在线分析。如瑞典波通仪器公司生产的 DA7200 近红外成分分析仪，5s 内即可检测出原料中的成分含量，并可测定水分、蛋白质、脂肪、淀粉、纤维、氨基酸、灰分等多种成分。

第三节　饲料分析检测的仪器

一、体视显微镜

体视显微镜是具有立体视觉的显微镜，又称为实体显微镜、立体显微镜或解剖显微镜。可以对包括透明、半透明物质的表面形态或外形轮廓等进行显微立体成像观察与研究。

PXS 系列体视显微镜具有倾斜 45°的双目镜筒，通过目镜可以观察到宽视场中正立的立体物像；每台显微镜有两个放大倍率，可在不变更工作距离的情况下变换显微镜放大倍数；目镜的瞳距和屈光度可调，并有多种照明方式和结构形式的选择。如图 1-1 所示。

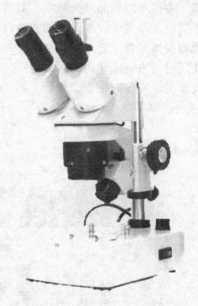

显微镜是一种精密的高科技光学仪器，所以平时在使用过程中一定要小心谨慎，以防因使用不当引起显微镜损坏。

取用显微镜时，需用双手，并保持平稳。若需连镜箱搬动，应将镜箱锁好，并拔除镜箱的钥匙。镜管上若有防尘罩，应取下并换上目镜及眼罩。将样品置于载玻片上或蜡盘中再放到载物盘上待观察。拧开锁紧螺丝，把镜体先上升到一定高度，然后锁紧镜体。观察前可先转动目镜管使其适合眼间距，双眼视度差异可用视觉圈调节。对焦时，转动升降，螺丝不能太快或强行扭转，谨防损坏齿轮。如需放大观察倍数，可转动倍率盘直到所需放大倍率。物像越大，光线越暗，必须调好光源选择好背景物。用毕后，先将载物盘上的东西拿走，松开

图 1-1　变倍型体视显微镜

锁紧螺丝将镜体放下并锁紧，取出目镜并换上防尘罩，将元件全部放回，注意不要与其它镜互换。用布把镜身擦干净，放入镜箱内，锁紧镜箱。

二、生物显微镜

生物显微镜主要用于微生物、细胞、组织培养、悬浮体、沉淀物等的观察，可连续观察细胞、细菌等在培养液中繁殖分裂的过程等。如图 1-2 所示 SM_2 型生物显微镜。取放生物显微镜时必须一手握镜臂，另一手托住镜座，禁止单手提着行走，禁止拆散显微镜上任何部件。

镜检时力求坐姿端正、自然、舒适，双目同时睁开观察，这样既利于绘图，又可减少眼睛疲劳。每次镜检，不论物体大小，其顺序必须是先低倍后高倍，最后用油浸镜。低倍镜检时必须一边俯侧观察载物台上升，一边转动粗调螺旋，然后才能降低载物台，在目镜中观察并找到物像。用高倍镜和油浸镜时，绝不能转动粗调螺旋。观察带有水或其它药液的标本时，一定要加上盖玻片，并用滤纸吸去盖玻片周围溢出的水或药液，以免接触腐蚀显微镜。生物显微镜各部分必须保持清洁。光学系统部分切勿用手、布、粗纸等擦拭，应用擦镜纸轻轻揩擦，若镜头等光学部分积有灰尘，需先用洗耳球吸去灰尘后再擦拭，必要时可略蘸些二甲苯进行揩擦，金属

图 1-2　SM_2 型生物显微镜

等机械部分有灰尘时，可用纱布擦拭。生物显微镜用毕后，必须把接物镜移开，使两个高、低倍接物镜以"八"字形朝前方，然后取出装片。拔掉电源，放回原位，罩好防护罩。

三、水浴锅

主要用于实验室中蒸馏、干燥、浓缩及温渍化学药品或生物制品，也可用于恒温加热和其它温度试验，是生物、遗传、病毒、水产、环保、医药、卫生、化验室、分析室、教育科研的必备工具。

使用水浴锅必须先加水，后通电，严禁干烧。必须有可靠的接地线以确保使用安全。水浴锅内水不足时，要及时加水，以免电热管爆裂损坏。锅内的水位不能过高，以免水溢入电器箱损坏元件。定期对水浴锅上的各零部件进行检查，保持各接点接触良好。水浴锅长期不使用时，应将水槽内的水放净，并擦拭干净，定期清除水槽内的水垢。水浴锅发生异常工作现象时，应及时检查、维修。图 1-3 为 HH-4 型数显恒温水浴锅。

图 1-3　数显恒温水浴锅

图 1-4　快速水分测定仪

四、快速水分测定仪

快速水分测定仪用于快速测定化工原料、谷物、矿物、生物制品、食品、制药原料、纸张、纺织原料等各类样品的游离水分，具有双称盘配置便于测量操作、磁阻尼设计、含水量百分比和称量直读、灵活方便等特点。如图 1-4 为 SC69-02C 型快速水分测定仪。

快速水分测定仪能较快地测定被测物品所含水分的数值（即物品的含水率），已广泛运用于工矿企业、科研单位、制药及粮油食品加工等行业。该仪器主要由定量天平、红外线可调压式烘干灯、光学系统、电器控温装置等组成。红外线烘干灯位于称盘上方，放入称盘的被测试样经过灯的直接辐射，吸收了灯泡的热能后水分迅速蒸发，使定量天平的称量发生变化，这一变化量可通过读数装置显示出来。试样中的水分充分蒸发后，天平将出现新的平衡，此时就可通过光学读数装置得出试样含水量的百分比值。

快速水分测定仪中的天平为定量天平，其结构属于两刀式横梁结构天平，与单盘天平结构相似，其特殊性在于它所称物品的量为一定值，称量时，称盘中物料始终为 10g，此时天平才能保证处于零点平衡状态，即处于"空载"状态。如果当放上 10g 的组合标准砝码校正时，天平的平衡位置没有处在零位，这表示天平出现了偏差，可通过调整平衡铊的方法消除偏差，偏差较小时，调整天平前端的小平衡铊，若偏差较大，则可取出横梁，调整处于横梁后部的大平衡铊，直至天平处于平衡位置。应当注意调整完毕后，必须紧固平衡铊，以防平衡铊松动而引起称量误差。

快速水分测定仪所测物品的含水率正确与否取决于仪器的标牌分度值的正误。分度值是一项重要的计量技术指标，在天平的称量误差调整完毕后，必须对仪器的标牌分度值进行校验。方法是从称盘中取出 1g 的标准砝码，此时通过投影屏观察，标牌末端刻度线应与光屏上的基线重合，其误差应不大于±1 个分度值，若误差超过允许值，则应取出天平横梁，通过旋动重心铊来调整分度值。由于快速水分测定仪定量天平横梁指针向上，重心铊在下端，与普通天平的横梁安装方式相反，所以其重心铊的调整方法与一般天平重心铊的调整方法也就相反。取出横梁后，将指针朝下，当分度值大时，逆时针方向旋转重心铊，也就是使重心铊与支点刀刃的距离加大，当分度值小时，顺时针方向旋转重心铊，使重心铊与支点刀刃的距离缩小，调至分度值符合要求后旋紧重心铊。

五、凯氏定氮仪

KDN 系列凯氏定氮仪主要用于测定种子、粮食、食品、乳制品、饮料、饲料、土壤及其它农副产品中氮的含量。采用微电脑进行过程控制，自动式蒸馏控制、自动加水、自动水位控制、自动停水和水压过低报警。各种安全保护，消化管安全门装置，蒸汽发生器缺水报警。仪器外壳采用特制喷塑钢板，工作区域采用 ABS 防腐板及不锈钢底板，防化学试剂腐蚀和机械损坏表面，耐酸耐碱。采用自来水水源，适应性广，对实验要求低。图 1-5 为 KDN 型凯氏定氮仪。

六、粗脂肪测定仪

粗脂肪测定仪是用来快速测定样品中粗脂肪的仪器，其体积小巧，水浴加热升温快，加热均匀，且全部采用玻璃磨口接合，避免了使用受乙醚影响易发生变形的橡胶密封圈，而导致乙醚泄漏的问题。数显控温带定时一体化高集成仪表，控制自由方便。如图 1-6 为 SZF-06 型粗脂肪测定仪。

图 1-5　KDN 型凯氏定氮仪　　　　　图 1-6　SZF-06 型粗脂肪测定仪

七、粗纤维测定仪

实验室使用较多的是 CXC-06 型粗纤维测定仪（图 1-7）。它是依据目前常用的酸碱消煮法消煮样品，通过重量测定来得到试样的粗纤维含量的仪器。测试结果符合国标 GB/T 5515、GB/T 6434 的规定。

CXC-06 型粗纤维测定仪采用浓度准确的酸和碱，在特定条件下消煮样品，再用乙醇除去可溶物质，经高温灼烧后扣除矿物质的量，剩余物质称为粗纤维。它不是一个确切的化学实体，只是在公认强制规定的条件下测出的概略成分，其中以纤维素为主，还有少量半纤维素。CXC-06 型粗纤维测定仪适用于对各种粮食、饲料等的粗纤维含量测定，测试结果符合国标 GB/T 5515、GB/T 6434 的规定。

八、高温电炉（马弗炉）

目前实验室常用的是 SX2 系列高温电炉（图 1-8）。该系列电炉供实验室、工矿企业、

图 1-7　粗纤维测定仪

图 1-8　SX2 系列高温电炉

科研单位进行化学分析、物理测定、加热时用。内炉衬采用高铝炉膛，炉体外壳静电喷涂。产品以硅碳棒为加热元件，升温速度快，保温性能好，空载损耗小，炉温均匀。具有控温准确，操作简单等特点。

当高温电炉第一次使用或长期停用后再次使用时，必须进行烘炉。烘炉的时间应为 4h（室温 200℃）。使用时，炉温最高不得超过额定温度，以免烧毁电热元件，禁止向炉内灌注各种液体及易溶解的金属，高温电炉最好在低于其最高温度 50℃ 以下的条件下工作，此时炉丝有较长的寿命。

高温电炉及其控制器必须在相对湿度不超过 85％，没有导电尘埃、爆炸性气体或腐蚀性气体的场所工作。凡附有油脂之类的金属材料需进行加热时，有大量挥发性气体将影响和腐蚀电热元件表面，使之损毁和缩短寿命。因此，加热时应及时预防和做好密封容器或适当开孔加以排除。

九、能量测定仪

实验室常用的是由 GR-3500 型氧弹式热量计（图 1-9），由氧弹、金属内筒与外筒 3 部分组成。在使用时应注意引火线切勿接触坩埚；充氧时不可过快，否则易使坩埚中的试样为气流所冲散而损失；仪器中注入的水尽可能使用蒸馏水，以防水中杂质的沉淀，并且待水温与室温一致时才能使用。

随着近几年科技的发展，一些新型、高科技的仪器逐渐应用于生产，其中美国产的

图 1-9　氧弹式热量计

图 1-10　6300 型量热仪

6300 型量热仪（图 1-10）是在早期的半自动量热仪 1281 型十年应用的基础上研发的，是世界上目前自动化程度最高的量热仪，具有固定式氧弹和水桶的特殊设计，具有全自动冲水、充氧和洗弹功能，屏幕菜单显示，使用非常方便。

十、氨基酸分析仪

以日立 L-8800 全自动氨基酸分析仪（图 1-11）为例，它广泛应用于食品、饲料、医药质量监控，生化研究，临床检测等领域。

该型自动氨基酸分析仪能在保留时间重现性、峰面积重现性及检出限方面有保证，更能以超快时间（20min）内完成整个样本分离。但在反应圈中，样品带在分离时容易扩散引起重叠效应。操作上，日立 L-8800 采用领先的 32 位操作系统 Windows 2000 作为管理系统，使得操作和报告灵活简便。屏幕上显示既定的操作过程，简单易懂。运用 Windows 的网络功能，系统可升级成为分析站，成为实验室信息管理系统（LIMS）的一部分。

该仪器采用柱后茚三酮法来测定样品中的各种氨基酸含量。即经过前处理的液体标本从自动进样器进入保护柱进行预分离，然后再进入分离柱分离，并与泵吸入的茚三酮溶液在混合器混合，送入反应柱反应后生成深蓝色的液体，最后送至检测器，经光电比色计

图 1-11　氨基酸分析仪

检测标本中各种氨基酸的含量，测试结果直接送入工作站。在使用中，关键是调好两个泵的压力。

十一、旋转蒸发器

旋转蒸发器主要用于在减压条件下连续蒸馏大量易挥发性溶剂。尤其对萃取液的浓缩和色谱分离时的接收液的蒸馏，可以分离和纯化反应产物。旋转蒸发器的基本原理就是减压蒸馏，也就是在减压情况下，当溶剂蒸馏时，蒸馏烧瓶在连续转动。使用时，应先减压，再开动电动机转动蒸馏烧瓶，结束时，应先停机，再通大气，以防蒸馏烧瓶在转动中脱落。作为蒸馏的热源，常配有相应的恒温水槽，开机前先将调速旋钮左旋到最小，按下电源开关指示灯，然后慢慢往右旋至所需要的转速，一般大蒸发瓶用中、低速。黏度大的溶液用较低转速。烧瓶是标准接口 24 号，随机附 500mL、1000mL 两种烧瓶，装液量一般不超过其容量的 50％为适宜。图 1-12 为 R1002-3 型旋转蒸发器。在使用时应注意以下几个方面。

① 玻璃零件接装应轻拿轻放，装前应洗干净，擦干或烘干。
② 各磨口、密封面密封圈及接头安装前都需要涂一层真空脂。
③ 加热槽通电前必须加水，不允许无水干烧。

十二、高效液相色谱仪

高效液相色谱仪的系统由储液器、泵、进样器、色谱柱、检测器、记录仪等几部分组成，它具有高分辨率、高灵敏度、速度快、色谱柱可反复利用，流出组分易收集等优点，因而被广泛应用到生物化学、食品分析、医药研究、环境分析、饲料分析、无机分析等各种领域。储液器中的流动相被高压泵打入系统，样品溶液经进样器进入流动相，被流动相载入色谱柱（固定相）内，由于样品溶液中的各组分在两相中具有不同的分配系数，在两相中作相对运动时，经过反复多次的吸附—解吸的分配过程，各组分在移动速度上产生较大的差别，

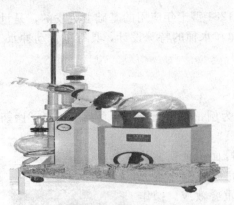

图 1-12　旋转蒸发器

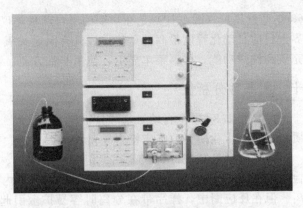

图 1-13　高效液相色谱仪

被分离成单个组分依次从柱内流出，通过检测器时，样品浓度被转换成电信号传送到记录仪，数据以图谱形式打印出来。具体操作方法可参见各型号产品的说明书。

图 1-13 为 LC98Ⅱ系列高效液相色谱仪，包括 P98Ⅱ型平流泵、UV98Ⅱ型可变波长紫外检测器、T98 型柱温箱和 N2000 色谱工作站。该仪器采用美国进口技术及 80％进口高品质元器件和部件，性能优良，质量可靠，经济实用，特别适用于制药、精细化工，农药、食品、饲料、煤炭、染料等行业。

使用高效液相色谱时，液体待检测物被注入色谱柱，通过压力在固定相中移动，由于被测物中不同物质与固定相的相互作用不同，不同的物质顺序离开色谱柱，通过检测器得到不同的峰信号，最后通过分析、比对这些信号来判断待测物所含有的物质。高效液相色谱作为一种重要的分析方法，广泛地应用于化学和生化分析中。高效液相色谱从原理上与经典的液相色谱没有本质的区别，液相色谱的特点是采用了高压输液泵、高灵敏度检测器和高效微粒固定相，适于分析高沸点、不易挥发、分子量大、不同极性的有机化合物。

高效液相色谱法只要求样品能制成溶液，不受样品挥发性的限制，流动相可选择的范围宽，固定相的种类繁多，因而可以分离热不稳定和非挥发性的、解离的和非解离的以及各种分子量范围的物质。

十三、原子吸收分光光度计

利用待测元素的共振辐射，通过其原子蒸气，测定其吸光度的装置称为原子吸收分光光度计。它有单光束、双光束、双波道、多波道等结构形式，其基本结构包括光源、原子化器、光学系统和检测系统。其基本原理是依据处于气态的被测元素基态原子对该元素的原子共振辐射有强烈的吸收作用而建立的。它主要用于痕量元素杂质的分析，该法具有检出限低，准确度高，选择性好，分析速度快等优点。广泛应用于特种气体、金属有机化合物、金属醇盐中微量元素的分析。

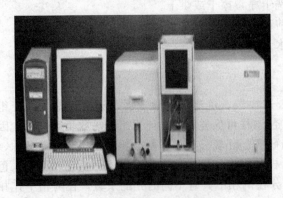

图 1-14　原子吸收分光光度计

图 1-14 为 A2610 型原子吸收分光光度计，能够检测多种微量金属元素，包括铜、铁、钙、铅、汞、铬、镉、金等。

十四、近红外光谱分析仪

近红外光是介于可见光和中红外之间的电磁辐射波，美国材料检测协会将近红外光谱区定义为 780～2526nm 的区域，是人们在吸收光谱中发现的第一个非可见光区。近红外光谱区与有机分子中含氢基团（OH、NH、CH）振动的合频和各级倍频的吸收区一致，通过扫描样品的近红外光谱，可以得到样品中有机分子含氢基团的特征信息，而且利用近红外光谱技术分析样品具有方便、快速、高效、准确和成本较低，不破坏样品，不消耗化学试剂，不污染环境等优点，因此该技术受到越来越多人的青睐。

近红外分析技术分析速度快，是因为光谱测量速度快，计算机计算结果速度也快。但近红外分析的效率是取决于仪器所配备的模型的数目，比如测量一张光谱图，如果仅有一个模型，只能得到一个数据，如果建立了 10 种数据模型，那么可以同时得到 10 个分析数据。

在定标过程中，标准样本数量的多少，直接影响分析结果的准确性，数量太少不足以反映被测样本群体常态分布规律，数据太多，工作量太大。另外，在选择化学分析的样本时，不仅要考虑样品成分含量和梯度，同时要考虑样本的物理、化学、生长地域、品种、生长条件及植物学特性，以提高定标效果，使定标曲线具有广泛的应用范围。对变异范围比较大的样本，可以根据特定的筛选原则，进行多个定标，以提高定标效果及检验的准确性。一般来讲，单类纯样本由于样本性质稳定，含化学信息量相对少，因此定标相对容易，如玉米、小麦、大豆等纯样；混合样本样品信息复杂，在本谱区会引起多种基团谱峰的重叠，信息解析困难，定标困难，如畜牧生产中的各种全价饲料、配合饲料、浓缩饲料等。

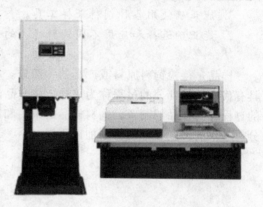

图 1-15　近红外光谱分析仪

图 1-15 为 NR800 型傅里叶转换近红外光谱分析仪，可以广泛应用于实验室设备。高质的波长解析度，突出的高精度以及宽幅的扫描等特性将在线信息提高到了一个新的水平，并为更广泛的应用创造了可能，而且实现了从实验室到在线应用中的直接建模，另外，易操作性与用户容易掌握的软件是 NR800 的设计理念。

【复习思考题】

1. 名称解释：饲料分析与检测　饲料工业国家标准　饲料工业行业标准　饲料工业企业标准　饲料工业地方标准
2. 饲料工业标准化主要包括哪几个方面？
3. 我国饲料工业标准分为哪几级？
4. 饲料质量检测的常用方法主要有哪几种？

第二章 饲料样品的采集与样品制备

[知识目标]

1. 理解样品采集的目的与要求。
2. 掌握不同物料样品采集、制备方法。
3. 掌握样品制备的基本方法。

[技能目标]

1. 能正确使用各种饲料采样工具；
2. 能正确选择和应用不同饲料样品的采集方法和样品的制备方法。

样品是待检饲料原料或产品的一部分。从待测饲料原料或产品中按规定采取一定数量、具有代表性的部分的过程称为采样。将样品经过干燥、磨碎和混合处理，以便进行理化分析的过程称为样品的制备。饲料样品的采集和制备是饲料分析中两个极为重要的步骤，决定着分析结果的准确性，应特别加以重视。

第一节 样品的采集

采样是指从待测饲料原料或产品中获取一定数量、具有代表性部分的过程，所采集的部分称为样品或样本。采样是饲料分析过程的第一步，直接关系着分析结果的准确性。

一、采样的目的

采样的根本目的就是通过对样品理化指标的分析，客观反映受检饲料原料或产品的品质，并以此为依据，来指导饲料生产与饲料产品交易中的各项决策。如果采样错误，则即使以后的分析步骤、分析方法再准确，仪器再精密，分析的数据再多，其分析结果都毫无科学性、公正性和实用价值，甚至还会得出错误的结论，因此，采样的重要性甚至超过样品分析。

样品的分析结果可作为饲料厂家选择原料和原料供应商，接收或拒收某种饲料原料，判断饲料加工生产工艺的质量和产品质量是否合格，分析保管贮存条件是否恰当等的依据。由此可见，采样对饲料工业的影响是很大的。

二、采样的原理

采样的原理就是利用各种采样工具，根据待测饲料或原料的种类、特性（如形态、均匀度、颗粒大小等）和数量，利用数学原理，按照科学方法来采集样品，使采集的样品具有足够的代表性。

三、采样的要求

要做好采样工作，必须遵循以下要求。

1. 所采样品必须具有代表性

由于待分析的饲料总体数量往往都很大，而分析时所用的样品仅为其中的很小一部分，所以样品采集的正确与否决定了分析样品的代表性，也直接影响着分析结果的准确性。因此在采样时，应根据分析要求，采用正确的采样方法，选用合适的采样器械，使采集的样品具有足够的代表性。

2. 采用正确的采样方法

正确采样方法是样品具有代表性的重要保证。正确的方法是根据饲料或原料的物理特性，利用数学原理，从具有不同代表性的区域采集一定数量的样品，混合得到数量较大的原始样品，然后按照四分法等方法将原始样品逐渐缩减到一定数量的待测样品。

3. 样品必须有一定的数量

样品数量也是保证样品具有代表性的重要环节，要得到代表整个批次产品的样品，就必须采集足够的份样数量。样品的采集数量受饲料水分含量、颗粒大小和均匀度、平行样品的数量的影响。原则上，饲料水分含量高、颗粒大、均匀度差、平行样品数量越多，则采集的样品数量就越多。

4. 采样人员应具有高度责任心和熟练的采样技能

采样是人来操作的，因此，采样人员应具有高度的责任心，熟悉各种饲料原料、加工工艺及产品，认真按操作规程进行采样。采样人员还应通过专门技术培训，具备相应技能，经考核合格后方能上岗。

5. 重视和加强管理

主管部门、权威检测机构和饲料企业必须重视和加强采样管理，防止弄虚作假。

四、采样工具

对采样工具的要求有：能够无选择性的采集到饲料或原料中的所有组分；对饲料样品无污染，如不会增加样品中微量金属元素的含量或引入外来生物或霉菌毒素。目前使用的采样工具主要有以下几种。

1. 探针采样器

探针采样器也叫探管或探枪，是最常用的干物料采样工具，有带槽的单管或双管，具有锐利的尖端（图 2-1）。

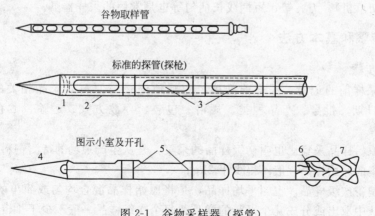

图 2-1　谷物采样器（探管）

1—外层套管；2—内层套管；3—分隔小室；4—尖顶端；

5—小室间隔；6—锁扣；7—固定木柄

2. 锥形袋式取样器

该种取样器是用不锈钢制作的，呈锥形体，具有一个尖头和一个开启的进料口（图2-2）。

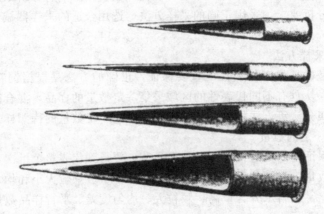

图 2-2　锥形袋式取样器

3. 液体采样器

（1）空心探针　实际上是一个镀镍或不锈钢的金属管，直径为25mm，长度为750mm，管壁有长度为715mm、宽度为18mm的孔，孔边缘圆滑，管下端为圆锥形，与内壁成15°角，管上端装有把柄。常用作桶装或小型容器装的液体采样。

（2）炸弹式或区层式采样器　为密闭的圆柱体，可用作散装罐的液体采样，能从贮存罐的任何指定区域采样。当其到达贮罐底部时，将一个阀提起，或如果在中间的深度取样时，它可由一根连在该阀的柱塞上的绳子手动提起（图2-3）。

4. 自动采样器

自动采样器可安装在饲料厂的输送管道、分级筛或打包机等处，能够定时、定量采集样品。自动采样器适合于大型饲料企业，种类很多，可根据物料类型和特性、输送设备等进行选择。

5. 其它采样器

剪刀（或切草机）、刀、铲、短柄或长柄勺等也是常用的采样器具。

图 2-3　炸弹式
液体采样器

五、采样的步骤和基本方法

1. 采样的步骤

第一步：采样前的记录。采样前准确、完整地记录与原料或产品相关的资料，如生产厂家、生产日期、批号、产品种类、规格、包装、存放方式、运输、贮存条件和采样时间等。

第二步：原始样品采集。也叫初级样品的采集，是从生产现场的待测饲料或原料中采集原始样品，采集的原始样品一般不得少于2kg。

第三步：制备次级样品。也叫平均样品，是将原始样品混合均匀或简单的剪碎混匀后，按照一定方法从中取出或分成几个平行的样品，每个次级样品一般不少于1kg。

第四步：制备分析样品。是指将次级样品经过粉碎、混合等处理后，按照一定的方法从中取出一部分的样品，用作分析。分析样品的数量可根据分析指标、测定方法等要求而定。

2. 采样的基本方法

尽管采样的方法因不同的原料或产品而不同，但一般来说，采样的基本方法有几何法和四分法两种。

（1）几何法 此种方法常用于从大批量原料或产品中采集原始样品。指把一整堆原料或产品看成具有一定规则的几何体，如立方体、圆柱体、圆锥体等，采样时设想把这个几何体分成若干体积相等的部分，然后从每部分中取出体积相等的样品，这些部分的样品称为支样，再把这些支样混合即为原始样品。因此几何法主要用于从大批量的原料或产品中采集原始样品。

（2）四分法 是指将饲料混匀，然后铺成等厚的正四方形体或圆形，用药铲、刀子或其它适当器具，在饲料样品上划"十"字，将饲料样品分成 4 等份，任意弃去对角的 2 份，将剩余的 2 份再混合，继续重复此法进行混合、缩分，直至剩余样品数量接近所需量为止。四分法常用于从小批量饲料和均匀的饲料原料中采集原始样品或从原始样品中采集次级样品和分析样品。采集过程可手工操作（图 2-4），或采用分样器或四分装置，如常用的锥形分配器（图 2-5）和具有分类系统的复合槽分配器（图 2-6）。

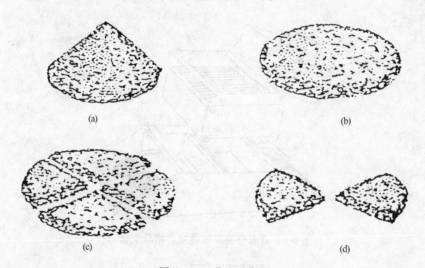

(a)　　　　　　　　　　　　　　　(b)

(c)　　　　　　　　　　　　　　　(d)

图 2-4　四分法示意图

（a）将均匀样品堆成圆锥形；（b）平铺成圆堆；（c）分成 4 等份；（d）移去对角部分，进行缩分

根据原料或产品的特性和数量，几何法和四分法可结合使用来采样。在采样过程中，将饲料充分混合非常重要。人工混合时，可将饲料平铺在一张平坦而光滑的方形纸或塑料布、帆布、漆布等上面，提起一角，使饲料流向对角，随即提起对角使其流回混合，将四角轮流反复提起，使饲料反复混合均匀。对大批量的饲料，可将其在洁净的地面上堆成锥形，用铲将饲料铲移至另一处，移动时每一铲饲料均倒于前一铲饲料之上，由上向下流动到周围，如此反复移动 3 次（包括 3 次）以上，即可混合均匀。

六、不同饲料样品的采集

不同饲料样品的采集因饲料的性质、状态、颗粒大小、包装方式和数量不同而异。

1. 粉状和颗粒饲料

（1）散装 散装饲料可在机械运输过程中的不同部位（如滑运道、传送带等处）或卸车时不同间隔时间采集样品。取样时，探针应距散装饲料边缘 0.5m，取样点分布和数目取决于装载的数量（图 2-7）。

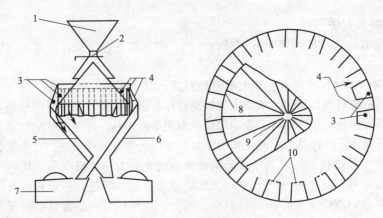

图 2-5 圆锥分样器

1—加料斗；2—截断阀门；3—通向外斗的槽；4—通向内斗的槽；5—内斗；

6—外斗；7—容器；8—圆锥底；9—圆锥顶；10—与圆锥底相连的槽

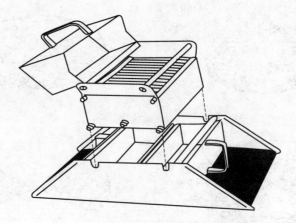

图 2-6 具有分类系统的复合槽分配器

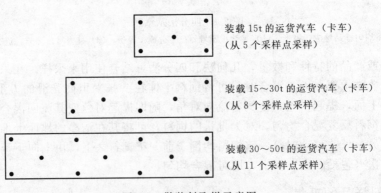

装载 15t 的运货汽车（卡车）
（从 5 个采样点采样）

装载 15~30t 的运货汽车（卡车）
（从 8 个采样点采样）

装载 30~50t 的运货汽车（卡车）
（从 11 个采样点采样）

图 2-7 散装料取样示意图

（2）袋装 用抽样锥随机从不同袋中分别取样，混合得原始样品。每批采样的袋数取决于总袋数、颗粒大小和均匀度，取样袋数至少为总袋数的 10％。中小颗粒饲料如玉米、大麦等取样的袋数不少于总袋数的 5％。粉状饲料取样袋数不少于总袋数的 3％。总袋数在 100 袋以下的，取样一般不少于 10 袋，每增加 100 袋需增加 3 袋。在取样时，探针从口袋的上下两个部位采样；或将袋平放，将探针的槽口向下，从袋口的一角按对角线方向插入袋中，然后转动器柄使槽口向上，抽出探针，取出样品。

（3）仓装 可根据饲料层厚度，按高度分层采样。四方形的可在每层四方形对角线的四角和交叉点共 5 个点采样；圆仓直径在 8m 以下时可在每层的内（中心）、中（半径的一半处）、外（距仓边 30cm 左右）分别采 1、2、4 个点，共 7 个点；直径在 8m 以上时，可在每层的内、中、外分别采 1、4、8 个点，共 13 个点，将所采各点样品混合即得原始样品。料层厚度在 0.75m 以下时，可从上层距料层表面 10～15cm 深处和靠近地面的下层选取；料层厚度在 0.75m 以上时，从上层距料层表面 10～15cm 深处、中层（料堆中部）和下层靠近地面分别选取，采集时从上而下进行。料堆边缘点应距边缘 50cm 处，底层距底部 20cm。

2. 液体或半固体饲料

（1）液体饲料 桶装的液体饲料应根据桶的数量确定取样桶数，从不同的桶中分别取样混合。7 桶以下者，取样桶数不少于 5 桶；10 桶以下，取样桶数不少于 7 桶；10～50 桶，取样桶数不少于 10 桶；51～100 桶，取样桶数不少于 15 桶；101 桶以上，取样桶数不少于总桶数的 15%。

取样时，将桶内液体饲料搅拌均匀（或摇匀），然后将空心探针缓慢地自桶口插至桶底，然后堵压上口提出探针，将液体饲料注入样品瓶内，混匀。

对散装（大池或大桶）的液体饲料按散装液体高度分上、中、下 3 层分层布点取样。上层设在距液面约 40cm 处，中层设在液体中间，下层设在距池底 40cm 处，3 层采样数量的比例为 1∶3∶1（卧式液池、车槽为 1∶8∶1）。原始样品的数量取决于饲料总量，总量为 500t 以下，应不少于 1.5kg；总量在 501～1000t，不少于 2.0kg；总量在 1001t 以上，不少于 4.0kg。

（2）固体油脂 对在常温下呈固体的动物性油脂的采样，可参照固体饲料采样方法采集原始样品，然后经加热熔化混匀，才能采集次级样品。

（3）黏性液体 黏性浓稠饲料如糖蜜，可在卸料过程中定时用勺等器具随机采样。原始样品数量总量为 1t 时，应至少采集 1L。原始样品充分混匀后，即可采集次级样品。

3. 块饼类

块饼类饲料的采样首先根据块饼大小，确定采样用的块饼数。大块状饲料从不同的堆积部位选取数不少于 5 大块，小块油粕选取 25～30 片，然后从每块中参照四分法采集样品（图 2-8），捶碎混合后得原始样品（小块状可直接粉碎后混合）。

4. 副食及酿造加工副产品

酒糟和豆渣等副食及酿造加工副产品的采样可在贮藏池或贮堆中分上、中、下三层进行，每层取 5～10 个点，混合后为原始样品。

5. 块根、块茎和瓜类

这类饲料含水量大，大小不均匀，采样要求样

图 2-8　块饼类饲料采样示意图

品个数多。取样个数随样品种类和成熟的均匀程度以及所需测定的营养成分而定（表 2-1）。

采样时，从田间或贮藏窖内随机分点采取原始样品 15kg，按大、中、小分堆称重求出所占比例，按比例取 5kg 次级样品。先用水洗干净，洗涤时注意勿损伤样品的外皮，洗涤后用布拭去表面的水分。然后，从各个块根的顶端至下端纵切具有代表性的对角 1/4、1/8 或 1/16……直到适量的分析样品以上，迅速切碎后混合均匀，取 300g 左右测定初水分，其余样品平铺于洁净的瓷盘内或用线串联置于阴凉通风处风干 2～3 天，然后在 60～65℃ 的恒

温干燥箱中烘干备用。

表 2-1 块根、块茎和瓜类取样数量

种　类	取样数/个	种　类	取样数/个
一般块根、块茎饲料	10～20	胡萝卜	20
马铃薯	50	南瓜	10

6. 新鲜青绿饲料及水生饲料

新鲜青绿饲料包括天然牧草、蔬菜类、作物的茎叶和藤蔓等，一般在天然牧地或田间取样。在大面积的牧地上应根据牧地类型划区分点采样（图 2-9）。每区选 5 个以上的点，每点为 1m 的范围，离地面 3～4cm 处割取牧草，除去不可食草，将各点原始样品剪碎，混合均匀得原始样品。然后，按四分法取分析样品 500～1000g，取 300～500g 用于测定初水分，一部分立即用于测定胡萝卜素等，其余在 60～65℃的恒温干燥箱中烘干备用。

栽培的青绿饲料视田块大小，按等距离分点，每点采一至数株，切碎混合后取分析样品。

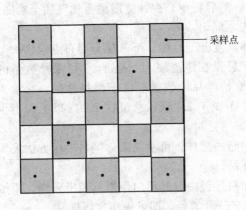

图 2-9　草地及田间采样示意图

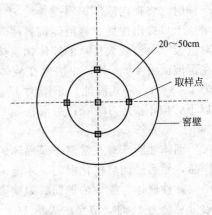

20～50cm
取样点
窖壁

图 2-10　圆形青贮窖采样部位示意图

7. 青贮饲料

青贮饲料的样品一般在圆形窖、青贮塔或长形壕内采样。取样前应除去覆盖的泥土、秸秆以及发霉变质的表层料。原始样品质量应为 500～1000g。长形青贮壕的采样点视青贮壕长度大小分为若干段，每段设采样点分层取样（图 2-10 和图 2-11）。

8. 粗饲料

这类饲料包括秸秆及干草类。可在存放秸秆或干草的堆垛中选取 5 个以上不同位点采样（即采用几何法取样），每点采样 200g 左右（采样时注意防止干草的叶片脱落，保持原料中茎叶比例）。然后将采取的原始样品放在纸或塑料布上，剪成 1～2cm 长度，充分混合后取分析样品约 300g，粉碎过筛。少量难粉碎的秸秆渣应尽量捶碎弄细并混入全部分析样品中，充分混合均匀后装入样品瓶中，切记不能丢弃。

七、样品和样品容器的包装、封口及发送

1. 样品容器的包装和封口

采取样品的容器应当由采样人员封口和盖章。容器也可装入结实的信封或亚麻布、棉袋或塑料袋中，并进一步封口和盖章。

标签应附在内含样品的容器上并封口，不破坏封口标签就不能去掉，标签应有所要求的标示项目，封口未打开前，标示项目应是可见的。

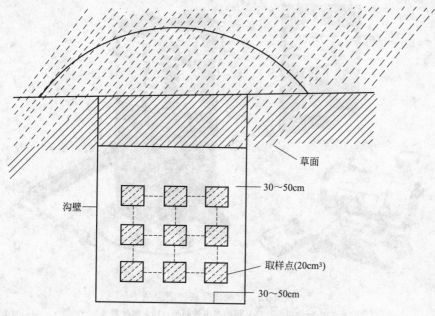

图 2-11　长形青贮壕采样部位示意图

2. 样品的发送

在生产中，每批货物都要至少有一个样品，并与测定所需的信息一起尽快送到认可的分析实验室。在发送过程中要保证样品的质量，必要时可在冷藏或冷冻条件下发送。

八、采样报告

采样后，应由采样人尽快完成报告。在报告后，应尽量附上随包装或容器的标签的复印件或交附物单的复印件。采样报告应至少包括以下内容。

（1）被采样人的姓名和地址；

（2）货物的制造商、进口商、分装商和（或）销售商的名称；

（3）货物（或样品）的名称；

（4）货物的多少（重量和体积）。

第二节　样品的制备

样品的制备是指将样品经过干燥、磨碎和混合处理，以便进行理化分析的过程。

一、风干样品的制备

风干饲料是指自然含水量不高的饲料，一般含水量在 15％以下，如玉米、小麦等作物籽实、糠麸、青干草、配合饲料等。风干饲料的制备主要是粉碎、过筛和混匀过程。

1. 粉碎

粉碎主要用植物样本粉碎机、旋风磨、咖啡磨（图 2-12）或滚筒式样品粉碎机进行，其中最常用的是植物样本粉碎机和旋风磨。粉碎时应注意防止温度过热而引起水分散失和成分变性。植物样本粉碎机易清洗，不会过热而使样品含水量发生明显变化，能使样品经研磨后完全通过适当筛孔；旋风磨粉碎效率较高，但在粉碎过程中水分有损失，需注意校正。

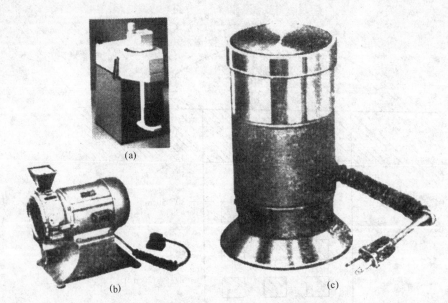

图 2-12　常见样品粉碎磨类型
(a) 旋风磨；(b) 植物样本粉碎机；(c) 咖啡磨

2. 过筛

饲料粉碎粒度的大小影响饲料的混合均匀度，进而影响分析结果的准确性。粉碎粒度应与待分析的指标相吻合，主要分析指标的样品粉碎粒度要求见表 2-2。不易粉碎的粗饲料如秸秆等在粉碎机中会剩留极少量残渣难以通过筛孔，这部分残渣绝不可抛弃，应用剪刀尽可能的仔细剪碎后均匀混入已粉碎的样品中。

表 2-2　主要分析指标样品粉碎粒度的要求

指　　标	分析筛规格/目	筛孔直径/mm
水、粗蛋白质、粗脂肪、粗灰分、钙、磷、盐	40	0.42
粗纤维、体外胃蛋白酶消化率	18	1.10
氨基酸、微量元素、维生素、脲酶活性、蛋白质溶解度	60	0.25

3. 混合

粉碎过筛的样品经仔细混合均匀，然后装入磨口广口瓶内保存备用，并注明样品名称、制样日期和制样人等。

二、半干样品的制备

除用于分析少数指标如胡萝卜素等维生素外，新鲜饲料往往因含有较多的水分，不便保存，一般需经过干燥成为半干样品，然后再粉碎制样备用。

1. 干燥

新鲜饲料的干燥用恒温干燥箱进行。饲料中水分存在 2 种形式：游离水和吸附水（吸附在蛋白质、淀粉及细胞膜上的水）。新鲜饲料往往含有大量的游离水，将新鲜饲料置于干燥箱中，控制温度 60～65℃条件下干燥 8～12h，然后在室温下回潮，使之与周围环境空气湿度保持平衡，此失去的水分为游离水，又称初水分。去掉初水分之后的样品为半干样品。

初水分的测定步骤如下：

(1) 瓷盘称重　瓷盘洗净，烘干，在普通天平（分度值 0.1g）上称重。

（2）称新鲜样品重　将新鲜饲料剪碎，按四分法采集次级样品 200～300g，放入已知重量的瓷盘，在普通天平上称重。

（3）灭酶　将装有新鲜样品的瓷盘放入 120℃干燥箱中干燥 10～15min，目的是使新鲜饲料中存在的各种酶失活，以减少对饲料养分分解造成的损失。

（4）烘干　将瓷盘迅速放在 60～65℃干燥箱中干燥一定时间（一般为 8～12h），含水量低、数量少的样品可能只需 5～6h，直到样品容易磨碎为止。

（5）回潮和称重　取出瓷盘，放置在室内自然条件下冷却 24h，然后用普通天平称重。

（6）再烘干　将瓷盘再次放入 60～65℃干燥箱中干燥 2h。

（7）再回潮和称重　取出瓷盘，同样在室内自然条件下冷却 24h，然后用普通天平称重。

如果两次质量之差超过 0.5g，则将瓷盘再放入干燥箱，重复步骤（6）和步骤（7），直至两次称重之差不超过 0.5g 为止。最低的质量即为半干样品的质量。

（8）计算公式与结果表示：

$$w = \frac{M-m}{M} \times 100\%$$

式中　w——初水分含量，%；

　　　M——新鲜样品的质量，g；

　　　m——半干样品的质量，g。

初水分的测定一般做 2～3 个平行。

2. 粉碎和混匀

半干样品再用与风干饲料相同的方法进行粉碎和充分混匀，即可得到分析样品。

三、绝干样品的制备（饲料干物质测定）

绝干样品是指不含水分的饲料样品。制备原理是样品在 (105±2)℃烘箱中，在一个大气压下干燥直至恒重，剩余的部分即为绝干样品。

绝干样品的制备可用风干样品或半干样品进行，也可用新鲜饲料直接干燥而成。实际上，在 (105±2)℃下，不仅饲料中的水分散失，一部分易挥发的物质如挥发油也易散失，而且样品中的蛋白质发生变性，所制得的绝干样品已不适合用于测定蛋白质和氨基酸的含量等指标，但可用于测定灰分和矿物元素含量。

用风干样品或半干样品制备绝干样品的过程即是饲料干物质的测定过程。其步骤为：

（1）称量瓶的清洁和干燥　将玻璃称量瓶洗净，在 (105±2)℃烘箱中干燥 1h，取出后于干燥器中冷却 30min，用分析天平（分度值 0.0001g）称重；再干燥 30min，同样冷却，称重，重复上述步骤直至两次称重之差小于 0.0005g 为恒重。

（2）称饲料样品　用已恒重的称量瓶称取饲料分析样品 2～5g（含水重 0.1g 以上，样品厚度 4mm 以下），准确至 0.0002g。做 2 个平行。

（3）干燥　揭开称量瓶盖，放入 (105±2)℃烘箱中干燥 3h，迅速取出放入干燥器中，盖好称量瓶盖，冷却 30min，称重。

（4）再干燥、冷却和称重　再将称量瓶放入 (105±2)℃烘箱中，揭开称样瓶盖，干燥 1h，然后迅速取出放入干燥器中，盖好称量瓶盖，冷却 30min，称重。可重复步骤（3）和步骤（4），直至两次称重之差小于 0.002g。

（5）计算

$$水分含量 = \frac{水分质量}{样品质量} \times 100\% = \frac{m_1 - m_2}{m_1 - m_0} \times 100\%$$

式中 m_1——105℃烘干前试样和称量瓶质量，g；

         m_2——105℃烘干后试样和称量瓶质量，g；

         m_0——已恒重的称量瓶质量，g。

饲料干物质含量＝1－水分含量

两个平行样的测定值相差不得超过 0.2%，否则应重做。以两个平行的平均值作为结果。含脂肪高的样品随干燥的时间延长重量可能增加，是由于脂肪氧化所引起，因此，计算应以增重前的重量计算；对含糖分高、易分解或焦化的样品不能以此方法测定水分。

第三节　样本的登记与保存

一、样品的登记

制备好的风干样品、半干样品或绝干样品均应装在洁净、干燥的磨口广口瓶内备用，并贴上标签，标明样品名称、采样和制样时间、采样人和制样人等。同时，应有专门的样品登记本，详细记录与样品相关的资料，如样品名称、种类（品种、质量等级）、生长期（成熟程度）、收获期、茬次、调制和加工方法、贮存条件、外观性状及混杂度、采样地点和采集部位、生产厂家、批次、出厂日期、质量、采样人和制样人姓名等。

二、样品的保存

1. 保存条件

样品应避光、低温保存。

2. 保存时间

样品保存时间依据样品的用途而定。一般饲料原料样品应保留 2 周，成品样品应保留 1 个月，也可长期保存。长期保存的样品可用锡铝软纸包装，经抽真空充氮气后（高纯氮气）密封，在冷库中保存备用。

【操作关键提示】

1. 要根据样品特性和包装选择适宜的取样器，保证样品的代表性。

2. 采取的原始样品量应不低于 2kg，太少不能保证样品的代表性，然后根据需要采用四分法进行缩减。

3. 粉状物样品易结块，必要时要加入抗结块剂。

4. 如果样品出现较严重的分级，则应分步进行采样。

5. 无论原始样品或分析样品，都必须做好详细的记录。

【复习思考题】

1. 样品采集的原则是什么？

2. 采样的目的是什么？

3. 什么是风干样品和绝干样品？

4. 对于制备好的样品，应如何登记和保存？

第三章　饲料物理性状检测

[知识目标]
　　1. 了解饲料鉴定所用的方法。
　　2. 掌握掺假鱼粉及蛋氨酸和赖氨酸添加剂的真伪鉴别方法。
　　3. 掌握饲料显微镜检测的概念、原理及基本步骤。

[技能目标]
　　1. 能够正确选择和应用适宜的物理方法对饲料品质进行鉴定。
　　2. 能正确操作和使用显微镜对饲料进行显微检测。
　　3. 能正确识别及鉴定饲料原料是否掺假。

　　饲料物理性状检测是饲料质量检测的重要方面，是开展饲料化学分析的前提和基础。对饲料原料进行系统的物理性状检测对于识别掺假、保证饲料质量及消费者的利益都有重要作用。本章主要介绍了饲料的鉴定方法、掺假鱼粉的鉴别、蛋氨酸和赖氨酸添加剂的真伪鉴别等内容。

第一节　饲料的鉴定方法

　　饲料的鉴定是指根据饲料的形态特征、理化性质来鉴别饲料原料的种类、质量或混杂物的方法。饲料的鉴定方法有感官鉴定法、物理鉴定法及饲料成分的定性分析方法。

一、感官鉴定法

　　饲料的感官鉴定方法是指对饲料样品不进行任何处理，直接通过感觉器官进行鉴定，是对饲料最初步的检测方法。该法具有简单、快速、经济等特性，鉴定的准确性取决于检测人员的经验及对常见饲料原料的熟知程度。

　　1. 视觉

　　用肉眼或借助放大镜观察饲料的外观、形状、色泽、颗粒大小、均匀性，有无霉变、虫子、硬块、异物等。

　　2. 味觉

　　通过舌舔和牙咬来辨别饲料的味道和干燥程度等。但应注意不要误尝对人体有毒有害的物质。

　　3. 嗅觉

　　嗅辨饲料气味是否正常，鉴别有无霉臭、腐臭、氨臭、焦臭等异味。

　　4. 触觉

　　将手插入饲料中或取样品在手上，用指头捻，通过感触来判断饲料温度、粒度大小、软硬度、黏稠性、有无夹杂物及水分含量等。

二、物理鉴定法

1. 筛别分法

筛别法是用孔径大小不同的一组筛子来对饲料进行筛分，从而判断饲料颗粒的粒度、细粉和异物含量及种类。

(1) 颗粒粒度测定　颗粒粒度对于原料的混合特性和制粒能力是一个非常重要的影响因素，是引起饲料在散仓内堵塞或起拱的因素，同时也是影响饲料利用率的重要因素。

测定方法：将饲料样品通过孔径大小不同的一组分析筛，分别测定各级饲料的质量，按照公式计算颗粒的平均粒度，同时也可判断饲料样品中的异物种类和数量。商业部提供的方法（SB 23—77）中规定了使用 4 层筛法来测定饲料成品的粗细度，具体方法如下。

将 100g 饲料样品用孔径分别为 2.00mm、1.10mm、0.425mm 和底筛（盲筛）组成的分析筛，在振动机上振动筛分，各层筛上物用分度值为 0.1g 的天平分别称重，按下式计算算术平均粒径（F，mm）：

$$\phi = \frac{1}{100} \times \left(\frac{\alpha_0 + \alpha_1}{2} \times \rho_0 + \frac{\alpha_1 + \alpha_2}{2} \times \rho_1 + \frac{\alpha_2 + \alpha_3}{2} \times \rho_2 + \frac{\alpha_3 + \alpha_4}{2} \times \rho_3 \right)$$

式中　α_0、α_1、α_2、α_3——分别为由底筛上数各层筛的孔径，mm，筛比（相邻两筛面筛孔尺寸之比）为 2～2.35；

α_4——假设的 2.00mm 孔径筛的筛上物能全部通过的孔径，此处按筛比为 2 计算时，$\alpha_4 = 4.00$mm；

ρ_0、ρ_1、ρ_2、ρ_3——由底筛上数各层筛的筛上物质量，g。

(2) 细粉含量测定　细粉含量可反映颗粒饲料的加工质量，主要与饲料的调制和颗粒饲料的黏结性有关。

测定方法：将原始样品称重，然后通过一定孔径的分析筛，仔细收集细粉并称重，计算细粉的百分含量。也可称取筛上物质量，计算筛上物百分含量。

同一批生产的饲料的不同部分的细粉含量差异很大，因此需要检测多个样品或进行多次检测试验，以获得代表该批产品的检测结果。

2. 容重法

容重即指密度，是指单位体积的饲料所具有的质量，通常以 1L 体积的饲料质量计。各种饲料原料均有一定的密度，测定饲料样品的密度，并与标准纯品的密度进行比较，可判断有无异物混入以及饲料的质量。如果饲料原料中含有杂质或掺杂物，密度就会改变（或大或小），常见饲料的密度见表 3-1。

表 3-1　常见饲料原料的密度　　　　　　　　　　　　　单位：g/L

饲料名称	密度	饲料名称	密度	饲料名称	密度
苜蓿（干）	224.8	油脂（植物及动物）	834.9～867.1	矿末	545.9
大麦	353.2～4014	羽毛粉	545.9	米糠	350.7～337.7
血粉	610.2	鱼粉	562.0	稻壳	337.2
干啤酒糟	321.1	肉骨粉	594.3	大豆饼粕	594.1～610.2
木薯粉	533.4～551.6	糖蜜	1413	高粱	545.9
玉米	626.2	干啤酒酵母	658.3	高粱粉	706.9～733.7
玉米粉	701.8～722.9	磷酸盐	915.2～931.3	肉粉	786.8
玉米和玉米芯粉	578.0	燕麦	273.0～321.1	小麦	610.2～626.2
玉米麸粉	481.7	燕麦粉	352.2	小麦麸	208.7
棉籽壳	192.7	花生饼粉	465.6	次粉	291～540
棉籽饼粉	594.1～642.3	家禽副产品	545.9	乳清粉	642.3

注：引自饲料分析与检验. 王加启，于建国. 2004。

下面介绍容重的测定方法（简易测定方法）：

（1）样品制备　饲料样品应彻底混合，无需粉碎。

（2）仪器与设备　粗天平（分度值 0.1g）；1000mL 量筒；不锈钢盘（30cm×40cm）；小刀；药匙等。

（3）测定步骤

① 用四分法取样，然后将样品倒入 1000mL 的量筒内，用药匙调整容积，直到正好达 1000mL 刻度为止。注意放入饲料样品时应轻放。

② 将样品从量筒中倒出并称重。

③ 反复测量 3 次，取平均值，即为该饲料的密度。允许相对偏差≤12%。

3. 比重与浮选鉴别法

（1）比重测定法　比重鉴别法是根据饲料样品在一定密度的溶剂中的沉浮情况来鉴别是否混入异物、异物种类和混入比例。该方法比较简单有效，在实际中易于应用。

具体做法：先将不同比重液分别装入不同试管中，再将同一被检饲料原料分别加入这些试管中，当被检试样在试管中不沉不浮时，该试管比重液的密度即为被检样的密度。表 3-2 和表 3-3 分别为常用比重液和常见饲料原料的密度。

表 3-2　常用比重液密度

比重液	己烷	石油醚	甲苯	水	氯仿	四氯化碳	溴仿
密度/(g/cm³)	0.66	0.69	0.88	1.00	1.48	1.58	2.60

表 3-3　常见饲料原料密度　　　　　　　单位：g/cm³

原料	密度	原料	密度	原料	密度
动植物性有机物	1.5 以下	硫酸铵	1.8	亚麻仁粕	1.30~1.40
虫、虾壳、蟹壳	1.4~2.0	尿素	1.3	木棉粕	1.40~1.45
贝壳	1.9~2.6	蒸制蹄粉	1.3	菜籽粕	1.34
大理石粉、碳酸钙	2.6~2.9	棉籽粕	1.40~1.43	大豆粕	1.38
土砂	1.8~2.5	椰子粕	1.38~1.46	脱脂糖类	1.39
兽骨	1.9~2.2	芝麻粕	1.41	陶土	1.87

注：引自饲料原料与品质检测. 梁邢文等. 1999。

（2）浮选技术　当试样密度确定后，即可根据其密度分别选用一种大于该密度和一种小于该密度的两种试剂，并按一定比例混合，配成所需密度的浮选液，其计算公式如下：

$$L_b = L_a \times \frac{A-C}{C-B} \quad (A>C>B)$$

式中　L_b——混合时 b 液所需体积；

　　　L_a——混合时 a 液所需体积；

　　　A——a 液密度；

　　　B——b 液密度；

　　　C——新配浮选液密度；

测定方法：称 10g 被检样于 100mL 烧杯中，加入所需密度浮选液 90mL，摇匀后静置 10min。将上浮物用滤纸过滤，沉淀物倒入另一滤纸上过滤。再分别将两种过滤物进行干燥、称重，即可算出二者比例。然后再在显微镜下观察，以确定杂物。若欲进一步确认某杂物，亦可将上述沉淀物和上浮物，分别用不同密度的浮选液进行分离、确认。

（3）浮选实例

① 混入土砂的鉴别方法　将饲料样品盛入试管或细长的玻璃杯，加入 4~5 倍的蒸馏水

（或干净自来水），充分振荡混合，静置一段时间后，因为土砂等异物的密度大，所以若有土砂会沉降在试管的最底部，很容易鉴别出来。

② 有机物和无机物的鉴别方法　饲料中有机物与无机物质分离时，浮选液可选四氯化碳。上浮者为有机物，下沉者为无机物。将两部分分别干燥称重，即可计算出两者的大致比例。

③ 骨粉中肉骨分离　浮选液可选用四氯化碳。上浮者为肉粉，下沉者为骨粉。

④ 玉米粉中玉米芯粉的分离　一般可选相对密度 1.439 的浮选液。上浮者为玉米芯粉，下沉者为玉米粉。

⑤ 棉籽粕中棉籽壳的分离　可选用相对密度 1.438 的浮选液，上浮者为棉籽壳，下沉者为棉仁粕。

⑥ 鱼粉中水解羽毛粉和海蜇废弃物的分离　可选相对密度 1.326 的浮选液，上浮者为水解羽毛粉和海蜇废弃物。若在下沉物中加入四氯化碳，上浮者为鱼肉（极少量水解羽毛粉），下沉者为鱼骨。

4. 流水淘汰识别法

该法可用于混入到麦麸或米糠中的稻壳粉末、花生皮粉末和锯末的鉴定。具体方法是：取被检试样 1g 于烧杯中，加入 5％氢氧化钠溶液 100mL，煮沸 30min，静置 15min，弃去上清液。然后将残渣放入 1000mL 烧杯中，用玻璃弯管倒入流水形成涡流，此时稻壳粉末、花生皮粉末或锯末等黄色残渣集中在中间，靠近烧杯壁的白色部分为麦麸或米糠残渣，将这些残渣用另一支玻璃弯管吸去，剩余残渣过滤、干燥、称重，称重数乘以系数（稻壳粉末 2.5，花生皮粉末、锯末 1.7）即为混入物的重量。

三、显微镜检法

饲料的显微镜检测是近年来发展起来的对饲料原料的种类及异物进行鉴定和评价的一种检测方法。与化学分析相比，具有快速、简便、准确、经济的特点，是饲料化学分析方法及其它分析方法的有力补充，特别是在饲料的掺假识别上，显微镜检测能取得良好的效果。目前在一些国家，显微镜检测已被规定为饲料质量诉讼案的法定裁决方法之一，具有很好的发展和应用前景。

饲料显微镜检测的准确程度取决于检测人员对饲料原料的熟悉程度及应用显微技术的熟练程度，要求分析人员具有一定的动植物组织学、细胞学和化学等方面的知识，经常收集各种饲料原料、掺杂物和饲料标准图谱，并且熟悉这些原料和掺杂物的外部物理特征和显微特征，在此基础上进行混合饲料的观察与练习。首先由简单的混合开始，进而到复杂成分的观察练习。此外，检测人员应调查了解当前（地）的饲料掺假、伪造的基本情况和动态，以做到心中有数。饲料显微镜检技术要求每一个镜检工作者在掌握了基本方法后，还要不断学习、探索，去解决面临的新问题。饲料显微镜检测方法参考国家标准（GB/T 14698—2002），饲料显微图谱可参照 SB/T 10274 中的图谱进行对比。

1. 适用范围

适用于饲料原料和配合饲料的显微镜定性检测。

2. 原理

饲料显微镜检测是以动植物形态学、组织细胞学为基础，将显微镜下所见到的饲料和杂质的形态特征、理化特点、物理性状、细胞形态及染色特性等与饲料标准品进行对比分析的一种鉴别方法。

饲料显微镜检测技术包括两方面：体视显微镜技术和生物显微镜技术，前者以被检样品的外部形态特征为依据，如表面形状、色泽、粒度、软硬度、破碎面形状等；后者以被检样品的组织细胞学特征为依据，如细胞的大小、形态、排列，细胞壁的薄厚，细胞的染色特性等。由于动植物组织的形态学和细胞学特征具有相对的独立性和特异性，不论饲料的加工工艺如何变化，都会或多或少的保留一些用以区别其它饲料的典型特征，这就是饲料显微镜检测的前提和基础，使得检测结果具有稳定性与准确性。

3. 仪器与设备

（1）体视显微镜：带有宽视野目镜和物镜，放大范围为 10～40 倍，配照明装置。

（2）生物显微镜：放大倍数为 40～500 倍。

（3）其它

① 离心机：1200～1500r/min。

② 干燥箱。

③ 抽滤器。

④ 分析天平。

⑤ 分级筛：孔径为 2.00mm、0.84mm、0.42mm、0.25mm、0.177mm 分级筛及底盘。

⑥ 电热板，载玻片，盖玻片，探针，镊子，镜头纸，滤纸，漏斗，滴管，烧杯，试管，小刷子，瓷盘等。

4. 试剂和溶液

（1）四氯化碳　相对密度为 1.589。

（2）乙醚。

（3）丙酮溶液：丙酮：水＝3：1（体积比）。

（4）1.25％硫酸溶液：7.0mL 98％的硫酸溶于 1000mL 蒸馏水中。

（5）50％硫酸溶液：543mL 98％的硫酸溶于 1000mL 蒸馏水中。

（6）12.5g/L 氢氧化钠溶液：12.5g 分析纯氢氧化钠溶于 1000mL 水中。

（7）500g/L 氢氧化钠溶液：500g 分析纯氢氧化钠溶于 1000mL 水中。

（8）蒸馏水、水合氯醛、甘油的混合液：蒸馏水：水合氯醛：甘油＝1：1：1（体积比）。

5. 饲料显微镜检测的基本步骤

（1）体视显微镜检测

① 原始样品的一般检查　从被检样中采集具有代表性的样品，将待测样品平铺于纸上，仔细观察，记录原始样品的外观特征，如颜色、粒度、软硬程度、气味、霉变、异物等情况。有经验的人员可以从一般检查中发现许多有价值的信息。必要时可借助放大镜观察样品的外形、色泽等，观察时要有充足的自然光源，并固定使用同一光源，若有比照样品进行对比观察，效果更好。观察中应特别注意细粉粒，因为掺假、掺杂物往往被粉碎得很细以逃避检查。将记录下来的特征与参照样特征进行比较，判断是否有疑。嗅气味时要集中精神，并避免环境中其它气味的干扰。嗅第一下最重要，若连嗅几下还判断不准时，可休息一会再试。饲料的固有气味、发酵腐败味、氨臭味、油脂哈喇味、焦煳味都不难判断。

② 分样　将样品充分混合后分成 3 份，每份 15～20g，一份直接镜检，一份用四氯化碳等处理，一份供各种快速化学检查。

③ 样品前处理　粉状饲料可不制备即可用做进一步分析；对饼块、碎粒或颗粒样等需减小颗粒大小，以便观察，一般要求用研钵研碎，用粉碎机粉碎供化学分析的试样不能用以镜检，否则易产生错误判断。前处理主要包括筛分和清除干扰物质两个步骤。

a. 筛分　对样品的筛分处理可将饲料的细颗粒、粗颗粒分开，便于分别观察。方法是称取一定量样品，用分级筛进行筛分，将各级组分分别称重并置于显微镜下逐个观察。

b. 清除干扰物质　对油脂超过 5% 的高脂样品及糖蜜含量超过 5% 的高蜜样品，由于脂肪和糖蜜溢于样品表面，往往黏附许多细粉，使观察产生困难，镜检前必须脱脂、除蜜。脱脂可用乙醚、四氯化碳等有机溶剂进行，方法是：取 10g 样品置于 100mL 高型烧杯中，加入 90mL 四氯化碳，搅拌 10s，静置 2min，待上下分层清楚后，用勺捞出漂浮物过滤，四氯化碳挥发干后于 70℃ 烘箱干燥 20min，取出冷却，过筛，镜检。必要时可将下层沉淀物过滤、干燥、筛分、镜检；除蜜可用丙酮处理，方法是：取 10g 样品置于 100mL 高型烧杯中，加入 70mL 丙酮，搅拌数分钟以溶解糖蜜，静置沉降，小心倾析，用丙酮反复洗涤、沉降、倾析 2 次，丙酮挥发干后置于 60℃ 干燥箱干燥 20min，取出冷却，过筛，镜检。

④ 观察　将筛分好的各组样品分别平铺于纸上或培养皿中，置于体视显微镜下，从低倍至高倍进行检查。从上到下，从左到右顺序逐粒观察，先粗粒，后细粒，边检查边用探针将识别的样品分类，同时探测各种颗粒的硬度、结构、表面特征，如色泽、形状等，并做记录，根据各组分特点进行鉴别，对不是样品所标示的物质，若量小称为杂质，若量大则称为掺杂物。必要时与化学法结合，以获取准确结果。

将检出的结果与生产厂家出厂记录的成分相对照，即可对掺假、掺杂、污染等质量情况做出初步测定。初检后再复检一遍，如果形态特征不足以鉴定，则可进一步用生物显微镜观察组织学特征和细胞排列情况，以便做出最后判定。对 0.42mm 孔径筛的筛下物应尤其注意，因一般掺杂物都粉碎得很细以逃避检测。

(2) 生物显微镜检测　当某种异物掺入较少且磨得很细时，在体视显微镜下很难辨认，需通过生物显微镜进行观察。

① 样品处理　用生物显微镜做饲料镜检时，一般不用切片法制作镜检样片，而是采用直接涂布或压片法。对于有些组织紧密、透明度差的样品，可借助物理化学作用将组织浸软，使样品组织之间的某些化合物被溶化而分离。通常使用硫酸溶液、氢氧化钠溶液来处理样品，对于不同的原料，所用酸碱浓度和处理时间也不同，具体情况如下。

a. 动物类原料　多用硫酸处理，对于动物中的单纯蛋白质，如鱼粉、肉骨粉、水解羽毛粉等，只需用 1.25% 的硫酸溶液处理 5～15min；而对含角蛋白质的样品，如蹄角粉、皮革粉、生羽毛粉、猪毛等需用 50% 的硫酸溶液处理，时间也稍长。

b. 植物类和甲壳类　需酸和碱处理。甲壳类和植物中的玉米粉、麸皮、米糠、饼粕类等先用 1.25% 的硫酸溶液处理，再用 12.5g/L 的氢氧化钠溶液处理，时间 10～30min。

c. 高木质素植物类　稻壳粉和花生壳粉等硅质化程度高和含纤维较高的样品需分别用 50% 的硫酸溶液和 500g/L 的氢氧化钠溶液处理，对各种样品的处理时间可根据经验而定。

② 制片与观察　取少量处理好的样品于载玻片上，加适量载液并将样品铺平，力求薄而匀，载液可用蒸馏水∶水合氯醛∶甘油＝1∶1∶1（体积比）的混合液，也可用矿物油等，单纯用蒸馏水也较普遍。生物显微镜主要用于微粒样品内部结构观察，检测时一般先制片，后检查。检查程序是：将制好的载玻片先置于低倍镜下，再放在适宜高倍镜下，分别对样品的结构特征从左至右仔细观察。

由于饲料样品多是经过加工的，不像观察一般生物标本那样清晰，镜中看到的饲料样品背景总有些模糊，形象有些残缺。镜检者应仔细鉴别，抓住各种样品的基本特征。观察时应特别注意寻找样品中未破坏部分，并应对各特征仔细观察，以确切掌握可靠的判断材料。

对显微镜下难以鉴定的某些无定形颗粒，可在镜下挑出来，按可疑方向进行有关的化学定性。判断不准的原则上不归于掺杂物中，同时应注意样片的每个部位，而且至少要检查 3 个样片后再做综合判断。

6. 鉴别试验

用镊子将未知颗粒放在点滴板上，用镊子平面轻轻压碎颗粒，在显微镜下，将颗粒彼此分开，每个颗粒周围滴一滴饲料成分定性分析的相关试剂，用细玻棒将颗粒推入液体中，并观察界面处的变化，依次进行，直到得到正确的鉴别结果为止。此实验也可在黑色点滴板上进行。

7. 结果表示

镜检结果的表示包括饲料样品的外观、色泽、气味及显微镜下所见到的物质，还包括给出所检样品是否与送检名称相符合的结论。

饲料显微镜检测的基本步骤可用图 3-1 来说明。

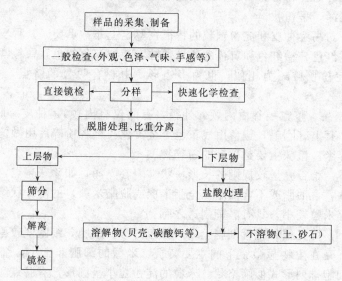

图 3-1 饲料显微镜检测的基本步骤

8. 常见饲料原料显微特征

(1) 常见植物性饲料原料的显微特征

① 谷物类原料

a. 玉米及其制品 整粒玉米形似牙齿，淡黄色至金黄色，或白色，主要由玉米皮、胚乳和胚芽 3 部分组成。胚乳包括糊粉层、角质淀粉和粉质淀粉。玉米粉碎后各部分特征明显。

体视显微镜下，玉米表皮薄而半透明，略有光泽，呈不规则片状，较硬，其上有较细的条纹。角质淀粉为黄色（白玉米为白色），多边，有棱，有光泽，较硬；粉质淀粉为疏松、不定型颗粒，白色，易破裂。许多粉质淀粉颗粒和糊粉层的细小粉末常黏附于角质淀粉颗粒和玉米皮表面。

生物显微镜下可见玉米表皮细胞，长形，壁厚，相互连接排列紧密，如念珠状。角质淀粉的淀粉粒为多角形；粉质淀粉粒为圆形，多成对排列。每个淀粉粒中央有一个清晰的脐点，脐点中心向外有放射性裂纹。

b. 小麦及其制品 小麦主要由种皮、胚乳和胚芽 3 部分组成。整粒小麦为椭圆形，浅黄色至黄褐色，略有光泽，在其腹面有一条较深的腹沟，背部有许多细微的波状皱纹。其胚芽扁平，浅黄色，含有油脂，粉碎时易分离出来。

体视显微镜下，小麦麸皮多为片状结构，其片的大小、形状随制粉程度的不同而不同，通常可分为大片麸皮和小片麸皮。大片麸皮片状结构大，表面上保留有小麦粒的光泽和细微横向纵纹，略有卷曲，麸皮内表面附有许多淀粉颗粒。小片麸皮片状结构小，淀粉含量高。

生物显微镜下，可见小麦麸皮由多层组成，具有链珠状的细胞壁，仅一层管状细胞，在管状细胞上整齐地排列一层横纹细胞，链珠状的细胞壁清晰可见。小麦淀粉颗粒较大，直径达 $30\sim40\mu m$，圆形，有时可见双凸透镜状，没有明显的脐点。

c. 高粱及其制品　整粒高粱为卵圆形至圆形，端部不尖锐，在胚芽端有一个颜色加深的小点，从小点向四周颜色由深至浅，同时有向外的放射状细条纹，高粱外观色彩斑驳，由棕色、浅红棕色至黄白色等多种颜色混杂，外壳有较强的光泽。

体视显微镜下，可见皮层紧附在角质淀粉上，粉碎物粒度大小参差不齐，呈圆形或不规则形状，颜色因品种而异，可为白色、红褐色或淡黄色等。角质淀粉表面粗糙，不透明；粉质淀粉色白，有光泽，呈粉状。

生物显微镜下，高粱种皮和淀粉颗粒的特征在鉴定上非常重要。其种皮色彩丰富，细胞内充满了红色、橘红色、粉红色和黄色的色素颗粒，淡红棕色的色素颗粒常占优势。高粱的淀粉颗粒与玉米淀粉颗粒颇为相似，也为多边形，中心有明显的脐点，并向外呈放射状裂纹。

d. 稻谷及其制品　整粒稻谷由内颖、外颖（有的仅有内颖）、种皮、胚乳和胚芽构成，长形，外表粗糙，其上有刚毛，颜色由浅黄色至金黄色。稻谷粉碎后用做饲料的主要有粗糠（统糠）、米糠和碎米。粗糠主要是稻壳的粉碎物。

体视显微镜下，稻谷壳呈较规则的长形块状，闪着光泽，如珍珠亮点，可见刚毛。米糠为无色透明，柔软，含油脂或不含油脂（全脂米糠或脱脂米糠）的薄片状结构，其中还有一些碎小的稻壳，碎米粒较小，具有晶莹剔透之感。

生物显微镜下，可见稻谷壳管细胞上纵向排布的弯曲细胞，细胞壁较厚，这种特有的细胞排列方式是稻谷壳在生物显微镜下的主要特征。米糠的细胞非常小，细胞壁薄而呈波纹状，略有规律的细胞排列形式似筛格状。米粒的淀粉粒小呈圆形，有脐点，常聚集成团。

② 饼粕类原料

a. 大豆饼粕　大豆饼粕主要由种皮、种脐和子叶组成。

体视显微镜下，可见明显的大块种皮和种脐，种皮表面光滑，坚硬且脆，向内面卷曲。在 20 倍放大条件下，种皮外表面可见明显的凹痕和针状小孔，内表面为白色多孔海绵状组织，种脐明显，长椭圆形，有棕色、黑色和黄色。浸出粒中子叶颗粒大小较均匀，形状不规则，边缘锋利，硬而脆，无光泽不透明，呈奶油色或黄褐色。由豆饼粉碎后的粉碎物中，子叶因挤压而成团，近圆形，边缘浑圆，质地粗糙，颜色外深内浅。

生物显微镜下，大豆种皮是大豆饼粕的主要鉴定特征。在处理后的大豆种皮表面可见多个凹陷的小点及向四周呈现的辐射状裂纹，犹如一朵朵小花，同时还可看见表面的"工"字形细胞。

b. 花生饼粕　花生饼粕以碎花生仁为主，但仍有不少花生种皮、果皮存在。

体视显微镜下能找到破碎外壳上的成束纤维脊，或粗糙的网络状纤维，还能看见白色柔软有光泽的小块。种皮非常薄，呈粉红色、红色或深紫色，并有纹理，常附着在子仁的碎块上。

生物显微镜下，花生壳上交错排列的纤维更加明显，内果皮带有小孔，中果皮为薄壁组织，种皮的表皮细胞有 $4\sim5$ 个边的厚壁，壁上有孔，由正面观可看到细胞壁上有许多指状突起物。子仁的细胞大，壁多孔，含油滴。

c. 棉籽饼粕　棉籽饼粕主要由棉籽仁、少量的棉籽壳和棉纤维构成。

体视显微镜下，可见棉籽壳和短绒毛黏附在棉籽仁颗粒中，棉纤维中空，扁平，卷曲；

棉籽壳为略凹陷的块状物，呈弧形弯曲，壳厚，棕色，红棕色；棉仁碎粒为黄色或黄褐色，含有许多黑色或红褐色的棉酚色素腺。棉籽压榨时将棉仁碎片和外壳都压在一起，看起来颜色较暗，每一碎片的结构难以看清。

生物显微镜下可见棉籽种皮细胞壁厚，似纤维，带状，呈不规则的弯曲，细胞空腔较小，多个相邻细胞排列呈花瓣状。

d. 菜籽饼粕　体视显微镜下，菜籽饼粕中的种皮仍为主要的鉴定特征。一般为很薄的小块状，扁平，单一层，黄褐色至红棕色。表面有油光泽，可见凹陷如刀刻的窝。种皮和子仁碎片不连在一起，易碎。种皮内表面有柔软的半透明白色薄片附着。子叶为不规则小碎片，黄色无光泽，质脆。

生物显微镜下，菜籽饼粕最典型的特征是种皮上的栅栏细胞，有褐色色素，为 4～5 边形，细胞壁深褐色，壁厚，有宽大的细胞内腔，其直径超过细胞壁宽度，表面观察，这些栅栏细胞在形状、大小上都较近似，相邻两细胞间总以较长的一边相对排列，细胞间连接紧密。

e. 向日葵粕　体视显微镜下，向日葵粕存在着未除净的葵花子壳是主要的鉴别特征。向日葵粕为灰白色，壳为白色，其上有黑色条纹。由于壳中含有较高的纤维素和木质素，通常较坚韧，呈长条形，断面也呈锯齿状。子仁的粒度小，形状不规则，黄褐色或灰褐色，无光泽。

生物显微镜下可见种皮表皮细胞长，有"工"字形细胞壁，而且可见双毛，即两根毛从同一个细胞长出。

（2）常见动物性原料的显微特征

① 鱼粉　鱼粉一般是将鱼加压、蒸煮、干燥、粉碎加工而成。鱼粉在显微镜下明显可见鱼肌肉束、鱼骨、鱼鳞片和鱼眼等。鱼肉在显微镜下颗粒较大，表面粗糙，具有纤维结构，呈黄色至黄褐色，有透明感，形象如碎蹄筋，似有弹性。鱼骨在显微镜下为半透明或不透明的银色体，有鱼刺、鱼头骨，碎块大小不等，形状各异，一些鱼骨屑呈琥珀色，表面光滑，鱼刺细长而尖，似脊椎状，仔细观察可看到鱼刺碎块中有大端头或小端头的鱼刺特征，鱼头骨为片状，半透明，正面有纹理，鱼骨坚硬无弹性。鱼鳞在显微镜下为平坦或卷曲的薄形片状物，近乎透明，有一些同心圆线纹。鱼眼在显微镜下呈乳白色的圆球形颗粒，半透明，光泽暗淡，较硬。

② 虾壳粉　虾壳粉是由对虾或小虾脱水干燥加工而成的。在显微镜下的主要特征是触角、虾壳及复眼。虾触须以片段存在，呈长管状，常有 4 个环节相连；虾壳薄而透明，头部的壳片则厚而不透明，壳表面有平行线，中间有横纹，部分壳有十字形线或玫瑰花形线纹；虾眼为复眼，多为皱缩的小片，深紫色或黑色，表面上有横影线。

③ 蟹壳粉　蟹壳粉的鉴别主要依据蟹壳在体视显微镜下的特征。蟹壳为小的不规则几丁质壳形状，壳外表多为橘红色，而且多孔，有时蟹壳可破裂成薄层，边缘较卷曲，褐色如麦皮。在蟹壳粉中常可见到断裂的蟹螯枝头部。

④ 贝壳粉　体视显微镜下，贝壳粉多为小的颗粒状物，质硬，表面光滑，多为白色至灰色，光泽暗淡，有些颗粒的外表面具有同心或平行的线纹。

⑤ 骨粉及肉骨粉　在肉骨粉中肉的含量一般较少，颗粒具油腻感，浅黄色至深褐色，粗糙，可见肌纤维。骨为不定型块状，边缘浑圆，灰白色，具有明显的松质骨，不透明。肉骨粉及骨粉中还常有动物毛发，长而稍卷曲，黑色或灰白色。

⑥ 血粉　喷雾干燥的血粉多为血红色小珠状，晶亮；滚筒干燥的血粉为边缘锐利的块状，深红色，厚的地方为黑色，薄的地方为血红色，透明，其上可见小血细胞亮点。

⑦ 水解羽毛粉　多为碎玻璃状或松香状的小块状。透明易碎，浅灰色、黄褐色至黑色，断裂时常呈扇状边缘。在水解羽毛粉中仍可找到未完全水解的羽毛残枝。

第二节　掺假鱼粉的鉴别

鱼粉是鱼类的全身或鱼身上某一部分将油脂分离后，再经干燥压成粉末而成的产品。是畜禽优质的蛋白质补充饲料，粗蛋白质含量高达 $50\% \sim 70\%$，并且氨基酸种类齐全，赖氨酸含量丰富，磷、钙、铁和碘的含量高，并且含丰富的维生素 A、维生素 D、维生素 B_{12} 和未知生长因子。鱼粉中常见的掺杂物有砂土、稻糠、贝壳粉、尿素、虾壳粉、蟹壳粉、棉子饼、菜子饼、羽毛粉、血粉等。可用如下方法对掺假的鱼粉进行鉴别。

一、感官鉴定法

优质鱼粉多为棕黄色或黄褐色，粉状或颗粒状，细度均匀，表面干燥无油腻，用手捻，感觉到质地柔软，呈肉松状，可见细长的肌肉束、鱼骨、鱼肉块等，具有较浓烤鱼香味，略带鱼腥味。而掺假鱼粉多为灰白色或灰黄色，极细，均匀度差，手捻感到粗糙，纤维状物较多，粗看似灰渣，鱼味不香，腥味较浓。掺假的原料不同就带有不同的异味，如掺入尿素就略有氨味，掺入油脂就略有油脂味。

二、物理鉴定法

1. 水浸泡法鉴别

此法用于鱼粉中掺入麦麸、花生壳粉、稻壳粉及砂土的鉴别。方法是：取样品 $2 \sim 4g$，加水 100mL 左右，搅拌后静置数分钟。麦麸、花生壳粉、稻壳粉一般浮在上面，鱼粉则沉入水底；如有砂土时鱼粉和砂都沉于底部，轻轻搅拌后鱼粉稍浮起旋转，而砂土在底部旋转。

2. 容重法鉴别

粒度为 1.5mm 的纯鱼粉，密度（容重）$550 \sim 600g/L$。如果密度偏大或偏小，均不是纯鱼粉。

三、显微镜检法

优质鱼粉在体视显微镜下明显可见鱼肌肉束、鱼骨、鱼鳞片和鱼眼等。鱼肌肉束在显微镜下表面粗糙，具有纤维结构，类似肉粉，只是颜色较浅。鱼骨为半透明至不透明的银色体，一些鱼骨块呈琥珀色，其空隙呈深色的流线型波状线段，似鞭状葡萄枝，从根部沿着整个边缘向上伸出。鱼鳞片为平坦或弯曲的透明物，有同心圆，以深色和浅色交替排布，鱼鳞表面有轻微的十字架。鱼鳞表面破裂，形成乳白色的玻璃珠。在鱼粉中有和以上特征相差较远的其它颗粒或粉状物多为掺假物，可根据掺假物的显微特征进行鉴别。

四、化学分析

1. 粗蛋白质和真蛋白质含量分析

正常国产鱼粉的粗蛋白质含量为 $49.0\% \sim 61.9\%$，真蛋白质含量为 $40.7\% \sim 55.4\%$，真蛋白比率（真蛋白质/粗蛋白质）为 $79.4\% \sim 91.9\%$。一般认为真蛋白比率为 80% 可作为判断鱼粉是否掺有高氮化合物的依据之一，高于该值即没有掺入高氮化合物，反之则认为有高氮化合物的掺入。

2. 粗灰分和钙、磷比例分析

全鱼鱼粉的粗灰分含量为 16%～20%，如果鱼粉中掺入贝壳粉、骨粉、细砂等，则鱼粉中粗灰分含量明显增加。优质鱼粉的钙、磷比例一般为（1.5～2）∶1（多在 1.5∶1 左右）。若鱼粉中掺入的石粉、细砂、泥土、贝壳粉等的比例较大时，则鱼粉中钙、磷比例增大。

3. 植物质分析

植物质分析主要是通过检测样品中是否含有粗纤维、淀粉或木质素，试样中检出其中之一者，则判定为该批鱼粉中掺有植物质。

鱼粉粗纤维含量极少，优质鱼粉一般不超过 0.5%，并且鱼粉中不含淀粉。如果鱼粉中混入稻壳粉、棉籽饼粕等物质，则粗纤维含量会大幅度增加。若混入玉米粉等富含淀粉的物质，则无氮浸出物含量会大大增加。

如果怀疑鱼粉中掺有纤维类物质，可用下述检验方法：取样品 2～5g，分别用 1.25% 硫酸溶液和 12.5g/L 氢氧化钠溶液煮沸过滤，干燥后称重，可计算出粗纤维的大致含量。

如果怀疑掺有淀粉，可利用淀粉与碘化钾反应产生蓝色化合物来鉴定，其方法是：取试样 2～3g 置于烧杯中，加入 2～3 倍的水后，加热 1min，冷却后滴加碘-碘化钾溶液（取碘化钾 5g，溶于 100mL 水中，再加碘 2g）。若鱼粉中掺有淀粉类物质，则颜色变蓝，随掺入量的增加，颜色由蓝变紫。

如果怀疑掺有木质素，可利用木质素与间苯三酚在强酸条件下反应产生红色化合物来鉴定，方法是：称取鱼粉 1～2g 置于试管中，再加入 20g/L 的间苯三酚 95% 乙醇溶液 10mL，滴入数滴浓盐酸，观察样品的颜色变化，如其中有红色颗粒产生则可判定掺有木质素，说明鱼粉中掺有锯末类物质。

4. 鱼粉中掺入碳酸钙粉、石粉、贝壳粉和蛋壳粉的分析

可利用盐酸与碳酸盐反应产生二氧化碳来判断。取试样 10g，放在烧杯中，加入 2mL 的盐酸，若立即产生大量气泡，说明掺入了上述物质。

5. 鱼粉中掺入皮革粉的分析

该方法的原理是在皮革鞣制过程中采用了铬制剂，通过分析样品中的铬来判断是否有皮革粉的掺入。样品灰化后，有一部分铬变为六价铬，在强酸溶液中，六价铬与二苯基卡巴腙反应，生成紫红色的水溶性二硫代卡腙化合物。

方法是：称取 2g 鱼粉样品置于坩埚中，经高温灰化，冷却后用水浸润，加入 1mol/L 硫酸溶液 10mL，使之呈酸性，滴加数滴二苯基卡巴腙溶液（称取 0.2g 二苯基卡巴腙，溶解于 100mL 90% 的乙醇中），如有紫红色物质产生，则有铬存在，说明鱼粉中有皮革粉。

6. 鱼粉中掺入羽毛粉的分析

称取约 1g 试样于 2 个 500mL 三角烧杯中，一个加入 1.25% 硫酸溶液 100mL，另一个加入 50g/L 氢氧化钠溶液 100mL，分别煮沸 30min 后静置，吸去上清液，将残渣放在 50～100 倍显微镜下观察。如果有羽毛粉，用 1.25% 硫酸处理的残渣在显微镜下会有一种特殊形状，而用 50g/L 氢氧化钠溶液处理后的残渣没有这种特殊形状。

7. 鱼粉中掺入血粉的分析

原理是血粉中铁质有类似过氧化酶的作用，可分解过氧化氢，放出新生态氧，使联苯胺氧化为联苯胺蓝，呈绿色或蓝色。

方法是：取被检鱼粉 1～2g 于试管中，加入 5mL 蒸馏水，搅拌，静置数分钟后过滤，收集滤液备用。另取一支试管，先加入联苯胺粉末少许，然后加入 2mL 冰醋酸，振荡溶解，再加入 1～2mL 过氧化氢溶液，将收集的被检鱼粉的滤液徐徐注入其中，如两液接触面出现绿色或蓝色的环或点，表明鱼粉中含有血粉，反之，就不含血粉。如不用滤液，而用被检鱼粉直接徐徐倒入溶液面上，在液面上及液面以下可见绿色或蓝色的环或柱，表明有血粉掺入，否则就没有血粉掺入。

注：所用试剂现配现用。

8. 鱼粉中掺入尿素及铵盐的分析

（1）奈斯勒试剂法　原理是铵盐含有氨态氮，奈斯勒试剂能与含氨态氮的物质反应产生黄褐色沉淀，而尿素在碱性条件下，由于脲酶的催化作用可生成氨态氮。

① 铵盐的检测　取被检试样 1～2g，加水 10mL，振摇 2min，静置 20min，取上清液 2mL 加入 1mol/L 氢氧化钠溶液 1mL，加奈斯勒试剂（碘化汞 23g、碘化钾 1.6g 溶于 100mL 的 6mol/L 氢氧化钠溶液中，混合均匀，静置，取上清液保存在棕色瓶中备用）2 滴，如试样有黄褐色沉淀，则表示有铵盐存在。

② 尿素的检测　取被检试样 1～2g 于试管中，加水 10mL，振摇 2min，静置 20min（必要时过滤）取上清液 2mL 于蒸发皿中，加入 1mol/L 氢氧化钠溶液 1mL 置水浴上蒸干，再加入水数滴和脲酶溶液（0.2g 脲酶溶于 50mL 水中，冰箱保存）3 滴或生大豆粉少许（约 10mg），静置 2～3min，加奈斯勒试剂 2 滴，如试样有黄褐色沉淀，则表示有尿素存在。

（2）尿素甲酚红显色法　原理是利用脲酶分解尿素所产生的氨使甲酚红指示剂变红的特性来鉴别。此反应生成红色的深浅与尿素的含量成正比，利用这一特性，比较标准尿素溶液与试样溶液产生的颜色深浅，可判断尿素的大致含量。

① 定性　取两份 1.5g 鱼粉于两支试管中，其中一支加入脲酶溶液 3 滴或少许生大豆粉（提供脲酶），两管各加蒸馏水 5mL，振荡，置 60～70℃恒温水浴中 3min，滴 3 滴甲酚红指示剂。若加脲酶溶液的试管中出现深紫红色，则说明鱼粉中有尿素。

② 定量　取被检试样 10g，加水 100mL，搅拌 5min，过滤，用移液管分别取滤液及尿素标准液（0、1%、2%、3%、4%、5% 的尿素水溶液）1mL 于白色点滴板上，再滴入甲酚红指示剂 3 滴和脲酶溶液 3 滴，静置 5min，观察反应颜色。如试样中有尿素存在，会出现红色，比较试样溶液与尿素标准液的颜色，可判断尿素的大致含量，此试验应在 10～20min 内观察完毕。

（3）pH 试纸法　称取 10g 鱼粉样品，置于 150mL 三角瓶中，加入 50mL 蒸馏水，加塞用力振荡 2～3min，静置，过滤，取滤液 5mL 于 20mL 试管中，将试管放在酒精灯上加热灼烧，当溶液蒸干时，如果试样含有尿素，可嗅到强烈的氨臭味。同时把湿润的 pH 试纸放在管口处，试纸立即变成红色，此时 pH 值高达近 14。如果是纯鱼粉就没有强烈的氨臭味，置于管口处的 pH 试纸稍有碱性反应，呈微蓝色，离开管口处蓝色慢慢退去。

9. 鱼粉中掺入双缩脲的分析

利用双缩脲在碱性条件下与 Cu^{2+} 反应生成紫红色化合物的特性来鉴别。方法是：取试样 2g，加 20mL 蒸馏水，充分搅拌，静置 10min，用干燥滤纸过滤，取滤液 4mL 于试管中，加 6mol/L 氢氧化钠溶液 1mL，再加入 15g/L 硫酸铜溶液 1mL，摇匀，立即观察，溶液呈蓝色的鱼粉未掺入双缩脲；若是紫红色，则掺有双缩脲。颜色越深，掺入的双缩脲越多。

10. 鱼粉中掺入禽粪的分析

禽粪中含有尿酸，若鱼粉中混入或掺入禽粪，则可通过检测尿酸确认。检测方法：置少许被检样于蒸发皿中，加入 1:1 硝酸充分湿润，在水浴锅上蒸干，若有尿酸存在，则被检样外围呈红褐色。为确证，可滴加氨水，若显紫色则证明确有禽粪掺入（紫尿酸液）。

11. 根据鱼粉常规分析结果鉴别掺假

通过常规分析各项指标可以准确鉴别鱼粉的真伪。如掺有尿素的鱼粉，测定的粗蛋白质很高，但真蛋白质却很低；掺入植物蛋白后，真蛋白质虽然很高，但脂肪和淀粉含量又相对增加；掺入砂土，灰分就会增加。

将本节所介绍的4种鉴别方法紧密结合，可以较准确地鉴别鱼粉是否掺假。这些掺杂物的检测方法也同样适用于其它饲料原料的掺假识别。

第三节　蛋氨酸和赖氨酸的真假鉴别

蛋氨酸和赖氨酸作为第一或第二限制性氨基酸，在动物的蛋白质营养中占有非常重要的地位和作用。为达到饲料的氨基酸平衡，提高饲料产品质量，饲料生产企业大多在预混料或全价配合饲料中添加适量蛋氨酸添加剂和赖氨酸添加剂。对于含量不足，掺假掺杂，甚至完全不含蛋氨酸或赖氨酸原料的假冒伪劣产品，会给用户造成很大的经济损失。下面分别介绍几种有效鉴别蛋氨酸和赖氨酸添加剂原料真伪的方法。

一、DL-蛋氨酸的鉴定方法

1. 外观

蛋氨酸一般呈白色或淡黄色的结晶性粉末或片状，在正常光线下有反射光发出。市场上假蛋氨酸多呈粉末状，颜色多为淡白或纯白色，正常光线下没有反射光或只有零星反射光发出。用铝制品或塑料插入蛋氨酸的原料中，转动几下取出，真品往往有静电作用，即闪光的结晶像针一样有规律性地吸附于表面，假的则无此现象。

2. 手感与气味

真蛋氨酸手感滑腻，无粗糙感觉，有较浓的腥臭味，近闻刺鼻，用口尝试，带有少许甜味、无涩感；而假蛋氨酸一般手感粗糙、不滑腻，无甜味或有其它气味。

3. pH值

真蛋氨酸的1%水溶液pH值为5.6～6.1，而掺假蛋氨酸1%水溶液的pH值往往不在此范围。

4. 溶解性

取1g被检试样于250mL三角瓶中，加入50mL水，并轻轻搅拌。纯品几乎完全溶解，且溶液澄清，如溶液浑浊或有沉淀多为掺假产品。另外，分别取1g蛋氨酸产品置于2个250mL的三角瓶中，分别加入1：3（体积比）的盐酸溶液和400g/L的氢氧化钠溶液各50mL。掺假蛋氨酸不溶或部分溶于上述溶液，下部有白色沉淀，上部溶液浑浊，而真蛋氨酸应溶于上述溶液，且溶液澄清。

5. 烧灼

取瓷坩埚一个，加入约1g被检试样，在电炉上炭化至无烟，然后在550℃高温电炉中灼烧1h，纯品蛋氨酸灼烧残渣含量不超过0.5%，且燃烧后有烧毛发的味道。掺有滑石粉等的伪劣产品则灼烧残渣的量会很高。

6. 硫酸铜反应

取30mg被检试样于50mL的小烧杯中，加入饱和硫酸铜溶液1mL，掺假蛋氨酸不变色，呈饱和硫酸铜溶液的浅蓝色，而真蛋氨酸呈黄色。

7. 茚三酮反应

称取被检试样0.1g，溶于100mL水中。取此溶液5mL，加1g/L茚三酮溶液1mL，加热3min后，加水20mL，静置15min，若为真蛋氨酸溶液呈紫红色。

8. 硝酸银反应

取 5mg 被检试样于 150mL 的具塞碘量瓶中，加入 50mL 水溶解，然后加入 400g/L 氢氧化钠溶液 2mL，振荡混合，加入 0.1mol/L 硝酸银溶液 8～10 滴，再振荡混合，然后在 35～40℃下水浴 10min，随即冷却 2min，加入 1∶3（体积比）盐酸溶液 2mL，振荡混合。掺假蛋氨酸不变色，且静置几分钟后底部有沉淀，上部溶液浑浊；而真蛋氨酸呈红色。

9. 亚硝基氰化钠试验

称取蛋氨酸样品 10mg，加 20％的氢氧化钠溶液 4mL，摇匀，加 10％亚硝酸基氰化钠溶液 0.6mL，充分摇匀，在 35～40℃下放置 10min，冷却后加入 10％盐酸溶液 10mL，摇匀，溶液呈赤色，即是真品。

10. 定氮

蛋氨酸的理论含氮量约为 9.4％，蛋白质等价为 58.6％。

11. 含量测定

测定 DL-蛋氨酸含量也可鉴别真伪，纯品的含量在 98.5％以上。含量的测定方法参考本书第六章。

二、L-赖氨酸的鉴定方法

1. 感官

纯品为白色或浅黄或淡褐色结晶粉末，颗粒均匀，表面光滑。无味或稍有特异性酸味，口感有甜味。伪品或掺杂者色泽异常，颜色较暗，呈灰白色粉末，气味不正，个别有氨水味或芳香味，手感粗糙，口味不正，有异样感。掺杂掺假多用石粉、石膏或淀粉等。

2. 溶解性

纯品易溶于水，取约 0.5g 被检试样，加入 10mL 水，摇荡，溶液是澄清的。伪品则不溶或少量溶解，且溶液浑浊。

3. 烧灼

纯品燃烧后有黑烟和烧毛发的味道，且产生的气体显碱性，可使湿的 pH 试纸变为蓝色。如掺入淀粉则试纸变红；如果掺入矿物质则无烟。纯品的灼烧残渣含量不超过 0.3％，假的则不论是淀粉或矿物质，都远大于 0.3％。

4. 茚三酮反应

取少量样品置于试管中，加入 1mL 10g/L 茚三酮丙酮溶液，加水 2mL，摇匀，加热至沸，静置，溶液呈现紫红色者为纯品，不产生紫红色为伪品。

5. 定氮

L-赖氨酸盐酸盐的纯度最低为 98.0％，相应含 L-赖氨酸 78％，理论含氮量为 15.3％，蛋白质等价为 95.6％。

6. 含量测定

测定 L-赖氨酸盐酸盐含量，也可鉴别真伪，纯品的含量在 98.5％以上。含量的测定方法参考本书第六章。

不论是 DL-蛋氨酸还是 L-赖氨酸，产品的外包装也可作为鉴别真伪的参考。正规厂家的产品，包装物上应当附有标签，标签上必须印有产品名称、原料组成、产品成分分析保证值、净重、批号、生产日期、保质期、厂名、厂址、产品标准代号和合格证，还应当注明产品生产许可证号、批准商标和执行标准。进口产品要有进口产品登记许可证，内包装应当封口严密、无破损。若发现包装粗糙和包装袋质地薄而脆、字迹不清或脱落、无上述正规厂家的包装要求，即可判为伪劣产品。

对于上述两种氨基酸添加剂的鉴定方法，分析人员可根据实际条件，任选一种或几种进行鉴别。但为了准确无误，建议采用上述方法逐项全面进行鉴别。

【操作关键提示】

1. 对饲料进行鉴定时的顺序最好是从感官鉴定开始，依次为物理鉴定、显微镜检测，也可根据要求选择适当的检测方法，以达到检测目的为原则。经验和熟练对检测的效果影响极大，一方面要做到熟悉各种饲料原料，另一方面要学会正确熟练地使用显微镜，正确地配制各种试剂。

2. 饲料的掺假随处可见，要做到对当前（地）市场上饲料的掺假情况心中有数。鱼粉中各种掺杂物的检测基本上也适用于其它饲料原料的掺假识别。

3. 添加剂的真伪辨别本章只介绍了赖氨酸和蛋氨酸，其它的氨基酸和维生素添加剂也有伪劣产品，请参照相关的标准和方法进行鉴别。

【复习思考题】

1. 饲料的哪些性质可以通过感官进行鉴定？如何正确运用感官方法鉴定饲料的品质？

2. 常用的饲料物理检测方法有哪些？应用时有哪些注意事项？

3. 饲料显微镜检的原理是什么？饲料显微镜检测的基本步骤包括哪些？

4. 采用哪些方法可以对鱼粉进行掺假鉴别？

5. 如何通过物理、化学方法鉴别 DL-蛋氨酸和 L-赖氨酸盐酸盐添加剂的真伪？

第四章 饲料中常规成分分析

[知识目标]

1. 熟悉饲料中常规成分分析的主要内容。

2. 掌握饲料中水分、粗蛋白质、粗脂肪、粗纤维、粗灰分和无氮浸出物的测定原理和方法。

3. 掌握饲料各种常规营养成分测定中所使用的各种试剂的配制、标定以及保存方法，熟悉各种测定仪器的构造和操作规程。

[技能目标]

1. 会正确进行试剂的配制、标定、保存和使用。

2. 能正确测定各类饲料样品中的水分、粗蛋白质、粗脂肪、粗纤维、粗灰等成分。

3. 能对分析数据进行正确的处理，并能正确计算饲料中的常规成分含量并能正确表述其结果。

第一节 概 述

饲料养分概略分析，通常又称为饲料常规成分分析。100 多年来，人们沿用德国 Henneberg 和 Stohmann 两位科学家在 Weende 试验站所创立的方法来分析饲料概略养分，这种方法称为 Weende 饲料分析体系，也就是饲料常规成分分析体系，亦称饲料近似成分分析或饲料概略分析。它把饲料分为 6 个组分进行分析测定，分别为：水分（moisture）、粗灰分（ash）、粗蛋白质（CP）、乙醚浸出物（粗脂肪，EE）、无氮浸出物（NFE）、粗纤维（CF）。饲料常规概略养分组分见表 4-1。

表 4-1 饲料常规概略养分组分简表

组分	测定过程[①]	主要组分
1. 水分（一般测干物质，DM）	以刚超过水的沸点温度（100℃），加热至恒重，所减少的质量即为水分含量	水和挥发性物质 $1-w(H_2O)=w(DM)$
2. 灰分（矿物质）	在 500～600℃烧灼 2～3h	矿物质
3. 粗蛋白质（CP）（蛋白质平均含氮量为 16%，因此，N×6.25=CP%）	凯氏定氮法	蛋白质 氨基酸 非蛋白氮（NPN）
4. 乙醚浸出物（EE）（粗脂肪）	乙醚浸提	脂肪，油，蜡，色素，树脂
5. 粗纤维[②]（CF）	经弱酸、弱碱煮沸 30min 后过滤	纤维素、半纤维素、木质素
6. 无氮浸出物（NFE）	由 100%减去其它物质含量后所得，是一个计算值	淀粉，糖，部分纤维素、半纤维素，木质素

① 每组分的测定可以单独取样，也可以只取一个样，先依次测定干物质、粗脂肪、粗纤维，然后再分别测定粗灰分和粗蛋白质。无氮浸出物是由 100%减去其它物质含量后所得，是一个计算值。

② 碳水化合物主要包括粗纤维和无氮浸出物。

常规成分是饲料鉴定的基础,是进行饲料原料和产品质量控制的最基本的指标,可作为日粮配方、饲料购买和饲料加工的依据。目前,商品饲料和饲料添加剂(包括进口饲料添加剂)必须按照中华人民共和国 2000 年 6 月 1 日颁布实施的《饲料标签》(GB 10648—1999)的要求,设计制作饲料标签,并必须注明产品成分分析保证值。不同产品类型如蛋白质饲料、配合饲料、浓缩饲料、精料补充料、复合预混料、微量元素预混料、维生素预混料、矿物质饲料、营养性添加剂、非营养性添加剂等,所要求注明的保证值项目不同。按照《饲料标签》的要求,蛋白质饲料、配合饲料、浓缩饲料、精料补充料等必须注明水分、灰分、粗蛋白、粗纤维、钙、磷和食盐等成分。

目前,我国规定凡是申请饲料生产登记许可证的商业性饲料加工企业必须配备常规成分的检测设备和持有上岗证的检测人员,以便为产品质量提供基本的保证。

第二节　饲料中水分含量的测定

一、适用范围

本方法适用于测定配合饲料和单一饲料中水分的含量,但不适用于用做饲料的奶制品、动物、植物油脂和矿物质等中的水分测定。

二、测定原理

样品在 (105±2)℃ 干燥箱内,在一个大气压下烘干,直至恒重,逸失的质量为水分。在该温度下干燥,不仅饲料中的吸附水被蒸发,一部分胶体水分也被蒸发,另外还有少量挥发性物质挥发。

三、仪器设备

(1) 实验室用样品粉碎机或研钵。

(2) 分样筛　孔径 0.45mm (40 目)。

(3) 分析天平　分度值 0.0001g。

(4) 电热式恒温干燥箱　可控制温度为 (105±2)℃。

(5) 称量瓶　玻璃或铝质,直径 40mm 以上,高 25mm 以下。

(6) 干燥器　用变色硅胶或氯化钙作干燥剂。

四、试样的选取和制备

(1) 选取有代表性的试样,其原始样量在 1000g 以上。

(2) 用四分法将原始样品缩减至 500g,再缩减至 200g,风干后粉碎至 40 目,装入密封容器,放阴凉干燥处保存。

(3) 如试样是多汁的鲜样,或无法粉碎时,应预先干燥处理。方法是:称取试样 200～300g,置于已知质量的培养皿中,先在 105℃ 干燥箱中干燥 15min,然后立即降到 65℃,干燥 5～6h。将烘干的样品放在室内空气中冷却 1h,称重,即得风干样品。重复上述操作,直到两次称重之差不超过 0.5g 为止。

五、测定步骤与方法

(1) 将洁净的称量瓶在 (105±2)℃ 干燥箱中干燥 1h,取出,在干燥器中冷却 30min,

称重，准确至 0.0002g，再干燥 30min，同样冷却，称重，直至两次称重之差小于 0.0005g 为恒重。

（2）用已知恒重的称量瓶称取两份平行试样，每份 2～5g（含水重 0.1g 以上，样品厚度 4mm 以下），准确至 0.0002g。

（3）将盛有样品的称量瓶不盖盖，在（105±2）℃干燥箱中干燥 3h（以温度到达 105℃ 开始计时），取出，盖好称量瓶盖，在干燥器中冷却 30min，称重。

（4）再同样干燥 1h，冷却，称重，直至两次称重之差小于 0.0002g。

六、结果计算

1. 计算

$$w(H_2O) = \frac{m_1 - m_2}{m_1 - m_0} \times 100\%$$

式中　　m_1——105℃干燥前试样及称量瓶质量，g；

m_2——105℃干燥后试样及称量瓶质量，g；

m_0——已恒重的称量瓶质量，g。

2. 重复性

每个试样应取两个平行样进行测定，以其算术平均值为测定结果。两个平行样测定值相差不得超过 0.2%，否则应重做。

【操作关键提示】

本试验所用干燥箱测定饲料中干物质的方法，并不是绝对正确的。有以下几个可能会引起测定误差。

1. 加热时试样中有挥发性物质可能与试样中水分一起损失，例如青贮料中的挥发性脂肪酸（VFA）等。

2. 样本中有些物质，如某些含脂肪高的样品，在加热时可在空气中氧化，干燥时间长样本质量反而会增加，乃脂肪氧化所致，应以增重前那次称量为准（测定脂肪高的样本干物质需在真空干燥箱或装有 CO_2 的特殊干燥箱中进行）。

3. 含糖分高的、易分解或易焦化的样品，应使用减压干燥法（70℃，80kPa 以下，干燥 5h）测定水分。

4. 如果按上述四中的第（3）步骤进行过预先干燥处理（指多汁的鲜样），则应按下式计算原来试样中所含水分总量：

原试样总水分(%)＝预干燥减重(%)＋[100%－预干燥减重(%)]×风干试样水分(%)

5. 冷却时间要尽可能保持一致，方能使称重达到恒重。

6. 干燥器内若为硅胶作干燥剂，蓝色稍一退色，就应该干燥再使用（干燥条件：135℃，2～3h）。

第三节　饲料中粗蛋白质含量的测定

饲料中含氮物质包括纯蛋白质和氨化物（氨化物有氨基酸、酰胺、硝酸盐及铵盐等），两者总称为粗蛋白质。

测定粗蛋白质的方法很多，有间接法和直接法。间接法是根据每种蛋白质的含氮量是恒定的，通过测定样品中含氮量来推算蛋白质的含量，常用的方法有：凯氏法、杜马斯法、强碱直接蒸馏法、纳氏试剂比色法和靛酚蓝比色法。直接方法是根据蛋白质的物理及化学性质直接测定蛋白质的含量，有紫外线吸收法、双缩脲法、酚试剂法、染料结合法（DBL法）、茚三酮法、折射率法、放射性同位素法、比浊法等。凯氏定氮法是19世纪建立的经典方法，结果可靠，但操作费时，人们在经典法基础上选择催化剂，加快分析速度，改进仪器装置，研制出了蛋白质测定仪，如瑞典Tecator 1035型自动定氮分析仪，国产KDN-01蛋白质测定仪等。下面介绍凯氏定氮法。

一、适用范围

本方法适用于配合饲料、浓缩饲料和单一饲料等的粗蛋白质的测定。

二、测定原理

凯氏定氮仪的工作原理均是使各种饲料的有机物质在还原性催化剂（如硫酸铜、硫酸钾或硫酸钠或硒粉）的帮助下，用浓硫酸进行消化作用，使蛋白质和其它有机态氮（在一定处理下也包括硝酸态氮）都转变成氨气，并与浓硫酸化合生成硫酸铵；而非含氮物质，则以二氧化碳、水、二氧化硫的气体状态逸出。消化液在浓碱的作用下进行蒸馏，释放出的铵态氮，通过蒸馏，以氨气的形式顺着冷凝管流入硼酸吸收液中，并与硼酸结合成硼酸铵，然后以甲基红-溴甲酚绿作混合指示剂，用盐酸标准滴定溶液滴定，求出氮的含量，根据不同的饲料再乘以一定的换算系数（通常用6.25系数计算），得出粗蛋白质的含量。

其主要化学反应如下：

$$2CH_3CHNH_2COOH + 13H_2SO_4 \longrightarrow (NH_4)_2SO_4 + 6CO_2\uparrow + 12SO_2\uparrow + 16H_2O \ （丙氨酸）$$
$$(NH_4)_2SO_4 + 2NaOH \longrightarrow 2NH_3\uparrow + 2H_2O + Na_2SO_4$$
$$H_3BO_3 + NH_3 \longrightarrow NH_4H_2BO_3$$
$$NH_4H_2BO_3 + HCl \longrightarrow NH_4Cl + H_3BO_3$$

凯氏定氮仪分为全自动装置和半自动装置两种。凯氏定氮仪全自动装置（图1-5）包括自动添加吸收液、自动添加碱液、自动蒸馏、自动滴定、自动排空与清洗消化管（选装）其特点是消解好的样品上机后自动完成分析和计算全过程，最大限度地为操作人员提供方便；采用高精度颜色传感器判定滴定终点，判断精确，抗干扰能力强、无需预热与校准，符合国家或者国际标准；微机智能控制，LC大屏幕显示，菜单式人机对话操作界面；采用自动调速滴定系统，结果精确可靠；蒸汽检测装置自动监测蒸汽压力，保证工作安全；试管和安全门自动检测系统，有效防止误操作。但是投入高，对于初学习操作的人员要求高。

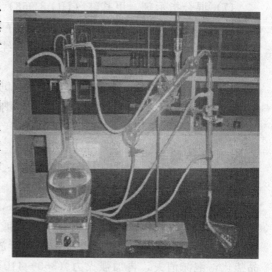

凯氏定氮仪半自动装置图（图4-1）由凯氏烧瓶、凯氏蒸馏装置、滴定管组成，其特点是成本投入少，对初学操作人员培训好，但是精

图4-1　凯氏定氮仪半自动装置

密性、安全性、抗干扰和防止误差能力差。学生初学过程经常使用本装置。

在测定中运用凯氏定氮法，不能区别蛋白氮和非蛋白氮，只能部分回收硝酸盐和亚硝酸盐等含氮化合物。在测定结果中除蛋白质外，还有氨基酸、酰胺，铵盐和部分硝酸盐、亚硝酸盐等,故以粗蛋白质表示之。

三、仪器设备

(1) 实验室用样品粉碎机或研钵。

(2) 分析筛　孔径 0.45mm(40 目)。

(3) 分析天平　分度值 0.0001g。

(4) 消煮炉或电炉。

(5) 滴定管　酸式,25mL 或 50mL。

(6) 凯氏烧瓶　250mL 或 500mL。

(7) 凯氏蒸馏装置　常量直接蒸馏式或半微量蒸馏式。

(8) 三角瓶　150mL 或 250mL。

(9) 容量瓶　100mL。

(10) 消煮管　250mL。

(11) 定氮仪　以凯氏原理制造的各类型半自动、全自动定氮仪。

四、试剂及配制

(1) 浓硫酸(GB/T 625—2007)　化学纯。

(2) 硫酸铜(GB/T 665—2007)　化学纯。

(3) 硫酸钾(HG 3-920)或硫酸钠(HG 3-908)　化学纯。

(4) 400g/L 氢氧化钠溶液　40g 氢氧化钠溶于 100mL 水中。

(5) 20g/L 硼酸溶液　2g 硼酸溶于 100mL 水中。

(6) 盐酸标准滴定溶液　用邻苯二甲酸氢钾法或基准无水碳酸钠标定。

0.1mol/L 盐酸标准溶液:8.3mL 盐酸(GB/T 622—2006,分析纯)注入 1000mL 水中。

0.2mol/L 盐酸标准溶液:16.7mL 盐酸(GB/T 622—2006,分析纯)注入 1000mL 水中。

(7) 混合指示剂　甲基红(HG 3-958)1g/L 乙醇溶液与溴甲酚绿(HG 3-1220)5g/L 乙醇溶液,两溶液等体积混合,阴凉处保存 3 个月以内。

(8) 硫酸铵(GB/T 1396—93)　分析纯,干燥。

(9) 蔗糖(HG 3-1001)　分析纯。

(10) 硼酸吸收液　10g/L 硼酸溶液 1000mL,加入甲基红 1g/L 乙醇溶液 7mL 与溴甲酚绿 1g/L 乙醇溶液 10mL、40g/L 氢氧化钠溶液 0.5mL 混合,置阴凉处,保存期为 1 个月(全自动定氮分析仪用)。

五、测定步骤与方法

1. 试样的消化

称取 0.5~1g 试样(含氮量 5~80mg),准确至 0.0002g,无损失地放入凯氏烧瓶或消化管中,加入硫酸铜 0.9g,无水硫酸钾(或硫酸钠)15g,与试样混合均匀,再加入浓硫酸 25mL 和 2 粒玻璃珠,把凯氏烧瓶或消化管放在通风柜里的电炉或消煮炉上小心加热,待样品焦化,泡沫消失,再加强火力(360~410℃)直至溶液澄清后,再加热消化 15min。

试剂空白测定:另取凯氏烧瓶或消化管一个,加入硫酸铜 0.4g,无水硫酸钾(或硫酸钠)6g,浓硫酸 10mL,加热消化至溶液澄清。

2. 氨的蒸馏

(1) 常量直接蒸馏法　将试样消煮液冷却,加蒸馏水 60~100mL,摇匀,冷却。将蒸馏装置冷凝管的末端浸入盛有 35mL 硼酸吸收液和 2 滴混合指示剂的三角瓶中，然后小心地向凯氏烧瓶或消化管中加入 40％氢氧化钠溶液至溶液颜色变黑，再加少许，使溶液混匀后，加热蒸馏，直至馏出液体积约 150mL。降下三角瓶，使冷凝管末端离开液面，继续蒸馏 1～2min，并用水冲洗冷凝管末端，洗液均需流入三角瓶内，然后停止蒸馏。

（2）半微量水蒸气蒸馏法　将试样消煮液冷却，加蒸馏水 20mL，移入 100mL 容量瓶中，冷却后用蒸馏水稀释至刻度，摇匀，作为试样分解液。取 2％硼酸溶液 20mL，加混合指示剂 2 滴，使半微量装置的冷凝管末端浸入此溶液。蒸馏装置的蒸汽发生器的水中应加甲基红指示剂数滴，硫酸数滴，在蒸馏过程中保持此液为橙红色，否则应补加少许硫酸。准确移取试样分解液 10～20mL 注入蒸馏装置的反应室中，用少量蒸馏水冲洗进样口，塞好入口玻璃塞，再加 10mL 40％氢氧化钠溶液，小心提起玻璃塞使之流入反应室，将玻璃塞塞好，并在入口处加水密封，防止漏气，蒸馏 4min 后，使冷凝管末端离开吸收液面，再蒸馏 1min，用蒸馏水冲洗冷凝管末端，洗液均流入三角瓶内，然后停止蒸馏。

3. 滴定

用硼酸吸收氨后，立即用 0.05mol/L 的盐酸标准溶液滴定，溶液由蓝绿色变为灰红色为终点。

4. 空白测定

在测定饲料样品含氮量的同时，应做一空白对照测定，即各种试剂的用量及操作步骤完全相同，但不加试样，这样可以校正因试剂不纯所发生的误差。称取蔗糖 0.01g，以代替试样，按测定步骤 1 进行空白测定，消耗 0.05mol/L 盐酸标准溶液的体积应不超过 0.3mL。

5. 测定步骤的检验

精确称取 0.2g 硫酸铵，代替试样，按测定步骤文字中的各步骤操作，并按公式计算（但不乘系数 6.25），测得硫酸铵含氮量应为（21.19±0.2）％，否则应检查加碱、蒸馏和滴定各步骤是否正确。

六、结果计算

1. 计算

1mL 的 1mol/L 盐酸标准溶液相当于 0.0140g 的 N。因此：

$$w(CP) = \frac{(V_1 - V_2) \times c \times 0.0140 \times 6.25}{m \times (V'/V)}$$

式中　V_1——滴定试样时所需盐酸标准滴定溶液的体积，mL；

V_2——空白滴定时所需酸标准滴定溶液的体积，mL；

c——盐酸标准溶液的浓度，mol/L；

m——试样的质量，g；

V——试样分解液总体积，mL；

V'——试样分解液蒸馏用体积，mL；

0.0140——每毫升盐酸标准溶液相当于 N 的质量，g；

6.25——氮换算成蛋白质的平均系数。

2. 重复性

（1）每个试样取两个平行样进行测定，以其算术平均值为结果；

（2）当粗蛋白质含量在 25％以上，允许相对偏差为 1％；

(3) 当粗蛋白质含量在 10％～25％时，允许相对偏差为 2％；

(4) 当粗蛋白质含量在 10％以下时，允许相对偏差为 3％。

【操作关键提示】

1. 整个实验过程所使用的水必须是蒸馏水，否则显色不稳定。

2. 消化时应经常转动凯氏烧瓶，以使消化进行得迅速而完全。

3. 试样消煮时，温度是先低后逐渐增高，避免浓硫酸分解，产生大量浓烟。

4. 试样消煮时，加入硫酸铜 0.2g，无水硫酸钠 2g，与试样混合均匀，再加硫酸 10mL，也可使饲料试样分解完全，只是试样焦化再变为澄清所需时间要略长些。

5. 试样消煮时，必须加碎石以防暴沸。

6. 蒸馏完毕应先取下接收瓶，然后关闭电源，以免酸液倒流。

7. 蒸馏后必须彻底洗净碱液，以免再次使用时引起误差。

8. 平行测定时样品取量要尽量一致，以减小误差。

9. 用凯氏定氮法测定粗蛋白质时，含硝酸多的饲料，很多硝酸盐会因还原而损失。

10. 各种饲料的粗蛋白质中实际含氮量差异很大，变异范围在 14.7％～19.5％之间，平均为 16％。凡饲料的粗蛋白质中氮含量尚未确定的，可用 6.25 平均系数来乘以氮量换算成粗蛋白质的量。凡饲料的粗蛋白质的含氮量已经确定的，可用它们的实际系数来换算。例如荞麦、玉米用系数 6.00，箭舌豌豆、大豆、蚕豆、燕麦、小麦、黑麦用系数 5.70，牛奶用系数 6.38。

由于饲料的粗蛋白质含量差异很大，高的可达 80％，少的仅 1％左右。因此，称取供消化的样品量，必须根据样品中粗蛋白质含量的多少而定，一般称取 0.5g 即可。含粗蛋白质高者（20％以上）可称取 0.2g。对粗蛋白质含量高的样品，除取样量少外，还可以增大消化液稀释容量或减少消化液蒸馏时的取量，以达到减少标准盐酸溶液耗量之目的。

第四节　饲料中粗脂肪的测定

一、适用范围

本方法适用于各种混合饲料、配合饲料、浓缩饲料及单一饲料中粗脂肪的测定。

二、测定原理

脂肪提取器分全自动快速粗脂肪测定仪器（图 1-6）和索氏（Soxhlet）脂肪提取器（图 4-2）。其原理是通过用乙醚反复提取试样，使全部脂肪除去，根据试样质量和残渣质量之差计算粗脂肪含量。因所提取物质中除脂肪外，还有有机酸、磷脂、脂溶性维生素、叶绿素等，因而测定结果称粗脂肪或乙醚提取物。

三、仪器设备

(1) 实验室用样品粉碎机或研钵。

(2) 分析筛　孔径 0.45mm（40 目）。

(3) 电子天平　分度值 0.0001g。

(4) 电热恒温水浴锅　室温～100℃。

(5) 恒温干燥箱。

(6) 索氏脂肪提取器　100mL 或 150mL。

（7）滤纸或滤纸筒　中速，脱脂。

（8）干燥器　用氯化钙（干燥级）或变色硅胶作干燥剂。

四、测定步骤与方法

索式提取器应干燥无水，抽提瓶（内有沸石数粒）在（105±2）℃干燥箱中干燥30min，干燥器中冷却30min，称重。再干燥30min，同样冷却称重，两次称重之差小于0.0008g为恒重。

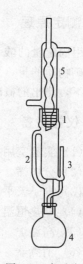

图4-2　索氏脂肪提取器

1—提脂管；2—蒸汽管；3—虹吸管；4—提取瓶；5—冷凝管

称取试样1～5g（准确至0.0002g）于滤纸筒中，或用滤纸包好，并用铅笔注明编号，放入干净已恒重的称量瓶中，于105℃干燥箱中干燥2h（或称测水分后的干试样，折算成风干样重），将滤纸筒或包放入抽提管，滤纸筒应高于提取器虹吸管的高度，滤纸包长度应以可全部浸泡于乙醚中为准。在抽提瓶中加无水乙醚60～100mL，在60～75℃的水浴（用蒸馏水）上加热，使乙醚回流，控制乙醚回流次数为每小时约10次，共回流约50次（含油脂高的试样回流约70次）或检查抽提管流出的乙醚瓶挥发后不留下油迹为抽提终点。

脂肪抽提干净后取出小滤纸包，放入干净表面皿上晾干20～30min，然后装入同号码称量瓶中，掀开盖子，置（105±2）℃干燥箱中干燥1h，干燥器中冷却30min，称重，再干燥30min，同样冷却称重，两次称重之差小于0.001g为恒重。

五、结果计算

1. 计算

$$粗脂肪 = \frac{m_2 - m_1}{m} \times 100\%$$

式中　m——风干试样质量，g；

　　　m_1——已恒重的称量瓶＋试样及滤纸包滤纸浸提后的质量，g；

　　　m_2——已恒重的称量瓶＋试样及滤纸包浸提前的质量，g。

2. 重复性

每个试样取两个平行样进行测定，以其算术平均值为结果。粗脂肪含量在10%以上（含10%）时，允许相对偏差为3%；粗脂肪含量在10%以下时，允许相对偏差为5%。

【操作关键提示】

1. 称样及包滤纸包时需戴棉手套，因手上有油脂，以免造成误差。
2. 滤纸包必须浸泡在乙醚中，否则不能够浸提完全。
3. 使用乙醚时，严禁明火，保持室内通风良好。
4. 回流时注意不能断水，控制在1h回流10～12次为宜。

第五节　饲料中粗纤维的测定

一、适用范围

本方法适用于各种混合饲料、配合饲料、浓缩饲料及单一饲料中粗纤维的测定。

二、测定原理

用固定量的酸和碱，在特定条件下消煮样品，再用乙醚、乙醇除去醚溶物，经高温灼烧扣除矿物质的量，所余量称为粗纤维。它不是一个确切的化学实体，只是在公认强制规定的条件下，测出的概略养分。其中以纤维素为主，还有少量半纤维素和木质素。

三、仪器设备

（1）实验室用样品粉碎机或研钵。
（2）分样筛　孔径 0.45mm（40 目）。
（3）电子天平　分度值 0.0001g。
（4）电热恒温干燥箱　可控制温度在 130℃。
（5）高温炉　电加热，可控制温度在 550～600℃。
（6）消煮器　有冷凝球的高型烧杯（50mL）。
（7）过滤装置　抽真空装置，吸滤瓶及漏斗。
（8）干燥器　用氯化钙（干燥试剂）或变色硅胶作干燥剂。

四、试剂

（1）1.25％硫酸溶液。
（2）正辛醇。
（3）1.25％氢氧化钠溶液。
（4）乙醚。

五、测定步骤与方法

1. 方法

酸碱法。

2. 步骤

（1）称样　称取 1～2g 试样，准确至 0.0002g，如果脂肪含量小于 1％可不脱脂，脂肪含量在 1％～10％可不必脱脂，但建议脱脂，脂肪含量大于 10％必须脱脂，或用测脂肪后样品残渣。

（2）酸煮　将样品放入消煮器，加浓度准确且已沸腾的 1.25％硫酸溶液 200mL 和 1 滴正辛醇，立即加热，使其在 2min 内沸腾，调整加热器，使溶液保持微沸，且连续微沸（30±1）min。注意保持硫酸浓度不变，样品不可损失。随后抽滤，残渣用沸蒸馏水洗至中性后抽干。

（3）碱煮　将酸洗不溶物放入原容器中，加准确浓度且已沸的 1.25％氢氧化钠溶液 200mL，同样微沸 30min，随后抽滤，残渣用沸蒸馏水洗至中性后抽干。

（4）烘干灰化　将呈残渣的纤维杯放到坩埚中，将坩埚放入干燥箱，于（130±2）℃下干燥 2h，取出后在干燥器中冷却至室温，称重，再于（550±25）℃高温炉中灼烧 2h，取出后于干燥器中冷却至室温后称重。

六、结果计算

1. 计算

$$粗纤维 = \frac{m_1 - m_2}{m} \times 100\%$$

式中　m_1——130℃干燥后坩埚及试样残渣质量，g；

m_2——550℃（或 500℃）灼烧后坩埚及试样残渣质量，g；

m——试样（未脱脂）质量，g。

2. 重复性

每个试样取两平行样进行测定，以算术平均值为结果。粗纤维含量在 10％ 以下，绝对值相差 0.4；粗纤维含量在 10％ 以上，允许相对偏差为 4％。

【操作关键提示】

1. 注意顺序，要先酸处理再碱处理。

2. 注意在处理过程中要保持酸碱浓度不能变，且样品也不可损失。

第六节　饲料中粗灰分的测定

一、适用范围

本方法适用于各种混合饲料、配合饲料、浓缩饲料及单一饲料中粗灰分的测定。

二、测定原理

试样在 550℃ 灼烧后所得残渣，用质量百分率表示，即为粗灰分含量。残渣中主要是氧化物、盐类等矿物质，也包括混入饲料的砂石、土等，故称粗灰分。

三、仪器设备

（1）实验室用样品粉碎机或研钵。

（2）分样筛　孔径 0.45mm（40 目）。

（3）电子天平　分度值 0.0001g。

（4）高温炉　电加热，有高温计可控制炉温在 550℃。

（5）坩埚。

（6）干燥器　用氯化钙（干燥试剂）或变色硅胶作干燥剂。

四、试剂

氯化钙或变色硅胶。

五、测定步骤与方法

（1）将干净坩埚放入高温炉，在（550±20）℃下灼烧 30min，取出，在空气中冷却约 1min，放入干燥器冷却 30min，称重。再重复灼烧，冷却，称重，直至两次称重之差小于 0.0005g 为恒重。

（2）称取 2～5g（灰分重 0.05g 以上）试样放入已恒重的坩埚中，准确至 0.0002g，在电炉上小心炭化，再放入高温炉，于（550±20）℃下灼烧 3h，取出，在空气中冷却约 1min，放入干燥器中冷却 30min，称重。再同样灼烧 1h，称重，直至两次称重之差小于 0.001g 为恒重。

六、结果计算

1. 计算

$$粗灰分 = \frac{m_2 - m_0}{m_1 - m_0} \times 100\%$$

式中　m_0——已恒重空坩埚质量，g；

　　　m_1——坩埚加试样质量，g；

　　　m_2——灰化后坩埚加灰分质量，g。

2. 重复性

每个试样应取两个平行样测定，以其算术平均值为结果。粗灰分含量在 5% 以上时，允许相对偏差为 1%；粗灰分含量在 5% 以下时，允许相对偏差 5%。

【操作关键提示】

1. 新坩埚编号，用氯化铁墨水编号，然后置于高温炉中 550℃ 灼烧 30min，取出放入干燥器中冷却备用。

2. 试样炭化时，要小心控制炉温，否则温度过高会使得炭化过快，试样飞溅。

3. 灼烧残渣颜色与饲料中各元素含量有关，含铁高时为红棕色，含锰高时为淡蓝色。但有明显黑炭粒时，为炭化不完全，应延长灼烧时间。

4. 坩埚送入和取出高温炉必须用坩埚钳，以免烫伤手。

第七节　饲料中无氮浸出物的计算

一、测定原理

饲料中无氮浸出物（NFE）主要包括淀粉、双糖、单糖、低分子有机酸和不属于纤维素的其它碳水化合物等。由于无氮浸出物的成分比较复杂，一般不进行分析，仅根据饲料中其它营养成分的分析结果计算而得，饲料中各种营养成分都包括在干物质中，因此饲料中无氮浸出物含量可按下式计算：

无氮浸出物(%)＝干物质(%)－[粗蛋白质(%)＋粗脂肪(%)＋粗纤维(%)＋粗灰分(%)]

由于不同种类饲料的无氮浸出物所含上述各种养分的比例差异很大（特别是木质素），因此无氮浸出物的营养价值也相差悬殊。

二、结果计算

（1）根据风干样本中各种营养成分的分析结果，计算风干样本中无氮浸出物的含量，直接用上式计算。

（2）如果样本是新鲜饲料，首先计算总水分，得出新鲜样本的干物质含量，再将测得风干样本中各种营养成分含量的结果换算成新鲜饲料中各种营养成分含量。换算方式如下：

$$鲜样本中粗蛋白质 = A \times \frac{B}{C}$$

式中　C——风干样本中干物质，%；

　　　A——风干样本中粗蛋白质，%；

　　　B——鲜样本中干物质，%。

新鲜样本中干物质、粗蛋白质、粗脂肪、粗纤维和粗灰分的百分数均换算完毕后，便可代入上式计算新鲜样本中的无氮浸出物含量。

第八节　饲料常规分析的局限性

通常饲料分析所采用的 Weende 系统分析方案，即所谓饲料常规分析方案，它仅仅是饲料营养价值评定的一个指示，它不能精确表示某种饲料所含的营养成分。因此，这种概略养分的分析在是饲料评定和日粮配合方面所提供的信息是不够理想的。与每一种概略养分分析有关的一些问题，在本章上述各节中都已做了说明。对于很多不同物质在分析过程中所产生的其它一些问题，可根据表 4-2 中所列出的不同物质，在同一组分中把它们一一区分开来。

从表 4-2 可见，在营养成分之间还有一个定性的问题，它没有在常规饲料分析中加以考虑，而它们对动物的生理作用和营养功能却分别有着不同的重要性。因此，采用常规饲料分析方案在全面、精确地评价饲料营养价值方面，则只是一个初步的指示。在一些情况下，仍有待于进一步的分析，或附加其它一些分析方法，深入全面地进行饲料营养成分的评价。这在本书以后各章节中将予以详细介绍。

表 4-2　在常规饲料分析方案中不同组分中的成分

组　分	成　分
水分	水分(可能存在挥发性的酸和碱)
粗灰分	必需元素：常量元素：K，Mg，Na，S，Ca，P，Cl 　　　　　　微量元素：Fe，Mn，Cu，Co，I，Zn，Mo，Se，F，Br，Ba，Sr 非必需元素：Si，Cr，Ni，Ti，Al，V，B，Pb，Sn
粗蛋白质	蛋白质、氨基酸、胺类、含氮糖苷、糖脂、B 族维生素(有时还有硝酸盐类)
粗脂肪	脂肪、油类、蜡、有机酸、色素、类固醇、维生素 A、维生素 D、维生素 E、维生素 K
粗纤维	纤维素、半纤维素、木质素
无氮浸出物	淀粉、糖、果聚糖、半纤维素、果胶、木质素、有机酸、树脂、单宁、色素、水溶性维生素

【复习思考题】

1. 简述测定饲料中水分、粗蛋白质、粗脂肪、粗纤维和粗灰分含量的基本原理和主要步骤。
2. 盛有脂肪的盛醚瓶在 100～105℃ 烘箱内的时间为什么不能过长？过长是否会影响结果？
3. 脂肪包的长度为何不能超过虹吸管的高度？
4. 酸碱法测定粗纤维的缺点是什么？
5. 电炉炭化的温度为什么不可过高？
6. 饲料灰分测定时高温炉的温度为什么要控制在（550±20）℃？温度过高与过低对测定结果有何影响？
7. 无氮浸出物包括哪些成分？如何计算其含量？

第五章 饲料热能的测定

[知识目标]
1. 了解饲料燃烧热和饲料的总能、消化能、代谢能和净能的含义。
2. 掌握氧弹式热量计的测定原理。
3. 掌握饲料总能测定的步骤及计算过程。

【技能目标】
1. 会使用氧弹式热量计对各类饲料的热能进行测定。
2. 正确进行燃烧温度的判断及饲料的总能、消化能、代谢能和净能的计算。

第一节 概 述

评定饲料的能量价值或测定家畜对能量的需要量普遍采用的方法是测定饲料或粪、尿、畜产品的燃烧热，此方法是研究家畜能量代谢的基本方法。

一、饲料燃烧热

饲料燃烧热也称饲料的总能（GE），是指饲料在燃烧过程中完全氧化成最终的尾产物二氧化碳、水及其它气体所释放的热量，通常把单位质量物质的燃烧热称作该物质的热价，以 kcal/g 或 kJ/g 为单位，1kcal ＝4.2kJ。

二、饲料的消化能、代谢能和净能

1. 消化能（DE）

消化能是指饲料可消化物质中含有的能量，也就是饲料总能中除掉不能消化的物质所含能量的部分（粪能），即：

$$饲料消化能＝饲料总能－粪能$$

各种畜、禽及其各种不同生长阶段的消化能力是不同的，所以同一饲料会有不同的消化能。目前消化能主要用作猪的能量供给指标。

2. 代谢能（ME）

代谢能是比消化能较科学的指标，它能较准确地反映饲料中能量可被畜、禽有效利用的程度，即：

$$饲料代谢能＝饲料消化能－尿能－胃肠道气体能$$

尿能是指饲料被消化吸收后蛋白质的代谢产物如尿素、肌酸等成分中含有的能量。胃肠道气体能是指由淀粉在体内发酵产生的甲烷等气体中含有的能量。尿能和胃肠道气体能不再能被机体利用，前者随尿液排出，后者以废气的形式排出。代谢能实际代表了生理的有用能，目前被广泛用作牛、猪、禽的能量指标，尤以用于家禽居多。

3. 净能（NE）

净能是更科学的能量指标。饲料在消化吸收的过程中，有一部分能量以热能的形式散失掉，这种热能损耗叫食后增热。在代谢能中扣除食后增热，就是饲料的净能，即：

饲料净能＝饲料代谢能－食后增热

净能又分维持净能、产奶净能、产肉净能、生长净能等，用于不同的场合，目前主要用作牛、羊的能量供给指标。

测定饲料的消化能或代谢能、净能，必须分别测定出食入饲料量和排出的粪、尿、畜产品量以及饲料、粪、尿、畜产品样本的燃烧热，再根据公式计算出各种能值。

第二节　饲料总能的测定

一、适用范围

本方法适用于恒定量的动物饲料、动物性产品和粪或尿在绝热型、等温型或静态型氧弹热量计的总能测定。

由此方法获得的结果是在热量计温度下，饲料燃烧产热聚集到恒定体积水中的总热值。

注：25℃时热化学的国际标准温度被用作热值的参照温度。

二、样品处理

1. 风干试样

磨碎试样使它完全通过 1.10mm（18 目）孔筛子。

（1）对于一般风干试样，在测定前立即混合试样，最好用机械的方法，用压片机将 0.5～5g 试样压成片，所称取试样的质量取决于热值和热量计的有效热容量，以测定时燃烧的温度不高于 3～4℃为准。称量样本时，应按饲料水分的测定方法来测定水分，以便计算全干基础的热价。应采取适当预防措施，防止在压片时试样湿度的增加或损失，以便最近测定的试样水分含量能被用于将来的计算。如果不可能，试样应以薄层摊放必需的最小时间，使含水率达到与放置氧弹热量计的实验室的大气大致平衡。

（2）对脂肪含量超过 10％的风干试样，不可用压样机，以避免脂肪的损失，称取所需质量的样品，放入已称重的已知热值的聚乙烯袋中并包好。试样和聚乙烯袋应一起燃烧。

（3）不容易被压成片的风干试样，称量已知热值的聚乙烯袋，精确到 0.1mg，在已称重的聚乙烯袋中称取所需质量的试样并包好。试样和聚乙烯袋应一起燃烧。

2. 液体试样

（1）称重已知热值的聚乙烯袋，精确到 0.1mg。

（2）在小烧杯中放置已称重的聚乙烯袋，借助于在袋中的杆固定。称量烧杯和袋，将要求的液体的量倒入袋中，再次称烧杯、袋和其内含物。室温下在真空箱中蒸发液体到干，或冻干液体。

（3）完全干燥后，折叠含有液体残渣的袋并将它安放在绑有弯曲点火丝的坩埚的氧弹中。

3. 鲜样

（1）粪样　取消化试验中收集的已烘干粪样，压成饼状，按风干样品方法来测定其热值。

（2）尿样　将代谢试验中供试畜每天排出的尿过滤、称量后放在装有 10％的稀硫酸容器中酸化，并加入少量的防腐剂（氟化钠或百里酚）密闭保存；彻底混合尿样，取约 25mL 尿样倒入在烧杯中的已称重并已知热值的聚乙烯袋中，再次称重烧杯、袋和其内含物；按液体试样的干燥方法进行干燥备用，在干燥时，小心地抽真空，因酸性的尿可能含有许多溶解的二氧化碳。

（3）奶试样样品　将鲜奶经水浴蒸发制成乳粉（为加速蒸发可在乳中加 2～3 滴浓乙酸，不影响结果）。将制成的乳粉压成饼状，按风干样品的方法来测定其热值。

（4）血样　可在烘箱中将血样烘干，磨碎成粉状，用已称重并已知热值的聚乙烯袋包好，放入坩埚中测定其热值。

三、测定原理

根据物理学中的热力学第一定律（能量守恒定律）：能量既不会凭空产生，也不会凭空消失，它只能从一种形式转化为另一种形式，或者从一个物体转移到另一个物体，在转化或转移的过程中其总量不变。饲料有机物几乎都可以氧化完全，且反应进行得很快，所以测定饲料完全燃烧所产生的全部热量就可测定饲料的总能，用同样的方法测定出粪、尿、畜产品的热量，即可算出了饲料的各种能值。

称取试样的一部分，在标准的条件下，在氧弹式热量计中燃烧。由热量计容器中水的升温和热量计的平均有效热容量计算总热值。需考虑点火丝释放的热、热化学校正及从热量计到水套的热损失的补偿。

氧弹式热量计（图 1-9、图 1-10）虽然有多种型号，但其基本构造均由氧弹、热量计容器、搅拌器、水套、测温设备、坩埚、点火电路几部分组成。氧弹式热量计的工作原理是在盛水的容器内，有一个密闭的容器（量热氧弹），在该容器中在有过剩氧气存在的条件下，点燃适量的样品饲料，使其完全燃烧，放出的热量，用水吸收，由水温的升高，计算饲料的发热量（在计算发热量时应考虑其他因素的影响，对热值要加以校正）。

该产品采用高档单片机，性能可靠，抗干扰能力强。不需调节内筒水温，测量结果准确。仪器自动冷却、校正、自动搅拌、自动点火、自动打印、自动采集、处理数据。采用全中文液晶显示，操作简单。在实验后，可换算高、低位发热量。

四、仪器、试剂

1. 仪器

（1）氧弹式热量计。

（2）容量瓶　200mL，1000mL，2000mL。

（3）量筒　200mL，250mL，500mL。

（4）滴管　50mL。

（5）吸管　10mL。

（6）烧杯　250mL，500mL。

（7）分析天平　分度值 0.1mg。

（8）压片机。

（9）聚乙烯膜　尺寸 30mm×5mm。

（10）聚乙烯袋　尺寸 68mm×110mm；50mm×55mm。

（11）引火丝（棉线）。

因各产家有不同型号的氧弹式热量计，所配套的辅助设备不尽相同，所以上述所需仪器可根据实际使用的氧弹式热量计进行选择。

2. 试剂（分析纯）

（1）硅胶　色谱级粉末。

（2）0.1mol/L 的氢氧化钠标准滴定溶液。

（3）甲基橙指示剂溶液。

（4）苯甲酸。

五、测定步骤与方法

1. 热量计有效热容量的测定

如果热量计的有效热容量未知，或如果已知的值有问题，以及在不超过 6 个月的时间间隔里，按下列过程测定热量计的有效热容量。

（1）按样品处理中的方法进行热值的测定，如果有必要，使用的坩埚应是直径约 25mm，平底，不高于 20mm；硅坩埚应约厚 1.5mm，金属坩埚约厚 0.5mm。

对苯甲酸，任一指定的坩埚都是适用的。如果燃烧后在坩埚产生污渍或未燃的物料，可使用小的（例如厚 0.25mm、直径 15mm 和高 7mm）镍/铬坩埚。

（2）当测定绝热型热量计的有效热容量时，开始 5min 后点火，在 10min 内每 1min 间隔读取温度一次。

（3）测定后，用水稀释氧弹洗涤液至约 50mL，直接用氢氧化钠溶液滴定硝酸，以过筛的甲基橙作指示剂。

（4）有效热容量的计算：

$$C = \frac{m_b \times Q_b + e_1 + e_2 + e_3}{t_n - t_0 + t_c}$$

式中 C——热量计的有效热容量，J/℃；

　　m_b——苯甲酸的质量，g；

　　Q_b——恒定量苯甲酸的被鉴定过的总能值，J/g；

　　e_1——棉线或聚乙烯膜的燃烧热的校正值，J；

　　e_2——点火丝的燃烧热的校正值，J；

　　e_3——硫酸和硝酸的生成热的校正值，J；

　　t_0——校正温度计误差的点火温度，℃；

　　t_n——校正温度计误差的终温，℃；

　　t_c——依据 Regnault-Pfaundler 对等温型或静态型热量计的冷却校正温度，℃。

上述测定过程应重复 5 次，计算 5 次值的平均值。

注意：对未被包括在系统中的任何改变，重新测定的平均有效热容量应在以前测定值的 20J/℃ 以内，如果差别大于 20J/℃，应检查实验过程，并仔细核查。

2. 测定水分含量

测定风干试样的水分含量时，在测定热值的同时，按水分的常规测定来测定试样的水分含量。

3. 氧弹的准备

（1）把已处理好的被测试样（通常风干试样称 1g，精确至 0.0001g）包在已知质量和热值的聚乙烯袋中，准确至 0.1mg，放置在氧弹坩埚中。

（2）将点火丝连接至氧弹的接点，连接一已知质量的棉线或聚乙烯膜，使棉线或聚乙烯膜的另一端接触到试样。

注意：为了方便，可用已知质量的、固定长度的棉线或聚乙烯膜，使用于每次热值测定的长度应与使用于测定热量计的有效热容量的长度一致。

（3）加 5mL 水至氧弹，装好氧弹，慢慢地充氧气至 3MPa 的压力，不必替换原有的空气。如果不慎充氧超过 3.3MPa，应重新开始测试。

4. 热量计容器的准备

（1）在热量计容器放入足够的水覆盖氧弹盖上部平面。水的量应与使用在测定热量计的平均有效热容量的水量相同，误差应不大于 1g；如果使用等温式热量计或静态型热量计，在主期末，水的初始温度应略高于在水套中水的温度，但不超过在水套中水的温度 0.5℃。

（2）转移热量计容器至水套，将氧弹向下放入热量计容器，检查氧弹是否漏气。如果氧弹漏气，放弃该次测试，排除泄漏的原因后重新开始。

5. 正式测定

（1）对绝热热量计，按下列详细步骤进行。

① 安装和启动装置。

② 以预先确定的不超过 10min 间隔，使用恒定搅拌速度，使在终温时热量计容器的温度漂移最小。

③ 10min 后，轻敲温度计，读取点火温度（t_0）（精确到 0.001℃）。点火，保持开关闭合使足以点燃点火线。

警告：点火时和其后的 20s，不要将身体的任何部分俯伸到热量计上。

④ 在测定热量计的有效热容量时预先确定的间隔，再次轻敲温度计，读取终温（t_n），（精确到 0.001℃）。当用放大观察器读水银玻璃温度计时，观察者应小心避免视觉误差。

（2）等温型和静态型热量计详细步骤

① 安装装置。开始搅拌和在测定过程中始终保持恒定运转速度。

② 开始前至少搅拌 10min，读取温度精确到 0.001℃，每隔 1min 读数 1 次，持续 5min。在每次读取前轻敲温度计 10s。当用放大观察器读水银玻璃温度计时，应小心避免视觉误差。

③ 点火保持开关闭合使足以点燃点火线，后立即以预定的周期读取温度：

a. 前期　如果在 5min 期间温度变化率值的平均差超过 0.001℃/min，继续以 1min 间隔读取温度直至在 5min 期间温度变化率值的平均差小于 0.001℃/min。前期的终温是主期初始温度（t_0）。

b. 主期　在主期最初几分钟，读取温度精确到 0.001℃是不可能的，但应尽可能快地开始读至此精度并继续到测试结束。主期不必以达到最高温度结束。主期的最后温度是终温（t_n），这是后期的初始温度。

c. 后期　这周期是以第一个温度［指校正温度计误差的终温（t_n）］开始后的另一个 5min 周期，燃烧后期结束后，相隔 5min 再读一次温度，当单独的温度变化率值的平均差不高于 0.001℃/min 时，即停止观察温度，此温度作为燃烧后期的末温，试验结束。

6. 结束工作

（1）氧弹内含物的评估

① 从热量计移去氧弹，检查释放压力和打开氧弹，检查氧弹内部，如果可见未燃的试样或乌黑的沉积物，试验作废。

② 当测试一确定的试样时，氧弹内残余物可能含有可见的未燃的试样，可对此类持续不完全燃烧作校正，可从未燃的碳的量进行评估计算。转移坩埚中的内含物（不是内衬）至硅盘或瓷盘，并在 105℃ 干燥 1h，放置冷却，然后称盘和它的内含物，精确到 0.1mg。在 550℃ 加热 1h，放置冷却，称重确定损失的质量，得到的损失量是未燃的碳。当被确定未燃的碳大于 6mg，则校正将是无效的，应重复测定总能。

（2）酸度的测定　将氧弹的内含物用水洗涤至烧杯，用水洗涤氧弹盖的下面和坩埚的外面，合并洗涤液到烧杯，稀释至约 100mL 并煮沸驱逐二氧化碳，用氢氧化钠溶液滴定温的但不沸腾的氧弹洗涤液，用过筛的甲基橙溶液作为指示剂，测定总酸度。

7. 校正

（1）温度计校正　如果使用水银玻璃温度计，将该温度计的说明书上所指定的校正，用于点火温度（t_0）和终温（t_n）。

（2）冷却校正　对一台绝热热量计，可忽略至水套的热损失，不必进行冷却校正。对等温型或静态型热量计，可以通过将至水套的热损失增加到温升进行补偿。此校正增加值可以由 Regnault-Pfaundler 公式或任何相当的、被国家的标准化组织承认的公式计算。

依照 Regnault-Pfaundler 公式计算冷却校正：

$$t_c = (nV_p + dZ)f$$

式中　t_c——依照 Regnault-Pfaundler 的冷却校正，℃；

$\quad\quad n$——主期分钟个数；

$\quad\quad Z$——温度条件，℃；

$\quad\quad f$——校正因子单位，min，$f = 1\text{min}$；

$\quad\quad V_p$——在前期温度下降速度，℃/min（如果温度是上升的，V_p 为负值）；

$\quad\quad d$——热量计系统条件下测定的冷却因子，min^{-1}，$d = (V_a - V_p)/(t_a - t_p)$；

$\quad\quad V_a$——在后期温度下降速度，℃/min；

$\quad\quad t_p$——前期平均温度（无温度计校正），℃；

$\quad\quad t_a$——后期平均温度（无温度计校正），℃。

注意：倘若温度计校正被用于每一个温度，也可以用对温度计误差校正后的温度计算。

（3）点火热的校正　应为总释放热减去棉线和点火丝释放的热。

从棉线的质量（在 100℃ 干燥的）和纤维素的热值（17 500J/g）计算释放的热（e_1）。

从等于氧弹电极之间长度的一段点火丝的质量计算释放的热（e_2），镍/铬丝为 1400J/g，铂丝为 420J/g。

测定燃烧 0.5g（大约 10 片）聚乙烯膜产生的热值（e_1）。

（4）校正酸类的生成热　应为总释放热减去由于生成硫酸和硝酸产生的热增量。如果 V 是用于滴定的氢氧化钠溶液的体积，以 mL 计，生成酸类的热（e_3）的校正应为 6.0V。

8. 结果计算

由试验的值定量计算总能的公式如下。

$$Q = \frac{C(t_n - t_0 - t_c) - e_1 - e_2 - e_3 - e_4 - e_5}{m}$$

式中　Q——恒定量的被测试样的总能，J/g；

$\quad\quad C$——热量计的有效热容量 5 次测定的平均值，J/℃；

$\quad\quad t_0$——经温度计误差校正的点火温度，℃；

$\quad\quad t_n$——经温度计误差校正的终温，℃；

$\quad\quad t_c$——依据 Regnault-Pfaundler 对等温型或静态型热量计的冷却校正，℃；

$\quad\quad e_1$——对棉线或聚乙烯膜的燃烧热的校正，J；

$\quad\quad e_2$——点火丝的燃烧热的校正，J；

$\quad\quad e_3$——生成硫酸和硝酸的热的校正，J；

$\quad\quad e_4$——不完全燃烧的校正，J；

$\quad\quad e_5$——聚乙烯袋（如果使用），燃烧热的校正，J；

$\quad\quad m$——被测试样的质量，g。

报告结果，应为重复测定的平均值。

第三节　消化能和代谢能的测定

一、消化能的测定

根据试验所使用的条件，消化试验可分为体内消化试验、尼龙袋消化试验和离体消化试验。根据被测定饲料种类，消化试验分为直接法与间接法。能独立构成动物饲粮的饲料，如混合饲料，反刍动物的干草、青草等可用直接法测定；不能单独构成饲粮的单一饲料则采用间接法。间接法需做 2 次消化试验才能计算出被测饲料的养分消化率。根据收集方法不同，消化试验又可分为全收粪法和指示剂法。

1. 体内消化试验

（1）全收粪法　在试验期间精确计量饲料采食量；收集试验动物全部粪便并准确计量。有代表性地采取饲料与粪样并准确分析。使用全收粪法测定消化率时，收粪设备有多种：最简单的是粪袋，适于大型草食动物消化试验收粪；猪和家禽有专用消化试验栏或笼，栏式要求水磨石地面，笼式多为钢质结构；鱼类消化试验另有特殊设备。

应选择生长发育、营养状况、食欲、体质均正常的健康动物，为了便于粪尿分离，哺乳动物一般选择雄性。评定一种饲料需动物 3～6 头（只）。试验所选动物的品种、年龄、体重、血缘关系和发育阶段基本一致。

试验日粮应参照动物的营养需要，按照试验设计要求配制。试验所需饲料总量按动物采食量与试验天数估算，并一次配好，再按每天所需数量分装成包，备试验时使用，同时应采样，在实验室制成分析样品供饲料营养成分分析用。

消化试验全期分为预试期和正试期。预试期的工作包括：将选好的试验动物关进消化试验笼中，单笼饲养，饲喂待测饲粮（如待测饲粮有适应性等问题则应先经过一段时间的过渡），并注意观察试验动物的采食习性、排粪情况及其它行为活动。预试期的长短因动物而异（动物消化道内食糜的排空速度），通过预试期，动物预试前采食的其它饲料的食糜残渣应从消化道排尽。不同动物一般的预试期为：牛、水牛、绵羊 10 天；哺乳期动物 4 天；猪（4～8 月龄）6 天；肉食性动物 3 天。在预试期的最后 3 天应定量（准确）饲喂待测料。在预试期间应做好正试期的一切准备工作。正试期的任务是按预试期末确定的喂量准确定量饲喂，收集各试验动物正试期的全部排粪，按比例取样保存（保存期间注意防腐）。待正试期结束，将各头试验动物每天的粪样混合在一起干燥制成风干样以备分析。从理论上讲，正试期越长，越准确，但由于人力、物力的限制，正试期不可能太长，一般为：牛、羊 10 天（哺乳期犊牛 4 天）；猪（4～8 月龄）5 天；肉食动物 5 天。

全收粪法为传统的测消化率的方法，此方法不仅工作量大、耗时费力，每测一个样品费用上千元，而且因试验条件不同变异较大。

（2）指示剂法（稳定物质法）　为了简化消化试验繁琐的收粪手段，Wiepf（1874）曾采用粗饲料中所含的不被动物消化吸收的二氧化硅为内源指示剂，Ebin（1918）又采用三氧化二铬（Cr_2O_3）为外源指示剂来测定饲料养分的消化率。其原理是：假定指示剂（稳定物质）通过家畜消化道后能完全从粪中排出（即完全不被吸收），从而通过饲料与粪中养分与指示剂含量的变化即可计算出养分的消化率，其计算公式为：

$$饲料养分消化率(\%)=100-\frac{饲粮中指示剂含量}{粪中指示剂含量}\times\frac{粪中养分含量}{饲粮中养分含量}\times100$$

常用内源指示剂有 SiO_2、木质素、酸不溶灰分（acid insoluble ash，AIA）等。常用外

源指示剂有 Cr_2O_3、Fe_2O_3、Ti_2O_3、$BaSO_4$ 等。

对指示剂回收率的研究表明，没有一种稳定物质的回收率能真正达 100%。多数研究者认为 Cr_2O_3 较为理想，回收率可达 98%。因此目前常用的指示剂是 Cr_2O_3 和 AIA。外源指示剂的一般添加量为 0.2%～1.0%，如添加太少，难以准确测定，对回收率影响较大，但添加太多又可能影响动物对养分的消化。

粪样的采集与制备：应采集未受其它物质污染（如尿）的粪便，一般应每天采集 3 次，采集的总量一般不应少于总排粪量的 35%。烘干混匀制成分析样，待测定养分和指示剂含量。

（3）间接法　对于不能单独用于饲喂动物的饲料，其消化率测定使用间接法。它需要经过 2 次消化试验，第一次试验测定基础日粮的养分消化率；第二次试验测定由 50%～80% 的基础饲粮和 20%～50% 待测饲料构成的新日粮的养分消化率。

基本假定：基础日粮养分的消化率在 2 次试验中保持不变。营养成分的消化率具有可加性。在以上基本假定成立的情况下，通过 2 次消化试验便可按如下公式计算出待测饲料养分消化率。

$$待测饲料养分消化率(DF，\%)=DB+\frac{(DT-DB)}{f}$$

式中　DB——基础日粮的消化率；

　　　DT——新日粮养分的消化率；

　　　f——新日粮养分中待测饲料养分所占的比例。

注意：本法是在假定基础饲料养分消化率在两次测定中保持完全一致的条件下进行，但实际上 100% 的不变是不可能的（饲料间的互作及其它条件的影响）。为了保证测定结果的相对准确，就应保持基础饲粮养分消化率的稳定。因此须注意以下几个方面。

① 基础饲粮应是营养平衡的配合饲料（应符合动物营养需要），且基础饲粮中含有约 10% 的待测饲料；

② 两次试验所需的基础饲粮应一次配齐；

③ 待测饲料在新日粮中替代基础饲粮的比例不宜太少，一般以 20%～50% 为宜。

2. 离体消化试验

离体消化实验是模拟动物消化道的环境，在体外进行饲料的消化，可以使用消化道消化液法和人工消化液法。使用消化道消化液时，先制取小肠液冻干粉（PIF）并进行效价标定，然后取饲料样 0.5g（4 份）用 0.2% 胃蛋白酶的 0.075mol/L 盐酸溶液 37℃ 恒温水浴振荡 4h；用 0.2mol/L 氢氧化钠溶液中和至 pH 值等于 7.0；加 PIF 液恒温振荡 4h，两两合并加水静置过夜（夏季需置于冷暗处和加甲苯 1 滴以防腐）。用已知干重及能值的滤纸过滤，残渣烘干称重与测热。该法由中国农业科学院畜牧所张子仪院士的研究小组制定，适于测定猪的配合饲料、能量饲料、粗饲料及植物性蛋白质饲料的干物质消化率和表观消化能。

评定反刍动物饲料的离体消化试验常用人工瘤胃法，该法类似于猪的离体消化试验。先从瘘管动物的瘤胃中取出定量的瘤胃液，去除其中的饲料颗粒后，置于一容器中，再将待测饲料样（0.5g）加入其中，在中性环境、温度 39℃、厌氧避光条件下处理和测热，即可计算出未校正的干物质（DM）和能量消化率，由于测定结果一般低于体内法的结果，故需进行校正。人工瘤胃法有时采用真菌纤维素酶代替瘤胃液，但一般应先用胃蛋白酶处理，该法由德国 Hohenhaim 大学 Menkel 首先提出。取瘤胃液的动物饲粮中应保持 50%～60% 的粗料（主要干草），因为精粗料比例会影响动物瘤胃液中纤维素酶和淀粉分解酶的活性均衡。

3. 尼龙袋法

主要用于反刍动物饲料蛋白质的瘤胃降解率测定。将饲料放入特制的尼龙袋，再经瘤胃瘘管将尼龙袋放入瘤胃中，经24～48h后取出，冲洗干净，烘干称重，然后根据饲料中的蛋白质含量可以计算出饲料蛋白质降解率。由于该法简单易行、重复性好、耗时耗力少，目前国际上已经普遍用于测定饲料蛋白质的降解率。

二、代谢能的测定

代谢能的测定比测定消化能更费力。代谢能有多种表示方法，中国通常用表观代谢能[AME，简称代谢能（ME）]表示，即表观代谢能＝食入总能－排出（粪能＋尿能）－气体能。

事实上，测定中单胃动物的气体能都忽略不计，如猪和禽的甲烷能损失很少，一般低于0.5%。对于瘤胃动物，其可燃性气体中损失几乎全部是甲烷。甲烷的产生与采食量密切相关，处于维持营养水平时，甲烷能损失占食入总能的7%～9%（或占消化能的11%～13%），当饲养水平提高时，这一比例降低到6%～7%。当没有呼吸测热室时，可以按8%来估计可燃气体能的损失。尿能损失主要是含氮物质所含的能量，因此其损失量取决于日粮蛋白质水平，尤其是氨基酸的平衡，尿能损失可以通过尿氮计算，因为1g尿素氮损失尿能约22.7kJ，1g尿酸氮损失尿能34.4kJ，用这种方法校正的消化能与氨平衡为零的代谢能很接近。测定代谢能时，若氮平衡不为零或者生产蛋白质（如蛋、乳蛋白）也可用同样的校正因子，如产蛋母鸡，若测定的代谢能为1.5MJ，氮平衡为－0.2g，蛋中含氮0.8g，因此，氮平衡为零时的代谢能为1500kJ＋0.2×34.4kJ－0.8×34.4kJ＝1479kJ。又如生长猪，测定的代谢能为15MJ，氮平衡为＋20g，氮平衡为零时的代谢能为：15 000－20×22.7＝14.55MJ。正常日粮由于含氮最低，这些校正部分也很小，但对含蛋白质高的饲料，这些校正值要高得多。

动物在采食饲料蛋白质以后，一般表现为氮正平衡，即食入氮大于排出氮，由于蛋白质经代谢后排出体外的含氮化合物中仍含有能量，为此应将这部分禽氮物质中的能量从表观代谢能值中扣除（如为氮的负平衡时则应加上），使之成为零氮平衡状态下的校正值。从理论上讲，用校正到零氮平衡状态的氮校正表观代谢能（AMEn）来表示饲料代谢能，比直接用表观代谢能更为客观合理，但是在测定氮平衡时又会引入测定氮平衡时的系统误差以及排出物含氮量的典型值，试验动物的年龄、体重、生长速度等因素的制约。因此，许多国家仍沿用表观代谢能。Sibbald 和 Slinger 通过 1375 例试验，得出将表观代谢能校正为氮校正表观代谢能的公式：AMEn＝0.009±0.948AME（r＝0.995）。对此问题，经 1984 年全国第二届动物营养学会年会上经专题讨论后一致认为，从国情出发，机械地套用公式校正似无必要。除非特殊需要，一般仍建议用表观代谢能。

【复习思考题】

1. 名词解释：热价　代谢能　消化能
2. 进行饲料总能的测定时，对测热室有什么要求？
3. 氧弹式热量计的测定原理是什么？其构造包括哪几个部分？
4. 饲料总能的测定包括哪几个步骤？每个步骤需要注意什么问题？
5. 等温型热量计如何操作？
6. 用指示剂法测定饲料中的消化能。

第六章　饲料中氨基酸的测定

[知识目标]

1. 了解氨基酸在饲料中的重要生理作用。
2. 掌握有效氨基酸的测定方法和饲料级氨基酸的测定操作。
3. 掌握饲料中所含蛋氨酸、赖氨酸和色氨酸测定的原理。

[技能目标]

能正确测定饲料中所含的蛋氨酸、赖氨酸和色氨酸。

氨基酸分析技术在蛋白质化学、生物化学和整个生命科学研究以及产品开发、质量控制和生产管理等领域中是非常重要的检测手段之一，多年来，已引起人们的广泛重视。自从Mocre 等人首先在离子交换树脂上完成了氨基酸的分离以来，1985 年，他们又成功地进行了氨基酸定量分析，为氨基酸分析技术的发展及实现自动化分析奠定了基础。近些年来，随着高效液相色谱（HPLC）技术的迅速发展，氨基酸分析的灵敏度、速度及自动化程度都有了很大的进步和提高，将传统的离子交换色谱和柱后衍生发展成为具有广泛适用性的现代柱前衍生氨基酸反相高效液相色谱分析技术，为氨基酸分析提供了广阔的前景。

第一节　概　　述

目前，各种生物体中发现的氨基酸已有 180 多种，但常见的构成动植物体蛋白质的氨基酸只有 20 种。植物能合成自己全部的氨基酸，动物蛋白虽然含有与植物蛋白同样的氨基酸，但动物体却不能合成自己所需的全部氨基酸。

一、氨基酸的种类

构成蛋白质的氨基酸主要有 20 种，对动物来说都是必不可少的。根据是否必须由饲料提供，通常将氨基酸分为必需氨基酸和非必需氨基酸两大类。对于饲料来说，了解限制性氨基酸也是非常必要的。

1. 必需氨基酸

必需氨基酸是指在机体内不能合成，或者合成的速度慢、数量少，不能满足动物需要而必须由饲料供给的氨基酸。对成年动物，必需氨基酸有 8 种，即赖氨酸、蛋氨酸、色氨酸、苯丙氨酸、亮氨酸、异亮氨酸、缬氨酸和苏氨酸。生长家畜有 10 种，除上述 8 种外，还有精氨酸和组氨酸。雏鸡有 13 种，除上述 10 种外，还有甘氨酸、胱氨酸和酪氨酸。

2. 非必需氨基酸

非必需氨基酸是指在动物体内能利用含氮物质和酮酸合成，或可由其它氨基酸转化代替，无需饲料提供即可满足需要的氨基酸。如丙氨酸、谷氨酸、丝氨酸、羟谷氨酸、脯氨酸、瓜氨酸、天门冬氨酸等。

从饲料供应角度考虑，氨基酸有必需与非必需之分，但从营养角度考虑，二者都是动物合成体蛋白和产品蛋白所必需的营养，且它们之间的关系密切。某些必需氨基酸是合成某些特定非必需氨基酸的前体，如果饲料中某些非必需氨基酸不足时，则会动用必需氨基酸来转化代替。这点，在饲养实践中不可忽视。研究表明，蛋氨酸脱甲基后，可转变为胱氨酸和半胱氨酸，猪和鸡对胱氨酸需要量的 30% 可由蛋氨酸来满足，若给猪和鸡充分提供胱氨酸，即可节省蛋氨酸；提供充足的酪氨酸可节省苯丙氨酸；丝氨酸和甘氨酸在吡哆醇的参与下，可相互转化；丝氨酸可完全代替甘氨酸参与体内的合成反应而对雏鸡生长速度及饲料转化率均无影响。

3. 限制性氨基酸

动物对各种必需氨基酸的需要量有一定的比例，但不同种类、不同生理状态等情况下，所需要的比例不同。饲料或日粮缺乏一种或几种必需氨基酸时，就会限制其它氨基酸的利用，致使整个日粮中蛋白质的利用率下降，故称它们为该日粮（或饲料）的限制性氨基酸。一般缺乏最严重的称为第一限制性氨基酸，相应为第二、第三、第四……限制性氨基酸。根据饲料氨基酸分析结果与动物需要量的对比，即可推断出饲料中哪种必需氨基酸是限制性氨基酸。必需氨基酸的供给量与需要量相差越多，则缺乏程度越大，限制作用就越强。

饲料种类不同，所含必需氨基酸的种类和数量有显著差别；动物则由于种类和生产性能等不同，对必需氨基酸的需要量也有明显差异。因此，同一种饲料对不同动物或不同种饲料对同一种动物，限制性氨基酸的种类和顺序不同。谷实类饲料中，赖氨酸均为猪和肉鸡的第一限制性氨基酸。蛋白质饲料中一般蛋氨酸较缺乏。大多数玉米-豆饼型日粮，蛋氨酸和赖氨酸分别是家禽和猪的第一限制性氨基酸。

二、主要氨基酸的重要生理功能

1. 赖氨酸

赖氨酸是动物体内合成细胞蛋白质和血红蛋白所必需的氨基酸，也是幼龄动物生长发育所必需的营养物质，常为第一限制性氨基酸。日粮中缺乏赖氨酸，易导致动物食欲降低，体况憔悴消瘦，瘦肉率下降，生长停滞；红细胞中血红蛋白量减少，会导致动物贫血，甚至引起肝脏病变；皮下脂肪减少，骨的钙化失常。植物性饲料，除大豆、豆饼富含赖氨酸外，其余含量均低。

2. 蛋氨酸

蛋氨酸是动物体代谢中一种极为重要的甲基供体。通过甲基转移，参与肾上腺素、胆碱和肌酸的合成；肝脏脂肪代谢中，参与脂蛋白的合成，将脂肪输出肝外，防止动物产生脂肪肝，降低胆固醇；此外，蛋氨酸还具有促进动物被毛生长的作用。动物缺乏蛋氨酸时，发育不良，体重减轻，肌肉萎缩，禽蛋变轻，被毛变质，肝脏肾脏机能损伤，易产生脂肪肝。动物性饲料中含蛋氨酸较多，植物性饲料中均欠缺，一般常采用 DL-蛋氨酸补饲。

3. 色氨酸

色氨酸参与血浆蛋白的更新，并与血红素、烟酸的合成有关；它能促进维生素 B 作用的发挥，并具有神经冲动的传递功能；是幼龄动物生长发育和成年动物繁殖、泌乳所必需的氨基酸。动物缺少色氨酸时，食欲降低，体重减轻，生长停滞，产生贫血、下痢，视力破坏并患皮炎等；种公畜缺乏时睾丸萎缩；产蛋母鸡缺乏时无精卵增多，胚胎发育不正常或中途死亡。色氨酸在动物蛋白中含量多，玉米中缺少。

三、理想蛋白质与饲料的氨基酸平衡

1. 理想蛋白质

尽管必需氨基酸对单胃动物十分重要，但还需在非必需氨基酸或合成非必需氨基酸所需氮源满足的条件下，才能发挥最大的作用。近年提出，最好供给动物各种必需氨基酸之间以及必需氨基酸总量与非必需氨基酸总量之间具有最佳比例的"理想蛋白质"。理想蛋白质是以生长、妊娠、泌乳、产蛋等的氨基酸需要为理想比例的蛋白质，通常以赖氨酸作为100，用相对比例表示其它氨基酸的量，猪三个生长阶段必需氨基酸的理想模式如表6-1所示。

表 6-1　猪三个生长阶段必需氨基酸理想模式

氨基酸	5～20kg	20～50kg	50～100kg
赖氨酸	100	100	100
精氨酸	42	36	30
组氨酸	32	32	32
色氨酸	18	19	20
异亮氨酸	60	60	60
亮氨酸	100	100	100

运用理想蛋白质最核心的问题是以第一限制性氨基酸为标准，确定饲料蛋白质和氨基酸的水平。

2. 饲料的氨基酸平衡

饲喂动物理想蛋白质可获得最佳生产性能。因为理想蛋白质可使饲料中各种氨基酸保持平衡，即饲料中各种氨基酸在数量和比例上同动物最佳生产水平的需要相平衡。平衡饲料氨基酸时，应重点考虑和解决以下几方面。

(1) 氨基酸缺乏　一般情况下，动物饲料中往往有一种或几种氨基酸不能满足需要。可参考理想蛋白质的氨基酸配比，确定饲料中必需氨基酸的限制顺序，确认第一限制性氨基酸及其喂量。但氨基酸的缺乏，不完全等于蛋白质的缺乏，如用榨菜籽饼作为猪的主要蛋白质饲料，有可能蛋白质水平超标，而可利用赖氨酸缺乏。

(2) 氨基酸失衡　即饲料中各种必需氨基酸相互间的比例与动物需要的比例不相适应。一种或几种氨基酸数量过多或过少都会导致氨基酸失衡。可根据理想蛋白质中各种必需氨基酸同赖氨酸间的比例，调整其它氨基酸的供给量，使饲料中氨基酸达到平衡。一般说来，饲料中不会出现各种氨基酸都超量的情况，多数情况是少数或个别氨基酸低于需要的比例。不平衡主要是比例问题。

(3) 氨基酸相互间的关系　氨基酸之间存在着相互转化、代替与相互拮抗等复杂的关系，这对饲料氨基酸的平衡十分重要。雏鸡饲料中，胱氨酸可代替1/2的蛋氨酸，丝氨酸完全可以代替甘氨酸，酪氨酸不足，可以由苯丙氨酸来满足等；赖氨酸与精氨酸、苏氨酸与色氨酸、亮氨酸与异亮氨酸和缬氨酸、蛋氨酸与甘氨酸、苯丙氨酸与缬氨酸、苯丙氨酸与苏氨酸之间在代谢中都存在一定的拮抗作用。鸡饲料中赖氨酸与精氨酸的适宜比例为1∶1.2。亮氨酸过量时，会激活肝脏中异亮氨酸氧化酶和缬氨酸氧化酶，致使异亮氨酸和缬氨酸大量氧化分解而不足。生产中常遇到亮氨酸超量问题，这是因为玉米、高粱的亮氨酸较多，以致引起小鸡缬氨酸和异亮氨酸需要量的提高。拮抗作用只有在两种氨基酸的比例相差较大时影响才明显。过量蛋氨酸阻碍赖氨酸的吸收。精氨酸和甘氨酸能消除其它氨基酸过量的有害作用。

氨基酸之间相互转化或拮抗的程度与饲料中氨基酸的平衡程度密切相关。调整饲料中氨

基酸平衡和供给足够的非必需氨基酸，实际上就保证了必需氨基酸的有效利用，以达到提高饲料蛋白质转化效率的目的。平衡饲料的氨基酸时，要防止氨基酸过量。添加过量的氨基酸会引起动物中毒，且不能以补加其它氨基酸加以消除。尤其蛋氨酸，过量摄食可引起动物生长抑制，降低蛋白质的利用率。

四、提高饲料蛋白质转化效率的措施

目前，蛋白质饲料既短缺又昂贵，在广泛开发蛋白质饲料资源的同时，必须采取各种措施，合理利用有限的蛋白质资源，提高饲料蛋白质转化效率。

1. 配合日粮时原料应多样化

原料种类不同，蛋白质中所含的必需氨基酸的种类、数量也不同。多种原料搭配，能起到氨基酸的互补作用，改善饲料中氨基酸的平衡，从而提高蛋白质的转化效率。

2. 补饲氨基酸添加剂

向饲料中直接添加所缺少的限制性氨基酸，力求氨基酸的平衡。目前，生产中广泛应用的有赖氨酸和蛋氨酸。色氨酸和苏氨酸还有待于进一步推广。

3. 合理供给蛋白质营养

参照饲养标准，均衡地供给氨基酸平衡的蛋白质营养，则合成的体蛋白和产品蛋白的数量就多，饲料蛋白质转化效率就高。

第二节　饲料中氨基酸的测定方法

一、离子交换树脂法氨基酸自动分析

离子交换树脂法是一种用离子交换树脂做支持剂的层析法。

离子交换树脂是具有酸性或碱性基团的人工合成聚苯乙烯-苯二乙烯等不溶性高分子化合物。聚苯乙烯-苯二乙烯是由苯乙烯（单体）和苯二乙烯（交联剂）进行聚合和交联反应生成的具有网状结构的高聚物。它是离子交换树脂的基质，带电基团是通过后来的化学反应引入基质的。树脂一般都制成球形的颗粒。

阳离子交换树脂含有的酸性基团如—SO_3H（强酸型）或—COOH（弱酸型）可解离出 H^+，当溶液中含有其它阳离子时，例如在酸性环境中的氨基酸阳离子，它们可以和 H^+ 发生交换而结合在树脂上。同样地阴离子交换树脂含有的碱性基团如—$N(CH_3)_3OH$（强碱型）或—NH_3OH（弱碱型）可解离出 OH^-，能和溶液里的阴离子，例如和碱性环境中的氨基酸阴离子发生交换而结合在树脂上。

$$
\begin{array}{l}
\text{树脂—}SO_3^-\cdot H^+\text{（氢型）} \\
\text{或} \\
\text{树脂—}SO_3^-\cdot Na^+\text{（钠型）}
\end{array}
+
\begin{array}{c}
\overset{+}{N}H_3 \\
| \\
R\text{—CH—COOH} \\
(pH < pI)
\end{array}
\rightleftharpoons
\begin{array}{c}
\text{树脂—}SO_3^-\cdot {}^+NH_3 \\
| \\
R\text{—CH—COOH}
\end{array}
+
\begin{array}{l}
H^+ \\
\text{或} \\
Na^+
\end{array}
$$

$$
\begin{array}{l}
\text{树脂—}NR_3^+\cdot OH^-\text{（氢氧型）} \\
\text{或} \\
\text{树脂—}NR_3^+\cdot Cl^-\text{（氯型）}
\end{array}
+
\begin{array}{c}
NH_2 \\
| \\
R\text{—CH—COO}^- \\
(pH > pI)
\end{array}
\rightleftharpoons
\begin{array}{c}
\text{树脂—}NR_3^+-OOC\text{—CH—R} \\
| \\
NH_2
\end{array}
+
\begin{array}{l}
OH^- \\
\text{或} \\
Cl^-
\end{array}
$$

分离氨基酸混合物经常使用强酸型阳离子交换树脂。在交换柱中，树脂先用碱处理成钠型，将氨基酸混合液（pH2～3）上柱。在 pH 为 2～3 时，氨基酸主要以阳离子形式存在，与树脂上的钠离子发生交换而被"挂"在树脂上。氨基酸在树脂上结合的牢固程度即氨基酸

与树脂间的亲和力，主要决定于它们之间的静电吸引，其次是氨基酸侧链与树脂基质聚苯乙烯之间的疏水作用。在 pH3 左右时，氨基酸与阳离子交换树脂之间的静电吸引的大小次序是：碱性氨基酸＞中性氨基酸＞酸性氨基酸。因此氨基酸的洗出顺序大体上是酸性氨基酸，中性氨基酸，最后是碱性氨基酸。为了使氨基酸从树脂柱上洗脱下来，需要降低树脂与氨基酸之间的疏水作用力，有效的方法是逐步提高洗脱剂的 pH 和盐浓度（离子强度）。这样各种氨基酸将以不同的速度被洗脱下来。目前已有全部自动化的氨基酸分析仪（图 6-1）。

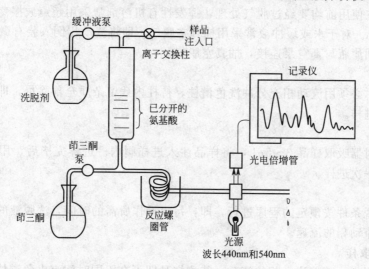

图 6-1　氨基酸分析仪的图解

二、氨基酸高效液相色谱分析

高效液相层析（HPLC）是一项快速、灵敏、高效的分离技术，它是在经典液相色谱的基础上发展起来的。经典液相色谱的流动相在常压下输送，传送速度慢、柱效能低、分离周期长。20 世纪 60 年代，借助气相色谱的理论和技术，液体流动相改用高压下输送，并使用新型固定相和高灵敏度检测器，形成了以高压、高效、高速、高灵敏度为特点的高效液相色谱（图 6-2）。以溶剂为流动相的高效液相色谱通常在室温下进行分离，只需将试样制成溶

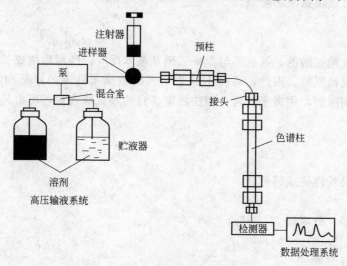

图 6-2　HPLC 的仪器结构图（带有预柱）

液，且分离过程中不存在气化和加热的操作，是其另一个显著特点，特别适用于沸点高、分子量大、极性强、具有生物活性、热稳定性差的物质的分析。

液相色谱的具体操作包括以下几个方面。

1. 流动相的预处理

高效液相色谱对于流动相的纯度要求较高。流动相使用的有机溶剂均要求使用色谱纯试剂；水要使用二次蒸馏水或超纯水；盐类物质要使用优级纯试剂，并在使用前要经过重结晶。各种试剂在使用前均要经过脱气处理，挥发性有机溶剂常采用超声波振荡脱气，一般处理时间为 30min。对于水或缓冲液常采用抽真空脱气，即将流动相倒入装有微孔滤膜的玻璃漏斗中，再将抽滤瓶与真空泵连接，抽真空脱气。

2. 柱平衡

在进样前，必须用流动相充分冲洗色谱柱，待柱内残留杂质全部除尽，即流出液的基线稳定后，方能进样。

3. 进样

用微量注射器吸取样品 $3\sim5\mu L$，将样品注入进样阀内。进样完毕后，用流动相清洗注射器，准备下一次进样。

4. 洗脱

进样后洗脱条件按预定的程序进行，即：每次操作所需的时间，洗脱液的组分及对形成梯度的要求，流动相的流速。

5. 检验及取样

在洗脱过程中，随着流动相的流动，待测样品即可在不同时间流出色谱柱，这时根据检测器的检验结果分析并收集样品。

6. 色谱柱的清洗及保存

当使用完毕后，应用溶剂彻底清洗色谱柱。

第三节　饲料中有效氨基酸的测定

以赖氨酸为例介绍饲料中有效氨基酸的测定。所谓的有效赖氨酸是指在规定条件下测得的总赖氨酸和非有效赖氨酸之差值。

一、测定原理

蛋白质中有效赖氨酸的 ε-氨基可与 2,4-二硝基氟苯反应，酸解后生成二硝赖氨酸，而其它非有效部分生成赖氨酸。因此，可将不经 2,4-二硝基氟苯处理的样品和经 2,4-二硝基氟苯处理的样品分别酸解，用离子交换色谱法测定各自的赖氨酸含量，可由其差值得出样品中有效赖氨酸含量。

二、仪器设备

(1) 植物样品粉碎机或研钵。

(2) 试验筛。

(3) 分析天平　分度值 0.0001g。

(4) 油浴锅。

(5) 回流水解装置。

(6) 离心机。

（7）旋转蒸发仪。

（8）氨基酸自动分析仪。

（9）远红外消煮炉　温控 120～130℃，带消化管。

（10）水浴锅。

三、试剂及配制

（1）乙醚。

（2）80g/L 碳酸氢钠溶液　称取 80g 碳酸氢钠溶于 1L 水中。

（3）2,4-二硝基氟苯乙醇溶液　将 1.5mL 2,4-二硝基氟苯与 120mL 95％乙醇溶解，混匀。现配现用。

（4）6.0mL/L 盐酸溶液　500mL 盐酸与 500mL 水混合均匀。

（5）6.5mL/L 盐酸溶液　545mL 盐酸与 455mL 水混合均匀。

（6）pH 为 2.2 的柠檬酸缓冲溶液　将 20g 水合柠檬酸和 8g 氢氧化钠溶于约 500mL 水中，用 16mL 盐酸中和，加入 0.1mL 辛酸和 20mL 硫二甘醇，用水定容至 1000mL，混匀。

（7）茚三酮试剂　在高纯氮（99.9％）保护下依次将 1500mL 乙二醇甲醚、500mL 乙酸缓冲溶液（pH5.5）、40g 茚三酮和 3.4mL 三氯化钛加到 2000mL 棕色瓶中。在加试剂前，一定先通 10～15min 氮气，以保证瓶内空气被置换干净。加完三氯化钛后至少再通 20min 氮气，方可使用。茚三酮试剂最好按仪器说明书要求配制。

（8）赖氨酸标准溶液　称取 125mg 赖氨酸盐酸盐溶于 1000mL 0.1mol/L 盐酸溶液中，即为 100μg/mL 赖氨酸标准储备溶液。取 10mL 100μg/mL 赖氨酸标准储备溶液于 100mL 容量瓶中。用 pH2.2 柠檬酸缓冲溶液稀释定容，即为 10μg/mL 赖氨酸标准工作溶液。

也可以将市售的 2.5μmol/L 标准氨基酸混合液用 pH2.2 柠檬酸缓冲溶液稀释配制。或者按仪器使用说明书配制最佳标准浓度。

四、测定步骤与方法

1. 采样

采集有代表性样品 2kg 左右，用四分法缩分至 200g，粉碎，过 0.25mm 筛，混匀，装袋密封保存备用。

2. 赖氨酸总量的测定

称取适量试样（内含蛋白质约 50mg），置于 500mL 烧瓶中，加入 250mL 6.0mol/L 盐酸溶液，装好回流冷凝管，置于 120～130℃的油浴中，使其慢慢沸腾，回流水解 24h。

取下烧瓶冷却，用水定容至 250mL，过滤。取 5mL 滤液于旋转蒸发仪烧瓶中，于 60℃真空蒸发至干，加少许水，重蒸干一次。将残渣溶于 5mL pH2.2 柠檬酸缓冲溶液中，以 4000r/min 离心，取上清液作为待测样品溶液。

按仪器说明书开启氨基酸自动分析仪，调节仪器参数使柱温、反应浴温度、洗脱缓冲液及茚三酮溶液的流速达到预定要求，仪器稳定后，依次注入标准溶液和待测样品溶液进行赖氨酸含量测定。

3. 非有效赖氨酸总量的测定

称取适量试样（内含蛋白质约 50mL），置于 150mL 烧瓶中，加入 4mL 碳酸氢钠溶液，不时振摇反应 10min。加入 6mL 2,4-二硝基氟苯乙醇溶液，加盖，振摇均匀，在暗处放置 12h。

在旋转蒸发仪中于 40℃ 蒸发至干，加入 35mL 乙醚，充分振摇，待固体充分沉降后，弃去乙醚相（小心，不要有固体带出）。用 25mL 乙醚重复上述操作两次。最后将残存乙醚蒸干。

加入 75mL 6.0mol/L 盐酸溶液，装好回流冷凝管，于 120～130℃ 油浴中，使慢慢沸腾回流 24h。

取下烧瓶冷却，将水解物转入 100mL 容量瓶用水定容，摇匀过滤。取 5mL 滤液于旋转蒸发仪烧瓶内，60℃ 蒸干。加少量水重复一次。残渣溶于 2.5mL pH2.2 柠檬酸缓冲溶液中，离心 10min，上清液作为待测溶液。

按步骤 2 进行测定非有效赖氨酸含量。

五、结果计算

1. 计算公式

（1）饲料中有效赖氨酸含量按下列公式计算其质量分数：

$$w = w_1 - w_2$$

式中　w_1——饲料中赖氨酸总含量，g/kg；

　　　w_2——饲料中非有效赖氨酸含量，g/kg。

（2）饲料中有效赖氨酸含量也可以按下列公式计算其质量分数：

$$w_2 = \frac{\rho_2}{m_2} \times V_2 \times 10^{-3} \times D_2$$

式中　ρ_2——测定非有效赖氨酸时的质量浓度；

　　　V_2——测定非有效赖氨酸时的体积；

　　　D_2——测定非有效赖氨酸时的稀释倍数；

　　　m_2——测定非有效赖氨酸时的试样质量。

2. 重复性

每个样品取两个平行样测定，取平均值作为分析结果。允许误差≤10%。

第四节　饲料添加剂中氨基酸的测定

一、饲料添加剂中氨基酸（DL-蛋氨酸和 L-赖氨酸盐酸盐）的质量标准

1. 饲料添加剂中的 DL-蛋氨酸的质量标准

目前大部分采用的是以石油化工产品丙烯氧化制成的丙烯醛和假硫醇为原料合成的 DL-蛋氨酸。我国制定的饲料添加剂中 DL-蛋氨酸检测质量标准见表 6-2。

表 6-2　饲料级 DL-蛋氨酸的质量标准　　　　　　　　　　单位：%

指标名称	指标值	指标名称	指标值
含量（以 $C_5H_{11}NO_2S$ 干基计）	≥98.5	水分	≤0.5
砷（以 As 计）	≤0.002	氯化物	≤0.2
重金属（以 Pb 计）	≤0.02		

2. 饲料添加剂中 L-赖氨酸盐酸盐的质量标准

L-赖氨酸产品有食品级、医药级和饲料级三种规格。一般以饲料级产品生产的赖氨酸经过进一步精制提纯，就可得到食品级和医药级的赖氨酸产品。国家标准 GB 8245—87 规定了饲料级 L-赖氨酸盐酸盐产品的质量标准（表 6-3）。

表 6-3　饲料级 L-赖氨酸盐酸盐的质量标准

指 标 名 称	指标值	指 标 名 称	指标值
含量(以 $C_6H_{14}N_2O_4 \cdot HCl$ 干基计)	≥98.5%	比旋光度$[\alpha]_D$	+18.0°～+21.5°
干燥重	≤1.0%	灼烧残渣	≤0.3%
铵盐(以 NH_4^+ 计)	≤0.04%	重金属(以 Pb 计)	≤0.003%
砷(以 As 计)	≤0.0002%		

二、饲料级 DL-蛋氨酸的测定

1. 饲料级 DL-蛋氨酸的测定

（1）鉴别

① 试剂和溶液　无水硫酸铜：硫酸饱和溶液；氢氧化钠溶液：氢氧化钠：水＝1∶5（体积比）；氨基乙酸：水＝1∶100（体积比）；硝基铁氰酸钠溶液：硝基铁氰酸钠：水＝1∶10（体积比）；盐酸：水＝1∶5（体积比）；茚三酮溶液：2%（m/V）；乙酸钠。

② 操作步骤

a. 称取试样 25mg，加 1mL 无水硫酸铜硫酸饱和溶液，溶液应呈现黄色。

b. 称取试样 5mg，加 5mL 水溶解，再加氢氧化钠溶液 2mL，振荡混合，加 1mL 氨基乙酸溶液、0.3mL 硝基铁氰酸钠溶液，然后再充分振荡混合，在 35～40℃ 下放置 10min，冰冷 2min，加入 10mL 稀盐酸溶液，振荡混合，溶液应呈赤色。

c. 称取试样 1g，溶于 30mL 水中，取 1mL 该试液，加 1mL 茚三酮溶液和 100mg 的乙酸钠，加热至沸腾，溶液应呈蓝紫色。

（2）含量测定

① 试剂及配制　磷酸氢二钾；磷酸二氢钾；碘化钾；碘溶液：0.05mol/L；可溶性淀粉溶液：0.5%（m/V）；硫代硫酸钠溶液：0.1mol/L。

② 测定步骤与方法　称取 0.3g（准确至 0.0002g）试样，放入具塞三角瓶中，加水 100mL，磷酸氢二钾 2g，磷酸二氢钾 2g，碘化钾 2g，振荡混合溶解，准确加入 0.05mol/L 碘液 50mL，加塞后充分振荡混合，放置 30min 后，以 1mL 淀粉试液为指示剂，用 0.1mol/L 硫代硫酸钠溶液滴定过量的碘，按同样的方法作空白试验。每 1mL 0.1mol/L 硫代硫酸钠溶液相当于 7.460mg $C_5H_{11}NO_2S$。

③ 计算

$$DL\text{-蛋氨酸含量}(C_5H_{11}NO_2S) = \frac{K \times (V_1 - V_2)}{m} \times 100\%$$

式中　K——每毫升硫代硫酸钠的质量，mg；

V_1——试样消耗的硫代硫酸钠的体积，mL；

V_2——空白试验消耗的硫代硫酸钠的体积，mL；

m——试样质量，g。

2. 液态蛋氨酸羟基类似物的测定

液态蛋氨酸羟基类似物，其化学名称为 2-羟基-4-甲硫基丁酸，作为 DL-蛋氨酸的代用品添加到动物饲料中，具有与 DL-蛋氨酸相同的营养效能，是一种取得蛋氨酸活性的有效来源。但由于其结构发生了变化，因此，用传统的测定氨基酸的方法不可行。2003 年 11 月 10日国家质量监督检验检疫总局发布 GB/T 19371.2—2003，规定了饲料中液态蛋氨酸羟基类似物的测定——高效液相色谱法。

（1）原理　用 10% 的乙腈水溶液提取样品中的液态蛋氨酸羟基类似物，用氢氧化钾将蛋氨酸羟基类似物水解为有活性的单体，磷酸调节水解液的 pH 值。反相高效液相色谱分离，紫外检测器 210nm 处测定。

（2）试剂和溶液　10％乙腈水溶液；500g/L 氢氧化钾溶液；磷酸溶液；0.05％三氟乙酸水溶液；液态蛋氨酸羟基类似物标准样品。

（3）仪器设备　振荡器；溶剂过滤系统；HPLC 系统。

（4）操作步骤

① 采样　采样步骤按 GB/T 14699.1 采集实验室样品，将实验室样品粉碎，全部通过 0.45mm 筛，充分混匀，贮于磨口瓶中备用。

② 参比样品的制备　准确称取 282.95g 空白样品，准确加入 17.05g 液态蛋氨酸羟基类似物标准样品，混合均匀。也可根据需要配制不同浓度的参比样品。参比样品配制后室温下平衡 3 天后使用，6 个月内有效。

③ 提取　称取试样 2～5g，置于 150mL 三角瓶中，准确加入一定量的提取液（一般 50～100mL），混合后置于振荡器上剧烈振荡 30min，静置 10min，离心或过滤，滤液备用。

④ 水解　准确移取滤液 5mL 于 10mL 试管中，准确加入 0.1mL 氢氧化钾溶液，手摇至少 10s，准确加入 0.2mL 磷酸溶液，手摇至少 10s，水解液离心或过滤，滤液过 2pm 滤膜后备用。

⑤ 标准溶液的制备　准确称取 1.1360g 液态蛋氨酸羟基类似物（88.00％）标准样品，用提取剂定容至 1000mL，该溶液的浓度为 1.00mg/mL。准确吸取 2.5mL、5.0mL、10.0mL、20.0mL 该溶液至 50mL 容量瓶，用提取剂定容至刻度后摇匀，此标准系列的浓度为 0.05mg/mL、0.10mg/mL、0.20mg/mL、0.40mg/mL、1.00mg/mL。将以上标准系列与试样提取液同时做水解，测定。

⑥ HPLC 测定　向 HPLC 分析仪连续注入液态蛋氨酸羟基类似物标准溶液，直至得到基线平稳，峰形对称且峰面积能够重现的色谱峰。依次注入标准、参比样品及试样水解液，计算得到峰面积，用标准系列进行单点或多点校准。

⑦ 结果计算　试样中液态蛋氨酸羟基类似物的含量 w 以质量分数表示，按下式计算：

$$w = \frac{c \times V}{m} \times 100\%$$

式中　c——由标准曲线查得的试样测定液中液态蛋氨酸羟基类似物的浓度，mg/mL；

　　　V——加到试样中的提取液体积，mL；

　　　m——所称取试样质量，g。

三、饲料级 L-赖氨酸盐酸盐的测定

1. 鉴别

（1）试剂和溶液　茚三酮：1g/L 茚三酮溶液，可以按仪器说明书配置；硝酸银：0.1mol/L 溶液；硝酸：硝酸∶水＝1∶9（体积比）；氢氧化铵：氢氧化铵∶水＝1∶2（体积比）。

（2）操作步骤

① 氨基酸的鉴别　称取试样 0.1g，溶于 100mL 水中，取此溶液 5mL，加 1mL 茚三酮溶液，加热 3min 后，加水 20mL，静置 15min，溶液应呈紫红色。

② 氯化物的鉴别　称取试样 1g，溶于 100mL 水中，加硝酸银溶液，即产生白色沉淀。加入稀硝酸，沉淀不溶解；另取白色沉淀，加入过量的氢氧化氨溶液，沉淀溶解。

2. 含量测定

（1）试剂及配制　甲酸（HG 3-1296），冰醋酸（GB/T 676—2007），乙酸汞（HG 3-1096），

6%（m/V）冰醋酸溶液，α-萘酚苯基甲醇指示剂，0.2g/L 的 α-萘酚苯基冰醋酸溶液，高氯酸（GB 623），浓度约为 0.1mol/L 的冰醋酸标准溶液。

（2）测定步骤与方法　试样预先在 105℃ 干燥至恒重，称取干燥试样 0.2g，称准至 0.0002g，加 3mL 甲酸和 50mL 冰醋酸，再加入 5mL 乙酸汞的冰醋酸溶液。加入 10 滴 α-萘酚苯基甲醇指示液，用 0.1mol/L 高氯酸的冰醋酸标准溶液滴定，试样液由橙黄色变为黄绿色即为滴定终点。用同样方法另作空白试验以校正之。

（3）计算

$$L\text{-赖氨酸盐酸盐}(C_6H_{14}N_2O_2 \cdot HCl) = \frac{0.09132 \times c(V_1 - V_2)}{m} \times 100\%$$

式中　c——高氯酸标准溶液的浓度，mol/L；

V_1——试样所消耗的高氯酸标准溶液的体积，mL；

V_2——空白试验所消耗的高氯酸标准溶液的体积，mL；

m——试样质量，g；

0.09132——每毫摩尔赖氨酸盐酸盐的质量，g。

四、饲料级色氨酸的测定

1. 测定原理

饲料蛋白质在碱作用下，于 110℃ 水解生成的色氨酸可用离子色谱氨基酸分析仪测定。

2. 试剂及配制

（1）4.0mol/L 氢氧化锂溶液　称取一水合氢氧化锂 167.8g，用水溶解并定容至 1000mL。使用前经超声或通氮气脱空气。

（2）液氮或干冰-乙醇。

（3）6mol/L 盐酸溶液　将优级纯盐酸与等体积水混合。

（4）pH4.3 柠檬酸钠缓冲溶液（0.2mol/L）　称取柠檬酸二钠 14.71g、氯化钠 2.92g 和柠檬酸 10.50g，溶于 500mL 水中，加入 5mL 硫二甘醇和 0.1mL 辛酸，最后用水定容至 1000mL。

（5）茚三酮溶液　在高纯氮（99.9%）保护下依次将 1500mL 乙二醇甲醚、500mL 乙酸缓冲溶液（pH5.5）、40g 茚三酮和 3.4mL 三氯化钛加入至 2000mL 棕色瓶中。在加试剂前，一定先通 10～15min 氮气，以保证瓶内空气被置换干净。加完三氯化钛后至少再通 20min 氮气，方可使用。茚三酮试剂最好按仪器说明书要求配制。

（6）L-色氨酸标准贮备溶液　准确称取色谱纯 L-色氨酸 102.0mg，加少量水和几滴 0.1mol/L 氢氧化钠溶液，使之溶解，用水稀释定容至 100mL。贮备溶液浓度为 5.00μmol/mL。

（7）混合氨基酸标准工作溶液　准确移取 2.00mL L-色氨酸标准贮备溶液和 2.00mL 2.5μmol/L 市售氨基酸混合标准溶液于 50mL 容量瓶中，用 pH4.3 柠檬酸钠缓冲溶液定容。该标准工作溶液中 L-色氨酸浓度为 0.2μmol/mL，其它氨基酸浓度为 0.1μmol/mL。

3. 测定步骤与方法

（1）采集有代表性饲料样品 1000～2000g，用四分法缩分至 100g，粉碎，过 0.25mm 筛，混匀，装袋密封避光保存。

（2）称取 50～100mg 试样于聚四氟乙烯管中，加入 1.5mL 4.0mol/L 氢氧化锂溶液，于液氮或干冰-乙醇中冷冻，而后将聚四氟乙烯管放入水解玻璃管中，抽真空至压力为 7Pa，或充氮气 5min，封管。放入 110℃ 恒温箱中水解 20h。取出水解管，冷却至室温，开管，用

pH4.3 柠檬酸钠缓冲溶液转入 25mL 容量瓶，加入 1mL 6.0mol/L 盐酸溶液中和，并用缓冲溶液定容，离心，或用 0.45pm 滤膜过滤，取上清液作为上机分析溶液。

（3）开机，注入标准液和试样溶液，用茚三酮柱后衍生离子交换色谱柱，测定色氨酸含量。至少每测 6～10 个试样，要注入标准液校正仪器。

4. 结果计算

（1）饲料中色氨酸含量，按下列公式计算：

$$w=\frac{A}{m}\times 10^{-6}\times D\times 100\%$$

式中　w——饲料样品中色氨酸的质量分数，%；

　　　A——每毫升上机水解液中色氨酸含量，g；

　　　m——试样质量，g；

　　　D——稀释倍数。

（2）每个样品取两个平行样测定，取平均值作为分析结果。允许误差≤5%。

【操作关键提示】

注意取样的准确性和具有代表性。

【复习思考题】

1. 名词解释：必需氨基酸　非必需氨基酸　限制性氨基酸　有效赖氨酸
2. 提高饲料蛋白质转化效率的措施有哪些？
3. 离子交换树脂法氨基酸自动分析的基本原理是什么？
4. 采用高效液相层析法有哪些优点？
5. 简述测定有效赖氨酸的过程。
6. 饲料添加剂中的 DL-蛋氨酸和 L-赖氨酸盐酸盐的质量标准是什么？
7. 简述饲料添加剂中的 DL-蛋氨酸的鉴定方法。
8. 简述饲料添加剂中的 L-赖氨酸的鉴定方法。
9. 简述饲料添加剂中的色氨酸的鉴定方法。
10. 对一猪饲料样品中所含的 L-赖氨酸进行含量测定。

第七章 饲料中矿物元素的测定

[知识目标]

1. 了解各类饲料中常量和微量矿物质元素的种类、含量范围和补充方法。

2. 理解矿物质元素的测定原理。

3. 掌握常量矿物质元素钙和磷的准确、快速测定方法，以及部分饲料级矿物质的化学定量分析方法。

4. 掌握不同测定方法的适用范围和具体测定步骤。

[技能目标]

1. 能正确进行测定试剂和溶液的配制与标定。

2. 能正确测定饲料中的矿物元素的含量。

3. 能正确对饲料矿物元素测定中出现的问题进行分析。

本章系统地介绍了饲料中常量和微量矿物质元素的定性与定量检测方法。着重介绍了快速定量测定方法、定性化学检测方法、点滴试验方法、化学定量分析方法、原子吸收光谱分析法和等离子发射光谱仪测定等方法。

第一节 饲料中常量元素的测定

一、饲料中钙的测定

测定标准：GB/T 6436—2002。本标准规定了用高锰酸钾法和乙二胺四乙酸二钠络合物滴定法测定饲料中钙含量的方法。适用于饲料原料和饲料产品。本方法钙的最低检测限为150mg/kg（即取试样为1g时）。

1. 高锰酸钾法

（1）测定原理

将试样有机物破坏，钙变成溶于水的离子，用草酸铵溶液定量沉淀，再用高钙酸钾标准溶液间接测定，根据高锰酸钾标准溶液的用量，可计算出试样中钙含量。

主要化学反应式如下：

$$CaCl_2 + (NH_4)_2C_2O_4 \longrightarrow CaC_2O_4 \downarrow （白色） + 2NH_4Cl$$

$$CaC_2O_4 + H_2SO_4 \longrightarrow CaSO_4 + H_2C_2O_4$$

$$2KMnO_4 + 5H_2C_2O_4 + 3H_2SO_4 \longrightarrow 10CO_2 \uparrow + 2MnSO_4 + 8H_2O + K_2SO_4$$

（2）仪器设备

① 实验室用样品粉碎机或研钵。

② 分析筛　孔径0.45mm（40目）。

③ 分析天平　分度值0.0001g。

④ 高温炉　可控制温度在（550±20）℃。

⑤ 坩埚　瓷质。

⑥ 容量瓶　100mL。

⑦ 滴定管　酸式，25mL 或 50mL。

⑧ 玻璃漏斗　直径 6cm。

⑨ 定量滤纸　中速，直径 7～9cm。

⑩ 移液管　10mL，20mL。

⑪ 烧杯　200mL。

⑫ 凯氏烧瓶　250mL 或 500mL。

（3）试剂及配制

① 浓硝酸（GB/T 626—2006）。

② 高氯酸　70%～72%。

③ 盐酸溶液　1:3（体积比）。

④ 硫酸溶液　1:3（体积比）。

⑤ 氨水溶液　1:1（体积比）。

⑥ 草酸铵溶液（42g/L）　称取 42g 分析纯草酸铵（HG 3-976）于水中，稀释至 1000mL。

⑦ 甲基红指示剂　称取 0.1g 分析纯甲基红（HG 3-958）溶于 100mL 95% 乙醇中。

⑧ 氨水溶液　1:50（体积比）。

⑨ 高锰酸钾标准溶液　$c(1/5KMnO_4)=0.05mol/L$。配制与标定见附录五。

（4）操作工艺流程　以乙二胺四乙酸二钠法为例，见图 7-1。

（5）测定步骤与方法

① 试样分解

a. 干法　称取试样 2～5g 于坩埚中，准确至 0.0002g，在电炉上低温碳化至无烟为止，再放入高温炉中于（550±20）℃下灼烧 3h（或测定粗灰分后再用于钙的测定）。在盛有完全灼烧后的灰分的坩埚中加入 1:3（体积比）盐酸溶液 10mL 和浓硝酸数滴，小心煮沸。将此溶液转入 100mL 容量瓶中，并以热蒸馏水洗涤坩埚及漏斗中滤纸，冷却至室温后，定容至 100mL，摇匀，得试样分解液。

b. 湿法（用于无机物或液体饲料）　称取试样 2～5g（准确至 0.0002g）于凯氏烧瓶中。加入浓硝酸 10mL。在电热炉上小火加热煮沸至二氧化氮黄烟逸尽，冷却后加入 70%～72% 的高氯酸 10mL，小火煮沸至溶液无色，不得蒸干（危险!），否则易发生爆炸。冷却后加蒸馏水 50mL，并煮沸驱逐二氧化碳，再冷却后转入 100mL 容量瓶中，用蒸馏水定容至刻度，摇匀，得试样分解液。

② 试样的测定

a. 草酸钙的沉淀及其洗涤　准确吸取试样分解液 10～20mL（含钙量为 20mg 左右）于烧杯中，加蒸馏水 100mL，加甲基红指示剂 2 滴，慢慢滴加 1:1 氨水溶液至溶液由红变橙

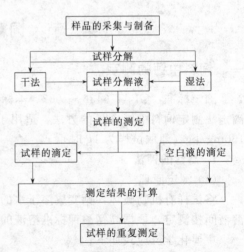

图 7-1　饲料中钙含量的测定工艺流程

黄色，再滴加 1∶3 盐酸溶液调至溶液呈粉红色（pH 值为 2.5～3.0），小心煮沸，慢慢滴加热草酸铵溶液 10mL，并不断搅拌，如溶液变橙色，则滴加 1∶3 盐酸溶液至红色，煮沸数分钟后，放置过夜使沉淀陈化（或在水浴上加热 2h）。

用定量滤纸过滤，用 1∶50 的氨水溶液洗涤沉淀 6～8 次，至无草酸根离子为止（标识：用试管接取滤液 2～3mL，加 1∶3 硫酸溶液数滴，加热至 80℃，加高锰酸钾溶液 1 滴，溶液呈微红色，且 30s 不退色为止）。

b. 沉淀的溶解与滴定　将沉淀和滤纸转移入原烧杯中，加 1∶3 硫酸溶液 10mL，蒸馏水 50mL，加热至 75～80℃，立即用 0.05mol/L 高锰酸钾标准溶液滴定至溶液呈微红色，且 30s 不退色为止。

c. 空白　在干净烧杯中加滤纸 1 张，1∶3 硫酸溶液 10mL，蒸馏水 50mL，加热至 75～85℃后，用高锰酸钾标准液滴至微红色，且 30s 不退色即可。

（6）测定结果的计算

① 试样中钙的质量分数按以下公式计算：

$$w = \frac{(V-V_0) \times c \times 0.02}{m \times \dfrac{V_1}{100}} \times 100\% = \frac{(V-V_0) \times c \times 200}{m \times V_1} \times 100\%$$

式中　w——以质量分数表示的钙含量，%；

V——试样消耗高锰酸钾标准溶液的体积，mL；

V_0——空白消耗高锰酸钾标准溶液的体积，mL；

c——高锰酸钾标准溶液的浓度，mol/L；

V_1——滴定时移取试样分解液体积，mL；

m——试样的质量，g；

0.02——与 1.00mL 高锰酸钾标准溶液 $[c(1/5KMnO_4) = 1.00mol/L]$ 相当的钙的质量，g。

② 重复性　每个试样应取两个平行样进行测定，以其算术平均值为分析结果。

钙含量在 5% 以上，允许相对偏差 3%；钙含量在 1%～5% 时，允许相对偏差 5%；钙含量在 1% 以下，允许相对偏差 10%。

【操作关键提示】

1. 高锰酸钾溶液浓度不稳定，至少每月需要标定 1 次，最好现标定现用。

2. 每种滤纸空白值不同，消耗高锰酸钾标准溶液的用量不同，因此，至少每盒滤纸做一次空白测定。

3. 洗涤草酸钙沉淀时，必须沿滤纸边缘向下洗，使沉淀集中于滤纸中心，以免损失。每次洗涤过滤时，都必须等上次洗涤完全滤净后再加洗涤液，洗涤液不得超过漏斗体积的 2/3。

4. 湿法制备试样分解液时，注意防止爆炸。

5. 用高锰酸钾标准滴定溶液滴定时温度不能过高，且最初几滴滴加的速度要慢，以防高锰酸钾分解。如果溶液出现棕色，应重做。

---

2. 乙二胺四乙酸二钠（EDTA）络合滴定法

（1）测定原理　将试样有机物破坏，钙变成溶于水的离子，用三乙醇胺、乙二胺、盐酸羟胺和淀粉溶液消除干扰离子的影响，在碱性溶液中以钙黄绿素为指示剂，用乙二胺四乙酸二钠标准滴定溶液络合滴定钙，可以快速测定钙的含量。

$$In^{2-} + Ca^{2+} =\!\!= CaIn\ (红色不稳定) \qquad In\ 为钙红指示剂$$
$$Ca^{2+} + H_2y =\!\!= Cay(无色) + 2H^+ \qquad H_2y\ 为\ EDTA\ 溶液$$

（2）仪器设备　与高锰酸钾法相同。

（3）试剂及配制　实验用水均为蒸馏水，使用试剂除特殊规定外均为分析纯。

① 盐酸羟胺。

② 三乙醇胺溶液　1∶1（体积比）。

③ 乙二胺溶液　1∶1（体积比）。

④ 盐酸溶液　1∶3（体积比）。

⑤ 氢氧化钾溶液（200g/L）　称取 200g 氢氧化钾溶于 100mL 水中。

⑥ 淀粉溶液（10g/L）　称取 1g 可溶性淀粉于 200mL 烧杯中，加 5mL 水润湿，加 95mL 沸水搅拌，煮沸，冷却备用。现用现配。

⑦ 孔雀石绿溶液（1g/L）　称取 0.1g 孔雀石绿溶于 100mL 水中。

⑧ 钙黄绿素-甲基百里香酚蓝指示剂　称取 0.10g 钙黄绿素与 0.03g 百里香酚酞、5g 氯化钾研细混匀，贮存于磨口瓶中备用。

⑨ 钙标准溶液（0.0010g/mL）　称取 2.4974g 于 105～110℃ 干燥 3h 的基准物碳酸钙，溶于 40mL 盐酸溶液中，加热驱除二氧化碳，冷却后转移至 1000mL 容量瓶中，加水至刻度定容。

⑩ 乙二胺四乙酸二钠（EDTA）标准滴定溶液 $[c(EDTA) = 0.01mol/L]$　称取 3.8g EDTA 于 200mL 烧杯中，加 200mL 水，加热溶解，冷却后转移至 1000mL 容量瓶中，加水定容至刻度。

EDTA 标准滴定溶液对钙的滴定度：准确吸取钙标准溶液 10.0mL 按照试样测定法进行测定。EDTA 标准滴定溶液对钙的滴定度（T）按下式计算：

$$T = \frac{\rho \times V}{V_0}$$

式中　T——EDTA 标准滴定溶液对钙的滴定度，g/mL；

$\quad\ \rho$——钙标准溶液的质量浓度，g/mL；

$\quad\ V$——所取钙标准溶液的体积，mL；

$\quad V_0$——EDTA 标准滴定溶液的消耗体积，mL。

所得到的数据结果表示应保留至 0.0001g/mL。

（4）测定步骤与方法

① 试样分解　与高锰酸钾法相同。

② 试样的测定　准确移取试样分解液 5～25mL（含钙量 2～25mg），加水 50mL，依次加入淀粉溶液 10mL，三乙醇胺溶液 2mL，乙二胺溶液 1mL，滴加孔雀石绿溶液 1 滴，摇匀，滴加氢氧化钾溶液至无色，再过量 10mL，然后加 0.1g 盐酸羟胺摇匀，加钙黄绿素-甲基百里香草酚蓝指示剂少许，摇匀，在黑色背景下，立即用 EDTA 标准滴定溶液滴定，至绿色荧光消失呈现紫红色为滴定终点。

同时做空白试验。

（5）测定结果的计算

① 试样中钙的质量分数按以下公式计算：

$$w = \frac{T \times V_2}{m \times \dfrac{V_1}{V_0}} \times 100\% = \frac{T \times V_2 \times V_0}{m \times V_1} \times 100\%$$

式中 w——以质量分数表示的钙含量，%；

m——试样质量，g；

T——EDTA 标准滴定溶液对钙的滴定度，g/mL；

V_0——试样分解液的总体积，mL；

V_1——滴定时移取试样分解液的体积，mL；

V_2——试样实际消耗 EDTA 标准滴定溶液的体积，mL。

结果表示同高锰酸钾法。

② 重复性　同高锰酸钾法。

【操作关键提示】

1. 淀粉溶液浓度不稳定，应现用现配。

2. 用 EDTA 标准滴定溶液滴定时应从上往下观察，且光线不能太弱，以免影响终点判定。

3. 如果滴定前溶液中有沉淀，可以稀释样品溶液或加入蔗糖溶液，以免影响测定结果。

二、饲料中总磷的测定（光度法）

测定标准：GB/T 6437—2002。本标准规定了用钼黄显色光度法测定饲料中总磷量的方法。适用于饲料原料（除磷酸盐外）及饲料产品中总磷量的测定。磷含量测定范围 0～20μg/mL。

1. 测定原理

将试样中有机物破坏，使磷元素游离出来，在酸性溶液中，用钒钼酸铵处理，生成黄色的 $(NH_4)_3PO_4 \cdot NH_4VO_3 \cdot 16MoO_3$（磷-钒-钼酸复合体），在波长 420nm 下进行比色测定。

此法测定结果为总磷量，其中包括动物难以吸收利用的植酸磷。

2. 仪器设备

(1) 实验室用样品粉碎机或研钵。

(2) 分析筛　孔径 0.45mm（40 目）。

(3) 分析天平　分度值 0.0001g。

(4) 分光光度计　有 10mm 比色皿，可在 420nm 下进行比色测定吸光度。

(5) 高温炉　可控炉温度在 (550±20)℃。

(6) 瓷坩埚　50mL。

(7) 容量瓶　50mL，100mL，1000mL。

(8) 刻度移液管　1.0mL，2.0mL，3.0mL，5.0mL，10.0mL。

(9) 三角瓶　250mL。

(10) 凯氏烧瓶　125mL，250mL，500mL。

(11) 可调温电炉　1000W。

3. 试剂及配制

实验用水均为蒸馏水，使用试剂除特殊规定外均为分析纯。

(1) 盐酸（GB/T 622—2006）溶液　1:1（体积比）。

(2) 浓硝酸（GB/T 626—2006）。

(3) 钒钼酸铵显色剂　称取偏钒酸铵（HG 3-941，分析纯）1.25g，加硝酸 250mL；另取钼酸铵（GB 657）25g，加蒸馏水 400mL 溶解，在冷却条件下将此溶液倒入上述溶液，加蒸馏水调至 1000mL，避光保存。如生成沉淀则不能使用。

（4）磷标准溶液　将磷酸二氢钾在 105℃ 干燥 1h，在干燥器中冷却后称 0.2195g，溶解于蒸馏水中，定量转入 1000mL 容量瓶中，加硝酸 3mL，用蒸馏水稀释至刻度，摇匀，即成 $50\mu g/mL$ 的磷标准溶液。

4. 操作工艺流程

操作工艺流程（以钼黄比色法为例）见图 7-2。

5. 测定步骤

（1）试样的选取和制备　取有代表性试样，用四分法缩减至 200g，粉碎至 40 目，装入密封容器中，防止试样成分的变化或变质。

（2）试样的分解

① 干法［不适合于含 $Ca(H_2PO_4)_2$ 的饲料］称取试样 2～5g（精确至 0.0002g）于坩埚中，在电炉上低温炭化至无烟为止，再将其放入高温炉于 (550±20)℃ 下灼烧 3h（或使用测灰分后试样）。取出冷却后，在坩埚中加入 1∶1 盐酸溶液 10mL 和浓硝酸数滴，小心煮沸约 10min，将此溶液转入 100mL 容量瓶中，并用热蒸馏水洗涤坩埚及漏斗中滤纸，冷却至室温后，定容，摇匀，此为试样分解液。

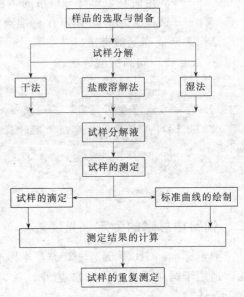

图 7-2　饲料中磷含量的测定工艺流程

② 湿法　称取试样 2～5g（准确至 0.0002g）于凯氏烧瓶中。加入硝酸 30mL，小心加热煮沸，至二氧化碳黄烟逸尽，冷却后加入 70%～72% 高氯酸（GB 623，分析纯）10mL，继续加热煮沸至溶液无色冒白烟，不得蒸干（否则会发生爆炸危险！）。冷却后加蒸馏水 50mL，并煮沸驱除二氧化碳，冷却后转入 100mL 容量瓶中，用蒸馏水定容至刻度，摇匀，此为试样分解液。

③ 盐酸溶解法（适用于微量元素预混料）　称取试样 0.2～1g（精确至 0.0002g）于 100mL 烧杯中，缓慢加入盐酸溶液 10mL，使其全部溶解。冷却后转入 100mL 容量瓶中，用蒸馏水定容至刻度，摇匀，此为试样分解液。

（3）标准曲线的绘制　准确移取磷标准溶液（$50\mu g/mL$）0.0、1.0mL、2.0mL、5.0mL、10.0mL、15.0mL 于 50mL 容量瓶中，各加入钒钼酸铵显色剂 10mL，用蒸馏水稀释至刻度，摇匀，放置 10min 以上。以磷含量为 0.0 的溶液为参比，用 10mm 比色皿，在 420nm 波长下用分光光度计测定各溶液的吸光度。以磷含量为横坐标，吸光度为纵坐标绘制标准工作曲线。

（4）试样的测定　准确移取试样分解液 1.0～10.0mL（含磷量 50～750μg）于 50mL 容量瓶中，加入钒钼酸铵显色剂 10mL，用蒸馏水稀释至刻度，摇匀，放置 10min 以上。以磷含量为 0.0 的溶液为参比，用 10mm 比色皿，在 420nm 波长下，用分光光度计测定试样溶液的吸光度。在标准工作曲线上查得试样分解液的含磷量。

6. 测定结果的计算

（1）以质量分数表示的磷含量（w）按下式计算：

$$w=\frac{m_1\times V}{m\times V_1\times 10^6}\times 100\%=\frac{m_1\times V}{m\times V_1\times 10^4}$$

式中　w——以质量分数表示的磷的含量，%；

　　　V——试样分解液的总体积，mL；

　　　V_1——试样测定时移取试样分解液体积，mL；

　　　m_1——由工作曲线查得试样分解液磷的含量，μg；

　　　m——试样的质量，g。

所得结果应精确到两位小数。

（2）重复性　每个试样称取两个平行样进行测定，以其算术平均值为结果。含磷量在 0.5% 以上（含 0.5%），允许相对偏差 3%。含磷量在 0.5% 以下，允许相对偏差 10%。

【操作关键提示】

1. 比色时，待测液磷含量不宜过浓，最好控制在 1mL 含磷 0.5mg 以下。

2. 待测液在加入显色剂后应静置 10min，再进行比色，但不能静置过久。

第二节　饲料中微量元素的测定

一、饲料中微量元素的测定方法

饲料中微量元素的测定方法常用的主要有以下四种方法。

1. 定性测定法

定性测定法是用一些比较简单的方法测定饲料中所含的微量元素的种类，容易操作。

2. 定量测定法

定量测定法主要用于测定饲料中微量元素的具体含量。不如定性分析容易，受技术人员的观察技能和实践经验影响，需技术人员不断改进、提高操作技能，以保证测定分析结果的准确性。

3. 原子吸收光谱分析法

原子吸收光谱分析法又称 AAS 法，是用原子吸收分光光度计（图 1-14）定量测定饲料中微量元素含量的方法。基本原理是将光源辐射出的具有待测元素特征谱线的光波，通过试样所产生的原子蒸气，被待测元素的基态原子所吸收，依据辐射光减弱的程度，来求出试样中待测元素的含量。即由透射光进入原子吸收光谱分析仪的单色器，经过分光后再照射到检测器上，产生直流电信号，经过放大器放大后，再从读数器上读出吸光度。在一定的实验条件下，由于试样的吸光度与其中待测元素的含量之间服从朗伯-比尔定律。因此，只需测定试样溶液的吸光度和相应标准溶液的吸光度，即可根据标准溶液的浓度计算出试样中待测微量元素的含量。

原子吸收光谱分析仪的组成主要包括光源、原子化系统、分光系统、测光系统、数据处理系统和显示系统部分。用原子吸收光谱分析法测定饲料中微量元素的灵敏度高，干扰少或易于克服，且测定程序快速、简单，可测定的元素种类多，故应用范围很广泛。

常用原子吸收光谱法的测定方法主要有标准曲线法、直接比较法、紧密内插法和标准加入法等，其基本原理都是利用朗伯-比尔定律，用已知浓度的标准溶液求得待测溶液的浓度。这四种测定方法的用途和优缺点都有所不同，而且还存在着一定程度的干扰现象，因此，在具体测试过程中还应不断摸索，并需查阅有关文献资料参考使用。

4. ICAP-9000 型等离子发射光谱仪测定法

ICAP-9000 型等离子发射光谱仪（图 7-3）的构造主要由 0.75m 的直读光谱仪、RF 高频发生器、ICAP 激发源和 Apple-Ⅱ 型计算机检测系统所组成。其基本原理是使待测饲料样品中存在的元素在感应线圈等构成的氩气等离子磁场中，被激发后所发射出的特征波长的光，经光电倍增管放大后，转变成电信号。再输入计算机中进行处理，然后打印输出测定结果，进而达到测定饲料样品中微量元素含量的目的。

图 7-3　ICAP-9000 型等离子发射光谱仪

使用方法如下。

（1）试样的处理　准确称量预测饲料样品约 0.5g，置于消化管或三角烧瓶中，加入 10mL 浓硝酸，于 100℃以上湿式消化 30min。再滴入 0.5～1mL 的高氯酸，消化至溶液为无色，仅剩极少量的高氯酸时为止（若消化至干时仍有黑色炭粒，则待冷却后再加少量浓硝酸，继续消化至无色为止）。然后将消化液无损失地转移至容量瓶中（根据待测样品的元素含量而定容量瓶体积），用去离子水定容后，充分混匀，取上清液上机测定。

（2）配制标准溶液　配制高浓度溶液是按 ICAP-9000 型所能检测的元素上限浓度配制的标准溶液，对于无干扰或谱线间干扰很小的元素，可列为一组标准液，而低浓度溶液就是空白的无离子水。

（3）启动仪器　按 ICAP-9000 型光谱仪、RF 高频发生器、等离子体、计算机的顺序依次启动仪器，具体操作详见 ICAP-9000 型仪器说明书。

（4）建立 ACT　在测定试样时，可根据所需测定元素的数目，用配制的标准溶液，编辑测定控制表，简称为 ACT。具体操作详见 ICAP-9000 型仪器说明书。

（5）描迹　主要有手动与自动描迹两种方式，要求每次开机前都应以汞灯的第 13 物理通道进行手动描迹，待描迹图在计算机上显示，当图形的最高点对应的横轴正好为零时，即可完成描迹步骤。

（6）仪器标准曲线制作过程　按照计算机的指示命令，将所配制的低、高浓度标准溶液依次输入等离子体中，曝光测定，然后在计算机上自动存储检测信号。当计算机显示各个元素的斜率和截距，标准曲线作完后，此时可检查曲线的线性关系。用此标准曲线反过来测定一组高浓度标准溶液时，所测得结果应与所配的浓度相接近，即可用于测定待测试样的浓度。

（7）测定试样　在进样的同时，在计算机上以"…＞"的形式输入试样编号，当试样溶液上升到炬管火焰处发光时，按回车键。由计算机控制进行曝光测定，最终根据内存的标准曲线由计算机计算并打印结果。

（8）关机　按照仪器启动的相反顺序，依次关机。

二、预混料中微量元素的定性测定

1. 适用范围

适用于定性检测饲料预混料中所含有微量元素的种类。可按常规分析要求进行采集和制备预混料样品，并按规定要求进行定性检测。

2. 仪器设备

（1）生物显微镜及载玻片。

（2）白色点滴板。

（3）具塞三角瓶　250mL。

（4）量筒　100mL。

（5）吸管　1mL。

（6）试管　10mL。

（7）玻璃漏斗　中号。

3. 试剂及配制

（1）铜离子检测用试剂

① 150g/L 乙二胺四乙酸二钠（GB 12593—2007）溶液　称取 150g 乙二胺四乙酸二钠，溶于 1000mL 水中，摇匀。

② 0.1mol/L 氢氧化钠溶液　称取 100g 氢氧化钠，溶于 100mL 水中，摇匀，注入聚乙烯容器中，密闭放置至溶液清亮。用塑料管吸取 5mL 上清液，注入 1000mL 无二氧化碳的水中，摇匀。

③ 乙酸乙酯　GB/T 12589—2007。

④ 铜试剂（二乙基二硫代氨基甲酸钠）　称取铜药品 5g，溶于 100mL 92％的乙醇中即可。

（2）铁离子检测用试剂

① 0.1mol/L 的盐酸溶液　量取 9mL 盐酸注入 1000mL 蒸馏水中，摇匀。

② 氯化亚锡溶液　称取 1.5g 氯化亚锡，加入少量盐酸使之溶解，再加蒸馏水至 100mL 即可。

③ 2,2-联吡啶乙醇溶液　称取 2,2-联吡啶 2g，加入 100mL 乙醇中溶解即可。

（3）锌离子检测用试剂

① 60mL/L 冰醋酸溶液　量取 6mL 乙酸于 100mL 水中。

② 250g/L 硫代硫酸钠溶液　称取 25g 的硫代硫酸钠溶解于 100mL 水中。

③ 0.1g/L 二硫腙四氯化碳溶液　称取 0.1g 的二硫腙四氯化碳溶解于 1000mL 水中。

④ 氯仿。

（4）钴离子检测用试剂

① 乙酸钠-乙酸缓冲溶液　称取 2.7g 乙酸钠，加入 60mL 冰醋酸，溶于 100mL 蒸馏水中。

② 钴试剂 ｛4-[（5-氯-2-吡啶）偶氮]-1,3-二氨基苯｝　称取钴试剂 0.1g，溶于 100mL 95％的乙醇中，置于棕色试剂瓶中保存。

③ 浓盐酸。

（5）锰离子检测用试剂

① 浓硝酸　GB/T 626—2006。

② 铋酸钠　GB 635—65。

（6）亚硒酸根检测用试剂

① 100mL/L 甲酸溶液　量取 100mL 甲酸于 1000mL 水中。

② 6mol/L 盐酸溶液　量取 540mL 盐酸溶于 1000mL 水中。

③ 5g/L 硒试剂（盐酸-3,3-二氨基联苯胺）　称取 5g 盐酸-3,3-二氨基联苯胺溶于 1000mL 水中，须现配现用。

④ 150g/L 乙二胺四乙酸二钠溶液　溶 150g 乙二胺四乙酸二钠于 1000mL 水中。

（7）碘离子检测用试剂

① 10g/L 可溶性淀粉溶液　溶 10g 可溶性淀粉于 1000mL 水中。

② 400mL/L 氨水溶液　量 400mL 氨水于 1000 水中。

③ 氯仿。

4. 测定步骤与方法

预混料测试液的制备　粗称微量元素预混料 50g，置于 250mL 三角瓶中，加入去离子水 100mL 使之溶解，加塞放置过夜，然后过滤收集滤液备用。

（1）铜离子的检测　吸取预混料测试液 2mL 置于试管中，滴加 150g/L 的乙二胺四乙酸二钠溶液 5 滴，0.1mol/L 的氢氧化钠溶液 5 滴，再加入铜试剂 1mL 和乙酸乙酯 1mL，充分振摇混合后，如有机层显黄棕色，则表明有 Cu^{2+} 存在。

（2）铁离子的检测　吸取预混料测试液 1mL 置于试管中，加入 0.1mol/L 的盐酸溶液 1mL，酸性氯化亚锡溶液 3 滴，再滴加 20g/L 的联吡啶乙醇溶液 10 滴，放置 5min 后，加入 1mL 氯仿，充分振摇混合后，如水层显淡红色，则表明有 Fe^{2+} 存在。

（3）锌离子的检测　吸取预混料测试液 1mL 置于试管中，滴加 60g/L 的乙酸溶液，将 pH 值调节至 4～5，再滴加 250g/L 的硫代硫酸钠溶液 2 滴、0.1g/L 二硫腙四氯化碳溶液数滴和氯仿 1mL，充分振摇混合后，如有机层显紫红色，则表明有 Zn^{2+} 存在。

（4）钴离子的检测　吸取预混料测试液 2mL 置于试管中，加入乙酸钠-乙酸缓冲溶液 2mL，再滴加 1g/L 钴试剂 3 滴和浓盐酸 3 滴，如有机层显现红色，则表明有 Co^{2+} 存在。

（5）锰离子的检测　吸取预混料测试液 3 滴，置于点滴板上，加入浓硝酸 2 滴，再加入少量铋酸钠粉末，如有紫红色出现，则表明有 Mn^{2+} 存在。

（6）亚硒酸根的检测　吸取预混料测试液 2mL 置于试管中，加入 150g/L 的乙二胺四乙酸二钠溶液 5 滴和 10% 的甲酸溶液 5 滴，然后用 6mol/L 的盐酸溶液调节 pH 至 2～3，再滴加 5g/L 的硒试剂溶液 5 滴，混匀后放置 10～20min，如有沉淀产生，取 2 滴沉淀置于载玻片上，在显微镜下观察，如出现棒状灰紫色透明结晶，则表明有 SeO_3^{2+} 存在。

（7）碘离子的检测　吸取预混料测试液 2mL 置于试管中，加入少量氨试液，游离出碘离子。若加入 1mL 氯仿，充分振摇混合后，氯仿层显紫色；若加入 1mL 10g/L 的可溶性淀粉溶液，显现蓝色，则表明有 I^- 存在。

【操作关键提示】

1. 所选取的测试样品一定要有代表性。

2. 各项检测在吸取滤液后一定注意按照顺序滴加各种试剂，并充分摇匀，使反应进行完全。

3. 往点滴板上滴加浓硝酸时注意安全，避免溅到桌面和衣物上。

三、预混料中微量元素的定量测定

1. 适用范围

本标准适用于预混合饲料中微量元素铁、铜、锰、锌、镁的定量测定，试样测定的浓度范围为：铁 $1\sim16\mu g/mL$；铜、锰 $0.5\sim5\mu g/mL$；锌、镁 $0.1\sim2\mu g/mL$。

2. 测定原理

用酸浸提法处理待测预混合饲料样品，稀释定容制成试样溶液。将试样溶液导入原子吸收光谱仪中，分别测定铁、铜、锰、锌、镁等元素的吸光度值。

3. 仪器设备

（1）原子吸收分光光度计　波长范围为 $190\sim900nm$。

（2）离心机　转速为 $3000r/min$。

（3）磁力加热搅拌器。

（4）具塞三角瓶　250mL。

（5）高型玻璃烧杯　100mL。

（6）容量瓶　100mL，1000mL。

（7）量筒　100mL，200mL。

（8）吸管　1mL，2mL。

4. 试剂与配制

实验用水应符合 GB 6682 中二级用水的标准，所用试剂除特别规定外，均为分析纯。

（1）试剂

① 硫酸：符合 GB/T 625—2007 的规定。

② 硝酸：符合 GB/T 626—2006 的规定。

③ 盐酸：符合 GB/T 622—2006 的规定。

④ 乙酸：符合 GB/T 676—2007 的规定。

⑤ 乙醇：符合 GB/T 678—2002 的规定。

⑥ 丙酮：符合 GB/T 686—2008 的规定。

⑦ 乙炔：符合 GB 6819—2004 的规定。

（2）标准溶液制备

① 铁标准溶液制备

a. 铁标准储备液制备　精确称取 $(1.0000\pm0.0001)g$ 铁（光谱纯），置于高型烧杯中，加 120mL 浓盐酸和 50mL 蒸馏水，加热煮沸溶解，冷却后移入 1000mL 容量瓶中，用蒸馏水定容至刻度，充分混匀。此溶液的铁含量为 1.0mg/mL。

b. 铁标准溶液制备　准确吸取铁标准储备液 0、0.4mL、0.6mL、0.8mL、1.0mL、1.5mL，分别置于标有 1～6 号的 100mL 容量瓶中，用 1：100（体积比）的盐酸水溶液稀释定容至刻度，配制成铁含量分别为 0、$4.0\mu g/mL$、$6.0\mu g/mL$、$8.0\mu g/mL$、$10.0\mu g/mL$、$15.0\mu g/mL$ 的铁标准溶液系列。

② 铜标准溶液制备

a. 铜标准储备液制备　准确称取依次用 1：49（体积比）乙酸水溶液、蒸馏水和乙醇洗净的铜（光谱纯）$(1.0000\pm0.0001)g$，置于高型烧杯中，加入浓硝酸 5mL，在水浴上加热，待蒸干后加入 1：1（体积比）的盐酸溶液使之溶解。然后无损失地移入 1000mL 容量瓶中，用蒸馏水定容至刻度，充分混匀。此溶液的铜含量为 1.0mg/mL。

b. 铜标准中间液制备　准确吸取铜标准储备液 2.0mL，置于 100mL 容量瓶中，用 1：

100（体积比）的盐酸溶液稀释定容至刻度，充分混匀。此溶液的铜含量为 $20.0\mu g/mL$。

c. 铜标准溶液制备　准确吸取铜标准中间液 0、2.5mL、5.0mL、10.0mL、15.0mL 和 20.0mL，分别置于标有 1～6 号的 100mL 容量瓶中，用 1：100（体积比）的盐酸溶液稀释定容至刻度，配成铜含量分别为 0、$0.5\mu g/mL$、$1.0\mu g/mL$、$2.0\mu g/mL$、$3.0\mu g/mL$、$4.0\mu g/mL$ 的铜标准溶液系列。

③ 锰标准溶液制备

a. 锰标准储备液制备　准确称取依次用 1：18（体积比）硫酸和蒸馏水洗净、烘干的锰（光谱纯）（1.0000 ± 0.0001）g，置于高型烧杯中，加入 1：4（体积比）的硫酸溶液 20mL 使之溶解。无损失地移入 1000mL 容量瓶中，用蒸馏水定容至刻度，充分混匀。此溶液的锰含量为 $1.0\mu g/mL$。

b. 锰标准中间液制备　准确吸取锰标准储备液 2.0mL，置于 100mL 容量瓶中，用 1：100（体积比）的盐酸溶液稀释定容至刻度，充分混匀。此溶液的锰含量为 $20.0\mu g/mL$。

c. 锰标准溶液制备　准确吸取锰标准中间液 0、2.5mL、5.0mL、10.0mL、20.0mL、25.0mL，分别置于标有 1～6 号的 100mL 容量瓶中，用 1：100（体积比）的盐酸溶液稀释定容至刻度，配成锰含量分别为 0、$0.5\mu g/mL$、$1.0\mu g/mL$、$2.0\mu g/mL$、$4.0\mu g/mL$、$5.0\mu g/mL$ 的锰标准溶液系列。

④ 锌标准溶液制备

a. 锌标准储备液制备　准确称取依次用 1：3（体积比）盐酸、蒸馏水和丙酮洗净的锌（光谱纯）（1.0000 ± 0.0001）g，置于高型烧杯中，加入 10mL 的浓盐酸使之溶解。无损失地移入 1000mL 容量瓶中，再用蒸馏水稀释定容至刻度，充分混匀。此溶液的锌含量为 $1.0mg/mL$。

b. 锌标准中间液制备　准确吸取锌标准储备液 2.0mL，置于 100mL 容量瓶中，用 1：100（体积比）的盐酸溶液稀释定容至刻度，充分混匀。此溶液的锌含量为 $20.0\mu g/mL$。

c. 锌标准溶液制备　准确吸取锌标准中间液 0、1.0mL、2.5mL、5.0mL、7.5mL、10.0mL，分别置于标有 1～6 号的 100mL 容量瓶中，用 1：100（体积比）的盐酸溶液稀释定容至刻度，配成锌含量分别为 0、$0.2\mu g/mL$、$0.5\mu g/mL$、$1.0\mu g/mL$、$1.5\mu g/mL$、$2.0\mu g/mL$ 的锌标准溶液系列。

⑤ 镁标准溶液制备

a. 镁标准储备液制备　准确称取镁（光谱纯）（1.0000 ± 0.0001）g，置于高型烧杯中，加入 10mL 的浓盐酸使之溶解，无损失地移入 1000mL 容量瓶中，用蒸馏水稀释定容至刻度，充分混匀。此溶液的镁含量为 $1.0mg/mL$。

b. 镁标准中间液制备　准确吸取镁标准储备液 2.0mL，置于 100mL 容量瓶中，用 1：100（体积比）的盐酸溶液稀释定容至刻度，充分混匀。此溶液的镁含量为 $20.0\mu g/mL$。

c. 镁标准溶液制备　准确吸取镁标准中间液 0、1.0mL、2.5mL、5.0mL、7.5mL、10mL 六份，分别置于标有 1～6 号的 100mL 容量瓶中，加入干扰抑制剂溶液 10mL，用 1：100（体积比）的盐酸溶液稀释定容至刻度，配成镁含量分别为 0、$0.2\mu g/mL$、$0.5\mu g/mL$、$1.0\mu g/mL$、$1.5\mu g/mL$、$2.0\mu g/mL$ 的镁标准溶液系列。

⑥ 干扰抑制剂溶液　称取氯化锶 152.1g，溶于 420mL 盐酸中，加入蒸馏水至 1000mL，混匀后备用。

5. 测定步骤与方法

（1）试样的选取与制备　采取具有代表性的预混合饲料试样至少 2kg，用四分法缩减至约为 250g，粉碎后全部通过 40 目标准筛，充分混匀，然后装入广口瓶中，密闭保存备用。

(2) 预混合饲料试样分解液的制备 准确称取预混合饲料试样1~3g，精确至0.0001g，置于250mL具塞三角瓶中，准确加入1：10（体积比）的盐酸溶液100.0mL，在磁力加热搅拌器上搅拌30min。然后以3000r/min离心5min，上清液即为待测试样分解液；或在搅拌提取后，用干滤纸过滤所得溶液，即为待测试样分解液。同时制备试样空白溶液。

(3) 原子吸收分光光度计的工作条件 由于光度计的型号有不同，操作者可按所选仪器的要求，相应地调整仪器的工作条件。如测定各元素时仪器的波长（nm）选择如下：铁248.3、铜324.8、锰279.5、锌213.8、镁285.2。

(4) 标准曲线的绘制 将待测元素的标准溶液系列导入原子吸收分光光度计中，按仪器的工作条件测定该标准溶液系列的吸光度值，根据标准溶液的浓度与吸光度值的对应关系，绘制标准曲线。

(5) 试样的测定 准确吸取预混合饲料试样分解液V_1（mL），再用1：100（体积比）盐酸稀释至V_2（mL），稀释的倍数要根据标准曲线的线性范围与待测元素的含量来确定，制成试样测定液。如测定锰、镁时，需按定容体积的1/10加入干扰抑制剂溶液。将试样测定液导入原子吸收分光光度计中，按上述仪器工作条件测其吸光度值，同时做空白溶液对照，然后根据标准曲线求出试样测定溶液中待测元素的浓度。

(6) 结果计算

① 试样中待测元素的质量分数w计算公式如下：

$$w(待测元素)=\frac{(c-c_0)\times V_2\times 100}{m\times V_1}$$

式中 c——由标准曲线求得的试样测定液中待测元素的浓度，$\mu g/mL$；

c_0——由标准曲线求得的空白液中待测元素的浓度，$\mu g/mL$；

m——试样的质量，g；

V_1——吸取试样分解液的体积，mL；

V_2——吸取试样测定液的体积，mL；

100——试样分解液的体积，mL。

② 允许误差范围 每个试样应做2份平行测定，以其算术平均值作为分析结果，2份样品测定结果的允许相对偏差值应不大于15。

【操作关键提示】

1. 由于是定量测定，在用分析天平称量试样、药品时力求准确、细致，符合精确度要求。

2. 吸取试样分解液及标准液时要用刻度细管准确吸取。

3. 测试过程中必须多次少量无损失地将溶液转移至容量瓶中，并严格定容，尽量减少人为误差。

4. 测定预混料中锰、镁元素时，一定要按定容体积加入干扰抑制剂，减少干扰误差。

四、饲料级矿物质添加剂的测定

1. 硫酸铜含量的测定

(1) 测定原理 过量的碘化钾能将二价铜离子还原为一价的碘化铜，同时析出定量的碘，然后再用硫代硫酸钠标准溶液滴定所析出的碘，从而间接测定铜的含量。其化学反应式如下：

$$2Cu^{2+} + 4I^- \longrightarrow 2CuI\downarrow + I_2$$

$$I_2 + 2S_2O_3^{2-} \longrightarrow 2I^- + S_4O_6^{2-}$$

（2）仪器设备

① 电热恒温干燥箱　20～300℃。

② 分析天平　分度值 0.0001g。

③ 碘量瓶等实验常用玻璃仪器。

（3）试剂及配制　实验用水均为蒸馏水，使用试剂除特殊规定外均为分析纯。

① 0.1mol/L 的硫代硫酸钠（GB 637）标准溶液　称取 26g 硫代硫酸钠溶于 1000mL 水中，缓缓煮沸 10min，冷却。放置两周后备用。

标定方法：称取 0.15g 于 120℃ 干燥恒重的基准重铬酸钾，精确至 0.0001g，置于碘量瓶中，溶于 25mL 水中，加 2g 碘化钾及 20mL 20％ 硫酸溶液，摇匀，于暗处放置 10min 加 150mL 水，用配好的硫代硫酸钠溶液滴定。近终点时加 3mL 5g/L 淀粉指示剂，继续滴定至溶液由蓝色变为亮绿色。同时做空白试验。

计算：

$$c(\mathrm{Na_2S_2O_3}) = \frac{m}{(V_1 - V_2) \times 0.04903}$$

式中　c——$\mathrm{Na_2S_2O_3}$ 标准溶液物质的量浓度，mol/L；

$\quad\quad m$——重铬酸钾的质量，g；

$\quad\quad V_1$——$\mathrm{Na_2S_2O_3}$ 溶液的用量，mL；

$\quad\quad V_2$——空白试验 $\mathrm{Na_2S_2O_3}$ 溶液的用量，mL；

0.04903——与 1.00mL $\mathrm{Na_2S_2O_3}$ 标准溶液 $[c(\mathrm{Na_2S_2O_3}) = 1.000\mathrm{mol/L}]$ 相当的重铬酸钾的质量，g。

② 冰醋酸　GB/T 676—2007。

③ 5g/L 可溶性淀粉（HG 3095）溶液　称取 5g 淀粉溶解在 1000mL 的水中。

④ 碘化钾　GB/T 1272—2007。

（4）测定步骤与方法　准确称取 0.5g 试样，精确至 0.0002g，置于碘量瓶中，加入 50mL 蒸馏水使之溶解，再加入 4mL 冰醋酸和 2g 碘化钾混匀，放置暗处 10min 后，用硫代硫酸钠标准溶液滴定至淡黄色，加入 2mL 可溶性淀粉液，并继续滴定至蓝色刚刚消失时为止。

（5）结果计算

① 试样中硫酸铜（$\mathrm{CuSO_4 \cdot 5H_2O}$）的质量分数的计算：

$$w(\mathrm{CuSO_4 \cdot 5H_2O}) = \frac{c \times V \times 0.2497}{m} \times 100\%$$

② 试样中铜的质量分数的计算：

$$w(\mathrm{Cu}) = \frac{c \times V \times 0.06355}{m} \times 100\%$$

式中　c——硫代硫酸钠标准溶液的浓度，mol/L；

$\quad\quad V$——滴定所消耗硫代硫酸钠标准溶液的体积，mL；

$\quad\quad m$——试样质量，g；

0.2497——1mmol 硫酸铜的质量，g；

0.06355——1mmol 铜的质量，g。

【操作关键提示】

1. 用分析天平称量试样、药品时要准确无误，符合精确度要求。
2. 硫代硫酸钠标准溶液需在两周前配好，并要进行严格标定。
3. 冰醋酸极易结晶，不易在低温下使用。
4. 实验过程中溶液的温度不宜过高，一般在 15～20℃之间进行滴定。

2. 硫酸锌含量的测定

（1）测定原理　将硫酸锌溶解于冰醋酸中，用六次甲基四胺调节溶液的 pH 至 5～6，以二甲酚橙为指示剂，用乙二胺四乙酸二钠标准溶液进行滴定，当溶液由紫色变为亮黄色时，即为反应的终点。

（2）仪器设备

① 电热恒温干燥箱　20～300℃。

② 分析天平　分度值 0.0001g。

③ 玻璃干燥器。

④ 容量瓶　250mL。

⑤ 量筒　100mL。

⑥ 三角瓶　200mL。

（3）试剂及配制　实验用水均为蒸馏水，使用试剂除特殊规定外均为分析纯。

① 乙酸溶液　1:16（体积比）乙酸溶液，即由 1 份冰醋酸与 16 份蒸馏水混合而成。

② 200g/L 六次甲基四胺溶液　称取 200g 六次甲基四胺溶解在 1000mL 的水中。

③ 2g/L 二甲酚橙指示剂溶液　称取 2g 二甲酚橙指示剂溶解在 1000mL 的水中。

④ 0.05mol/L 乙二胺四乙酸二钠标准溶液　称取 20g 乙二胺四乙酸二钠，加热溶于 1000mL 水中，冷却，摇匀。

标定方法：称取 1g 于 800℃灼烧至恒重的基准氧化锌，精确至 0.0002g，用少量水湿润，加 20％盐酸溶液使样品溶解，移入 250mL 容量瓶中，稀释至刻度，摇匀。移取 30.00～35.00mL，加入 70mL 水，用 10％氨水溶液中和至 pH 为 7～8，加 10mL 氨-氯化铵缓冲溶液甲（pH10）及 5 滴 5g/L 铬黑 T 指示液，用配制好的乙二胺四乙酸二钠溶液滴定至溶液由紫色变为纯蓝色。同时做空白试验。

$$c(\text{EDTA}) = \frac{m}{(V_1 - V_2) \times 0.08138}$$

式中　$c(\text{EDTA})$——乙二酸四乙酸二钠标准溶液物质的量浓度，mol/L；

　　　　m——氧化锌的质量，g；

　　　　V_1——乙二胺四乙酸二钠溶液用量，mL；

　　　　V_2——空白试验乙二胺四乙酸二钠溶液用量，mL；

　　0.08138——与 1.00mL 乙二胺四乙酸二钠标准溶液 $[c(\text{EDTA}) = 1.000\text{mol/L}]$ 相当的氧化锌的质量，g。

（4）测定步骤与方法　准确称取 3g 试样，精确至 0.0002g，置于 200mL 三角烧瓶中，加入 3mL 冰醋酸使之溶解，再加入 30mL 水和 2 滴二甲酚橙指示剂。然后滴加六次甲基四胺溶液，直至呈现稳定的紫红色，再继续过量滴加 5mL。最后用乙二胺四乙酸二钠标准溶液滴定，直至溶液由紫红色变为亮黄色时，即为滴定反应终点。

（5）结果计算

① 试样中七水硫酸锌的质量分数计算：

$$w(ZnSO_4 \cdot 7H_2O) = \frac{c \times V \times 0.2875}{m} \times 100\%$$

② 试样中一水硫酸锌的质量分数计算：

$$w(ZnSO_4 \cdot H_2O) = \frac{c \times V \times 0.179}{m} \times 100\%$$

③ 试样中锌的质量分数计算：

$$w(Zn) = \frac{c \times V \times 0.06538}{m} \times 100\%$$

式中　　c——乙二胺四乙酸二钠标准溶液的浓度，mol/L；

　　　　V——滴定所消耗乙二胺四乙酸二钠标准溶液的体积，mL；

　　　　m——试样质量，g；

0.2875——1mmol 七水硫酸锌的质量，g；

0.179——1mmol 一水硫酸锌的质量，g；

0.06538——1mmol 锌的质量，g。

【操作关键提示】

1. 用分析天平称量试样、药品时要准确，必须符合精确度要求。

2. 乙二胺四乙酸二钠标准溶液的标定较为烦琐，需耐心细致，严格标定。

3. 滴定终点的判定一定要准确，不可过量滴定。滴加六次甲基四胺溶液，使反应液呈现紫红色和滴加乙二胺四乙酸二钠溶液，使溶液由紫红色变为亮黄色时，这两个关键操作点要准确判定。

---

3. 硫酸锰含量的测定

（1）测定原理　将硫酸锰溶解于蒸馏水中，以盐酸羟胺为还原剂（防止高价锰的产生），用氨-氯化铵缓冲溶液调节试液 pH 值至 10，以 5g/L 铬黑 T 溶液作为指示剂，用 Na_2H_2Y 标准溶液进行滴定，直至出现蓝色络合物为止。

（2）仪器设备

① 分析天平　分度值 0.0001g。

② 磁力加热搅拌器。

③ 量筒　200mL。

④ 三角瓶　200mL。

（3）试剂与配制　实验用水均为蒸馏水，使用试剂除特殊规定外，均为分析纯。

① 盐酸羟胺　GB/T 6685—2007。

② 氟化铵　GB/T 1276—1999。

③ 氨-氯化铵缓冲溶液　称取氯化铵 5.4g，加入蒸馏水 20mL 使之溶解，再加入浓氨水（GB/T 631—2007）35mL，并用蒸馏水稀释至 100mL，此溶液的 pH 值为 10。

④ 铬黑 T 指示剂　称取 5g 铬黑 T 溶解在 1000mL 的水溶液中。

⑤ 0.05mol/L 乙二胺四乙酸二钠标准溶液　其配制与标定同硫酸锌的测定中的相关内容。

（4）测定步骤与方法　准确称取 0.3g 试样，精确至 0.0002g，置于 250mL 三角烧瓶中，加入 150mL 蒸馏水使之溶解后，再加入 0.5g 盐酸羟胺，待溶解后，再加入 3g 氟化铵掩蔽剂。加热至 63～65℃，立即加入 10mL 氨-氯化铵缓冲溶液混匀，用乙二胺四乙酸二钠标准溶液进行滴定，将接近反应终点时，加入 3～4 滴铬黑 T 指示剂，继续滴定至反应液由紫红色变为蓝色为止，达到滴定反应的终点。

（5）结果计算

① 试样中硫酸锰（$MnSO_4 \cdot H_2O$）的质量分数计算：

$$w(MnSO_4 \cdot H_2O) = \frac{c \times V \times 0.1690}{m} \times 100\%$$

② 试样中锰（Mn）的质量分数计算：

$$w(Mn) = \frac{c \times V \times 0.05494}{m} \times 100\%$$

式中　c——乙二胺四乙酸二钠标准溶液的浓度，mol/L；

　　　V——滴定所消耗乙二胺四乙酸二钠标准溶液的体积，mL；

　　　m——试样质量，g；

　0.1690——1mmol 硫酸锰的质量，g；

　0.05494——1mmol 锰的质量，g。

【操作关键提示】

1. 因铬黑 T 指示剂易被 Mn^{2+} 氧化而退色，且干扰测定的因素很多，故本法只适用于硫酸锰（$MnSO_4 \cdot H_2O$）含量在 98% 以上的纯样品的测定。

2. 注意滴定时须保持 60℃ 的试液温度，迅速滴定，准确记录。

4. 饲料中铁含量的测定

（1）测定原理　在以硫酸溶液为酸性的介质中，用高锰酸钾滴定硫酸亚铁，其化学反应式如下：

$$5Fe^{2+} + MnO_4^{2-} + 8H^+ \longrightarrow 5Fe^{3+} + Mn^{2+} + 4H_2O$$

根据高锰酸钾的消耗量即可以计算出硫酸亚铁的含量。通常在反应体系中加入磷酸使之与 Fe^{3+} 反应，生成无色络合物来消除 Fe^{3+} 颜色的干扰，以高锰酸钾本身作为指示剂来指示滴定反应的终点。

（2）仪器设备

① 电热恒温干燥箱　20～300℃。

② 分析天平　分度值 0.0001g。

③ 玻璃干燥器。

④ 量筒　100mL。

⑤ 三角瓶　200mL。

⑥ 4 号玻璃滤埚。

（3）试剂及配制　实验用水均为蒸馏水，使用试剂除特殊规定外均为分析纯。

① 硫酸　GB/T 625—2007。

② 磷酸　GB/T 1282—1996。

③ 高锰酸钾（GB/T 643—2008）溶液　$c(1/5KMnO_4) = 0.02mol/L$ 的高锰酸钾标准溶液。

配制：称取 0.165g 高锰酸钾，溶于 1000mL 水中，缓缓煮沸 15min，冷却后置于暗处保存 2 周。用玻璃滤埚过滤于干燥的棕色瓶中备用。

标定：称取 0.1g 于 105～110℃ 干燥至恒重的基准草酸钠，精确至 0.0001g。溶于 100mL 硫酸溶液中，用配制好的高锰酸钾溶液 $[c(1/5KMnO_4) = 0.02mol/L]$ 滴定，将近终点时加热至 65℃，继续滴定至溶液呈粉红色保持 30s。同时做空白试验。

$$c(1/5KMnO_4) = \frac{m}{(V_1 - V_2) \times 0.06700}$$

式中 $c(1/5KMnO_4)$——高锰酸钾标准溶液物质的量浓度，mol/L；

m——草酸钠的质量，g；

V_1——高锰酸钾溶液用量，mL；

V_2——空白试验高锰酸钾溶液用量，mL；

0.06700——1.00mL 高锰酸钾标准溶液 $[c(1/5KMnO_4) = 1.000mol/L]$ 相当的草酸钠的质量，g。

（4）测定步骤与方法 准确称取 0.5g 试样，精确至 0.0002g，溶于 50mL 不含氧的蒸馏水中，加入 5mL 浓硫酸和 2mL 磷酸，再用高锰酸钾标准溶液进行滴定，直至溶液呈粉红色且在 30s 内不退色为止，即为滴定反应的终点。

（5）结果计算

① 试样中硫酸亚铁（$FeSO_4 \cdot 7H_2O$）的质量分数计算：

$$w(FeSO_4 \cdot 7H_2O) = \frac{c \times V \times 0.2780}{m} \times 100\%$$

② 试样中铁的质量分数的计算：

$$w(Fe) = \frac{c \times V \times 0.05585}{m} \times 100\%$$

式中 c——高锰酸钾标准溶液的浓度，mol/L；

V——滴定所消耗高锰酸钾标准溶液的体积，mL；

m——试样质量，g；

0.2780——1mmol 硫酸亚铁的质量，g；

0.05585——1mmol 铁的质量，g。

【操作关键提示】

1. 标定高锰酸钾标准溶液过滤时所使用的 4 号玻璃滤埚应预先以配制的高锰酸钾溶液缓缓煮沸 5min，收集滤液的棕色瓶要用此高锰酸钾溶液预洗 2~3 次。

2. 测定过程中需加入磷酸使之与 Fe^{3+} 反应，生成无色络合物来消除 Fe^{3+} 颜色的干扰。

3. 测试过程中操作要迅速而准确，减少人为误差。

【复习思考题】

1. 试比较干法和湿法处理的试样分解液有什么不同。

2. 在实验室演示实验中，为什么钙的测定经常使用 EDTA 测定法？

3. 在磷测定时每进行一个试样的比色都要将分光光度计重新调零，为什么？

4. 简述 HCAP-9000 型离子发射光谱仪测定法的原理。

5. 测定矿物质饲料原料中锰的基本原理及其常用的测定掩蔽剂是什么？

6. 请测定常见的一种饲料中钙、磷的含量。

7. 请测定一种预混料中铁、铜、锰、锌的含量。

第八章 饲料中维生素的测定

[知识目标]

1. 了解各种饲料添加剂中维生素检测的适用范围。
2. 理解饲料中各种维生素检测的基本原理与方法。

[技能目标]

1. 能正确操作饲料中各种维生素检测时所使用的各种仪器。
2. 能够对维生素添加剂维生素的测定进行正确操作。

维生素在动物机体中的作用是控制和调节物质代谢，动物对其需要量相当小，但其生理、营养作用明显，一般在全价配合饲料中添加合成的维生素用以补充这些养分的不足。在现在的饲料生产中已列入饲料添加剂的维生素约有 15 种，一般分为两类：一类是脂溶性维生素，包括维生素 A、维生素 D、维生素 E、维生素 K；另一类是水溶性维生素，主要有 B 族维生素（维生素 B_2、维生素 B_6、维生素 B_{12}、烟酸、泛酸、叶酸、肌醇和胆碱）和维生素 C 等。同一饲料中的维生素含量差别很大，因而不同的分析方法也有所差异，本章主要对饲料及添加剂中的常见维生素检测的适用范围、基本原理、方法和操作过程进行了介绍。

第一节　维生素添加剂中维生素的测定

一、维生素 A 乙酸酯微粒的分析测定

1. 适用范围

本测定方法适用于以 β-紫罗兰酮为起始原料，经化学合成法制得的维生素 A 乙酸酯，加入适量抗氧化剂，采用明胶等辅料制成的微粒。除特别注明外；试验中所用试剂为分析纯，试验用水为符合 GB/T 6682 中规定的三级用水。

2. 定性鉴别

（1）试剂与溶液

① 无水乙醇　GB/T 678—2002。

② 三氯甲烷（氯仿）　GB/T 682—2002。

③ 三氯化锑溶液　符合 HG-T 3464—1997。取三氯化锑 1g，加氯仿制成 4mL 的溶液。

（2）鉴别方法　称取试样 0.1g，用无水乙醇湿润后，研磨数分钟，加氯仿 10mL，振摇过滤，取滤液 2mL，加三氯化锑的氯仿溶液 0.5mL，即呈蓝色，并立即退色。

3. 定量测定

（1）仪器设备

① 超声波恒温水浴装置。

② 高速离心机。

③ 高效液相色谱仪。

（2）试剂与溶液

① 无水乙醇。

② 全反式维生素 A 乙酸酯对照品。

③ 碱性蛋白酶（酶活力大于 40 000IU/g）。

④ 0.1％氨水溶液。

⑤ 乙腈　色谱纯。

⑥ 异丙醇　色谱纯。

⑦ 重蒸馏水（经处理液相色谱专用）。

（3）测定方法

① 对照液样品的准备　精确称取 85～90mg（准确至 0.0001g）全反式维生素 A 乙酸酯对照样品，置 50mL 棕色容量瓶中，加入 30～40mL 无水乙醇，置于超声水浴中处理 2min 使之完全溶解，用无水乙醇稀释至刻度，摇匀。精密吸取此溶液 10.000mL 于 100mL 棕色容量瓶中，用无水乙醇稀释至刻度，摇匀待测。

② 试样溶液的制备　精确称取试样 0.2g（准确至 0.0001g），置于 200mL 棕色容量瓶中，加入 200g 的碱性蛋白酶，0.1％氨水溶液 10mL，将容量瓶置于 45℃超声水浴中处理 10min，加入 100mL 无水乙醇后猛烈振荡，然后用无水乙醇稀释至刻度，摇匀。将混合液离心后，取上清液通过 0.2μm 微孔滤膜后用于高效液相色谱的测定。

③ 高效液相色谱的条件

a. 色谱柱　不锈钢柱，长 250mm。

b. 固定相　ODS，2.5μm。

c. 流动相　乙腈∶异丙醇∶水＝1500∶250∶250（体积比）。

d. 流速　1.0mL/min。

e. 进样量　10μL。

f. 检测波长　326nm。

④ 测定　精密量取对照品溶液与试样溶液各 10μL，依次注入液相色谱仪，记录色谱图，按外标法对峰面积进行计算。

⑤ 计算和结果的表示

a. 对照品溶液浓度 c_{st} 按下列公式计算：

$$c_{st}=\frac{m_{st}\times p_{st}}{500}$$

式中　c_{st}——对照样品溶液浓度，IU/mL；

　　　m_{st}——对照样品质量，g；

　　　p_{st}——对照样品含量，IU/g，1IU 相当于 0.344μg 维生素 A 乙酸酯；

　　　500——对照品溶液稀释的体积，mL。

b. 试样中维生素 A 含量按下列公式计算：

$$P=\frac{F_s\times c_{st}\times 200}{F_{st}\times m_s}$$

式中　P——试样中维生素 A 含量，IU/g；

　　　F_s——试样溶液中维生素 A 的峰面积；

　　　F_{st}——对照样品溶液中维生素 A 的峰面积；

　　　c_{st}——对照样品溶液浓度，IU/mL；

m_s——试样质量，g；

200——试样溶液稀释的体积，mL。

4. 干燥失重的测定

（1）测定方法　称取试样 1g（准确至 0.0001g），置于已在 105℃干燥箱中干燥至恒重的称量瓶内，打开称量瓶盖，置于 105℃烘箱中，干燥至恒重。

（2）计算和结果的表示　干燥失重质量分数按下列公式计算：

$$w(干燥失重)=\frac{m_1-m_2}{m}\times100\%$$

式中　m_1——干燥前的试样加称量瓶质量，g；

　　　m_2——干燥后的试样加称量瓶质量，g；

　　　m——试样的质量，g。

注：本品为灰黄色至淡褐色颗粒，易吸潮，遇热、遇酸性气体、见光或吸潮后易分解，并使含量下降。

二、维生素 D_3 微粒的分析测定

1. 适用范围

本方法适用于以含量为 130 万国际单位/g 以上的维生素 D_3 原油为原料，配以一定量 2,6-二叔丁基-4-甲基苯酚（BHT）及乙氧喹啉作稳定剂，采用明胶和淀粉等辅料，经喷雾法制成的微粒。除特别注明外，试验中所用试剂为分析纯试剂，试验用水为符合 GB/T 6682 中规定的三级用水。

2. 定性鉴别

（1）试剂与溶液

① 乙酸酐　符合 GB/T 677—92 的要求。

② 三氯甲烷（氯仿）　符合 GB/T 682—2002 的要求。

③ 硫酸　符合 GB/T 625—2007 的要求。

（2）鉴别方法　称取试样 0.1g，精确到 0.0002g，加三氯甲烷 10mL，研磨数分钟，过滤。取滤液 5mL，加乙酸酐 0.3mL、硫酸 0.1mL，振摇，初显黄色，渐变红色，迅即变为紫色，最后呈绿色。

3. 定量测定

（1）仪器设备

① 高效液相色谱仪。

② 旋转蒸发仪。

③ 其它实验室一般仪器和设备。

（2）试剂与溶液

① 500g/L 氢氧化钾溶液　符合 GB/T 2306—2008 的要求。

② 无水乙醇　符合 GB/T 678—2002 的要求。

③ 以 0.5mol/L 乙醇制氢氧化钾液　取氢氧化钾约 35g，置三角瓶中，加无水乙醇适量使溶解并稀释至 1000mL，用橡皮塞密塞，静置 24h 后，迅速倾取上清液，置具橡皮塞的棕色玻璃瓶中。

④ 1mol/L 氢氧化钠（GB/T 629—1997）溶液　取氢氧化钠适量，加水振摇使溶解成饱和溶液，冷却后，置聚乙烯塑料瓶中，静置数日，澄清后备用。取澄清的氢氧化钠饱和液 56mL，加新沸过的冷水使成 1000mL，摇匀，即得 1mol/L 氢氧化钠溶液。

⑤ 抗坏血酸钠溶液　称取 3.5g 抗坏血酸，溶解于 20mL 1mol/L 的氢氧化钠溶液中即得。

⑥ 乙醚（HG 3-1002）　不含过氧化物。

⑦ 碱性洗涤剂　称取 1 份 0.5mol/L 乙醇制氢氧化钾溶液，与 8 份水、1 份 95％乙醇混合即得。

⑧ 酚酞指示液　称取酚酞（HGB 3039—59）1g，加 95％乙醇使成 100mL 即得。

⑨ 对二甲氨基苯甲醛（内标物）（HGB 3486—62）。

⑩ 维生素 D_3 标准品。

维生素 D_3 标准储备液　称取 20mg 维生素 D_3 标准品，精确到 0.0002g，于 100mL 棕色容量瓶中，加正己烷及数粒 BHT 溶解，并稀释至刻度，混匀即得。

内标储备液　称取 0.2g 内标物，精确到 0.0002g，于 100mL 棕色容量瓶中，加 5mL 无水乙醇溶解，并用正己烷稀释至刻度，混匀即得。

内标分析液　精密吸取 10mL 内标储备液，用正己烷稀释至 100mL，混匀即得。

⑪ 丙三醇（甘油）淀粉润滑油　称取 22g 丙三醇，加入可溶性淀粉 9g，加热至 140℃，保持 30min，并不断搅拌，冷却后即得。

（3）含量测定

① 试样前处理　称取试样适量，使含维生素 D_3 10 万国际单位，精确到 0.0002g，置皂化瓶中，分别加入 95％乙醇 20mL，5mL 抗坏血酸钠溶液（现配现用），3mL 500g/L 氢氧化钾溶液（现配现用），置 90℃水浴回流 30min，迅速冷却。自冷凝管顶端加水 5mL，冲洗冷凝管的内壁 2 次，将皂化液移至 500mL 分液漏斗甲中（分液漏斗活塞涂以甘油淀粉润滑油）。皂化瓶中分别用 15mL 水，10mL 无水乙醇清洗 2 次，洗液并入分液漏斗甲中。在分液漏斗甲中加入不含过氧化物的乙醚 50mL，共 2 次，每次振摇 30s，静置，分层。将水层转移至 250mL 分液漏斗乙中。水层用 10mL 乙醇、50mL 乙醚振摇 30s，静置，分层。将水层转移至皂化瓶中，将乙醚层转移至分液漏斗甲中，用 10mL 乙醚洗涤分液漏斗乙 2 次。洗液合并在分液漏斗甲中。将水层再转移至分液漏斗乙中，用 50mL 乙醚提取一次，弃去水层，乙醚层再并入分液漏斗甲中。合并后的乙醚液用 50mL 碱性洗涤液洗涤 2 次，振摇，静置，分层。弃去水层。乙醚液每次用 50mL 水洗涤，直至洗液遇酚酞液不显红色。将乙醚层放入 250mL 容量瓶中，用适量乙醚洗涤分液漏斗甲，洗液并入容量瓶中，用乙醚稀释至刻度并摇匀。

② 测试条件

a. 高压液相色谱仪。

b. 紫外检测器　波长 254nm。

c. 分析柱　硅胶柱 5μm。

d. 流动相　正己烷：正戊醇＝1000：3（体积比）。

e. 流速　2.0mL/min。

f. 灵敏度　0.05AUFS。

③ 测试方法　精密吸取乙醚提取液 20mL，于 100mL 茄形瓶中，加数粒 BHT，将圆底茄形瓶置于真空蒸发器上，60℃水浴蒸干，取下冷却后，准确加入 10mL 内标分析液，溶解残留物，过滤。取 100μL 过滤液注入分析柱，记录所得色谱峰。

④ 计算和结果的表示　试样中维生素 D_3 质量分数按下列公式计算：

$$w(\text{维生素 } D_3) = \frac{[P_D + (P_{pre} \times F) \times F_D] \times m_{in} \times D_s \times 4 \times 10^7}{P_{in} \times m_s \times D_{in}}$$

式中　P_D——试样中维生素 D_3 峰的响应值；

　　P_{pre}——试样中预维生素 D_3 峰的响应值；

　　　F——预维生素 D_3 转换成维生素 D_3 的转换因子；

　　F_D——校正因子；

　　m_{in}——内标物质量，g；

　　D_s——试样稀释倍数；

　　P_{in}——内标峰的响应值；

　　m_s——试样质量，g；

　　D_{in}——内标稀释倍数。

　F_D（校正因子）的测定与计算　分别准确吸取维生素 D_3 标准储备液 5mL 和内标储备液 5mL，置于 50mL 棕色容量瓶中，加正己烷稀释至刻度，混匀，过滤，取 $100\mu L$ 过滤液注入分析柱。计算公式：

$$F_D = \frac{P_{in} \times m_r \times D_{in}}{P_r \times m_{in} \times D_r}$$

式中　P_{in}——内标峰响应值；

　　m_r——维生素 D_3 标准品质量，g；

　　D_{in}——内标稀释倍数；

　　P_r——维生素 D_3 标准品峰响应值；

　　m_{in}——内标物质量，g；

　　D_r——维生素 D_3 标准品稀释倍数。

　F_{pre}（预维生素 D_3 校正因子）的测定与计算　精确吸取 5mL 维生素 D_3 标准储备液于 100mL 皂化瓶中，加数粒 BHT，置 90℃ 水浴，避光回流 45min，冷却，转移至 50mL 棕色容量瓶中，加 5mL 内标储备液，用正己烷稀释至刻度。混匀，取 $100\mu L$ 注入分析柱。

　F_{pre}（预维生素 D_3 校正因子）按下列公式计算：

$$F_{pre} = \frac{P \times P_{in} \times m_r \times D_{in}}{P_{pre} \times m_{in} \times D_{pre} \times 100}$$

式中　P——转化的预维生素 D_3 百分含量；

　　P_{in}——内标物响应值；

　　m_r——维生素 D_3 标准品质量，g；

　　D_{in}——内标稀释倍数；

　　P_{pre}——预维生素 D_3 峰的响应值；

　　m_{in}——内标物质量，g；

　　D_{pre}——维生素 D_3 标准品稀释倍数。

　未转化维生素 D_3 的质量分数按下列公式计算：

$$w(未转化维生素 D_3) = \frac{F_D \times P_D \times m_{in} \times D_r}{P_{in} \times m_r \times D_{in}} \times 100\%$$

式中　F_D——校正因子；

　　P_D——标准品中未转化的维生素 D_3 峰响应值；

　　m_{in}——内标物称量，g；

　　D_r——维生素 D_3 标准品稀释倍数；

　　P_{in}——内标峰响应值；

　　m_r——维生素 D_3 标准品程量，g；

D_{in}——内标稀释倍数。

转化的预维生素 D_3 质量分数（w）按下列公式计算：

$$w(转化的预维生素 D_3)=1-w(未转化维生素 D_3)$$

F（预维生素 D_3 转化成维生素 D_3 的转化因子）按下列公式计算：

$$F=\frac{F_{pre}}{F_D}$$

式中　F——预维生素 D_3 转化成维生素 D_3 转化因子；

F_{pre}——预维生素 D_3 校正因子；

F_D——校正因子。

4. 干燥失重的测定

（1）测定方法　称取试样 1g（准确至 0.0001g），置于已在 105℃ 干燥箱中干燥至恒重的称量瓶内，打开称量瓶盖，置于 105℃ 烘箱中，干燥至恒重。

（2）计算和结果的表示　干燥失重质量分数（％）按下列公式计算：

$$w(干燥失重)=\frac{m_1-m_2}{m}\times100\%$$

式中　m_1——干燥前的试样加称量瓶质量，g；

m_2——干燥后的试样加称量瓶质量，g；

m——试样的质量，g。

三、维生素 E 的分析测定

1. 适用范围

本方法适用于以维生素 E 为原料，加入适当的吸附剂制成的维生素 E 粉。除特别注明外，试验所用试剂为分析纯试剂，试验用水符合 GB/T 6682 中规定的三级用水。

2. 定性鉴别

（1）试剂与溶液

① 无水乙醇　符合 GB/T 678—2002 的要求。

② 硝酸　符合 GB/T 626—2006 的要求。

（2）鉴别方法　称取约相当于维生素 E 15mg 试样，加无水乙醇 10mL 溶解后，加硝酸 2mL，摇匀，在 75℃ 加热约 15min，溶液显橙红色。

3. 维生素 E 含量的测定

（1）试剂和溶液

① 95％乙醇　符合 GB/T 679—94 的要求。

② 无水乙醇　符合 GB/T 678—2002 的要求。

③ 硫酸　符合 GB/T 625—2007 的要求。

④ 10g/L 二苯胺　符合 GB/T 681—94 的要求。

⑤ 硫酸溶液。

⑥ 硫酸铈　符合 HG 10-2244 的要求。

⑦ 硫酸铈标准液　0.01mol/L。

（2）测定方法　称取约相当于维生素 E 0.18g 试样（准确至 0.0002g），置于 100mL 容量瓶中，加无水乙醇至刻度。振摇 30min，用干燥滤纸过滤，弃去初滤液，精密吸取滤液 50mL，置于回流瓶中，加硫酸 3mL，摇匀，加热回流 3h，冷却，移置于 100mL 容量瓶中，用无水乙醇洗涤容器，洗液并入容量瓶中，再加无水乙醇稀释至刻度，摇匀。

精密吸取溶液 25mL，加乙醇 20mL、水 10mL、二苯胺硫酸溶液 2 滴，用 0.01mol/L 硫酸铈标准液滴定，滴定速度以每 10 秒 25 滴为宜，至溶液由亮黄色转变为灰紫色，持续 10s，即为终点，将滴定结果用空白试验校正。

（3）计算和结果的表示 试样中含维生素 E 质量分数按下列公式计算：

$$w(维生素\ E) = \frac{(V-V_0) \times F \times 0.002\ 364 \times 8}{m} \times 100\%$$

式中　　V——试样溶液消耗硫酸铈标准液的体积，mL；

　　　　V_0——空白溶液消耗硫酸铈标准液的体积，mL；

　　　　F——硫酸铈标准液浓度校正系数；

 0.002 364——滴定度，1mL 0.01mol/L 硫酸铈标准液相当于 $C_{31}H_{52}O_3$ 的质量，g；

　　　　8——试样稀释倍数；

　　　　m——试样质量，g。

4. 干燥失重的测定

（1）测定方法 称取试样 1g（准确至 0.0001g），置于已在 105℃ 干燥箱中干燥至恒重的称量瓶内，打开称量瓶盖，置于 105℃ 烘箱中，干燥至恒重。

（2）计算和结果的表示 干燥失重质量分数按下列公式计算：

$$w(干燥失重) = \frac{m_1 - m_2}{m} \times 100\%$$

式中　m_1——干燥前的试样加称量瓶质量，g；

　　　m_2——干燥后的试样加称量瓶质量，g；

　　　m——试样的质量，g。

四、维生素 K_3（亚硫酸氢钠甲萘醌）的分析测定

1. 适用范围

本方法适用于化学合成法制得的维生素 K_3。除特别注明外，试验中所用试剂为分析纯试剂，试验用水符合 GB/T 6682 中规定的三级用水。

2. 定性鉴别

（1）试剂和溶液

① 碳酸钠溶液 取无水碳酸钠 10g，加水溶解并稀释到 90mL。

② 三氯甲烷（氯仿）（GB 682）。

③ 95％乙醇。

④ 亚硫酸氢钠（HG 3-1291）。

⑤ 氨水（GB/T 631—2007）。

⑥ 氰乙酸乙酯。

⑦ 氢氧化钠溶液 取氢氧化钠 10g，加水溶解并稀释至 30mL。

⑧ 3mol/L 盐酸（GB/T 622—2006）溶液。

⑨ 氨水的乙醇溶液 取氨水与乙醇等体积混合即得。

（2）鉴别方法

① 称取样品约 0.1g，加水 10mL 溶解，加碳酸钠溶液 3mL，即产生甲萘醌的鲜黄色沉淀，用三氯甲烷 5mL 萃取甲萘醌沉淀，氯仿溶液通过用三氯甲烷洗涤过的滤器过

滤，滤液在热水浴中蒸去氯仿，残余物用少量乙醇溶解，并重新蒸干，测其残渣熔点应为 104~107℃。

② 称取第①项中得到的甲萘醌沉淀约 50mg，加水 5mL 后，加亚硫酸氢钠 75mg，在水浴上加热并剧烈振摇，直到全部溶解呈近无色的溶液，用水稀释至 50mL，摇匀，取 2mL，加氨水的乙醇溶液 2mL，振摇，加氰乙酸乙酯 3 滴，即产生深紫蓝色，随即加氢氧化钠溶液 1mL，溶液转变为绿色，随即变成黄色。

③ 移取试样 40g/L 的水溶液 2mL，加数滴盐酸溶液，并温热，产生二氧化硫臭气。

3. 亚硫酸氢钠甲萘醌含量的测定

(1) 试剂和溶液

① 三氯甲烷（氯仿）（GB 682）。

② 无水乙醇（GB/T 678—2002）。

③ 无水碳酸钠（GB 639）溶液　取无水碳酸钠 10g，加水溶解并稀释到 90mL。

④ 甲萘醌对照品。

⑤ 标准溶液制备　称取甲萘醌对照品约 0.05g（准确至 0.0002g），置于 250mL 容量瓶中，用氯仿溶解，并稀释至刻度，摇匀。精密吸取 2mL 置于 100mL 容量瓶中，用无水乙醇稀释至刻度，摇匀。

⑥ 试样溶液制备　称取试样 1.3g（准确至 0.0002g）置于 250mL 量瓶中，用水溶解并稀释至刻度，摇匀。精密吸取 25mL 于分液漏斗中，加三氯甲烷 40mL，碳酸钠溶液 5mL，剧烈振摇 30s，静置分层，分出的三氯甲烷氯仿层通过预先用三氯甲烷湿润的棉花过滤入 250mL 容量瓶中，再用氯仿 40mL 迅速洗涤滤器，洗液并入容量瓶中，水层用氯仿萃取 2 次，每次约 20mL，萃取液过滤，并用氯仿 20mL 洗涤滤器，洗液和全部滤液并入容量瓶中，用氯仿稀释至刻度，摇匀。精密吸取 2mL 置于 100mL 容量瓶中，用无水乙醇稀释至刻度，摇匀。

(2) 仪器和设备　分光光度计：附 10mm 石英比色皿。

(3) 测定方法　标准溶液和试样溶液用分光光度计在（250±1)nm 波长处测定吸光度，用 2% 三氯甲烷的无水乙醇溶液作空白。

(4) 计算和结果的表示　试样中亚硫酸氢钠甲萘醌质量分数按下列公式计算：

$$w(亚硫酸氢钠甲萘醌) = \frac{A_2 \times \rho_1}{A_1 \times \rho_2} \times 191.82$$

式中　A_1——标准溶液的吸光度；

　　　A_2——试样溶液的吸光度；

　　　ρ_1——标准溶液的浓度，g/mL；

　　　ρ_2——试样溶液的浓度，g/mL；

　191.82——校正系数。

4. 亚硫酸氢钠含量的测定

(1) 试剂与溶液

① 0.1moL/L 碘液。

② 盐酸（GB/T 622—2006）。

③ 硫代硫酸钠（GB 637）。

④ 可溶性淀粉　符合 HG/T 2756—1996 的要求。

⑤ 淀粉指示液（5g/mL）　称取可溶性淀粉 0.5g，加入 5mL 水搅匀后，缓缓倾入

100mL 沸水中，随加随搅拌，继续煮沸 2min，冷却后倾取上清液，即得。

⑥ 0.1mol/L 硫代硫酸钠标准溶液　配制及标定方法见附录10。

（2）测定方法　称取试样 1.5g（准确至 0.0002g），置于 100mL 容量瓶中，用水溶解并稀释至刻度，摇匀。精确吸取 20mL 于碘量瓶中，同时吸取水 20mL 于另一个碘量瓶中（作空白）。分别加碘液 25mL，密塞，放置 5min，分别加盐酸 1mL，再分别用硫代硫酸钠标准溶液滴定剩余的碘，加入淀粉指示液 3mL 作指示剂。

（3）计算和结果的表示　试样中亚硫酸氢钠质量分数按下列公式计算：

$$w(亚硫酸氢钠) = \frac{(V_0 - V) \times F \times 0.005\,203}{m \times 1/5} \times 100\%$$

式中　V_0——空白溶液消耗的硫代硫酸钠标准溶液体积，mL；

V——试样溶液消耗的硫代硫酸钠标准溶液体积，mL；

F——硫代硫酸钠标准溶液的浓度校正系数；

0.005\,203——滴定度，1mL 0.1moL/L 碘液相当于亚硫酸氢钠的质量，g；

m——试样的质量，g。

5. 水分的测定

（1）试剂和溶液

① 无水甲醇（GB/T 678—2002）。

② 碘硫溶液（费休氏试液）　按《中华人民共和国药典》（2010 年）要求配制与标定。

（2）测定方法　称取试样 0.2g（准确至 0.0002g），置干燥具塞的玻璃瓶中，加无水甲醇 10mL，不断振摇（或搅拌），用碘硫溶液滴定至溶液由浅黄色变为红棕色，或用永停滴定法（见 GB 606）指示终点。另做空白试验校正。

（3）计算和结果的表示　试样中水分质量分数按下列公式计算：

$$w(水分) = \frac{(V - V_0) \times F}{m} \times 100\%$$

式中　V_0——空白消耗的碘硫溶液体积，mL；

V——试样消耗的碘硫溶液体积，mL；

F——滴定度，1mL 碘硫溶液相当于水质量，g；

m——试样质量，g。

五、维生素 B_1（硝酸硫胺）的测定

1. 质量标准（表 8-1）

在饲料工业中常将维生素 B_1 作为维生素类饲料添加剂，分子式 $C_{12}H_{17}N_5O_4S$，分子量 327.37。本品为白色或微黄色结晶或结晶粉末，有微弱的臭味，在水中略溶，在氯仿中微溶。

表 8-1　维生素 B_1 的技术指标

项　目	指　标	项　目	指　标
含量（以 $C_{12}H_{17}N_5O_4S$）/%	98.0～101.0	干燥失重/%	≤1.0
酸度(pH)	6.0～7.5	炽灼残渣/%	≤0.2
氯化物（以 Cl 计）/%	≤0.06	铅/(mg/kg)	≤10

2. 适用范围

本方法适用于化学合成法制得的维生素 B_1（硝酸硫胺）的测定，除特别注明外，试验中所用试剂为分析纯试剂，试验用水符合 GB/T 6682 中规定的三级用水。

3. 定性鉴别

（1）试剂和溶液

① 硫酸（GB/T 625—2007）。

② 80g/L 硫酸亚铁溶液　取硫酸亚铁（$FeSO_4 \cdot H_2O$）8g，加新沸过的冷水 100mL 使溶解，摇匀，本液应现配先用。

③ 冰醋酸（GB/T 676—2007）。

④ 100g/L 乙酸铅溶液　取乙酸铅 10g，加新沸过的冷水溶解后，滴加冰醋酸使溶液澄清，再加新沸过的冷水使成 100mL，摇匀。

⑤ 10%氢氧化钠溶液。

⑥ 铁氰化钾溶液　取铁氰化钾 1g，加水 10mL 使溶解，本液应现配现用。

⑦ 异丁醇。

（2）鉴别方法

① 移取 2%试样溶液 2mL，加硫酸 2mL，冷却后缓缓加入硫酸亚铁溶液 2mL，两层溶液接触处产生棕色环。

② 溶解试样约 5mg 于 1mL 乙酸铅溶液和 1mL 氢氧化钠溶液的混合液中，产生黄色；再在水浴上加热几分钟，溶液变成棕色；静置有硫化铅析出。

③ 称取试样约 5mg，加氢氧化钠溶液 2.5mL，溶解后，加铁 0.5mL 氰化钾溶液与 5mL 异丁醇，强力振摇 2min，静置使分层，上面的醇层呈强烈的蓝色荧光；加酸使成酸性，荧光即消失，再加碱使成碱性，荧光又呈现。

4. 维生素 B_1 含量测定

（1）仪器设备　一般实验室仪器设备

（2）试剂和溶液

① 盐酸。

② 10%的硅钨酸溶液　称取 10g 硅钨酸，溶于 100mL 水中。

③ 盐酸溶液　取盐酸 5mL，加水稀释至 100mL。

④ 丙酮。

（3）测定方法　称取试样 1.0g（准确至 0.0002g），加水 50mL，溶解后，加盐酸 2mL，煮沸，立即滴加硅钨酸溶液 10mL，继续煮沸 2min，用在 80℃干燥后恒重的 4# 垂熔坩埚滤过，沉淀先用煮沸的盐酸溶液洗涤 2 次，每次 10mL，再用 10mL 水洗涤 1 次，最后用丙酮洗涤 2 次，每次 5mL，沉淀物在 80℃干燥至恒重。

（4）计算和结果的表示　试样中硝酸硫胺含量 w 以质量分数计，按下列公式计算：

$$w(硝酸硫胺素) = \frac{m_1 \times 0.1882}{m \times (1 - w_1)} \times 100\%$$

式中　m_1——干燥后沉淀质量，g；

　　　m——试样的质量，g；

　　　w_1——试样干燥失重质量分数，%；

　0.1882——硝酸硫胺硅钨酸盐换算成硝酸铵的系数。

允许差：两个平行测定结果的绝对值之差不超过 0.5%。

5. 干燥失重的测定

（1）测定方法　称取试样 1～2g（准确至 0.0002g），置于已在 105℃烘箱中干燥至恒重的称量瓶内，打开称量瓶盖，置于 105℃干燥箱中，干燥至恒重。

（2）计算和结果的表示　干燥失重质量分数按下列公式计算：

$$w(干燥失重) = \frac{m_1 - m_2}{m} \times 100\%$$

式中　m_1——干燥前的试样加称量瓶质量，g；

　　　m_2——干燥后的试样加称量瓶质量，g；

　　　m——试样的质量，g。

允许差：两个平行测定结果的绝对值之差不大于 0.05％。

六、维生素 B_2（核黄素）的测定

1. 质量标准（表 8-2）

在饲料工业中常将维生素 B_2 作为维生素类饲料添加剂。分子式 $C_{17}H_{20}N_4O_6$，分子量 376.37。本品为黄色至橙色的粉末，味微苦，微臭，微溶于水，溶液容易变质，略溶于乙醇，易溶于氢氧化钠水溶液。

表 8-2　维生素 B_2（核黄素）的技术指标

项　目	指　标	项　目	指　标
含量（以 $C_{17}H_{20}N_4O_6$ 计）（规格 96％）/％	96.0～102.0	铅/(mg/kg)	≤10.0
含量（以 $C_{17}H_{20}N_4O_6$ 计）（规格 98％）/％	98.0～102.0	干燥失重/％	≤1.5
比旋度 $[\alpha]_D^{t}$	−115°～−135°	吸光度	0.025
砷/(mg/kg)	≤3.0	炽灼残渣/％	≤0.3

2. 适用范围

本方法用于发酵法或合成法制得的维生素 B_2，在饲料工业中作为维生素类饲料添加剂。除特别注明外，试验中所用试剂为分析纯试剂，试验用水符合 GB/T 6682 中规定的三级用水。

3. 定性鉴别

（1）试剂和溶液

① 连二亚硫酸钠（HB 2-809）。

② 冰醋酸（GB/T 676—2007）。

③ 14g/L 乙酸钠溶液。

④ NaOH 溶液　40g/L。

⑤ HCl 溶液　4％。

（2）仪器设备

① 实验室常用设备。

② 旋光仪。

③ 紫外分光光度计，附 1cm 石英比色皿。

④ 原子吸收分光光度计。

（3）鉴别方法

① 称取试样约 1mg，加水 100mL 溶解后，溶液在透射下显淡黄色，并有强烈的黄绿色荧光；将试液分成 2 份，1 份中加 NaOH 或 HCl 溶液，荧光即消失；另一份中加连二亚硫

酸钠结晶少许，摇匀后，黄色即消退，荧光即消失。

② 按含量测定制备溶液，用分光光度计测定，以 1cm 比色皿在 200～500nm 波长范围内测定试样溶液的吸收光谱，应在（267±1）nm、（375±1）nm、（444±1）nm 的波长处有最大吸收。375nm 的吸光度与 276nm 的吸光度比值为 0.31～0.33；444nm 的吸光度与 267nm 的吸光度比值为 0.36～0.39。

4. 维生素 B_2 含量的测定

（1）仪器设备 分光光度计（附 1cm 比色皿）及一般实验室常用仪器设备。

（2）试剂和溶液

① 冰醋酸（GB/T 676—2007）。

② 14g/L 乙酸钠溶液。

③ 2mol/L 氢氧化钠溶液。

（3）测定方法 称取试样约 0.065g（准确至 0.0002g），置 500mL 棕色容量瓶中，加水 1mL，使样品完全湿润，加 5mL 氢氧化钠溶液使其全部溶解，立即加入 100mL 水与 2.5mL 冰醋酸，加水稀释至刻度，摇匀。精密吸取 10mL 试液置 100mL 棕色容量瓶中，加乙酸钠溶液 1.8mL，并用水稀释至刻度，摇匀；另取乙酸钠溶液 1.8mL 于 100mL 棕色容量瓶中，用水稀释至刻度，作为空白对照液，于 1cm 比色皿内，用紫外分光光度计于 444nm 波长处测定吸光度（测定均需避光操作）。

（4）计算和结果的表示 试样中维生素 B_2 含量以质量分数表示，按下列公式计算：

$$w(维生素\ B_2)=\frac{A\times 5000}{328\times m}\times 100$$

式中 A——试样在（444±1）nm 波长处测得的吸光度；

328——维生素 B_2 在（444±1）nm 波长处的吸收系数；

5000——稀释倍数；

m——试样的质量，g；

重复性：结果保留 3 位有效数字。同一分析者对同一试样同时两次平行测定的结果相对偏差应不大于 2%。

七、维生素 B_6 的测定

1. 质量标准（表 8-3）

在饲料工业中常将维生素 B_6 作为维生素类饲料添加剂。分子式 $C_8H_{11}NO_3\cdot HCl$，分子量 205.64。本品为白色至微黄色结晶性粉末，无臭。味酸苦，遇光渐变质。在水中易溶，水溶液呈微酸性反应，在乙醇中微溶，在氯仿或乙醚中不溶。

表 8-3 维生素 B_6 的技术指标

项 目	指 标	项 目	指 标
含量（以 $C_8H_{11}NO_3\cdot HCl$ 计）/%	98.0～101.0	重金属（以 Pb 计）/(mg/kg)	≤0.003
熔点（分解点）/℃	205～209	干燥失重/%	≤0.5
酸度（pH）	2.5～3.5	炽灼残渣/%	≤0.1

2. 适用范围

本方法适用于合成法制得的维生素 B_6。除特别注明外，试验中所用试剂为分析纯试剂，水为 GB/T 6682 规定的三级用水。

3. 定性鉴别

（1）试剂与溶液

① 200g/L 乙酸钠溶液。

② 40g/L 硼酸溶液。

③ 5g/L 氯亚氨基-2,6-二氯醌乙醇溶液。

④ 95％乙醇。

⑤ 硝酸溶液　取硝酸 105mL，加水稀释至 1000mL。

⑥ 氨水（GB/T 631—2007）溶液　取氨水 40mL，加水至 100mL。

⑦ 0.1mol/L 硝酸银溶液。

（2）鉴别方法

① 称取试样约 10mg，加水 100mL 溶解后，各取 1mL，分别置甲、乙两个试管中，各加乙酸钠溶液 2mL，甲管中加水 1mL，乙管中加硼酸溶液 1mL，混匀，各迅速加氯亚氨基-2,6-二氯醌乙醇溶液 1mL，甲管中显蓝色，几分钟后即消失，并转变为红色，乙管中不显蓝色。

② 取①项中试样的水溶液，加氨水使试液成碱性，再加硝酸溶液使成酸性后，加 0.1mol/L 的硝酸银溶液，即产生白色凝胶状沉淀；分离，加氨水溶液，沉淀即溶解，再加硝酸，沉淀复生成。

4. 维生素 B_6 含量的测定

（1）试剂和溶液

① 冰醋酸。

② 50g/L 乙酸汞溶液　取乙酸汞 5g，研细，加温热的冰醋酸使溶解制成 100mL 溶液。

③ 5g/L 结晶紫指示剂。

④ 0.1mol/L 高氯酸标准溶液　配制及标定方法见附录 10。

⑤ 0.5％冰醋酸溶液。

（2）测定方法　称取试样 0.15g（准确至 0.0002g），加冰醋酸 20mL 与（50g/L）乙酸汞溶液 5mL，温热溶解后，冷却后加结晶紫指示液 1 滴，用高氯酸标准液滴定，至溶液显蓝绿色，并将滴定结果用空白试验校正。

（3）计算和结果的表示　试样中维生素 B_6 的含量按以下公式计算：

$$w(\text{维生素 } B_6) = \frac{(V - V_0) \times c \times 0.020\,56}{m}$$

式中　V——试样溶液消耗高氯酸标准液的体积，mL；

　　　V_0——空白试验消耗高氯酸标准液的体积，mL；

　　　c——高氯酸标准液浓度，mol/L；

0.020 56——滴定度，1mL 0.1mol/L 高氯酸标准液相当于维生素 B_6 的质量，g；

　　　m——试样的质量，g。

八、维生素 B_{12}（氰钴胺）粉剂的测定

1. 质量标准（表 8-4）

在饲料工业中常将维生素 B_{12} 作为维生素类饲料添加剂。分子式 $C_{63}H_{88}C_0N_{14}O_{14}P$，分子量为 1355.38。本品为浅红色至棕色细微粉末，具有吸湿性。

表 8-4　维生素 B₁₂ 的技术指标

项　目	指　标
含量(以 $C_{63}H_{88}C_0N_{14}O_{14}P$ 计)/%	90～130
砷/(mg/kg)	≤3.0
铅/(mg/kg)	≤10.0
干燥失重(以玉米淀粉等为稀释剂)/%	≤12.0
干燥失重(以碳酸钙为稀释剂)/%	≤5.0
粒度	全部通过 0.25mm 孔径标准筛

2. 适用范围

本方法用于以维生素 B₁₂（氰钴胺）为原料，加入玉米淀粉、碳酸钙等其它适宜的稀释剂制成的维生素 B₁₂ 粉剂（按其标识量配置），在饲料工业中作为维生素类饲料添加剂。除特别注明外，试验中所用试剂为优级纯，水为蒸馏水，色谱用水符合 GB/T6682 中一级用水规定，标准溶液和杂质溶液的制备应符合 GB/T 602 和 GB/T 603。

3. 定性鉴别

（1）试剂与溶液

① 甲醇（GB 6830）溶液　甲醇：水＝19：1（体积比）。

② 硅胶 G（薄层色谱用）　10～40μm。

③ 3g/L 羧甲基纤维素钠溶液　称取 1g 羧甲基纤维素钠，加入 300mL 水，加热煮沸溶解。放置 24～48h 使用。

④ 维生素 B₁₂ 对照品。

（2）仪器设备

① 实验室常用设备。

② 石英比色皿。

③ 紫外分光光度计。

（3）测定方法

① 最大吸收　取适量试样，溶于水中，用 1cm 比色杯，在分光光度计 300～600nm 波长范围内测定试样溶液的吸收光谱，应在（361±1）nm 和（550±2）nm 处有最大吸收峰。

② 薄层鉴别　取适量硅胶 G，用羧甲基纤维素钠溶液调成糊状，均匀地涂布在 5cm×20cm 的玻璃上，在室温下晾干。

称取相当于 2mg 维生素 B₁₂ 的试样，加入 2mL 水振摇 10min，离心 5min，取上清液作为试样溶液。

称取相当于 2mg 维生素 B₁₂ 的对照品，加入 2mL 水振摇 10min，作为对照品溶液。分别吸收 10mL 试样溶液和 10μL 对照品溶液，在距硅胶薄层板底边 2.5cm 处的基线上点样。用甲醇水混合液作为展开剂，至斑点展开 12cm 时，取出硅胶薄层板并在室温下晾干，使试样溶液和对照品溶液分别显红色斑点，它们的比移值应当相等。

4. 含量的测定

方法一：

（1）原理　试样中维生素 B₁₂ 经水提取后，注入反相色谱柱上，与流动相中离子对形成离子偶合物，用流动相洗脱分离，外标法计算维生素 B₁₂ 的含量。

（2）仪器设备

① 实验室常备仪器设备。

② 超声水浴装置。

③ 高效液相色谱仪，带紫外可调波长检测器（或二极管矩阵检测器）。

(3) 试剂和溶液

① 甲醇　色谱纯。

② 冰醋酸。

③ 己烷磺酸钠。

④ 维生素 B_{12} 标准贮备溶液（GB/T 984—2006）。

⑤ 维生素 B_{12} 标准工作液（GB/T 984—2006）。

(4) 分析步骤

① 试液准备　根据产品含量（参照 GB/T 9841—2006 附录 A），称取试样 0.5～1g（精确至 0.0002g），置于 100mL 棕色容量瓶中，加约 60mL 水，在超声水浴中提取 15min，冷却至室温，用水定容至刻度，混匀，过滤，滤液过 0.45μm 滤膜，供高效液相色谱仪分析。

② 色谱条件

固定相　C_{18} 柱，内径 4.6mm，长 150mm，粒度 5μm。

流动相　每升水溶液中含 300mL 甲醇、1g 己烷磺酸钠和 10mL 冰醋酸，过滤，超声脱气。流动相流速为 0.5mL/min。

检测器　紫外可调波长检测器（或二极管矩阵检测器），检测波长 361nm。

进样量　20μL。

③ 定量测定　按高效液相色谱仪说明书调整仪器操作参数，向色谱柱中注入维生素 B_{12} 的标准工作液及试样溶液，得到色谱峰面积响应值，用外标法定量。

④ 结果计算　试样中维生素 B_{12}（$C_{63}H_{88}C_0N_{14}O_{14}P$）含量 w_1 以质量分数（％）表示，按下列公式计算：

$$w_1 = \frac{P_i \times c \times a \times 10^{-4}}{m \times P_{st}} \times 100\%$$

式中　P_i——试样峰面积；

P_{st}——维生素 B_{12} 标准液峰面积；

c——维生素 B_{12} 标准液浓度，μg/mL；

m——试样质量，g；

a——试液稀释倍数，此处为 100。

试样中维生素 B_{12} 占标示量的质量分数（％）以 w_2 表示，按下列公式计算：

$$w_2 = \frac{w_1}{K}$$

式中　K——产品中维生素 B_{12} 标示量。

平行测定结果用算术平均值表示，保留三位有效数字。

方法二：

(1) 仪器设备

① 分光光度计。

② 容量瓶　100mL，1000mL。

③ 实验室常备仪器设备。

(2) 试剂和溶液

① 维生素 B_{12} 标准溶液。

② 维生素 B_{12} 对照品溶液。

(3) 测定方法　准确称取相当于 2mg 维生素 B_{12} 的试样，置于 100mL 容量瓶中，加入水 80mL，充分混匀后稀释至刻度，再混匀。经干燥滤纸滤过（必要时可离心），弃去初滤液，收集滤液。

准确称取 20mg 维生素 B_{12} 对照品，置于 1000mL 容量瓶中，用水溶解并稀释至刻度。

在分光光度计波长（361±1）nm 处，用水作为空白液，测定试样溶液和标准溶液的吸光度。

（4）计算和结果的表示　试样中维生素 B_{12}（氰钴胺）质量分数按下列公式计算：

$$w(维生素 B_{12}) = \frac{A_1 \times w_1 \times m_2 \times V_1}{A_2 \times m_1 \times V_2} \times 100\%$$

式中　A_1——试样溶液的吸光度；

$\quad\quad A_2$——标准溶液的吸光度；

$\quad\quad w_1$——对照品维生素 B_{12} 的质量分数，%；

$\quad\quad m_1$——试样的质量（干基计），g；

$\quad\quad m_2$——对照品的质量（干基计），g；

$\quad\quad V_1$——试样溶液的总体积，mL；

$\quad\quad V_2$——对照品溶液的总体积，mL。

九、维生素 C 含量的测定

1. 质量标准（表 8-5）

在饲料工业中常将维生素 C 作为维生素类饲料添加剂。分子式 $C_6H_8O_6$，分子量为 176.12。本品为白色或类白色结晶性粉末，无臭、味酸，久置色渐变微黄，水溶液呈酸性。本品在水中易溶，在乙醇中略溶，在氯仿或乙醚中不溶。

表 8-5　维生素 C 的技术指标

项　目	指　标	项　目	指　标
含量（以 $C_6H_8O_6$ 计）/%	99.0～101.0	重金属（以 Pb 计）/(mg/kg)	≤10
熔点（分解点）/℃	189～192	炽灼残渣/%	≤0.1
比旋度$[\alpha]_D$	+20.5°～+21.5°		

2. 适用范围

本方法适用于合成法或发酵法制得的维生素 C，除特别注明外，试验中所用试剂为分析纯试剂，水为蒸馏水或相应纯度的水，溶液为水溶液，仪器设备为一般实验室仪器设备。

3. 定性鉴别

（1）试剂和溶液

① 0.1mol/L 硝酸银溶液　称取硝酸银 1.7g，用水溶解并稀释至 100mL。

② 1g/L 2,6-二氯靛酚钠溶液。

（2）鉴别方法

① 称取样品 0.2g，加水 10mL 溶解后，取溶液 5mL，加硝酸银溶液 0.5mL，即产生银黑色沉淀。

② 称取样品 0.2g，加水 10mL 溶解后，取溶液 5mL，加 2,6-二氯靛酚钠溶液 1～3 滴，试液的颜色即消失。

4. 含量测定

（1）原理　在酸性介质中，维生素 C 与碘溶液发生定量氧化还原反应，利用淀粉指示液遇碘呈蓝色来判断反应终点。

（2）试剂和溶液

① 6%冰醋酸溶液 取冰醋酸 6mL,加水稀释至 100mL。

② 5g/L 淀粉指示溶液 取可溶性淀粉 0.5g 到 200mL 烧杯中,加水 5mL 湿润,加 95mL 沸水搅拌,煮沸,冷却备用。现配现用。

③ 0.1mol/L 碘标准液 按 GB/T 601 配制和标定。

(3) 测定方法 称取样品 0.2g(准确至 0.0002g),加新沸过的冷水 100mL 与冰醋酸溶液 10mL 使溶解,加淀粉指示液 1mL,立即用 0.1mol/L 碘标准液滴定,至溶液显蓝色且在 30s 内不退色为止。

(4) 计算和结果的表示 维生素 C 含量 w_1(以质量百分数表示,%)按下列公式计算:

$$w_1 = \frac{V \times c \times 0.008\,806}{m} \times 100\%$$

式中　　V——样品消耗碘标准液的体积,mL;

　　　　c——碘标准液浓度,mol/L;

0.008 806——1mL 0.1mol/L 碘标准液相当于维生素 C($C_6H_8O_6$)的质量,g;

　　　　m——样品质量,g。

两个平行测定结果绝对值之差不大于 0.5%。

十、烟酸的测定

1. 适用范围

本方法适用于化学合成法制得的烟酸,在饲料工业中作为维生素类饲料添加剂。除特别注明外,试验中所用试剂为分析纯试剂,水为蒸馏水或相应纯度的水,溶液为水溶液,仪器设备为一般实验室仪器设备。

2. 定性鉴别

(1) 试剂和溶液

① 2,4-二硝基氯苯。

② 95%乙醇。

③ 氢氧化钾(GB 2303)。

④ 0.1mol/L 氢氧化钠溶液 按 GB/T 601 的规格配制。

⑤ 125g/L 硫酸铜溶液。

⑥ 0.5mol/L 氢氧化钾乙醇溶液 按《中华人民共和国药典》(2010 年)要求配制。

(2) 鉴别方法

① 称取试样约 4mg,加 2,4-二硝基氯苯 8mg,研匀,放置试管中,缓缓加热熔化后,再加热数秒钟,冷却后加氢氧化钾乙醇溶液 3mL,即显紫红色。

② 称取试样约 50mg,加水 20mL,溶解后,滴加氢氧化钠溶液至遇石蕊试纸显中性反应,加硫酸铜溶液 3mL,即缓慢析出淡蓝色沉淀。

③ 取试样,加水制成每毫升含试样 20μg 的溶液,按照《中华人民共和国药典》(2010 年)要求测定,在 262nm 处有最大吸收,在 237nm 处有最小吸收,237nm 与 262nm 处吸收度的比值为 0.35~0.39。

④ 红外鉴别:按照《中华人民共和国药典》(2010 年)中红外分光光度法鉴别,利用溴化钾压片法,试样的红外光吸收图谱与对照图谱一致(光谱集 422 图)。

3. 烟酸含量的测定

(1) 仪器设备 为一般实验室仪器设备。

（2）试剂与溶液

① 10g/L 酚酞乙醇（HG 3039）溶液。

② 氢氧化钠（GB/T 629—1997）。

③ 0.1mo/L 氢氧化钠标准液　按《中华人民共和国药典》（2010 年）要求配制。

（3）测定方法　称取试样 0.3g（准确至 0.0002g），加新煮沸过的冷水 50mL 溶解后，加酚酞指示液 3 滴，用 0.1mol/L 氢氧化钠标准液滴定至显粉红色。

（4）计算和结果的表示　试样中烟酸含量质量分数按以下公式计算：

$$w_1(烟酸) = \frac{V \times c \times 0.012\,31}{m} \times 100\%$$

式中　V——试样溶液消耗氢氧化钠标准液的体积，mL；

　　　c——氢氧化钠标准溶液浓度，mol/L；

0.012 31——滴定度，1mL 0.1mol/L 氢氧化钠标准溶液相当于烟酸的质量，g；

　　　m——试样的质量，g。

取平行测定结果的算术平均值为测定结果，两次平行测定结果相对偏差小于等于 0.2%。

十一、烟酰胺的测定

1. 适用范围

本方法适用于化学合成法制得的烟酰胺除特别注明外，试验中所用试剂为分析纯试剂，水为蒸馏水或相应纯度的水，溶液为水溶液，仪器设备为一般实验室仪器设备。

2. 定性鉴别

（1）试剂与溶液

① 43g/L 氢氧化钠（GB 629）溶液　取氢氧化钠 4.3g，加水使溶解成 100mL。

② 10g/L 酚酞（HG 3039）指示剂　取酚酞 1g，加 95% 乙醇（GB 670）100mL 使溶解。

③ 硫酸溶液　取硫酸 57mL，加水稀释至 1000mL。

④ 125g/L 硫酸铜溶液。

（2）鉴别方法

① 称取试样 0.1g，加水 5mL 溶解后，加氢氧化钠溶液 5mL，缓缓煮沸，即发生氨臭（与烟酸的区别）；继续加热至氨臭完全除去，冷却至室温后加酚酞指示液 1～2 滴，用硫酸溶液中和，加硫酸铜溶液 2mL，即缓缓析出淡蓝色沉淀，过滤，取沉淀，烧灼，即发出吡啶的臭气。

② 紫外鉴别　取本品 0.01g（准确到 0.0001g）于 500mL 容量瓶中，加水制成 1mL 中含 20μg 试样的溶液，进行紫外分光光度测定，在 262nm 的波长处有最大吸收，在 245nm 的波长处有最小吸收，245nm 波长处的吸光度与 262nm 波长处的吸光度的比值应为 0.63～0.67。

③ 红外鉴别　利用溴化钾压片法，试样的红外光吸收图谱与对照图谱应一致（光谱图参照 GB/T 7301）。

3. 含量测定

（1）仪器设备　一般实验室仪器设备。

（2）试剂与溶液

① 冰醋酸（GB/T 676—2007）。

② 乙酸酐（GB/T 677—92）。

③ 5g/L 结晶紫（HG 10-2151）指示剂　取结晶紫 5g，加冰醋酸 100mL 溶解即得。

④ 0.1mol/L 高氯酸标准滴定溶液　按《中华人民共和国药典》（2010 年）规定制备与标定。

（3）测定方法　称取试样 0.09～0.11g（准确至 0.0001g），加冰醋酸 20mL 溶解后，加乙酸酐 5mL 与结晶紫指示液 1 滴，用高氯酸标准溶液滴定，至溶液显蓝绿色，并同时做空白试验。

（4）计算和结果的表示　试样中烟酰胺含量 w_1（以质量分数表示，％），按下列公式计算：

$$w_1（烟酰胺）=\frac{(V-V_0)\times c\times 0.012\ 21}{m}\times 100\%$$

式中　V——试样溶液消耗高氯酸标准液的体积，mL；

V_0——空白溶液消耗高氯酸标准液的体积，mL；

c——高氯酸标准溶液浓度，0.1mol/L；

0.012 21——滴定度，1mL 0.1mol/L 高氯酸标准溶液相当于烟酰胺的质量，g；

m——试样的质量，g。

第二节　饲料中维生素的测定

一、饲料中维生素 A 的测定

1. 适用范围

本测定方法适用于配合饲料、浓缩饲料、复合预混料和维生素预混料中维生素 A 的测定。测量范围为每千克样品中含维生素 A 在 1000IU 以上。

2. 测定原理

用碱溶液皂化试验样品，乙醚提取未皂化的化合物，蒸发乙醚并将残渣溶解于正己烷中，将正己烷提取物注入用硅胶填充的高效液相色谱柱，用紫外检测器测定，外标法计算维生素 A 含量。

3. 仪器设备

（1）实验室常用仪器设备。

（2）圆底烧瓶　带回流冷凝器。

（3）恒温水浴或电热套。

（4）旋转蒸发器。

（5）超纯水器（或全磨口玻璃蒸馏器）。

（6）高效液相色谱仪　带紫外检测器。

4. 试剂及配制

除特殊注明外，本方法所用试剂均为分析纯，水为蒸馏水，色谱用水为去离子水。

（1）无水乙醚（无过氧化物）

① 过氧化物检查方法　用 5mL 乙醚加 1mL 10％碘化钾溶液，振摇 1min，如有过氧化物则放出游离碘，水层呈黄色。若滴加 0.5％淀粉指示液水层呈蓝色。该乙醚需处理后使用。

② 去除过氧化物的方法　将乙醚与 5％硫代硫酸钠溶液混合振摇，静置，分取乙醚层，再用蒸馏水振摇洗涤两次，重新蒸馏，弃去首尾 5％部分。收集馏出的乙醚，再检查是否含

过氧化物，符合规定方可使用，否则应再处理一次。

(2) 乙醇。

(3) 正己烷　重蒸馏（或光谱纯）。

(4) 异丙醇　重蒸馏。

(5) 甲醇　优级纯。

(6) 2,6-二叔丁基-4-甲基苯酚（BHT）。

(7) 无水硫酸钠。

(8) 氢氧化钾溶液　500g/L。

(9) 5g/L 抗坏血酸乙醇溶液　取 0.5g 抗坏血酸结晶纯品溶解于 4mL 温热的蒸馏水中，用乙醇稀释至 100mL，此溶液临用前配制。

(10) 维生素 A 标准溶液

① 维生素 A 标准储备液　准确称取维生素 A 乙酸脂油剂（每克含 1.00×10^6 IU）0.1000g 或结晶纯品 0.0344g 于皂化瓶中，按测定步骤进行皂化和提取，将乙醚提取液全部浓缩蒸发至干，用正己烷溶解残渣置入 100mL 棕色容量瓶中并稀释至刻度，混匀，4℃保存。该储备液浓度为 1mL 含 1000IU 维生素 A。

② 维生素 A 标准工作液　准确吸取 1.00mL 维生素 A 标准储备液，用正己烷稀释 100倍；若用反相色谱测定，将 1.00mL 维生素 A 标准储备液置入 10mL 棕色小容量瓶中，用氮气吹干，用甲醇溶解并稀释至刻度，混匀，再按 1:10 比例稀释。该标准工作液浓度为 1mL 含 10IU 维生素 A。

(11) 10g/L 酚酞指示剂乙醇溶液。

(12) 氮气（纯度 99.9%）。

5. 测定步骤与方法

(1) 试样的选取与制备　选取有代表性的饲料样品至少 500g，四分法缩减至 100g，磨碎，全部通过 0.28mm 孔筛，混匀，装入密闭容器中，避光低温保存备用。

(2) 试验溶液的制备

① 皂化　称取配合饲料或浓缩饲料 10g（精确至 0.001g）维生素预混料或复合预混料 1～5g（精确至 0.0001g）。置入 250mL 圆底烧瓶中，加 50mL 抗坏血酸乙醇溶液，使试样完全分散、浸湿，加 10mL 氢氧化钾溶液，混匀。置于沸水浴上回流 30min，不时振荡防止试样黏附在瓶壁上，皂化结束，分别用 5mL 乙醇、5mL 水自冷凝管顶端冲洗其内部，取出烧瓶冷却至 40℃ 左右。

② 提取　定量转移全部皂化液于盛有 100mL 乙醚的 500mL 分液漏斗中，用 30～50mL 蒸馏水分 2～3 次冲洗圆底烧瓶，洗液并入分液漏斗中，加盖、放气，随后混合，激烈振荡 2min，静置分层。转移水相于第二个分液漏斗中，依次用 100mL、60mL 乙醚重复提取两次，弃去水相，合并 3 次乙醚相。用每次 100mL 蒸馏水洗涤乙醚提取液至中性，初次水洗时轻轻旋摇，防止乳化。乙醚提取液通过无水硫酸钠脱水，转移至 250mL 棕色容量瓶中，加 100mg BHT 使之溶解，用乙醚定容至刻度（V_{ex}）。以上操作均在避光通风柜内进行。

③ 浓缩　从乙醚提取液（V_{ex}）中分取一定体积（V_{ri}）（依据试样标示量，称样量和提取液量确定分取量），置于旋转蒸发器烧瓶中，在水浴温度约 50℃，部分真空条件下蒸发至干或用氮气吹干残渣，用正己烷溶解（反相色谱用甲醇溶解），并稀释至 10mL（V_{en}），使其维生素 A 最后浓度为每毫升 5～10IU，离心或通过 0.45μm 过滤膜过滤，收集上清液移入 2mL 小试管中，用于高效液相色谱仪分析。

（3）测定

① 高效液相色谱条件

a. 正相色谱

色谱柱　柱长 12.5cm，内径 4mm，不锈钢柱。

固定相　硅胶 Lichrosorb Si60，粒度 5μm。

移动相　正乙烷：异丙醇＝98：2（体积比），恒量流动。

流速　1mL/min。

温度　室温。

进样体积　20μL。

检测器　紫外检测器，使用波长 326nm。

保留时间　3.75min。

b. 反相色谱

色谱柱　柱长 12.5cm，内径 4mm，不锈钢柱。

固定相　ODS（或 C_{18}），粒度 5μm。

移动相　甲醇：水＝95：5（体积比）。

流速　1mL/min。

温度　室温。

进样体积　20μL。

检测器　紫外检测器，使用波长 326nm。

保留时间　4.57min。

② 定量测定　按高效液相色谱仪说明书调整仪器操作参数和灵敏度（AUFS），色谱峰分离度符合要求（$R \geqslant 1.5$）。向色谱柱注入相应的维生素 A 标准工作液（V_{st}）和试验溶液（V_i），得到色谱峰面积的响应值（P_{st}、P_i），用外标法定量测定。

6. 测定结果计算和表述

（1）试样中维生素 A 的含量按下面公式计算：

$$X（维生素 A）= \frac{P_i \times V_{ex} \times V_{en} \times \rho_i \times V_{st}}{P_{st} \times m \times V_{ri} \times V_i \times f_i}$$

式中　X——试样中维生素 A 的含量，IU/kg；

　　m——试样质量，g；

　V_{ex}——提取液的总体积，mL；

　V_{ri}——从提取液（V_{ex}）中分取的溶液体积，mL；

　V_{en}——试验溶液最终体积，mL；

　ρ_i——标准溶液浓度，μg/mL；

　V_{st}——维生素 A 标准溶液进样体积，μL；

　V_i——从试验溶液中分取的进样体积，μL；

　P_{st}——与标准工作液进样体积（V_{st}）相应的峰面积响应值；

　P_i——与从试验溶液中分取的进样体积（V_i）相应的峰面积响应值；

　f_i——转换系数，1IU 相当于 0.344μg 维生素 A 乙酸酯，或 0.300μg 视黄醇活性。

（2）结果表示　平行测定结果用算术平均值表示，保留 3 位有效数。

（3）允许差　同一分析者对同一样品同时两次测定（或重复测定）所得结果允许相对偏差，见表 8-6。

表 8-6 维生素 A 测定结果允许偏差

每千克试样中含维生素 A 的量/IU	相对偏差/%	每千克试样中含维生素 A 的量/IU	相对偏差/%
$1.00\times10^3\sim1.00\times10^4$	±20	$(>1.00\times10^5)\sim1.00\times10^6$	±10
$(>1.00\times10^4)\sim1.00\times10^5$	±15	$>1.00\times10^6$	±5

【操作关键提示】

1. 测定过程中尽可能迅速，不要中断，要保持避光状态。

2. 应特别注意分析中所用试剂纯度不应含有过氧化物杂质，否则维生素 A 很易被过氧化物氧化。

二、饲料中维生素 D_3 的测定（HPLC 法）

1. 适用范围

本测定方法适用于配合饲料、浓缩饲料、复合预混料和维生素预混料中维生素 D_3 的测定。测量范围为每千克样品中含维生素 D_3（胆钙化醇）的量在 500IU 以上。

2. 测定原理

用碱溶液皂化试验样品，乙醚提取未皂化合物，蒸发乙醚，残渣用甲醇溶解，并将部分溶液注入高效液相色谱净化柱中除去干扰物，收集含维生素 D_3 的淋洗液馏分，蒸发至干，溶解于正乙烷中，注入高效液相色谱分析柱，用紫外检测器在 264nm 处测定，通过外标法计算维生素 D_3 的含量。

当试验样品中维生素 D_3 标示量超过 10 000IU/kg 时，可省去高效液相色谱净化柱，试验溶液直接注入色谱分析柱分析。

3. 仪器设备

(1) 实验室常用设备。

(2) 圆底烧瓶 带回流冷凝器。

(3) 恒温水浴或电热套。

(4) 旋转蒸发器。

(5) 超纯水器（或全磨口玻璃蒸馏器）。

(6) 高效液相色谱仪 带紫外检测器，2 套。

4. 试剂及配制

除特殊注明外，本方法所用试剂均为分析纯，水为蒸馏水，色谱用水为去离子水。

(1) 无水乙醚 无过氧化物。

① 过氧化物检查方法 用 5mL 乙醚加 1mL 10% 碘化钾溶液，振摇 1min，如有过氧化物则释放出游离碘，水层呈黄色。若滴加 0.5% 淀粉指示液，水层呈蓝色。则该乙醚需经过处理后使用。

② 去除过氧化物的方法 乙醚中加入 5% 硫代硫酸钠溶液振摇，静置，分取乙醚层，再用蒸馏水振摇洗涤两次，重蒸，弃去首尾 5% 部分，收集馏出的乙醚。再检查过氧化物，符合规定方可使用，否则应再处理一次。

(2) 乙醇。

(3) 正己烷 重蒸馏（或光谱纯）。

(4) 1,4-二氧六环。

(5) 甲醇 优级纯。

(6) 2,6-二叔丁基-4-甲基苯酚（BHT）。

（7）无水硫酸钠。

（8）500g/L 氢氧化钾溶液。

（9）5g/L 抗坏血酸乙醇溶液　取 0.5g 抗坏血酸结晶纯品溶解于 4mL 温热的蒸馏水中，用乙醇稀释至 100mL，此溶液临用前配制。

（10）100g/L 氯化钠溶液。

（11）维生素 D_3 标准溶液

① 维生素 D_3 标准储备液　准确称取 50.0mg 维生素 D_3（胆钙化醇）USP 结晶纯品，于 50mL 棕色容量瓶中，用正己烷溶解并稀释至刻度，4℃保存。该储备液的浓度为每毫升含 1mg 维生素 D_3。

② 维生素 D_3 标准工作液　准确吸取维生素 D_3 标准储备液，用正己烷按体积比 1∶100 比例稀释，该标准溶液浓度为每毫升含 10μg（400IU）维生素 D_3。

（12）10g/L 酚酞指示剂乙醇溶液。

（13）氮气（99.9%）。

5. 测定步骤与方法

（1）试样的制备　选取有代表性的饲料样品至少 500g，四分法缩减至 100g，磨碎，全部通过 0.28mm 孔筛，混匀，装入密闭容器中，避光低温保存备用。

（2）试验溶液的制备

① 皂化　称取试验样品，配合饲料 10～20g，浓缩饲料 10g，均精确至 0.001g；维生素预混料或复合预混料 1～5g，精确至 0.0001g。置入 250mL 圆底烧瓶中，加 50～60mL 抗坏血酸乙醇溶液，使试样完全分散、浸湿，加 10mL 氢氧化钾溶液，混合均匀。置于沸水浴上回流 30min，不时振荡防止试样黏附在瓶壁上，皂化结束，分别用 5mL 乙醇、5mL 蒸馏水自冷凝管顶端冲洗其内部，取出烧瓶冷却至 40℃左右。

② 提取　定量转移全部皂化液于盛有 100mL 乙醚的 500mL 分液漏斗中，用 30～50mL 蒸馏水分 2～3 次冲洗圆底烧瓶，洗液并入分液漏斗中，加盖，放气，随后混合，激烈振荡 2min，静置分层。转移水相于第二个分液漏斗中，依次用 100mL、60mL 乙醚重复提取两次，弃去水相，合并 3 次乙醚相。用 100mL 氯化钠溶液洗涤 1 次，再用蒸馏水（每次 100mL）洗涤乙醚提取液至中性，初次水洗时轻轻旋摇，防止乳化。乙醚提取液通过无水硫酸钠脱水，转移到 250mL 棕色容量瓶中，加 100mg BHT 使之溶解，用乙醚定容至刻度（V_{ex}）。以上操作需在避光通风柜内进行。

③ 浓缩　从乙醚提取液（V_{ex}）中分取一定体积（V_{ri}）（依据试样标示量、称样量和提取液量确定分取量），置于旋转蒸发器烧瓶中，在部分真空，水浴温度 50℃的条件下蒸发至干（或用氮气吹干）。残渣用正己烷溶解（需净化时用甲醇溶解，按以下步骤④进行），并稀释至 10mL（V_{en}）使其获得的溶液中每毫升含维生素 D_3 2～10μg（80～400IU），离心或通过 0.45μm 过滤膜过滤，收集清液移入 2mL 小试管，用于高效液相色谱分析柱分析。

④ 使用高效液相色谱净化柱提取　用 5mL 甲醇溶液圆底烧瓶中的残渣，向高效液相色谱净化柱中注射 0.5mL 甲醇溶液收集含维生素 D_3 的馏分于 50mL 小容量瓶中，蒸发至干（或用氮气吹干），溶解于正己烷中。

所测试样的维生素 D_3 标示量超过 10 000IU/kg 范围时，可以不使用高效液相色谱净化柱，直接用分析柱分析。

（3）测定

① 高效液相色谱净化条件

色谱柱和固定相　柱长 25cm，内径 10mm，不锈钢柱。

固定相 Lichrosorb RP-8，粒度 $10\mu m$。

移动相 甲醇：水＝90：10（体积比）。

流速 $2.0mL/min$。

温度 室温。

检测器 紫外检测器，使用波长 264nm。

② 高效液相色谱分析条件

a. 正相色谱

色谱柱 柱长 25cm，内径 4mm，不锈钢柱。

固定相 硅胶 Lichrosorb Si60，粒度 $5\mu m$。

移动相 正己烷：1,4-二氧六环＝93：7（体积比），恒量流动。

流速 $1mL/min$。

温度 室温。

进样体积 $20\mu L$。

检测器 紫外检测器，使用波长 264nm。

保留时间 14.88min。

b. 反相色谱

色谱柱 柱长 12.5cm，内径 4mm，不锈钢柱。

固定相 ODS（或 C_{18}），粒度 $5\mu m$。

移动相 甲醇：水＝95：5（体积比），恒量流动。

流速 $1mL/min$。

温度 室温。

进样体积 $20\mu L$。

检测器 紫外检测器，使用波长 264nm。

保留时间 6.88min。

(4) 定量测定 按高效液相色谱仪说明书调整仪器操作参数和灵敏度（AUFS），为准确测量，按要求对分析柱进行系统适应性试验，使维生素 D_3 与维生素 D_3 原或其它峰之间有较好分离度，其 $R \geqslant 1.0$。向色谱柱注入相应的维生素 D_3 标准工作液（V_{st}）和试验溶液（V_i），得到色谱峰面积的响应值（P_{st}、P_i），用外标法定量测定。

6. 测定结果计算和表述

(1) 试验样品中维生素 D_3 的含量按公式计算：

$$X(维生素\ D_3) = \frac{P_i \times V_{ex} \times V_{en} \times \rho_i \times V_{st} \times 1.25}{P_{st} \times m \times V_{ri} \times V_i \times f_i}$$

式中 X——试样中维生素 D_3 的含量，IU/kg；

m——试样质量，g；

V_{ex}——提取液的总体积，mL；

V_{ri}——从乙醚提取液（V_{ex}）中分取的溶液体积，mL；

V_{en}——试验溶液最终体积，mL；

ρ_i——标准溶液浓度，$\mu g/mL$；

V_{st}——维生素 D_3 标准溶液进样体积，μL；

V_i——从试验溶液中分取的进样体积，μL；

P_{st}——与标准工作液进样体积 V_{st} 相应的峰面积响应值；

P_i——与从试验溶液中分取的进样体积（V_i）相应的峰面积响应值；

f_1——转换系数，1IU 维生素 D_3 相当于 $0.025\mu g$ 胆钙化醇；

1.25——回流皂化时生成维生素 D_3 原的校正因子。

注：标准维生素 D_3 结晶纯品与试样同样皂化处理后，所得标准溶液注入高效液相色谱分析柱，以维生素 D_3 峰面积计算时可不乘以 1.25。

（2）结果表示　平行测定结果用算术平均值表示，保留 3 位有效数。

（3）允许差　同一分析者对同一试样同时两次测定（或重复测定）所得结果允许相对偏差，见表 8-7。

表 8-7　维生素 D_3 测定结果允许偏差

每千克试样中含维生素 D_3 的量/IU	相对偏差/%
$1.00 \times 10^3 \sim 1.00 \times 10^5$	± 20
$(>1.00 \times 10^5) \sim 1.00 \times 10^6$	± 15
$>1.00 \times 10^6$	± 5

【操作关键提示】

1. 维生素 D_3 易氧化和光解，全部样品和标准液尽量不要暴露在光线和空气中，全部操作应在尽可能短的时间内完成。

2. 纯品维生素 D_3 有毒性，避免碰到眼睛、皮肤上，不要吸入和咽下其粉尘，万一粘上，应用水及时彻底清洗。

三、饲料中维生素 E 的测定（HPLC 法）

1. 适用范围

本测定方法适用于配合饲料、浓缩饲料、复合预混料、维生素预混料中维生素 E 的测定。检测范围为每千克样品中含维生素 E 的量在 1.1IU（DL-α-生育酚 1mg）以上。

2. 测定原理

用碱溶液皂化试验样品，去除脂肪，使试样中天然生育酚释放出来并水解，添加的生育酚乙酸脂游离出生育酚。乙醚提取未皂化的物质，蒸发乙醚，用正己烷溶解残渣。提取物注入高效液相色谱柱，用紫外检测器在 280nm 处测定，外标法计算维生素 E（DL-α-生育酚）含量。

3. 仪器设备

（1）实验室常用设备。

（2）圆底烧瓶　带回流冷凝器。

（3）恒温水浴或电热套。

（4）旋转蒸发器。

（5）超纯水器（或全磨口玻璃蒸馏器）。

（6）高效液相色谱仪　带紫外检测器。

4. 试剂及配制

除特殊注明外，本方法所用试剂均为分析纯，水为蒸馏水，色谱用水为去离子水。

（1）无水乙醚　无过氧化物。检查及去除过氧化物的方法参考前文。

（2）乙醇。

（3）正己烷　重蒸馏（或光谱纯）。

（4）1,4-二氧六环。

（5）甲醇　优级纯。

（6）2,6-二叔丁基-4-甲基苯酚（BHT）。

（7）无水硫酸钠。

（8）500g/L 氢氧化钾溶液。

（9）5g/L 抗坏血酸乙醇溶液 取 0.5g 抗坏血酸结晶纯品溶解于 4mL 温热的蒸馏水中，用乙醇稀释至 100mL，此溶液临用前配制。

（10）维生素 E（DL-α-生育酚）标准溶液

① DL-α-生育酚标准储备液 准确称取 DL-α-生育酚纯品油剂（USP）100.0mg 于 100mL 棕色容量瓶中，用正己烷溶解并稀释至刻度，混匀，4℃保存。该储备液浓度每毫升含维生素 E 1.0mg。

② DL-α-生育酚标准工作液 准确吸取 DL-α-生育酚储备液，用正己烷按 1：20 比例稀释。若用反相色谱测定，将 1.00mL DL-α-生育酚标准储备液置入 10mL 棕色小容量瓶中，用氮气吹干，用甲醇稀释至刻度，混匀，再按比例稀释。配制工作液浓度为每毫升含维生素 E 50μg。

（11）10g/L 酚酞指示剂乙醇溶液。

（12）氮气（纯度 99.9%）。

5. 测定步骤与方法

（1）试样的选取与制备 选取具有代表性的饲料样品至少 500g，四分法缩减至 100g，磨碎，全部通过 0.28mm 孔筛，混匀，装入密闭容器中，避光低温保存备用。

（2）试验溶液的制备

① 皂化 称取试样配合饲料或浓缩饲料 10g，精确至 0.001g，维生素预混料或复合预混料 1～5g，精确至 0.0001g；置入 250mL 圆底烧瓶中，加 50mL 抗坏血酸乙醇溶液，使试样完全分散、浸湿，置于水浴上加热，混合直到沸点，用氮气吹洗稍冷却，加 10mL 氢氧化钾溶液，混合均匀，在氮气流下沸腾皂化回流 30min，不时振荡防止试样黏附在瓶壁上，皂化结束，分别用 5mL 乙醇、5mL 蒸馏水自冷凝管顶端冲洗其内部。取出烧瓶冷却至 40℃左右。

② 提取 定量转移全部皂化液于盛有 100mL 乙醚的 500mL 分液漏斗中，用 30～50mL 蒸馏水分 2～3 次冲洗圆底烧瓶，洗液并入分液漏斗，加盖、放气，随后混合，激烈振荡 2min，静置、分层。转移水相于第二个分液漏斗中，分次用 100mL、60mL 乙醚重复提取两次，弃去水相，合并 3 次乙醚相。用蒸馏水每次 100mL 洗涤乙醚提取液至中性，初次水洗时轻轻旋摇，防止乳化。乙醚提取液通过无水硫酸钠脱水，转移到 250mL 棕色容量瓶中，加 100mg BHT 使之溶解，用乙醚定容至刻度（V_{ex}）。以上操作须在避光通风柜内进行。

③ 浓缩 从乙醚提取液（V_{ex}）中分取一定体积（V_{ri}）（依据样品标示量、称样量和提取液量确定分取量）置于旋转蒸发器烧瓶中，在部分真空，水浴温度约 50℃ 的条件下蒸发至干或用氮气吹干。残渣用正己烷溶解（反相色谱用甲醇溶解），并稀释至 10mL（V_{en}）使其获得的溶液中每毫升含维生素 E（DL-α-生育酚）50～100μg，离心或通过 0.45μm 过滤膜过滤，收集清液移入 2mL 小试管中，用于高效液相色谱仪分析。

（3）高效液相色谱条件

① 正相色谱

色谱柱 柱长 12.5cm，内径 4mm，不锈钢柱。

固定相 硅胶 Lichrosorb Si60，粒度 5μm。

移动相 正己烷：1,4-二氧六环＝97：3（体积比），恒量流动。

流速 1mL/min。

温度　室温。

进样体积　20μL。

检测器　紫外检测器，使用波长 280nm。

保留时间　4.3min。

② 反相色谱

色谱柱　柱长 12.5cm，内径 4mm，不锈钢柱。

固定相　ODS（或 C_{18}），粒度 5μm。

移动相　甲醇：水＝95：5（体积比）。

流速　1mL/min。

温度　室温。

进样体积　20μL。

检测器　紫外检测器，使用波长 280nm。

保留时间　11.17min。

（4）定量测定　按高效液相色谱仪说明书调整仪器操作参数和灵敏度（AUFS），色谱峰分离度符合要求（$R \geqslant 1.5$）。向色谱柱注入相应的维生素 E（DL-α-生育酚）标准工作液（V_{st}）和试验溶液（V_i）得到色谱峰面积的响应值（P_{st}、P_i），用外标法定量测定。

6. 结果计算

（1）试样中维生素 E 的含量按下述公式计算：

$$X(维生素\ E) = \frac{P_i \times V_{ex} \times V_{en} \times \rho_i \times V_{st}}{P_{st} \times m \times V_{ri} \times V_i \times f_i}$$

式中　X——试样中维生素 E 的含量，IU/kg；

　　　m——试样质量，g；

　　V_{ex}——提取液的总体积，mL；

　　V_{ri}——从乙醚提取液（V_{ex}）中分取的溶液体积，mL；

　　V_{en}——试验溶液最终体积，mL；

　　　ρ_i——标准溶液浓度，μg/mL；

　　V_{st}——维生素 E 标准溶液进样体积，μL；

　　　V_i——从试验溶液中分取的进样体积，μL；

　　P_{st}——与标准工作液进样体积（V_{st}）相应的峰面积响应值；

　　　P_i——与从试验溶液中分取的进样体积（V_i）相应的峰面积响应值；

　　　f_i——转换系数，1IU 维生素 E 相当于 0.909mg DL-α-生育酚或 1.0mg DL-α-生育酚乙酸酯。

（2）结果表示　平行测定结果用算术平均值表示，保留 3 位有效数。

（3）允许差　同一分析者对同一试样同时两次测定（或重复测定）所得结果允许相对偏差，见表 8-8。

表 8-8　维生素 E 测定结果允许偏差

每千克试样中 DL-α-生育酚含量/mg	相对偏差/%
1.00～10	±20
≥10	±10

【操作关键提示】

1. 在皂化步骤中，偶尔会发生乳化现象，在提取时振摇不宜过分剧烈。

2. 操作过程中应设避光操作，建议使用棕色玻璃器皿。

四、饲料中维生素 K_3 的测定（HPLC 法）

1. 适用范围

本测定方法适用于配合饲料、浓缩饲料、复合预混合饲料和维生素预混合饲料中维生素 K_3 的测定。测量范围为每千克样品中含维生素 K_3 在 2.0mg 以上。

2. 测定原理

用三氯甲烷氨溶液提取维生素 K_3 并转化成游离甲萘醌，蒸发三氯甲烷，残渣溶解于甲醇中。用高效液相色谱测定，维生素 K_3（甲萘醌）经反相 C_{18} 柱得到分离，紫外检测器检测，外标法计算。若以亚硫酸氢钠甲萘醌计需乘以校正系数。

3. 仪器设备

（1）实验室常用仪器设备。

（2）超纯水装置（Millipore 或全磨口玻璃蒸馏器）。

（3）旋转振荡器　转速 200r/min。

（4）旋转蒸发器。

（5）离心机　转速 3000r/min。

（6）高效液相色谱仪　带紫外检测器、积分仪、记录仪。

4. 试剂及配制

除特殊注明外，本方法所用试剂均为分析纯，水为蒸馏水，色谱用水为去离子水。

（1）三氯甲烷。

（2）甲醇　色谱纯。

（3）25％氢氧化氨溶液。

（4）寅式盐（硅藻土）。

（5）无水硫酸钠，细粉状。

（6）甲萘醌，纯度 99.9％（作校准用）。

（7）甲萘醌标准溶液。

① 标准储备液　称取约 50mg 甲萘醌纯品，准确至 ±0.1mg，溶于 50mL 甲醇中，其储备液浓度为每毫升 1mg，贮于棕色容量瓶中，4℃冰箱中保存，1 周内使用。

② 标准工作液　精确吸取甲萘醌标准储备液，按 1∶200（体积比）比例用甲醇稀释，该标准工作液浓度为每毫升 5μg，标准工作液当日配制。

（8）氮气（纯度 99.9％）。

5. 测定步骤与方法

（1）试样选取与制备　选取具有代表性的饲料样品至少 500g，四分法缩减至 100g，磨碎，全部通过 0.28mm 孔径筛，混匀，装入密闭容器中，避光、低温保存备用。

（2）试验溶液的制备　因维生素 K_3 对空气和紫外光具有敏感性，而且所用提取剂三氯甲烷氨溶液有异臭，所以全部操作均应避光并在通风橱内进行。

① 称取试样　维生素预混合饲料 0.25～0.5g（精确至 0.1mg）；复合预混合饲料 1g（精确至 1mg）；浓缩饲料、配合饲料 5g（精确至 1mg），置于 100mL 具塞三角瓶中，准确加入 50mL 三氯甲烷，放在旋转振荡器上旋转搅拌 2min。加 6mL 氢氧化氨溶液旋转振荡 3min。再加 10g 硅藻土和无水硫酸钠混合物（按 3∶20 比例混合），于旋转振荡器上振荡 30min，再用中速滤纸过滤（或移入离心管，离心 10min）。

② 根据三氯甲烷提取液中甲萘醌的预计浓度（依据样品标示量、称样量和提取液量确定分取量），吸取一定量的提取液移入蒸发瓶中，连接旋转蒸发器真空减压浓缩，水浴温度

不超过 40℃，小心蒸发至体积为 0.5mL 左右，解除真空时通入氮气避免氧化（或定量吸取三氯甲烷提取液置入小容量瓶内用氮气流吹干）。用甲醇或流动相溶解残渣，稀释定容，使其最后溶液浓度为 1mL 含甲萘醌 1～5μg，如果需要可通过 0.45μm 滤膜过滤，供注入 HPLC 测定。

（3）测定

① 高效液相色谱条件

色谱柱　柱长 15cm，内径 3.9mm，粒度 5μm，Nova-pak C$_{18}$ 或类似分析柱。

流动相　甲醇：水＝3：1（体积比）。

流速　1mL/min。

温度　室温。

检测器　紫外检测器，使用波长 251nm。

② 定量测定　按高效液相色谱仪说明书调整仪器操作参数和灵敏度（AUFS），色谱峰分离度符合要求（$R \geqslant 1.5$）。用相应的标准工作液对系统进行两次以上校正，向色谱柱交替注入相应的甲萘醌标准工作液和试验溶液得到色谱峰面积响应值，用外标法定量测定。

6. 结果计算

（1）试样中维生素 K$_3$ 的含量按如下公式计算：

$$X(\text{维生素 } K_3) = \frac{P_i \times V \times n \times \rho_i \times V_{st} \times f}{P_{st} \times m \times V_i}$$

式中　X——试样中维生素 K$_3$ 的含量，mg/kg；

　　　m——样品质量，g；

　　　V——提取液的总体积，mL；

　　　n——提取液稀释倍数；

　　　ρ_i——维生素 K$_3$（甲萘醌）标准溶液浓度，μg/mL；

　　　V_{st}——维生素 K$_3$（甲萘醌）标准溶液进样体积，μL；

　　　V_i——从试验溶液中分取的进样体积，μL；

　　　P_{st}——与标准溶液进样体积相应的峰面积响应值；

　　　P_i——与从试验溶液中分取的进样体积（V_i）相应的峰面积响应值；

　　　f——校正系数，结果按甲萘醌计时，系数为 1，以亚硫酸氢钠甲萘醌计时系数为 1.9182。

（2）结果表示　平行测定结果用算术平均值表示，保留小数后一位。

（3）允许差　同一操作者对同一试样同时两次平行测定所得结果允许相对偏差，见表 8-9。

表 8-9　维生素 K$_3$ 测定结果允许相对偏差

每千克试样中维生素 K$_3$ 含量/mg	相对偏差/%
<100	±20
100～1000	±15
>1000	±10

【操作关键提示】

测定过程中尽可能迅速，不可中断，尽量保持避光。

五、饲料中维生素 B_2 的测定（荧光分光光度法-仲裁法）

1. 适用范围

本测定方法适用于饲料原料、配合饲料、浓缩饲料、复合预混合饲料、维生素预混料中维生素 B_2 的测定。待测液中维生素 B_2 检测浓度为 $0.05 \sim 0.2 \mu g/mL$。

2. 测定原理

维生素 B_2（即核黄素）在 440nm 紫外光激发下产生绿色荧光，在一定浓度范围内其荧光强度与核黄素浓度成正比。用连二亚硫酸钠还原核黄素成无荧光物质，由还原前后荧光强度之差与内标荧光强度的比值计算样品核黄素的含量。

3. 仪器设备

(1) 荧光分光光度计。

(2) 分析天平　分度值 0.0001g。

(3) 电热恒温水浴。

(4) 具塞玻璃刻度试管　15mL。

4. 试剂及配制

除特殊规定外，本标准所用试剂均为分析纯，水为蒸馏水或相应纯度的水。

(1) 0.1mol/L 盐酸溶液　将 8.5mL 盐酸用水稀释至 1000mL。

(2) 1mol/L 盐酸溶液。

(3) 0.05mol/L 氢氧化钠溶液。

(4) 1mol/L 氢氧化钠溶液。

(5) 冰醋酸。

(6) 0.02mol/L 冰醋酸溶液　将 1.8mL 冰醋酸用水稀释至 1000mL。

(7) 40g/L 高锰酸钾溶液。

(8) 100mL/L 过氧化氢溶液　此溶液现用现配。

(9) 连二亚硫酸钠（保险粉）　防止吸潮。

(10) 维生素 B_2（核黄素）标准溶液

① 维生素 B_2（核黄素）储备液Ⅰ　核黄素纯品［《中华人民共和国药典》（2010 年）参照标准］，于五氧化二磷干燥器中干燥 24h，称取 0.0500g，溶解于 0.02mol/L 冰醋酸溶液中，在蒸汽浴上恒速搅动直至溶解，冷却后稀释至 500mL。盛入棕色瓶，滴加甲苯覆盖，低温（4℃）保存。该溶液每毫升含 0.1mg 维生素 B_2（核黄素）。

② 维生素 B_2（核黄素）储备液Ⅱ　取维生素 B_2（核黄素）储备液Ⅰ 10mL，用 0.02mol/L 冰醋酸溶液稀释至 100mL，盛入棕色瓶，并滴加甲苯覆盖，低温（4℃）保存。该溶液每毫升含 $10 \mu g$ 维生素 B_2（核黄素）。

③ 维生素 B_2（核黄素）标准工作液　取维生素 B_2（核黄素）储备液Ⅱ 10mL，用水稀释至 100mL。此溶液现用现配。该溶液每毫升含 $1 \mu g$ 维生素 B_2（核黄素）。

(11) 荧光素标准溶液

① 荧光素储备液　称取荧光素 0.0500g，用水稀释至 1000mL，盛于棕色瓶中，低温（4℃）保存。该溶液每毫升含 $50 \mu g$ 荧光素。

② 荧光素标准工作液　取荧光素储备液 1mL，用水定容至 1000mL，盛入棕色瓶中，低温（4℃）保存。该溶液每毫升含 $0.05 \mu g$ 荧光素。

(12) 溴甲酚绿 pH 指示剂　取溴甲酚绿 0.1g，加 0.05mol/L 氢氧化钠溶液 2.8mL 使之溶解，再加水稀释至 200mL。变色范围 pH3.6～5.2。

5. 测定步骤与方法

（1）试样的选取与制备　采集具有代表性的样品至少 500g，四分法缩减至 100g，磨碎，通过 0.28mm 孔径筛，混匀，装入密闭容器中，避光低温保存备用。

（2）称样　单一饲料、配合饲料、浓缩饲料称取 1～2g，精确至 0.001g；维生素预混合饲料称取 0.25～0.50g，精确至 0.0001g，将试样置于 100mL 容量瓶中。

（3）试样溶液的制备　向盛有试样的容量瓶中加 65mL 0.1mol/L 盐酸溶液，于沸水浴中加热 30min，在开始加热的 5～10min，时常摇动容量瓶，以防样品结块。或于 121～123℃ 6.5kgf/cm² （1kgf/cm² ＝ 98.0665kPa） 高压釜中加热 30min。冷却至室温后，用 1mol/L 氢氧化钠溶液调节 pH 值至 6.0～6.5，然后立即加 1mol/L 盐酸溶液使 pH 值约为 4.5（溴甲酚绿指示剂变为草绿色）。用水稀释至刻度。

通过中速无灰滤纸过滤，弃去最初 5～10mL 溶液，收集滤液于 100mL 三角瓶中。取整份澄清液，滴加稀盐酸检查蛋白质，如有沉淀生成，继续加氢氧化钠溶液，剧烈振摇，使之沉淀完全，稀释到测量体积。对高含量样品，取整份的澄清液，用水稀释至一定体积，使含核黄素约为 0.1μg/mL（以下操作应避免紫外光照射）。

（4）杂质氧化　于 a、b、c 3 支 15mL 具塞刻度试管中各吸入样液 10mL，同时做平行，向试管 a、c 中各加入 1mL 蒸馏水，向试管 b 中加入 1mL 维生素 B₂（核黄素）标准工作液。然后各加入冰醋酸 1mL，旋摇混匀后逐个加高锰酸钾溶液 0.5mL，旋摇混匀，静置 2min，再逐个加入过氧化氢溶液 0.5mL，旋摇，使高锰酸钾颜色在 10s 内消退。加盖摇动，使试管中的气体逸尽。

（5）测定　用荧光素标准工作溶液调整荧光仪，使其稳定于一定数值，作为仪器工作的固定条件。调整激发波长 440nm，发射波长 525nm，测定试管 a、b 的荧光强度，样液在仪器中受激发光照射不超过 10s。在试管 c 中加入 20mg 连二亚硫酸钠，摇动溶解，并使试管中的气体逸出，迅速测定其荧光强度作为空白。若溶液出现浑浊，则不能读数。

6. 结果的计算和表述

（1）试样中维生素 B₂（核黄素）的含量按下式计算：

$$X_{(维生素\ B_2)} = \frac{A-C}{B-A} \times \frac{M}{m} \times \frac{V}{V_1} \times R$$

式中　X——试样中维生素 B₂ 的含量，mg/kg；

　　　A——试管 a（样液加水）的荧光强度；

　　　B——试管 b（样液加标样）的荧光强度；

　　　C——试管 c（样液加连二亚硫酸钠）的荧光强度；

　　　M——加入核黄素标样的量，μg；

　　　V——样液的初始体积，mL；

　　　V_1——测定时分取样液的体积，mL；

　　　m——试样质量，g；

　　　R——稀释倍数。

$(A-C)/(B-A)$ 值应在 0.66～1.5，否则需调整样液的浓度。

（2）结果表示　测定结果用算术平均值表示，保留 3 位有效数字。

（3）允许差　同一试样同时或快速连续进行两次测定，所得结果允许相对偏差，见表 8-10。

表 8-10　维生素 B_2 测定结果允许偏差

每千克试样中维生素 B_2 含量/mg	相对偏差/%
5.0	±15
(>5.0)~50	±10
>50	±5

【操作关键提示】

1. 测定过程中尽可能迅速，不可中断，全部操作避光进行。

2. $(A-C)/(B-A)$ 值若不在 0.66~1.5 范围内，一般情况下提高样液浓度使该值提高。

第三节　维生素预混料中维生素 B_{12} 的测定（高效液相色谱法）

一、适用范围

本法适用于维生素预混料、维生素 B_{12} 预混制剂中维生素 B_{12} 的测定。检测范围为每千克样品中维生素 B_{12} 含量大于 0.25mg。

二、测定原理

试样中的维生素 B_{12} 用水提取，经高效液相色谱反相柱分离测定，其峰面积与其维生素 B_{12} 含量成正比。

三、仪器设备

(1) 植物样品粉碎机或研钵。

(2) 试验筛　孔径 0.24mm。

(3) 分析天平　分度值 0.0001g。

(4) 超声波水浴。

(5) 超纯水器（或全玻璃磨口蒸馏装置）。

(6) 离心机　转速 3000r/min。

(7) 高效液相色谱仪，紫外可调波长检测器。

四、试剂及配制

本实验所用试剂除非另有说明，均为分析纯，水为去离子水。

(1) 乙腈（色谱纯）。

(2) 3% 正磷酸溶液。

(3) 25% 乙醇溶液。

(4) 维生素 B_{12}

标准贮备溶液　准确称取 0.1000g 维生素纯品（符合 USP），溶解于 100mL 25% 乙醇溶液中，并稀释定容至刻度，摇匀。该标准贮备溶液每毫升含维生素 B_{12} 为 1mg。

标准工作溶液　准确移取 1mL 维生素 B_{12} 标准贮备溶液，于 50mL 容量瓶中，用液相色谱的流动相稀释定容至刻度摇匀，该标准工作溶液 1mL 维生素 B_{12} 为 20μg。

(5) 色谱流动相　260mL 3% 磷酸溶液与 700mL 乙腈混合均匀，用超声波脱气后使用。

五、测定步骤与方法

1. 试样制备

取具有代表性的样品至少 500g，用四分法缩分至 100g，粉碎过 0.28mm 孔筛，装入样品瓶密闭，避光低温保存备用。

2. 提取

（1）维生素预混料中维生素 B_{12} 的提取　准确称取试样 2～3g（精确至 0.0001g），置于 100mL 棕色容量瓶中，加入约 60mL 去离子水，在超声波水浴中超声提取 15min，取出，用去离子水定容至刻度，混匀，过滤，将滤液通过 0.45μm 滤膜，以备高效液相色谱分析。

（2）维生素 B_{12} 制剂（1％～2％）的提取　准确称取试样 1g（精确至 0.0001g）于 100mL 棕色容量瓶中，加入约 60mL 去离子水，在超声波水浴中超声提取 10min，取出，用去离子水定容过滤，取滤液 1.00mL 于 50mL 棕色容量瓶中，用去离子水定容至刻度，该液通过 0.45μm 滤膜过滤，供高效液相色谱分析用。

3. 测定步骤

（1）色谱条件

色谱柱　3.9mm×300mm 不锈钢柱，μ-Bondpak NH_2，粒度 5μm。

流动相　260mL 3％磷酸溶液与 700mL 乙腈混合均匀，用超声波脱气。

流动相流速　1.7mL/min。

柱温　30℃。

紫外检测波长　361nm。

进样量　10μL。

（2）定量测定　按仪器使用说明书开启高效液相色谱仪，按照测定步骤（上述色谱条件）调节仪器操作参数，仪器稳定后连续注入维生素 B_{12} 标准工作溶液，对系统进行校正。然后注入样品溶液，采用外标法定量。

六、结果计算

试样中维生素 B_{12} 的含量按以下公式计算：

$$w(\text{维生素 } B_{12}) = \frac{P_i \times V \times \rho \times V_{st}}{m \times P_{st} \times V_i}$$

式中　w——饲料中维生素 B_{12} 含量，mg/kg；

　　V_i——试样进样体积，μL；

　　V_{st}——标准进样体积，μL；

　　P_i——试样相应峰面积响应值；

　　P_{st}——标准相应峰面积响应值；

　　ρ——标准质量浓度，μg/mL；

　　m——试样质量，g；

　　V——试样待测液体积，mL。

每样取两个平行样测定，取平均值作为分析结果。允许相对偏差≤15％。

【操作关键提示】

1. 非预混或添加的维生素 B_{12} 的提取需用稀酸，如用 0.25mol/L 硫酸在 121℃高压蒸煮，使之解离并提取。

2. 维生素 B_{12} 也可用反相离子对色谱法测定。

【复习思考题】

1. 简述饲料中维生素 A、维生素 D_3、维生素 E、维生素 K_3、维生素 B_2 的测定原理。
2. 进行饲料中维生素检测时定性分析与定量分析有何不同?
3. 维生素预混料中维生素 B_{12} 的测定范围与测定原理是什么?
4. 高效液相色谱仪的色谱条件是什么?

第九章　饲料中有毒有害物质的测定

[知识目标]

1. 掌握饲料中天然有毒有害物质及次生性有毒有害物质的测定原理和注意事项。
2. 了解饲料中微生物检验的基本原理，理解饲料中微生物检验的意义。

[技能目标]

1. 能正确测定饲料中天然有毒有害物质。
2. 能正确运用微生物检测方法对饲料中细菌总数进行检测。

第一节　无机元素类有毒有害物质的测定

一、饲料中总砷含量的测定

1. 适用范围

适用于各种配（混）合饲料、浓缩饲料、预混合饲料、饲料添加剂及饲料原料中砷的测定。

2. 测定原理

金属锌在酸性介质中将砷化物还原为砷化氢，砷化氢在溴化汞试纸上形成砷斑，将此砷斑与标准砷斑比较。

3. 仪器设备

定砷器、干燥器、1000mL 容量瓶、移液管、广口瓶。

4. 试剂与配制

（1）盐酸。

（2）碘化钾（165g/L 试液）。

（3）无汞金属锌、溴化汞试纸、乙酸铅棉花、砷标准溶液。

（4）400g/L 氯化亚锡盐酸溶液　称取 40g 氯化亚锡（$SnCl_2 \cdot 2H_2O$），置于干燥的烧杯中，溶于 40mL 盐酸，稀释至 100mL。

（5）溴化汞试纸　称取 1.25g 溴化汞，溶于 25mL 乙醇，将无灰滤纸放入该溶液中浸泡 1h，取出于暗处晾干，保存于密闭的棕色瓶中。

（6）乙酸铅棉花　取脱脂棉花，用 50g/L 乙酸铅 [$Pb(CH_3COO)_2 \cdot 3H_2O$] 溶液湿透后，除去过多的溶液，晾干保存于密闭的瓶中。

（7）砷标准溶液　称取 0.132g 于硫酸干燥器中干燥至恒重的三氧化二砷，温热溶于 1.2mL 100g/L 氢氧化钠溶液，移入 1000mL 容量瓶中，稀释至刻度。此标准液 1mL 含 0.1mg 砷，使用时稀释 100 倍，每毫升含 0.001mg 砷。

5. 测定步骤与方法

称取 (1.0000±0.0001)g 试样，置于广口瓶中，用 70mL 水溶解，加入 6mL 盐酸、1g 碘化钾、0.2mL 氯化亚锡溶液，摇匀，放置 10min，加 2.5g 无汞金属锌，立即将已装好乙酸铅棉花及溴化汞试纸的玻璃定砷器装上，于 25～30℃的暗处放置 1～1.5h，将溴化汞试纸棕黄色与标准砷斑比较。溴化汞试纸所呈棕黄色不得深于标准。

用移液管移取 5mL 砷标准溶液，置于定砷器的广口瓶中，用水稀释至 70mL，加 6mL 盐酸，其它与试样同步同样处理，得标准砷斑。

二、饲料中铅含量的测定

1. 适用范围
本方法适用于各种混合饲料、配合饲料、浓缩饲料及单一饲料中铅的测定。

2. 测定原理
铅盐与铬酸钾在中性或弱酸性溶液中生成铬酸铅黄色沉淀。

$$Pb(NO_3)_2 + K_2CrO_4 \longrightarrow PbCrO_4 + KNO_3$$

3. 仪器设备
凯氏烧瓶、电热炉、100mL 容量瓶。

4. 试剂与配制
除特殊说明外，试验所用试剂为分析纯，试验用水为蒸馏水。
10％铬酸钾或重铬酸钾、硫酸、硝酸。

5. 测定步骤与方法
（1）饲料样品的处理

硝酸-硫酸湿法消化法　称取 5g 或 10g 粉碎样品于 250～500mL 凯氏烧瓶中，加水浸湿，并添加玻璃珠数粒，加 10～15mL 硝酸-硫酸混合液，放置片刻，小火缓慢加热，待作用缓和后，沿瓶壁小心加入 5mL 或 10mL 硫酸，继续加热至瓶中液体开始变为棕色时，不断沿瓶壁滴加硝酸-硫酸混合液至有机质分解完全。大火加热至产生白烟，溶液澄明无色或淡黄色，冷却。

加 20mL 水煮沸，除去残余的硝酸至产生白烟为止，如此处理 2 次，将冷却后的溶液移入 50mL 或 100mL 的容量瓶中，冷却稀释至刻度。

（2）定性检测　取待检液少量与试管中，加 10％的铬酸钾数滴，如有铅离子存在，则出现黄色沉淀。

> **【操作关键提示】**
> 1. 本试验方法只能对饲料中的铅定性测定，而不能做定量测定。
> 2. 各种强酸应小心操作，稀释和取用均在通风橱中进行。

三、饲料中镉含量的测定

1. 适用范围
本方法适用于单一饲料、各种混合饲料、配合饲料及浓缩饲料中镉的测定。

2. 测定原理
以干灰分法分解样品，在酸性条件下，有碘化钾存在时，镉离子与碘离子形成络合物，被甲级异丁酮萃取分离，将有机相喷入空气-乙炔火焰，使镉原子化，测定其对特征共振线 228.8nm 的吸光度，与标准系列比较可求得镉的含量。

3. 仪器设备
（1）分析天平　分度值 0.0001g。
（2）硬质烧杯　100mL。

（3）容量瓶 50mL。

（4）具塞比色管 25mL。

（5）吸量管 1mL，2mL，5mL，10mL。

（6）移液管 5mL，10mL，15mL，20mL。

（7）马弗炉。

（8）原子分光光度计。

4. 试剂与配制

（1）硝酸（优级纯）。

（2）盐酸（优级纯）。

（3）2mol/L 碘化钾溶液 称取 332g 碘化钾，溶于水，加水稀释至 1000mL。

（4）5％抗坏血酸溶液 称取 5g 抗坏血酸（$C_6H_8O_6$），溶于水，加水稀释至 100mL（临用时配制）。

（5）1mol/L 盐酸溶液 量取 10mL 盐酸，加水 110mL，摇匀。

（6）甲基异丁酮 $CH_3COCH_2CH(CH_3)_2$，HG 3-1118。

（7）镉工作液

① 镉标准储备液 称取高纯金属镉（Cd，99.99％）0.1000g，于 250mL 三角烧杯中，加入 10mL 1：1（体积比）硝酸，在电热板上加热溶解完全后，蒸干，取下冷却，加入 20mL 1：1 盐酸及 20mL 水，继续加热溶解，取下冷却后，移入 1000mL 容量瓶，用水稀释至刻度，摇匀，此溶液含有镉 100μg/mL。

② 镉标准中间液 吸取 10mL 镉标准储备液于 100mL 容量瓶中，以 1mol/L 盐酸稀释至刻度，摇匀，此溶液含有镉 10μg/mL。

③ 镉标准工作液 吸取 10mL 镉标准中间液于 100mL 容量瓶中，以 1mol/L 盐酸稀释至刻度，摇匀，此溶液含有镉 1μg/mL。

（8）试样的制备 采集具有代表的饲料样品 2kg，四分法缩分至约 250g，磨碎，过 1mm 筛，装入密闭广口瓶中，防止试样变质，低温保存备用。

5. 测定步骤与方法

（1）样品处理 称取 5～10g 样品于 1000mL 硬质烧杯中，置于高温炉，微开炉门，由低温开始，200℃保持 1h，再升至 300℃灼烧 1h，最高升至 500℃灼烧 16h，直至样品成白色或灰白色，无碳粒为止。

取出冷却，加水浸湿，加 10mL 硝酸，在电热板上加热分解至干，冷却后加入 1mol/L 盐酸 19mL，将盐类加热溶解，内容物移入 50mL 容量瓶中。用 1mol/L 盐酸反复洗涤烧杯，洗液并入容量瓶中。并以 1mol/L 盐酸稀释至刻度，摇匀备用。

若为石粉、磷酸盐等矿物试样，可不用干灰化法，称样后加 10～15mL 硝酸，在电热板上或沙浴上加热分解试样至近干，其余同上处理。

（2）标准曲线绘制 精确移取镉标准工作液 0、1.25mL、2.50mL、5.00mL、7.50mL、10.00mL 分别置于 25mL 具塞比色管中，以 1mol/L 盐酸溶液稀释至 15mL，依次加入 2mL 碘化钾溶液，摇匀，加 1mL 抗坏血酸溶液，摇匀，准确加入 5mL 甲基异丁酮，振动萃取 3～5min，静止分层后，有机相导入原子吸收分光光度计，在波长 228.8nm 处测其吸光度，以吸光度为纵坐标，浓度为横坐标，绘制标准曲线。

（3）测定方法 取前处理好的待检液 15～20mL 及同量试剂空白溶液置于 25mL 具塞比色管中，依次加入 2mL 碘化钾溶液，其余同标准曲线绘制测定步骤。

（4）测定结果　镉含量的计算公式如下：

$$X = \frac{A_1 - A_2}{mV_2/V_1} = \frac{V_1(A_1 - A_2)}{mV_2}$$

式中　X——试样中镉的含量，mg/kg；

　　　A_1——待测试样溶液中镉的质量，μg；

　　　A_2——试剂空白溶液中镉的含量，μg；

　　　m——试样质量，g；

　　　V_1——试样处理液总体积，mL；

　　　V_2——待测试样溶液体积，mL。

（5）结果表示　每个试样取两个平行样进行测定，以其算术平均值为结果，结果表示到 0.01mg/kg。

（6）重复性　同一分析者对同一饲料同时或快速连续地进行两次测定，并比较两次的试验结果。

四、饲料中铬含量的测定

（一）二苯胺基脲法

1. 适用范围

本方法适用于单一饲料、各种混合饲料、配合饲料及浓缩饲料中铬的定性测定。

2. 测定原理

样液中的 6 价铬在一定条件下与二苯胺基脲反应生成红紫色络合物。

3. 仪器设备

试管、漏斗、滤纸。

4. 试剂与配制

二苯胺基脲试剂　称取二苯胺基脲 0.25g、干燥焦硫酸钾 50g 混合均匀。

5. 测定步骤和方法

取适量样品加水浸湿后温热、过滤，取滤液 2mL，置于试管中，加入二苯胺基脲试剂一小勺，振摇 2min，样液出现紫红色则说明有 6 价铬的存在。

（二）铬酸法

1. 样品处理

称取 5g 样品于坩埚中，加入 20% 碳酸钠溶液 10mL，在水浴上蒸干。在微火上灰化，冷却，移入 600℃ 高温炉中灰化成白色灰烬，冷却，用 50mL 水分数次将灰分洗入 150mL 三角瓶中，加 2% 高锰酸钾溶液数滴，使溶液呈紫红色，煮沸 5～10min。煮沸过程中紫红色不应退去，否则应再加高锰酸钾溶液。然后沿瓶壁加入 2mL 95% 乙醇继续加热至溶液变为棕色，冷却。先用 10mol/L 硫酸，后用 0.5mol/L 硫酸调节溶液 pH 为 2～3，摇匀并过滤于 50mL 三角瓶中。

2. 检验

取待检液 5mL 于试管中，加入 H_2O_2 溶液 3mL，戊醇 5mL，摆振 3min 后静止，待分层后，如果戊醇层出现蓝色的过氧化铬则说明样品中有铬的存在。

【操作关键提示】

饲料中铬含量一般很少。分析取样少，灵敏度达不到；取样量大，给前处理带来困难并产生严重干扰。因此，饲料样品的消解和处理是影响分析结果的主要问题。

五、饲料中氟含量的测定

1. 适用范围

本标准适用于饲料原料（磷酸盐、石粉、鱼粉等）、配合饲料（包括混合饲料）中氟的测定。

2. 测定原理

氟离子选择电极的氟化镧单晶膜对氟离子产生选择性的对数响应，氟电极和饱和甘汞电极在被测试液中，电位差可随溶液中氟离子活度的变化而改变，电位变化规律符合能斯特方程式

$$E = E_0 - \frac{2.303RT}{F}\lg C_F$$

式中　　　E——某一定浓度下的电极电势；

$\quad\quad\quad E_0$——标准电极电势；

$2.303RT/F$——该直线的斜率（25℃时为 59.16）。

E 与 $\lg C_F$ 呈线性关系。

在水溶液中，易与氟离子形成络合物的 Fe^{3+}、Al^{3+} 等离子干扰氟离子测定，其它常见离子对氟离子测定无影响。测量溶液的酸度为 pH5～6，用总离子强度缓冲液消除干扰离子及酸度的影响。

3. 仪器设备

（1）氟离子选择电极　测量范围 10^{-1}～5×10^{-7} mol/L，CFB-F-1 型或与之相当的电极。

（2）甘汞电极　232 型或与之相当的电极。

（3）分析天平　分度值 0.0001g。

（4）磁力搅拌器。

（5）酸度计。

（6）纳氏比色管（50mL）。

（7）容量瓶（50mL、100mL）。

（8）超声波振取器。

4. 试剂与配制

（1）3mol/L 乙酸钠溶液　称取 204g 乙酸钠（$CH_3COOHNa \cdot 3H_2O$），溶于 300mL 水中，待溶液温度恢复到室温后，以 1mol/L 乙酸调节 pH 值为 7.0，移入 500mL 容量瓶中，加水至刻度。

（2）0.75mol/L 柠檬酸钠溶液　称取 110g 柠檬酸钠（$Na_3C_6H_5O_7 \cdot 2H_2O$）溶于约 300mL 水中，加高氯酸 14mL，移入 500mL 容量瓶中，加水至刻度。

（3）总离子强度缓冲液　乙酸钠溶液与柠檬酸钠溶液等量混合，现配现用。

（4）1mol/L 盐酸溶液　量取 10mL 盐酸，加水稀释至 120mL。

（5）氟标准溶液

① 氟标准储备液　称取 100℃干燥 4h 并冷却的氟化钠 0.2210g，溶于水，移入 100mL 容量瓶中，加水至刻度，混匀，储备于塑料瓶中，置于冰箱中保存。此液每毫升相当于 1.0mg 氟。

② 氟标准溶液　临用时准确吸取氟标准储备液 10.00mL 于 100mL 容量瓶中，加水至刻度，混匀，此液每毫升相当于 $100.0\mu g$ 氟。

③ 氟标准稀液　准确吸取氟标准溶液 10.00mL 于 100mL 容量瓶中，加水至刻度，混

匀，此液每毫升相当于 10.0μg 氟。即配即用。

5. 测定步骤和方法

（1）试样制备　取具有代表性的样品 2kg，以四分法缩分至 250g，粉碎，过 0.42mm 孔筛，装入样品瓶，密闭保存备用。

（2）分析步骤

① 氟标准工作液的制备　吸取氟标准稀液 0.50mL、1.00mL、2.00mL、5.00mL、10.00mL，再吸取氟标准溶液 2.00mL、5.00mL，分别置于 50mL 容量瓶中，于各容量瓶中分别加入盐酸溶液 5.00mL，总离子强度缓冲液 25mL，加水至刻度，混匀。上述标准工作液浓度分别为 0.1μg/mL、0.2μg/mL、0.4μg/mL、1.0μg/mL、2.0μg/mL、4.0μg/mL、10.0μg/mL。

② 试液的制备

饲料试液的制备（除饲料级磷酸盐外）　精确称取 0.5～1g 试样（精确至 0.0002g），置于 50mL 纳氏比色管中，加入盐酸溶液 5.0mL，密闭提取 1h（不时轻轻摇动比色管），应尽量避免样品黏附于管壁上，或置于超声波振取器密闭提取 20min，提取后加总离子强度缓冲液 25mL。

磷酸盐试液制备　精确称取约含 2000μg 氟的试样（精确至 0.0002g），置于 100mL 容量瓶中，用盐酸溶液稀释至刻度，混匀，取 5.00mL 溶解液至 50mL 容量瓶中，加入 25mL 总离子强度缓冲液，加水至刻度，混匀。供测定用。

（3）测定　将氟电极和甘汞电极与测定仪器的负极和正极连接，将电极插入有水的 50mL 聚乙烯塑料烧杯中，并预热仪器，在磁力搅拌器上以恒速搅拌，读取平衡电位值，更换 2～3 次水，待电位值平衡后，即可进行标准液和试样液的电位测定。

由低到高浓度分别测定氟标准工作液的平衡电位。同法测定试液的平衡电位。

以平衡电位为纵坐标，氟标准工作液的氟离子的浓度为横坐标，用回归方程计算或在半对数坐标纸上绘制标准曲线。每次测定均应同时绘制标准曲线。从坐标标准曲线上读取试液的氟离子浓度。

（4）分析结果计算和表达　饲料中（除饲料添加剂级磷酸盐外）中氟含量计算：

$$X = \frac{\rho \times 50 \times 1000}{m \times 1000} = \frac{\rho}{m} \times 50$$

式中　X——试样中氟的含量，mg/kg；

ρ——试液中氟的浓度，μg/mL；

m——试样质量，g；

50——测试液体积，mL。

磷酸盐按下式计算出试样中氟的含量：

$$X = \frac{\rho \times 50 \times 1000}{m \times 1000} \times \frac{100}{50} = \frac{\rho}{m} \times 1000$$

每个试样取两个平行样进行测定，以其算术平均值为结果，结果表示到 0.1mg/kg。

（5）允许差　同一分析者对同一饲料同时或快速连续地进行两次测定，所得结果之间的相对偏差：在试样中氟含量小于或等于 50mg/kg 时，不超过 10%；在试样中氟含量大于 50mg/kg 时，不超过 5%。

六、饲料中汞含量的测定

1. 适用范围

本方法适用于各种混合饲料、配合饲料、浓缩饲料及单一饲料中汞的快速测定。

2. 测定原理

（1）碘化铜溶液呈色反应　Hg^{2+}在碘化铜溶液中，产生红橙色的Cu_2HgI_4沉淀。

（2）铜片法　在样品盐酸溶液中，金属铜能与汞化合物形成白色光泽的金属汞，沉积在铜片上，用以鉴别样品中的汞。

3. 仪器设备

铜片、三角瓶、100mL 容量瓶、试管。

4. 试剂

碘化铜溶液、浓盐酸、硝酸、硫酸。

5. 测定步骤和方法

（1）样品的处理　称取 10g 左右样品置于消化装置的三角瓶中，加玻璃珠数粒及 50mL 硝酸、10mL 硫酸，转动三角瓶防止局部碳化。装上冷凝管后，小心加热，待开始发泡即加热。发泡停止后，热会停留数小时。如加热过程中溶液变为棕色，再加入 5mL 硝酸，继续回流。冷却后，从冷凝管上端小心加 20mL 水，继续回流 10min，冷却后，将消化液经玻璃棉过滤入 100mL 容量瓶中待检。

（2）测定方法

碘化铜溶液呈色反应　取消化液 10mL 于试管中，加入 5mL 碘化铜溶液，振摇充分后静置，出现红色或橙色沉淀则说明样品中含有汞。

铜片法　称取适量的样品，用水调成糊状，按 1/5 体积加入浓盐酸溶液，放入光亮的铜片 2 片，在沸水浴上煮沸 45min，铜片呈现白色光泽，则说明样品中含有汞。将铜片用乙醇洗干净，晾干，置于一端封闭的玻璃管中，封住另一端，小火加热管底，管壁上出现光亮的汞珠。

第二节　天然有毒有害物质的测定

一、饲料中氰化物的测定

1. 适用范围

本方法适用于各种混合饲料、配合饲料、浓缩饲料及单一饲料中氰化物的测定。

2. 测定原理

（1）普鲁士蓝法　氰离子在碱性溶液中，与亚铁离子作用生产亚铁氰化钠，进一步与三氯亚铁作用，生产普鲁士蓝化合物，以鉴定氰化物的存在。

$$HCN+NaOH \longrightarrow NaCN+H_2O$$
$$2NaCN+FeSO_4 \longrightarrow Fe(CN)_2+Na_2SO_4$$
$$Fe(CN)_2+4NaCN \longrightarrow Na_4Fe(CN)_6$$
$$3Na_4Fe(CN)_6+4FeCl \longrightarrow Fe_4[Fe(CN)_6]_3+12NaCl$$

（2）苦味酸试纸法　氢氰酸或氰化物在酸性条件下生成氰化氢气体，它与苦味酸试纸作用，生成红色的异氰紫酸钠，可做定性鉴定。

$$2HCN+NaCO_3 \longrightarrow 2NaCN+H_2O+CO_2$$

3. 仪器设备

150mL 三角瓶、滤纸、水浴锅。

4. 试剂

10％酒石酸溶液、10％硫酸盐铁溶液、10％氢氧化钠溶液、10％盐酸溶液、1％三氯亚铁溶液、1％苦味酸溶液、10％碳酸钠溶液。

5. 测定步骤和方法

(1) 普鲁士蓝法

① 称取样品 5～10g 于 150mL 三角瓶中，加水 20～30mL 呈糊状。

② 取一张直径大于三角瓶口的滤纸一张，在滤纸中心滴加 10％硫酸亚铁溶液和 10％氢氧化钠溶液各 1 滴。

③ 在三角瓶中加入 10％酒石酸溶液约 5mL，迅速将滤纸紧盖瓶口。

④ 将三角瓶置于 60℃左右的热水中，加热 20～30min，然后取下滤纸，在滤纸上滴加 10％盐酸 2 滴，1％三氯亚铁溶液 1 滴，如有氢氰酸或氰化物存在，滤纸出现蓝色斑点。

(2) 苦味酸试纸法

① 称取样品 10g 于 150mL 三角瓶中，加水 20～30mL 将样品浸湿。

② 制备苦味酸试纸，将滤纸浸泡在 1％苦味酸溶液中，在室温下阴干，剪成 50mm×8mm 的纸条备用，临用时再滴加 10％碳酸钠溶液使之浸湿。

③ 在三角瓶中加入 10％酒石酸溶液约 5mL，迅速将苦味酸试纸夹于瓶口与瓶塞之间，使纸条悬挂于瓶塞中。

④ 置于 40～50℃左右的水浴中，加热 30min，如有氢氰酸或氰化物存在，少量时试纸呈橙色，大量时呈红色。

【操作关键提示】

1. 本反应不是氢氰酸特有的反应。亚硫酸盐、硫代硫酸盐、硫化物均能还原苦味酸试纸呈红色或橙红色。醛、酮类亦有干扰。因此，如结果为阴性，则表示没有氰化物。如为阳性，则需进行其它实验以确证。

2. 加热温度不易过高，否则大量水蒸气易将试纸上试剂淋洗下来，结果难以观察。

二、饲料中亚硝酸盐的测定

1. 适用范围

本方法适用于各种混合饲料、配合饲料、浓缩饲料及单一饲料中亚硝酸盐的定性测定。

2. 测定原理

(1) 对氨基苯磺酸重氮法　在微酸性条件下，亚硝酸盐与对氨基苯磺酸重氮化后，再与 α-萘胺偶合生成紫红色偶氮染料可用于鉴定亚硝酸盐的存在。

(2) 联苯胺法　在酸性溶液中，亚硝酸盐与联苯胺重氮化生成一种醌式棕红色化合物，用以鉴定亚硝酸盐的存在。

(3) 安替比林法　在酸性条件下，亚硝酸盐与安替比林亚硝基化，溶液呈绿色。

3. 仪器设备

烧杯、试管、滤纸、点滴板。

4. 试剂与配制

(1) 对氨基苯磺酸溶液　取对氨基苯磺酸 0.5g 溶于 150mL 12％乙酸溶液中，贮存于棕色瓶中，如溶液有颜色，临用时加入少许活性炭加热至 80℃并进行过滤，即可脱色。

(2) 盐酸 α-萘胺溶液　取盐酸 α-萘胺 0.2g 加水 20mL、盐酸 0.5mL，微热溶解，用水稀释至 100mL，贮存于棕色瓶中，如溶液有颜色，按上法脱色。

(3) 0.1％联苯胺-醋酸溶液　取 0.1g 联苯胺溶于 10mL 冰醋酸中，加水稀释至 100mL。

(4) 安替比林溶液　取 5g 安替比林溶于 100mL 2mol/L 硫酸中。

5. 测定步骤与方法

（1）对氨基苯磺酸重氮法　首先取研碎混匀样品约 5g，置于 100mL 烧杯中，加 70℃ 热水 30～50mL，放置 15min，过滤，如溶液有颜色，加入少许活性炭脱色。然后取 2mL 滤液于小试管中，加对氨基苯磺酸溶液 2～3 滴，2～3min 后，再加入盐酸 α-萘胺溶液 2～3 滴，数分钟后，如出现紫红色，表示有亚硝酸盐存在，将试管再用 70℃ 热水加热数分钟，颜色更明显。

（2）联苯胺法　取对氨基苯磺酸重氮法样品制备液 2 滴于滤纸或点滴板上，加 0.1% 联苯胺-乙酸溶液 2 滴，如出现棕红色，表示有亚硝酸盐存在。

（3）安替比林法　取对氨基苯磺酸重氮法样品制备液 2 滴于滤纸或点滴板上，加安替比林溶液 2 滴，如出现绿色，表示有亚硝酸盐存在。

三、饲料中游离棉酚的测定（分光光度计法）

1. 适用范围

本方法适用于棉籽粕中游离棉酚的测定。

2. 测定原理

在 3-氨基-1-丙醇存在下，用异丙醇与正己烷的混合液提取游离棉酚。用苯胺使棉酚转化为苯胺棉酚，在最大吸收波长 435～445nm 处进行比色测定。

3. 仪器设备

粉碎机、分样筛、电动振荡器、恒温水浴锅、分光光度计、25mL 具塞比色管，250mL 具塞三角瓶。

4. 试剂与配制

（1）3-氨基-1-丙醇。

（2）冰醋酸。

（3）苯胺　如测定空白试验吸收值超过 0.022 时，应在苯胺中加入锌粉进行蒸馏，弃去开始和最后的 10% 蒸馏部分，放入棕色玻璃瓶中，在 0～4℃ 保存。

（4）异丙醇-正己烷混合溶剂　异丙醇：正己烷＝6：4（体积比）。

（5）溶剂 A　取 500mL 异丙醇-正己烷混合溶剂，2mL 3-氨基-1-丙醇，8mL 冰醋酸和 50mL 水，放入 1000mL 容量瓶中，再用异丙醇-正己烷混合溶剂定容至刻度。

5. 测定步骤与方法

（1）测定方法

① 称取 1～2g 棉籽饼粕样品于 250mL 具塞三角瓶中，加入 20 粒玻璃珠。用移液管准确加入 50mL 溶剂 A，塞紧瓶塞，置于振荡器上剧烈振荡 1h（120 次/min 左右），或用磁力搅拌器搅拌 1h，用干燥的定量滤纸过滤，过滤时在漏斗上加盖一玻璃皿，减少溶剂挥发，弃去最初几滴滤液。收集滤液于 100mL 具塞三角瓶中。

② 用移液管等量吸取两份 5～10mL 滤液（每份约含 50～100μg 游离棉酚）分别置于 2 个棕色容量瓶中，记为 a、b，并用溶剂 A 补充至 10mL。

③ 用异丙醇-正己烷混合溶剂稀释 a 瓶至刻度，并摇匀，该溶液做样品测定的参比溶液。

④ 用移液管吸取 2 份 10mL 的溶剂 A 于 2 个棕色容量瓶中，记为 c、d。

⑤ 用异丙醇-正己烷混合溶剂稀释 c 瓶至刻度，并摇匀，该溶液做空白样品测定的参比溶液。

⑥ 加 2mL 苯胺于容量瓶 b、d 中，在沸水浴上加热 30min 显色。

⑦ 冷却至室温，用异丙醇-正己烷混合溶剂定容，摇匀并静置 1h。

⑧ 用分光光度计在最大波长 440nm 以 c 为参比溶液测定空白溶液 d 的吸收光度，以 a 为参比溶液测定溶液 b 的吸收光度，从样品测定液的吸收光度值中减去空白测定液的吸收光度值，得到校正的吸光度 A。即：

$$X(游离棉酚含量) = \frac{A \times 50 \times 25 \times 10^6}{K \times w \times V \times L \times 1000} = \frac{A \times 1.25 \times 10^6}{K \times w \times V \times L}$$

式中　X——游离棉酚含量，mg/kg；

A——校正吸光度；

w——样品质量，g；

K——质量吸收系数，游离棉酚为 62.5mL/(cm·g)；

V——测定用滤液的体积，mL；

L——吸收池长度，cm；

50——提取样品液的体积，mL；

25——比色测定时的体积，mL；

10^6——由 g/g 换算成 mg/kg 的系数；

1000——由 L 换算成 mL 的系数。

（2）重复性　同一分析者对同一试样同时或快速进行两次测定，所得结果的差值在游离棉酚含量小于 500mg/kg 时，不得超过平均值的 15%；在游离棉酚含量大于 500mg/kg 且小于 750mg/kg 时，绝对差值不得超过 75mg/kg；在游离棉酚含量大于 500mg/kg 时，不得超过平均值的 10%。

四、饲料中异硫氰酸酯（ITC）和噁唑烷硫酮（OZT）的测定

1. 适用范围

本方法适用于油菜籽、菜籽粕及配合饲料中异硫氰酸酯的测定。

2. 测定原理

本法在 pH7 的条件下，菜籽饼粕中的硫葡萄糖甙在芥子酶作用下水解生成异硫氰酸酯，采用气象色谱测定 3-丁烯基异硫氰酸酯和 4-戊烯基异硫氰酸酯等的含量带有羟基的硫苷产物在极性溶剂中，自动环化成不具挥发性的噁唑烷硫酮，其最大吸收在 245nm，直接进行吸光度测定。

3. 仪器设备

气象色谱仪、紫外分光光度计、离心机、振荡器、玻璃试管。

4. 试剂与配制

（1）无水乙醚。

（2）石油醚。

（3）二氯甲烷。

（4）95% 乙醇。

（5）无水乙醇。

（6）芥子酶　称取 400g 芥子粉加入 2000mL 烧杯中，加 4℃ 水 1200mL，在 4℃ 冰箱中静置 1h，倾出上清液，加等体积的 4℃ 乙醇，1400r/min 离心 15min，用 4℃ 的 70% 乙醇冲洗沉淀，再 1400r/min 离心 15min。沉淀溶于 400mL 水中，再离心冻干，一般可获得无定形的白色粉末。或使用粗芥子酶。制备方法是：取已抽提油分的芥子粉在 40℃ 干燥 1~2h，研磨成粉末状，过 60 目筛，贮存于干燥器中备用。

（7）pH7 缓冲溶液　将 35mL 0.1mol 柠檬酸与 165mL 0.2mol/L 磷酸二氢钠溶液混合，调整其 pH 为 7。

（8）内标试剂　将内标物正丁基异硫氰酸盐用石油醚配成 80μL/L 试剂备用。

5. 测定步骤与方法

（1）异硫氰酸酯的气相色谱测定

① 称取 0.5g 脱脂棉籽粕和 0.3g 芥子酶于带塞三角瓶中，加入 50mL pH7 的 40％乙醇缓冲液（pH7 缓冲液 30mL，无水乙醇 20mL），振荡片刻，置于 35～38℃放置过夜。

② 3000～4000r/min 离心去渣，并将滤液倒入另一具塞三角瓶中，加入 12.5mL 内标溶液，强烈振荡 10min。

③ 待静置分层后，在分液漏斗中分液，将上层石油醚放入带刻度的离心管中，并在热水浴上适当浓缩后，注入气相色谱测定异硫氰酸盐。

④ 取下层溶液，保存，待测噁唑硫烷酮。

⑤ 气相色谱条件

色谱柱　不锈钢，ϕ3mm × 3000mm，8％ EGS 固定液，101 白色酸洗单体，100～120 目。

检测柱　氢焰离子化检测器。

柱温　100℃。

气化温度　220℃。

检测温度　200℃。

气流　氮气 17mL/min，空气 450mL/min，氢气 58mL/min。

⑥ 计算结果

$$3\text{-丁烯基异硫氰酸盐含量}(\text{mg/kg}) = \frac{3\text{-丁烯基异硫氰酸盐峰面积}}{\text{正丁基异硫氰酸盐峰面积}} \times 0.39$$

$$4\text{-丁烯基异硫氰酸盐含量}(\text{mg/kg}) = \frac{4\text{-丁烯基异硫氰酸盐峰面积}}{\text{正丁基异硫氰酸盐峰面积}} \times 0.35$$

（2）噁唑烷硫酮的紫外吸收定量测定

① 将上述所得的上清液置于沸水浴中煮沸 5min。

② 冷却后倒入 5mL 具塞比色管中，用 pH 为 7 的缓冲液定容至 50mL，过滤。

③ 吸取滤液 2.5mL 于另一 50mL 具塞比色管中，再加 25mL 无水乙醚，强烈振荡 5min，静置。

④ 在紫外分光光度计的 230nm、245nm、160nm 处测定吸光值，以空白管作参比液。

⑤ 计算结果

$$\text{噁唑烷硫酮} = A_{245} - \frac{A_{230} + A_{260}}{2} \times 12.0$$

式中　A_{245}——245nm 处吸光值；

　　　A_{230}——230nm 处吸光值；

　　　A_{260}——260nm 处吸光值；

　　　12.0——换算因素。

五、大豆制品中脲酶活性的测定

1. 适用范围

适用于大豆制品中脲酶活性的测定。

2. 测定原理

将粉碎的大豆制品与中性尿素缓冲液混合，在30℃左右保存30min，尿素酶催化尿素产生氨。用过量盐酸中和所产生的氨，再用氢氧化钠标准溶液回滴。

3. 仪器设备

标准筛（孔径200μm）、酸度计（精度0.02）、恒温水浴锅、试管、计时器、粉碎机、分析天平、移液管（10mL）。

4. 试剂与配制

尿素（AR级）、磷酸氢二钠（AR级）、磷酸氢二钾（AR级）。

尿素缓冲液（pH6.9～7.0）　称取4.45g磷酸氢二钠和3.40g磷酸氢二钾溶于水中并稀释至1000mL，再溶入30g尿素，可保存30天。

5. 测定步骤与方法

（1）测定方法

① 试样的制备　用粉碎机将10g试样粉碎，使之全部通过标准筛。

② 试样测定　称取0.2g试样（准确至0.0001g）置于试管中，加入10mL尿素缓冲液，盖好试管并剧烈摇动，然后立即置于（30±0.5）℃的恒温水浴锅中，准确保持30min，立刻加入10mL 0.1mol/L盐酸溶液，迅速冷却到20℃，将试管内容物全部移入烧杯，用5mL水冲洗试管2次，立即用0.1mol/L氢氧化钠标准液滴定至pH等于4.7。

③ 空白试验　取试管，只加入10mL尿素缓冲液，10mL的0.1mol/L盐酸溶液。称取与上述试样量相当的试样，迅速加入到试管中，盖好试管并剧烈摇动，然后立即置于（30±0.5）℃的恒温水浴锅中，准确保持30min，立刻加入10mL 0.1mol/L盐酸溶液，迅速冷却到20℃，将试管内容物全部移入烧杯，用5mL水冲洗试管2次，立即用0.1mol/L氢氧化钠标准液滴定至pH等于4.7。

（2）计算结果

$$w = \frac{14 \times c \times (V_0 - V)}{30 \times m} \times 100$$

式中　c——氢氧化钠标准溶液摩尔浓度，mol/L；

14——氮的摩尔质量，g/mol；

V——试样消耗氢氧化钠标准溶液体积，mL；

30——反应的时间；

V_0——空白试样消耗氢氧化钠标准溶液体积，mL；

m——试样的质量，g。

重复性：同一分析人员用相同方法，连续两次测定结果之差不超过平均值的10%，以其算术平均值报告结果。

第三节　次生性有毒有害物质的测定

一、饲料中黄曲霉素 B₁ 的测定——微柱层析法

1. 适用范围

适用于各种配合饲料、单一饲料及饲料原料中黄曲霉素 B₁ 的定性检验。

2. 仪器设备

微柱制备　直径4mm、长200mm的柱，先在柱底加少许石英棉，然后加1.5cm高度的氧化铝，9cm高的干硅胶G，再加少许石英棉，轻敲填实至无裂缝，可一次制备多根，置于

干燥器中备用。

高速组织捣碎机、紫外灯、125mL分液漏斗、250mL烧杯。

3. 试剂与配制

（1）浸取溶剂　丙酮：水溶液=8：15（体积比）。

（2）展开溶剂　氯仿：乙腈：异丙醇=93：5：2（体积比）。

（3）氧化铝　酸化，80～200目，110℃活化2h，加3％的水，使成活性Ⅱ级，搅拌均匀过夜。

（4）硅胶G　100～200目，110℃干燥2h，置于干燥器中保存。

（5）石英棉（用氯仿洗涤）。

（6）硅藻土。

（7）硫酸铵饱和溶液。

4. 测定步骤与方法

（1）样品提取　取碾碎的饲料50g，置于高速组织捣碎机中，加硅藻土10g，浸提溶剂150mL，捣碎3min。滤纸过滤，取滤液50mL于250mL烧杯中，加20mL饱和硫酸铵溶液，130mL水，硅藻土10g，搅拌并静置2min，过滤，取滤液100mL，置于125mL分液漏斗中，加苯3mL，振摇1min，弃去下面水层，再慢慢加水50mL，待分层后弃去下面水层，将苯移至小瓶中，加无水碱酸钠澄清。

（2）色谱分离　将微柱底部插入苯液中，使苯前沿上升至氯化铝层约1cm处，将柱外表擦干净，立即加入5mL展开溶剂于小试管中，将微柱底部插入，展开5min。在紫外灯下观察，如有黄曲霉素B_1，则在氯化铝层显示紫蓝色荧光环带，呈显著紫蓝色荧光环带表示污染程度为10μg/kg，荧光越强，污染越严重。如有阴性样品，则呈白色或灰白色而无紫蓝色荧光环带。

二、黄曲霉素 B_1 的定量检验——薄层色谱法

1. 适用范围

适用于各种配合饲料、单一饲料及饲料原料中黄曲霉素B_1的定量检验。

2. 测定原理

试样中的黄曲霉素B_1经溶剂提取、净化、洗脱、浓缩、薄层分离后，在波长365nm紫外光照射下产生紫蓝色荧光，根据其在薄层板上呈现荧光的最低检出量来测定其含量。

3. 仪器设备

200mL碘量瓶，100mL、1000mL容量瓶，10mL、20mL具塞刻度管，50mL、5cm×20cm玻璃板，机械振荡机，真空旋转蒸发仪，微量注射器，薄层涂布器，25×6×4层析缸，层析柱（长30cm，直径22mm），波长365nm紫外灯。

4. 试剂与配制

正己烷、乙腈、三氯甲烷、无水硫酸钠、无水乙醚、三氟乙酸，分别为AR级。

三氯甲烷甲醇混合液：三氯甲烷：甲醇=92：8（体积比），苯乙腈混合液：苯：乙腈=92：8（体积比），三氯甲烷丙酮混合液：三氯甲烷：丙酮=92：8（体积比）、硅胶G、80～200目硅胶、硅藻土。

5％次氯酸钠溶液　称取100g漂白粉，加入500mL水搅匀。另取80g碳酸钠溶解于500mL温水中，将两溶液混合，澄清过滤，作为黄曲霉素消毒液。

0.009mol/L硫酸溶液　取0.50mL浓硫酸（AR级），用水稀释至1000mL，混匀。

10μg/mL黄曲霉素B_1标准储备液　准确移取1mL黄曲霉素B_1标准品，用苯乙腈混合

液溶解并稀释至100mL混匀，避光，在冰箱中保存。

2μg/mL黄曲霉素 B_1 标准工作液　准确移取1mL的10μg/mL黄曲霉素 B_1 标准储备液，置于5mL容量瓶中，用苯乙腈混合液稀释至刻度，混匀。

1μg/mL黄曲霉素 B_1 标准工作液　准确移取1mL黄曲霉素 B_1 标准储备液，置于10mL容量瓶中，用苯乙腈混合液稀释至刻度，混匀。

0.04μg/mL黄曲霉素 B_1 标准工作液　准确移取1mL的1μg/mL黄曲霉素 B_1 标准工作液，置于25mL容量瓶中，用苯乙腈混合液稀释至刻度，混匀。

5. 测定步骤与方法

(1) 仪器校正　测定重铬酸钾溶液的摩尔消光系数，以求出使用仪器的校正系数。精密称取25mg经干燥的重铬酸钾（基准液），用0.009mol/L硫酸溶解后准确稀释至200mL（相当于0.0004mol/L的溶液）。再吸取25mL此稀释液于50mL容量瓶中，加0.009mol/L硫酸溶液稀释至刻度（相当于0.0002mol/L的溶液）。再吸取25mL此稀释液于50mL容量瓶中，加0.0009mol/L硫酸溶液稀释至刻度（相当于0.0001mol/L的溶液）。用1cm石英杯，在最大吸收峰值的波长处（接近350nm）用0.009mol/L硫酸溶液作空白，测得以上三种不同摩尔浓度溶液的吸光度，并按下式计算出以上三种摩尔浓度消光系数的平均值。

$$E = \frac{A}{c}$$

式中　E——重铬酸钾溶液的摩尔消光系数；

A——测得重铬酸钾溶液的吸光度；

c——重铬酸钾溶液的物质的量浓度。

再以此平均值与重铬酸钾溶液的消光系数值3160比较，按下式求出使用仪器的校正因素。

$$f = \frac{3160}{E}$$

式中　f——使用仪器的校正因素；

E——测得重铬酸钾溶液的摩尔消光系数平均值。

若0.95＜f＜1.05，则使用仪器的校正因素可忽略不计。

用紫外分光光度计测定10μg/mL黄曲霉素 B_1 标准溶液的最大吸收峰值的波长和该波长下的吸光度值，计算公式如下：

$$X = \frac{A \times 312 \times f \times 1000}{19800}$$

式中　X——黄曲霉素 B_1 标准溶液的浓度，μg/mL；

A——黄曲霉素 B_1 标准溶液的吸光度值；

f——使用仪器的校正因素；

312——黄曲霉素 B_1 的分子量；

19800——黄曲霉素 B_1 在苯乙腈混合液中的摩尔消光系数。

根据计算，用苯乙腈混合液调标准溶液浓度恰好为10μg/mL，用紫外分光光度计校对其浓度。

(2) 取样　饲料试样中黄曲霉素分布不均匀，有毒的比较小，为避免取样造成误差，取样量应适度增大，取样要有代表性，对局部发霉变质的试样应单独取样检验，试样全部粉碎并过20目筛。

(3) 试样制备　试样中脂肪含量超过5%时，粉碎前应先脱脂，其分析结果以未脱脂试样计算。

（4）提取　称取试样20g，置于200mL碘量瓶中，加入10g硅藻土，10mL水，100mL三氯甲烷，盖紧瓶塞，在机械振荡器上振荡30min，经滤纸过滤，收集三氯甲烷提取液。

（5）薄层色谱测定

① 薄层层析板的制备　称取3g硅胶G于小烧杯中，加入硅胶G量2倍的水，研磨至糊状后快速倒入涂布器中制成厚度为0.25mm的薄层板。在空气中干燥15min后，在100℃活化2h，取出在干燥器中保存。一般可保存3h，若时间较长，可再活化后使用。

② 点样　在薄层板下端3cm处的基线上，按下列形式点样。原点之间相距1cm，原点直径2～3mm，可分次滴加。

第一点：加0.04μg/mL黄曲霉素B_1标准工作液10μL。

第二点：加样品液20μL。

第三点：加样品液20μL及0.04μg/mL黄曲霉素B_1标准工作液10μL。

第四点：加样品液20μL及0.2μg/mL黄曲霉素B_1标准工作液10μL。

③ 展开　在层析缸中放无水乙醚，高度距缸底为2cm，将点样后的薄层板放入缸内并展开。展开距离为12cm，取出晾干或用电吹风冷风吹干，再以三氯甲烷-丙酮混合液［92∶8（体积比）］展开10～12cm。取出吹干，在紫外灯下观察。

④ 观察　在紫外灯下，如果观察到第二点（样品溶液）在第一点相同R_f值的位置上不显紫蓝色荧光，则表示样品中黄曲霉素B_1含量在5μg/kg（含5μg/kg）以下，此时第一点与第三点荧光强度相当。第四点主要起到定位作用。如果观察到第二点在第一点相同R_f值的位置上显紫蓝色荧光，荧光强度比第一点强，则表示样品中黄曲霉素B_1含量可能大于5μg/kg，此时要进一步做确证试验。

⑤ 确证试验　为了证实薄层板上样品荧光确系黄曲霉素B_1产生，可利用黄曲霉素B_1在三氟乙酸作用下产生的衍生物在上述展开条件下R_f值仅为0.1左右的特点，进一步确证。确证方法如下：在薄层板上依次滴加四个点。

第一点：样品液20μL。

第二点：0.2μg/mL黄曲霉素B_1标准工作液10μL。

第三点：样品液20μL。

第四点：0.2μg/mL黄曲霉素B_1标准工作液10μL。

然后在第一点和第二点上各加三氟乙酸1小滴，反应5min后，用低于40℃热风吹2min，按前述方法展开，在紫外灯下观察。若在B_1标准的衍生物（R_f值降至0.1左右）相同位置上（即第二点），样液（第一点）也显示蓝紫色荧光，即可确证样液所显示的荧光是黄曲霉素B_1产生的。否则，则不是。未加三氟乙酸的第三点、第四点可作为样品液与标准液的衍生物空白对照（R_f值较高），由此来肯定样液中所产生的R_f值为0.1左右的荧光确系反应后产生的。

⑥ 稀释定量　样液中黄曲霉素B_1荧光点的荧光强度与黄曲霉素B_1标准点的最低检出量（0.0004μg）的荧光强度一致时，则样品中黄曲霉素B_1含量为5μg/kg，如样液中荧光强度大于最低检出量时，可根据强度估计，将样液稀释或减少点样微升数，直至样液点的荧光强度与最低检出量的荧光强度一致为止。滴加试样如下：

第一点：0.04μg/mL黄曲霉素B_1标准工作液10μL。

第二～四点按情况滴加样品液。

（6）计算　试样中黄曲霉素B_1的含量：

$$X(\text{mg/kg}) = 0.0004 \times \frac{V_1 \times D}{V_2} \times \frac{1000}{m}$$

式中　m——样品质量，g；

　　　D——样品液的稀释倍数；

　　　V_1——加入苯-乙腈混合液的体积，mL；

　　　V_2——出现最低荧光时点样液体积，mL；

　0.0004——黄曲霉素 B_1 的最低检出量，μg。

【操作关键提示】

1. 操作要在通风橱内进行，因为次氯酸钠可破坏黄曲霉素 B_1，所以要用的器皿应该用 5％次氯酸钠溶液浸泡 5min 消毒，并用水清洗干净。

2. 要进行黄曲霉素 B_1 标准品的标准度鉴别。移取 10μg/mL 黄曲霉素 B_1 标准储备液 5μL。在薄板上点样，用三氯甲烷-甲醇混合液［92∶8（体积比）］与三氯甲烷-丙酮混合液［92∶8（体积比）］展开剂展开，在紫外灯下必须具有单一的荧光点，原点上无任何残留的荧光物质。

3. 饲料原料花生饼和玉米中黄曲霉素 B_1 的允许量均为 50μg/kg。

4. 展开剂中的丙酮和三氯甲烷的比例可随 R_f 值大小与分离情况而调节。若 R_f 值太大，可减少丙酮体积，反之则增加。

第四节　饲料中微生物的检验

一、饲料中微生物检验的意义

饲料中常见的微生物主要包括霉菌和细菌。污染饲料的霉菌主要是曲霉菌属、镰刀菌属和青霉菌属的霉菌，可产生近 200 种霉菌毒素，其中比较重要的有黄曲霉菌属、赭曲霉毒素、杂色曲霉毒素、T-2 毒素、玉米赤霉烯酮、二氢雪腐镰刀菌烯酮、岛青霉素、橘青霉素、黄绿青霉素等。值得注意的是，并非所有的霉菌都能产毒，并且，即便是产毒霉菌，也是在其生长到一定阶段才会产毒，并不是在其整个生命期都能产毒。自然界细菌种类多种多样，饲料中存在的细菌只是自然界细菌的一部分，其中包括致病性、相对致病性和非致病性细菌。

饲料中的微生物主要来自粮食、粮油加工副产品、鱼粉、肉骨粉和动物食品加工副产品等，也有部分来自于饲料的生产加工、储藏和运输过程。为了保证人们的身体健康，减少由于病原微生物造成的畜牧业的重大损失，在饲料原料和成品中进行微生物检验是十分必要的，因为微生物污染饲料后会带来以下几个方面的危害。

（1）微生物繁殖过程中产生特殊的颜色和具有刺激性的物质，使饲料具有不良的外观、滋味和气味，影响饲料的适口性，使动物采食量降低。

（2）微生物繁殖过程中会消耗大量的营养物质，使饲料营养价值降低，从而导致动物免疫力下降。

（3）微生物繁殖过程中会产生大量有毒代谢产物，如细菌可产生内毒素或外毒素，霉菌可产生霉菌毒素，因而造成动物细菌毒素或霉菌毒素中毒，并可通过食物链影响人体健康。

（4）可造成动物细菌性感染或霉菌性感染。

（5）扰乱动物消化道正常菌群，破坏动物消化道微生态平衡，使动物出现消化功能紊乱。

因此，检测饲料微生物指标，控制饲料微生物数量，对保证饲料卫生安全具有重要意义。

二、饲料中细菌总数的检验

1. 适用范围

本测定方法适用于配合饲料、浓缩饲料、饲料原料（鱼粉等）、牛精料补充料中细菌总数的测定。

2. 测定原理

将试样经过处理，在一定条件下（如培养成分、培养温度和时间等）培养后，所得 1g（或 1mL）试样中所含的细菌数量。

3. 仪器设备

① 天平　分度值为 0.1g。

② 振荡器　往复式。

③ 粉碎机　非旋风磨，密闭要好。

④ 高压灭菌锅　灭菌压力 0～3kgf/cm² （1kgf/cm² ＝98.0665kPa）。

⑤ 冰箱　普通冰箱。

⑥ 恒温水浴锅　（46±1）℃。

⑦ 恒温培养箱　（30±1）℃。

⑧ 微型混合器。

⑨ 灭菌吸管　1mL，10mL。

⑩ 灭菌三角烧瓶　容量为 100mL，250mL，500mL。

⑪ 灭菌玻璃珠　直径 5mm。

⑫ 灭菌试管　16mm×160mm。

⑬ 灭菌平皿　直径为 9cm。

⑭ 接种棒　镍铬丝。

⑮ 试管架。

⑯ 灭菌金属勺、刀等。

4. 培养基和试剂

除特殊规定外，本标准所用化学试剂为分析纯；生物制剂为细菌培养用；水为蒸馏水或无离子水。要求在试验条件下，所用试剂应无抑制细菌生长的物质存在。

（1）营养琼脂培养基

① 成分　蛋白胨 10.0g，牛肉膏 3.0g，氯化钠 5.0g，琼脂 15～20g，蒸馏水 1000mL。

② 制法　将除琼脂以外的各成分溶于部分蒸馏水中，加入 15％氢氧化钠溶液约 2mL 校正 pH 值至 7.2～7.4。加入琼脂，加热煮沸，使琼脂溶化，定容后分装于三角瓶中，包扎后 （121±1）℃高压灭菌 20min。

注：此培养基供一般细菌培养用，可倾注平板或制成斜面。如菌落计数，琼脂量为 1.5％；如作成平板或斜面，则琼脂量为 2％。

（2）磷酸盐缓冲液（稀释液）

① 储存液　磷酸二氢钾 34g；1mol/L 氢氧化钠溶液 175mL；蒸馏水适量。

② 制法　先将磷酸盐溶解于 500mL 蒸馏水中，用 1mol/L 氢氧化钠溶液校正 pH 值至 7.0～7.2，再用蒸馏水稀释至 1000mL。

③ 稀释液　取储存液 1.25mL，用蒸馏水稀释至 1000mL。按 9mL/支分装于试管，90mL/瓶分装于三角瓶中，塞上棉塞包扎后 （121±1）℃高压灭菌 20min。

（3）0.85％生理盐水　称取氯化钠（分析纯）8.5g，溶于1000mL蒸馏水中。分装于三角瓶中，包扎后（121±1）℃高压灭菌20min。

（4）水琼脂培养基

① 成分　琼脂9～18g；蒸馏水1000mL。

② 制法　加热使琼脂溶化，校正pH值使其在灭菌后保持6.8～7.2。分装于三角瓶中，包扎后（121±1）℃高压灭菌20min。

上述稀释液和培养基如不马上使用，应保存在0～5℃下，时间不超过1个月。

5. 检测程序

细菌总数的检测程序如图9-1所示。

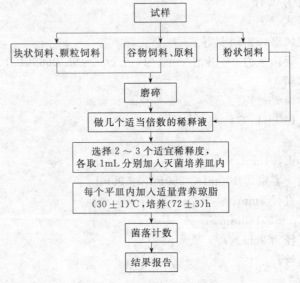

图9-1　细菌总数的检测程序

6. 测定步骤与方法

（1）样品的采集与制备　采样时必须特别注意样品的代表性和避免采样时的污染。首先准备好灭菌容器和采样工具，如灭菌牛皮纸袋或广口瓶、金属勺和刀，在卫生学调查基础上，采取有代表性的样品，粉碎过0.45mm孔径筛，用四分法缩减至250g。样品采集后应尽快检验，否则应将样品放在低温干燥处。

（2）无菌称取试样25g（或10g），放入含有225mL（或90mL）生理盐水或稀释液的灭菌三角瓶中（瓶内预先加有适当数量的玻璃珠）。置振荡器上，振荡30min。经充分振摇后，制成1∶10的均匀稀释液。最好置振荡器中以8000～10 000r/min的速度处理1min。

（3）1mL灭菌吸管吸取1∶10稀释液1mL，沿管壁慢慢注入含有9mL稀释液的试管内（注意吸管尖端不要触及管内稀释液），振摇试管，或放微型混合器上，混合30s，混合均匀，做成1∶100的稀释液。

（4）另取一支1mL灭菌吸管，按上述操作顺序，做10倍递增稀释，如此每递增稀释一次，即更换一支灭菌吸管。

（5）根据饲料卫生标准要求或对试样污染程度的估计，选择2～3个适宜稀释度，分别在作10倍递增稀释的同时，即用吸取该稀释度的吸管移1mL稀释液于灭菌平皿内，每个稀释度作两个平皿。

（6）稀释液移入平皿后，应及时将冷却至（46±1）℃的培养基［培养基可放置（46±

1)℃水浴锅内保温〕约 15mL 注入平皿，小心转动平皿使试样与培养基充分混匀。从稀释试样到倾注培养基，时间不能超过 30min。

如估计到试样中所含微生物可能在培养基平皿表面生长时，待培养基完全凝固后，可在培养基表面倾注冷却至（46±1）℃的水琼脂培养基 4mL。

（7）待琼脂凝固后，倒置平皿于（30±1）℃恒温培养箱内培养（72±3）h 后，取出，计数平板内菌落数目，菌落数乘以稀释倍数，即得每克试样所含细菌总数。

7. 计算方法

（1）菌落计数方法 作平板菌落计数时，可用肉眼观察，必要时借助于放大镜检查，以防遗漏。在计数出各平板菌落数后，求出同一稀释度的两个平板菌落的平均值。

（2）菌落计数的报告

① 计数原则 选取菌落数在 30～300 之间的平板作为菌落计数标准。每一稀释度采用两个平板菌落的平均数，如两个平板其中一个有较大片状菌落生长时，则不宜采用，而应以无片状菌落生长的平板作为该稀释度的菌落数，若片状菌落不到平板的一半，而另一半菌落分布又很均匀，即可计算半个平板后乘以 2 代表全平板菌落数。

② 稀释度的选择

a. 应选择平均菌落数在 30～300 之间的稀释度，乘以稀释倍数报告之（表 9-1 中例次 1）。

b. 如有两个稀释度，其生长的菌落数均在 30～300 之间，视两者之比如何来决定，如其比值小于或等于 2，应报告其平均数；如大于 2，则报告其中较小的数字（表 9-1 中例次 2 及例次 3）。

c. 如所有稀释度的平均菌落数均大于 300，则应按稀释度最高的平均菌落数乘以稀释倍数报告之（表 9-1 中例次 4）。

d. 如所有稀释度的平均菌落数均小于 30，则应按稀释度最低的平均菌落数乘以稀释倍数报告之（表 9-1 中例次 5）。

e. 如所有稀释度均无菌落生长，则以小于 1 乘以最低稀释倍数报告之（表 9-1 中例次 6）。

f. 如所有稀释度的平均菌落数均不在 30～300 之间，其中一部分大于 300 或小于 30 时，则以最接近 30 或 300 的平均菌落数乘以稀释倍数报告之（表 9-1 中例次 7）。

表 9-1 稀释度选择和细菌总数报告方式

例次	稀释度及细菌总数/个			稀释液之比	细菌总数/[cfu/g(mL)]	报告方式/[cfu/g(mL)]
	10^{-1}	10^{-2}	10^{-3}			
1	多不可计	164	20	—	16 400	16 000 或 1.6×10^4
2	多不可计	295	46	1.6	37 750	38 000 或 3.8×10^4
3	多不可计	271	60	2.2	27 100	27 000 或 2.7×10^4
4	多不可计	多不可计	313		313 000	310 000 或 3.1×10^5
5	27	11	5	—	270	270 或 2.7×10^2
6	0	0	0		$<1 \times 10$	<10
7	多不可计	305	12		30 500	31 000 或 3.1×10^4

（3）结果报告 菌落在 100 以内时，按其实有数报告；大于 100 时，采用两位有效数字，在两位有效数字后面的数值，以四舍五入方法计算。为了缩短数字后面的零数，也可用 10 的指数来表示。

【操作关键提示】

所用器具使用前一律要进行灭菌处理。从采样、制样到分离培养、生化鉴定等过程都必须坚持无菌操作。

三、饲料中霉菌的检验

1. 适用范围

本测定方法适用于饲料中霉菌的检验。

2. 测定原理

根据霉菌生理特性，选择适宜于霉菌生长而不适宜于细菌生长的高渗培养基，采用平皿计数方法，测定饲料中的霉菌数。

3. 仪器设备

① 分析天平　分度值 0.001g。

② 恒温培养箱　[(25～28)±1]℃。

③ 冰箱　普通冰箱。

④ 高压灭菌器　2.5kgf/cm² (1kgf/cm²＝98.0665kPa)。

⑤ 水浴锅　[(45～77)±1]℃。

⑥ 振荡器　往复式。

⑦ 微型混合器　2900r/min。

⑧ 灭菌玻璃三角瓶　250mL，500mL。

⑨ 灭菌试管　15mm×150mm。

⑩ 灭菌平皿　直径 9cm。

⑪ 灭菌吸管　1mL，10mL。

⑫ 灭菌玻璃珠　直径 5mm。

⑬ 灭菌广口瓶　100mL，500mL。

⑭ 试管架。

⑮ 接种棒　镍铬丝。

⑯ 灭菌金属勺、刀等。

4. 培养基和稀释液制备

除特殊规定外，本标准所用化学试剂为分析纯或化学纯；生物制剂为细菌培养用；水为蒸馏水。

（1）高盐察氏培养基

① 成分　硝酸钠 2g，磷酸二氢钾 1g，硫酸镁 0.5g，氯化钾 0.5g，硫酸亚铁 0.01g，氯化钠 60g，蔗糖 30g，琼脂 20g，蒸馏水 1000mL。

② 制法　加热溶解，定容于 1000mL，分装于三角瓶中，包扎后 (121±1)℃高压灭菌 30min。必要时，可酌量增加琼脂。

（2）稀释液

① 成分　氯化钠 8.5g；蒸馏水 1000mL。

② 制法　加热溶解，分装于三角瓶中，包扎后 (121±1)℃高压灭菌 30min。

（3）实验室常用消毒药品。

5. 检测程序

霉菌检测程序如图 9-2 所示。

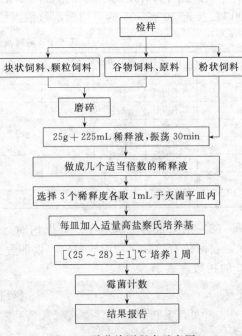

图 9-2　霉菌检测程序示意图

6. 测定步骤与方法

(1) 样品的采样与制备　采样时必须特别注意样品的代表性，并避免采样时的污染。预先准备好灭菌容器和采样工具，如灭菌牛皮纸袋或广口瓶、金属勺和刀，在卫生学调查基础上，采取有代表性的样品，粉碎，过 0.45mm 孔径筛，用四分法缩减至 250g。样品采集后应尽快检验，否则应将样品放在低温干燥处。

(2) 以无菌操作称取样品 25g（或 25mL）放入含有 225mL 灭菌稀释液的具塞三角瓶中，置振荡器上，振摇 30min，即为 1∶10 的稀释液。

(3) 用灭菌吸管吸取 1∶10 稀释液 10mL，注入带玻璃珠的试管中，置微型混合器上混合 3min，或注入试管中，另用带橡皮乳头的 1mL 灭菌吸管反复吹吸 50 次，使霉菌孢子分散开。

(4) 取 1mL 1∶10 稀释液，注入含有 9mL 灭菌稀释液试管中，另换一支吸管吹吸 5 次，此液为 1∶100 稀释液。

(5) 按上述操作顺序作 10 倍递增稀释液，每稀释一次，换用一支 1mL 灭菌吸管，根据对样品污染情况的估计，选择 3 个合适稀释度，分别在作 10 倍稀释的同时，吸取 1mL 稀释液于灭菌平皿中，每个稀释度做 2 个平皿，然后将冷却至 45℃左右的高盐察氏培养基注入平皿中，充分混合，待琼脂凝固后，倒置于 [(25～28)±1]℃恒温培养箱中，培养 3 天后开始观察，应连续培养观察 1 周。或者先将高盐察氏培养基注入平皿中，待琼脂凝固后，吸取一定体积的稀释液于培养基表面，并涂布均匀后培养。一般先生长出白色菌落后因产生孢子和色素使菌落带上不同的颜色。

7. 计算方法

(1) 通常选择菌落数在 10～100 个之间的平皿进行计数，同稀释度的 2 个平皿的菌落平均数乘以稀释倍数，即为每克（或每毫升）检样中所含霉菌数。

(2) 结果报告。稀释度选择和霉菌总数报告方式见表 9-2。

表 9-2　稀释度选择和霉菌总数报告方式

| 例次 | 稀释度及霉菌数/个 | | | 稀释度选择 | 稀释液之比 | 霉菌总数 /[cfu/g(mL)] | 报告方式 /[cfu/g(mL)] |
	10^{-1}	10^{-2}	10^{-3}				
1	多不可计	80	8	选 10～100 之间	—	8000	8000 或 8.0×10^3
2	多不可计	87	12	均在 10～100 之间比值 ＝2 取平均数	1.4	10 350	10 000 或 1.0×10^4
3	多不可计	95	20	均在 10～100 之间比值 ＞2 取较小数	2.1	9500	9500 或 9.5×10^3
4	多不可计	多不可计	110	均＞100 取稀释度最高的数	—	110 000	110 000 或 1.1×10^5
5	9	2	0	均＜10 取稀释度最低的数	—	90	90
6	0	0	0	均无菌落生长则以 ＜1 乘以最低稀释度	—	$<1\times10$	＜10
7	多不可计	102	3	均不在 10～100 之间取最接近 10 或 100 的数	—	10 200	10 000 或 1.0×10^4

注：cfu/g(mL) 与个/g(mL) 相当。

【操作关键提示】

所用器具使用前一律要进行灭菌处理。从采样、制样到分离培养、生化鉴定等过程都必须坚持无菌操作。

四、饲料中沙门氏菌的检验

1. 适用范围

本方法适用于配合饲料（包括混合饲料）和动物性单一饲料中沙门氏菌的检验。

2. 测定原理

根据沙门氏菌的生理特性，选择有利于沙门氏菌增殖而大多数细菌受到抑制生长的培养基，进行选择性增菌及选择性平板分离，并根据其生化特性结合血清学方法进行鉴定。

3. 仪器设备

① 高压灭菌锅或灭菌箱。

② 干热灭菌箱　$[(37\pm1)\sim(55\pm1)]℃$。

③ 培养箱　$(36\pm1)℃$。

④ 水浴锅　$(36\pm1)℃$，$(45\pm1)℃$，$(55\pm1)℃$，$(70\pm1)℃$。

⑤ $(42\pm1)℃$水浴锅或$(42\pm0.5)℃$培养箱。

⑥ 接种环　铂铱或镍铬丝，直径约 3mm。

⑦ pH 计。

⑧ 培养瓶或三角瓶（可用无毒金属或塑料螺丝盖的培养瓶或三角瓶）。

⑨ 培养试管　直径 8mm，长度 160mm。

⑩ 量筒。

⑪ 刻度吸管。

⑫ 平皿　皿底直径 9cm。

4. 培养基、试剂和血清

检测中所用化学试剂为分析纯生物制剂为细菌培养用；水为蒸馏水。

（1）缓冲蛋白胨水

① 成分　蛋白胨 10g，氯化钠 5g，磷酸氢二钠 9g，磷酸二氢钾 1.5g，蒸馏水 1000mL。

② 制法　按上述成分配好后，校正 pH 值为 7.0，分装于 500mL 三角瓶中，每瓶 225mL，包扎后 $(121\pm1)℃$ 高压灭菌 20min 后备用。

（2）氯化镁-孔雀绿增菌液

① 溶液 A

a. 成分　蛋白胨 5g，氯化钠 8g，磷酸二氢钾 1.6g，蒸馏水 1000mL。

b. 制法　将各成分加入蒸馏水中，加热至约 70℃溶解，校正 pH 值为 7.0，此溶液需当天使用。

② 溶液 B

a. 成分　氯化镁 400g，蒸馏水 1000mL。

b. 制法　将氯化镁溶解于蒸馏水中。

③ 溶液 C

a. 成分　孔雀绿 0.4g，蒸馏水 100mL。

b. 制法　将孔雀绿溶于蒸馏水中，溶液需保存于棕色玻璃瓶中。

④ 完全培养基制备

a. 成分　溶液 A 1000mL，溶液 B 100mL，溶液 C 10mL。

b. 制法　按上述比例配制，校正 pH 值，使灭菌后 pH 值为 5.2，分装于试管中，每管 10mL，115℃高压灭菌 15min。冰箱内保存。

（3）亚硒酸盐胱氨酸增菌液

① 基础液

a. 成分　胰蛋白胨 5g，乳糖 4g，磷酸氢二钠 10g，亚硒酸钠 4g，蒸馏水 1000mL。

b. 制法　溶解前三种成分于蒸馏水中，煮沸 5min 冷却后，加入亚硒酸钠，校正 pH 值为 7.0，分装，每瓶 1000mL。

② L-胱氨酸溶液　将 0.1g L-胱氨酸成分溶解于 1mol/L 氢氧化钠溶液 15mL 中，溶解后注入灭菌瓶中，用灭菌水将上述成分稀释至 100mL 即可，无须高压蒸汽灭菌。

③ 完全培养基制备　取冷却后的基础液 1000mL，以无菌操作加 L-胱氨酸溶液 10mL，将培养基分装于适当容量的灭菌瓶中，每瓶 100mL，培养基在配制好后当日使用。

（4）酚红、煌绿琼脂

① 基础液

a. 成分　牛肉浸膏 5g，蛋白胨 10g，酵母浸液粉末 3g，磷酸氢二钠 1g，磷酸二氢钠 0.6g，琼脂 12～18g，蒸馏水 900mL。

b. 制法　将上述成分加水煮沸溶解，校正 pH 值为 7.0，（121±1）℃高压灭菌 20min。

② 糖、酚红溶液

a. 成分　乳糖 10g，蔗糖 10g，酚红 0.09g，蒸馏水 100mL。

b. 制法　将各成分溶解于水中，在 70℃水浴锅中加温 20min，冷却至 55℃立即使用。

③ 煌绿溶液　取煌绿 0.3g 溶解于 100mL 蒸馏水中，放在暗处不少于 1 天，使其自然灭菌。

④ 完全培养基制备　在无菌条件下，将煌绿溶液 1mL 加入到冷却至约 55℃的糖、酚红溶液 100mL 中，再将上述混合液与 900mL 50～55℃基础液中混合。

⑤ 琼脂平皿制备　将制备的完全培养基在水浴锅中溶解，冷却至 50～55℃，倾注入灭菌的平皿中。大号平皿，倾入约 40mL，小号平皿，倾入约 15mL，待凝固后备用。平皿在室温保存，不超过 4h；如在冰箱内保存，不超过 24h。

（5）DHL 琼脂

a. 成分　蛋白胨 20g，牛肉浸膏 3g，乳糖 10g，蔗糖 10g，去氧胆酸钠 1g，硫代硫酸钠 2.3g，柠檬酸钠 1g，柠檬酸铁铵 1g，中性红 0.03g，琼脂 18～20g，蒸馏水 1000mL。

b. 制法　将除中性红和琼脂以外的成分溶解于 400mL 蒸馏水中，校正 pH 值为 7.3，再将琼脂溶于 600mL 蒸馏水中煮沸溶解，两液合并，加入 0.5％中性红水溶液 6mL，待冷却至 50～55℃，倾注平皿。

（6）营养琼脂

a. 成分　牛肉浸膏 3g，蛋白胨 5g，琼脂 9～18g，蒸馏水 1000mL。

b. 制法　将上述各成分煮沸溶解，校正 pH 值为 7.0，（121±1）℃高压灭菌 20min，冷却至 50～55℃时，倾注入灭菌平皿中，每皿约 15mL。

（7）三糖铁琼脂

a. 成分　牛肉浸膏 3g，酵母浸膏 3g，蛋白胨 20g，氯化钠 5g，乳糖 10g，蔗糖 10g，葡萄糖 1g，柠檬酸铁 0.3g，硫代硫酸钠 0.3g，酚红 0.024g，琼脂 12～18g，蒸馏水 1000mL。

b. 制法　将除琼脂和酚红以外的各成分溶解于蒸馏水中，校正 pH 值为 7.4，加入琼脂，加热煮沸，以溶化琼脂，再加入 0.2％酚红溶液 12mL，摇匀，分装试管，装量宜多些，以便得到较高的底层，（121±1）℃高压灭菌 20min，放置高层斜面备用。

（8）尿素琼脂

① 基础液

a. 成分　蛋白胨 1g，葡萄糖 1g，氯化钠 5g，磷酸二氢钾 2g，酚红 0.012g，琼脂 12～

18g，蒸馏水 1000mL。

b. 制法　将上述成分溶于水中，煮沸，校正 pH 值为 6.8，(121±1)℃高压灭菌 20min。

② 尿素溶液　将尿素 400g 溶于 1000mL 水中，用过滤器除菌，并应检查灭菌情况。

③ 完全培养基制备　在无菌条件下，将尿素溶液 50mL 加到 950mL 溶化并冷却至 45℃基础液中，分装于试管，放置成斜面备用。

（9）赖氨酸脱羧试验培养基

a. 成分　L-赖氨酸盐酸盐 5g，酵母浸膏 3g，葡萄糖 1g，溴甲酚紫 0.015g，蒸馏水 1000mL。

b. 制法　将上述各成分溶于蒸馏水中，煮沸，校正 pH 值为 6.8，分装于小试管中，每支约 5mL，(121±1)℃高压灭菌 10min，备用。

（10）V-P 反应培养基

① 基础培养基

a. 成分　蛋白胨 7g，葡萄糖 6g，磷酸氢二钾 5g，蒸馏水 1000mL。

b. 制法　将上述成分溶于水中，加热溶解，校正 pH 值为 6.9，分装于小试管中，每支约分装 3mL，115℃高压蒸汽灭菌 20min。

② 肌酸溶液　将肌酸单水化合物 0.5g 溶于 100mL 蒸馏水中，备用。

③ α-萘酚乙醇溶液　将 α-萘酚 6g 溶于 100mL 96％乙醇溶液中。

④ 氢氧化钾溶液　将氢氧化钾 40g 溶于 100mL 蒸馏水中。

（11）靛基质反应培养基

① 基础培养基

a. 成分　胰蛋白胨 10g，氯化钠 5g，DL-色氨酸 1g，蒸馏水 1000mL。

b. 制法　将上述各成分溶解于 100℃水中，过滤，校正 pH 值为 7.5，分装于小试管中，每支 5mL，(121±1)℃高压蒸汽灭菌 15min。

② 柯凡克试剂　将对二甲氨基苯甲醛 5g 溶于 75mL 戊醇中，然后缓缓加入 25mL 浓盐酸中。

（12）β-半乳糖苷酶试剂

① 缓冲液　将磷酸二氢钠 6.9g 溶于大约 45mL 蒸馏水中，用 0.1mol/L 氢氧化钠溶液调 pH 值为 7.0，加水至 50mL，即为缓冲液，贮存于冰箱中备用。

② ONPG 溶液　将邻硝基酚 β-D-半乳糖苷（ONPG）80mg 溶解于 15mL 50℃蒸馏水中后冷却。

③ 完全试剂　将缓冲液 5mL 加入到 15mL ONPG 溶液中。

（13）半固体营养琼脂

a. 成分　牛肉浸膏 3g，蛋白胨 5g，琼脂 4～5g，蒸馏水 1000mL。

b. 制法　将上述成分溶于蒸馏水中，校正 pH 值为 7.0，(121±1)℃高压灭菌 20min。

（14）盐水溶液　将 8.5g 氯化钠溶解于 1000mL 蒸馏水中，煮沸，校正 pH 值为 7.0 后分装，(121±1)℃高压灭菌 20min。

（15）沙门氏菌因子 O、V_i、H 型血清。

5. 检验程序（图 9-3）

6. 测定步骤与方法

（1）样品采集　实验室样品要真实、具有代表性，在运输和贮存过程中没有发生损失或改变。采样的方法和样品量可按照国家标准 GB/T 14699.1 进行，采样前器具要经过消毒灭菌。

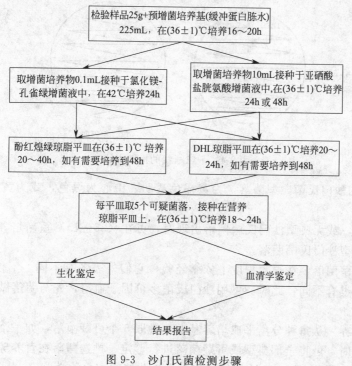

图 9-3　沙门氏菌检测步骤

　　(2) 试样的制备　将至少 2kg 具有代表性的饲料样品，四分法缩分至约 250g，过 40 目筛，在密闭瓶中低温保存。

　　(3) 预增菌培养　取检验样品 25g，加入装有 225mL 缓冲蛋白胨水的 500mL 广口瓶内（粒状可用均质器以 8000～10 000r/min 打碎 1min，或用乳钵加灭菌砂磨碎）。如果试样量不足 25g，试样质量与预增菌液的体积比应约为 1:10。将增菌液在 (36±1)℃ 培养，时间不少于 16h，不超过 20h。[当检测来自同一特定样品的多个试样时，若有证据表明试样混合不影响检验结果，试样可以混合。例如：若需检测 10 份 25g 试样时，混合这 10 份，形成 250g 试样，缓冲蛋白胨水用 2250mL。或者从 10 个单独的试样预增菌液中分别取出 0.1mL 和 10mL，加入氯化镁-孔雀绿增菌液（RV）培养基和亚硒酸盐胱氨酸增菌液中，混合后分别接入 0.1L 和 1L 选择性增菌培养基中。另外，干样和粉状样可能需要特殊的水合过程以提高沙门氏菌的复性。]

　　(4) 选择性增菌培养　取预增菌培养物 0.1mL，接种于装 10mL 氯化镁-孔雀绿增菌液（RV）的试管中，在 42℃ 培养 24h。另取预增菌培养物 10mL，接种于装有 100mL 亚硒酸盐胱氨酸增菌液培养瓶中，在 (36±1)℃ 培养 24h 或 48h。

　　(5) 分离培养　取上述两种预增菌培养物各一接种环，分别画线接种在酚红煌绿琼脂平皿和 DHL 琼脂平皿上，为取得明显的单个菌落，取一环培养物，接种两个平皿，第一个平皿接种后，不要烧接种环，连续在第二个平皿上画线接种，画线方法如图 9-4 所示。当仅用一个平皿时，画线方法按图 9-4 中的第一个平皿的方法。将接种后的平皿倒置，在 (36±1)℃ 培养。

　　亚硒酸盐胱氨酸培养基在培养 24h 和 48h 后，按上述分离培养操作各培养一次。

　　(6) 检查　培养 20～24h 后，检查平皿中是否出现沙门氏菌典型菌落，生长在酚红煌绿琼脂上的沙门氏菌典型菌落，使培养基颜色由粉红色变红色，菌落为红色透明；生长在

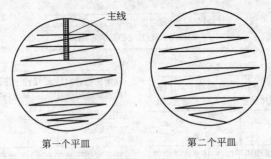

图 9-4 平皿画线的标准方法

DHL 培养基上的沙门氏菌典型菌落，为黄褐色透明，中心为黑色，或为黄褐色透明的小型菌落。

如生长微弱，或无典型沙门氏菌菌落出现时，可在 (36 ± 1)℃重新培养 18～24h。再检验平皿是否有典型沙门氏菌菌落。

辨认沙门氏菌菌落，在很大程度上依靠经验，它们外表各有不同，不仅是种与种之间，每批培养基之间也有不同，此时，可用沙门氏菌多价因子血清，先与菌落做凝集反应，以帮助辨别可疑菌落。

（7）鉴定培养　从每种分离平皿培养基上，挑取 5 个可疑菌落，如一个平皿上典型或可疑菌落少于 5 个时，可将全部典型或可疑菌落进行鉴定。挑选菌落在营养琼脂平皿上划线培养，在 (36 ± 1)℃培养 18～24h，用纯培养物做生化鉴定和血清学鉴定。

① 生化鉴定　将从分离培养基上挑选的典型菌落，用接种针接种在以下鉴定培养基上。

a. 三糖铁培养基　在琼脂斜面上划线和穿刺，在 (36 ± 1)℃培养 24h。培养基变化如表 9-3 所示。

表 9-3　三糖铁培养基变化表

培养基部位	培养基变化	
琼脂斜面	黄色	乳糖和蔗糖阳性（利用乳糖或蔗糖）
	红色或不变色	乳糖和蔗糖阴性（不利用乳糖或蔗糖）
琼脂深部	底端黄色	葡萄糖阳性（发酵葡萄糖）
	红色或不变色	葡萄糖阴性（不发酵葡萄糖）
	穿刺黑色	形成硫化氢
	气泡或裂缝	葡萄糖产气

典型沙门氏菌培养基，斜面显红色（碱性），底端显黄色（酸性），有气体产生，有 90％形成硫化氢，琼脂变黑。当分离到乳糖阳性沙门氏菌时，三糖铁斜面是黄色的，因而要证实沙门氏菌，不应仅仅限于三糖铁培养的结果。

b. 尿素琼脂培养基　在琼脂表面划线，在 (36 ± 1)℃培养 24h，应随时检查，如反应是阳性，尿素极快的释放氨，它使酚红的颜色变成玫瑰红色至桃红色，以后再变成深粉红色，反应常在 2～24h 之间出现。

c. L-赖氨酸脱羧反应培养基　将培养物刚好接种在液体表面之下，在 (36 ± 1)℃培养 24h，生长后产生紫色，表明是阳性反应。

d. V-P 反应培养基　将可疑菌落接种在 V-P 反应培养基上，在 (36 ± 1)℃培养 24h，取培养物 0.2mL 于灭菌试管中，加肌酸溶液 2 滴，充分混匀后加 α-萘酚乙醇溶液 3 滴，充分混匀后再加氢氧化钾溶液 2 滴，再充分振摇混匀，在 15min 内，形成桃红色，表明为阳性反应。

　　e. 靛基质反应培养基　取可疑菌落，接种于装有 5mL 胰蛋白胨色氨酸培养基的试管中，在（36±1）℃ 培养 24h，培养结束后，加柯凡克试剂 1mL，形成红色，表明是阳性反应。

　　f. 检查 β-半乳糖苷酶的反应　取一接种环可疑菌落，悬浮于装有 0.25mL 生理盐水的试管中，加甲苯 1 滴，振摇混匀，将试管在（36±1）℃ 水浴锅中放置数分钟，加 ONPG 试液 0.25mL，将试管重新放入（36±1）℃ 水浴锅中 24h，随时检查，黄色表明为阳性反应，反应常在 20min 后明显出现。

　　生化试验如表 9-4 所示。

表 9-4　生化试验表

可疑菌在培养基上的反应	阳性或阴性	出现此反应者沙门氏菌株比例/%
三糖铁葡萄糖形成酸	+	100
三糖铁葡萄糖产气	+	91.9①
三糖铁乳糖	−	99.2②
三糖铁蔗糖	−	99.5
三糖铁硫化氢（H_2S）	+	91.6
尿素分解	−	100
赖氨酸脱羧反应	+	94.6③
β-半乳糖苷酶反应	−	98.5②
V-P 反应	−	98.5
靛基质反应	−	98.5

① *Salmonella typhi*（伤寒沙门氏菌）不产气。

② 沙门氏菌亚属Ⅲ（亚利桑那属）乳糖反应可阴可阳，但 β-半乳糖苷酶的反应总是阳性。沙门氏菌亚属Ⅱ乳糖反应阴性，β-半乳糖苷酶的反应阳性。对这些菌株，可补充生化试验。

③ *Salmonella paratyphi* A（甲型副伤寒沙门氏菌）赖氨酸脱羧反应阴性。

　　② 血清学鉴定　以纯培养菌落，用沙门氏菌因子血清，用平板凝集法，检查其抗原的存在。

　　a. 除去能自凝的菌株　在仔细擦净的玻璃板上，放 1 滴盐水，使部分被检菌落分散于盐水中，均匀混合后，轻轻摇动 30～60s，对着黑色背影观察，如果细菌已凝集成或多或少的清晰单位，此菌株被认为能自凝，不宜提供做抗原鉴定。

　　b. O 抗原检查　用认为无自凝力的纯菌落，在仔细擦净的玻璃板上，放 1 滴盐水使部分被检菌落分散于盐水中，再加入 1 滴 O 型血清，均匀混匀后，轻轻摇动 30～60s，对着黑色背影观察，如发生凝集，判为阳性。

　　c. V_i 抗原检查　用认为无自凝力的纯菌落，在仔细擦净的玻璃板上，放 1 滴盐水使部分被检菌落分散于盐水中，再加入 1 滴 V_i 型血清，对着黑色背影观察，如发生凝集，判为阳性。

　　d. H 抗原检查　用认为无自凝力的纯菌落接种在半固体营养琼脂中，在（36±1）℃ 培养 18～20h，用这种培养物作为检查 H 抗原用。在仔细擦净的玻璃板上，放 1 滴盐水使部分被检菌落分散于盐水中，再加入 1 滴 H 型血清，均匀混合后，轻轻摇动 30～60s，如发生凝集，判为阳性。

　　生化和血清学试验综合鉴定如表 9-5 所示。

表 9-5　生化和血清学试验综合鉴定表

生化反应	有无自凝	血清学反应	说　明
典型	无	O、V_i 或 H 抗原阳性	被认为是沙门氏菌菌株
典型	无	全为阴性反应	可能是沙门氏菌
典型	有	未做检查	可能是沙门氏菌
无典型反应	无	O、V_i 或 H 抗原阳性	可能是沙门氏菌
无典型反应	无	全为阴性反应	不认为是沙门氏菌

注：沙门氏菌可疑菌株，送专门菌种鉴定中心进行鉴定。

7. 结果表示

综合以上生化试验、血清鉴定结果报告检验样品是否含有沙门氏菌。

【操作关键提示】

　　所用器具使用前一律要进行灭菌处理。从采样、制样到分离培养、生化鉴定等过程都必须坚持无菌操作。

【复习思考题】

1. 如何测定和判定饲料中的黄曲霉素超标？
2. 如何测定饲料中的有毒物质异硫氰酸酯和棉酚？
3. 简述饲料中微生物检验的意义。
4. 在微生物学检验操作中如何实现无菌原则？
5. 简述饲料中细菌总数、霉菌、沙门氏菌的检验原理及检验程序。

第十章 配合饲料加工过程的质量监控

[知识目标]
1. 了解配合饲料加工工艺及各工序质量控制。
2. 掌握配合饲料主要加工质量指标检测原理及方法。

[技能目标]
1. 能正确使用配合饲料加工质量检测仪器。
2. 能够正确操作配合饲料质量检测方法。

选用优质的饲料原料，最佳的配方设计，是配合饲料加工生产的基础。需要通过科学合理的加工工艺和完善的质量指标的评定，质量控制才能够得以保证。衡量配合饲料质量是主要指标通常包括配合饲料粉碎粒度、饲料混合均匀度、微量元素预混合饲料混合均匀度、颗粒饲料硬度、颗粒饲料淀粉糊化度、粉化率及含粉率等。

第一节 配合饲料加工工艺流程简介

配合饲料加工工艺是指从原料接收到成品出厂的全部生产过程，是决定饲料加工企业产品质量和生产效率的重要因素之一，颗粒、粉状配合饲料生产主要工序见图 10-1。

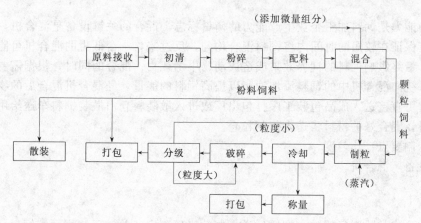

图 10-1 颗粒、粉状配合饲料生产工序

一、原料接收与初清

原料接收、初清是指将饲料生产所需原料运送至厂内，经检验、计量、初清筛选除杂后入库存放或进入生产线使用。

质量控制要点 ①原料的水分控制。②各种主要营养成分含量控制。③杂质控制：金属杂质、泥沙等。

主要设备 输送机、提升机、台秤、计量设备、料仓、卸货台、卸料坑等。

二、粉碎

粉碎是将粒状原料加工成粉料，以增大饲料的比表面积，有利于动物的消化和吸收，但并非越细越好，过细易引起畜禽呼吸系统、消化系统障碍，因而应根据不同饲养的要求控制不同的粒度。由于该工序对生产能力、生产成本影响较大，同时又是饲料企业噪声、粉尘产生的主要工序，因而可根据具体情况制定不同的粉碎工艺，如一次粉碎工艺、二次粉碎工艺、负压吸风等。

质量控制要点　粉料的粒度。

主要设备　粉碎机。

三、配料

配料是按照饲料配方的要求采用特定的配料装置，对不同品种的原料进行准确称量的过程，它是饲料生产的关键工序。

配料的核心设备是配料秤，各配料仓中的原料由每个配料仓下的喂料器向配料秤供料，并由配料秤对每种原料进行称重。每种原料的配料量是由配料秤的控制系统根据生产配方进行控制的。配料完毕，配料秤斗的卸料门开启，将该批物料卸入混合机。物料卸空后，卸料门关闭，配料秤即可进行下一批物料的称重配料。配料工序工作质量的好坏直接影响产品的配料精度，因此可以说，配料是整个饲料生产过程的核心。

质量控制要点　准确称量。

主要设备　配料秤。

四、混合

混合是在外力的作用下，各种物料互相掺和，使各种物料均匀分布，达到所要求的混合均匀度。

混合的能力是饲料加工企业生产能力的衡量标志，混合的关键设备是混合机，混合机质量好，可以保证在较短的时间内将饲料混合均匀，反过来，一台低劣的混合机可能导致产品质量恶化，最终影响饲料的饲养效果或造成动物中毒死亡。混合的同时，根据需要可以通过油脂添加系统向混合机中的饲料添加油脂以提高饲料的能量。经混合机混合后的物料即是粉料成品，它可直接送入成品包装工序打包出厂或进入散装料仓由散装饲料车送给用户。如生产颗粒饲料，混合好的粉料将送入待制粒仓。

质量控制要点　均匀度。

主要设备　混合机。

五、制粒

待制粒仓中的粉料经磁选、调质后送入制粒机压制室，并被压制成颗粒饲料。磁选的作用是清除在初清磁选后的生产过程中可能混入的磁性杂质，保护制粒机的安全；调质则是往调质器中添加蒸汽，依靠水分、热量、压力等的联合作用改善物料的制粒性能，提高制粒机的产量及颗粒成品的质量。调质过程中，根据需要可以往饲料中加入一定量的糖蜜。制粒机压制出的颗粒温度和湿度都很高，需进入冷却器降温降湿，成为具有一定强度和硬度、水分含量满足储存要求的颗粒饲料。由于制粒机工作时很难将全部的粉料压制成形，因此冷却后要对物料进行分级，没有成形的粉料回到制粒机重新制粒。为了降低制粒过程中的消耗，在生产较小的颗粒饲料时，往往采用较大的模孔进行生产，然后再用破碎机将颗粒破碎成需要的规格。经破碎后的颗粒饲料在分级时，过大的颗粒和过小的粉末都被认为是不合格的，前者应回到破碎机重新破碎，后者则应回到制粒机。合格的成品由输送机械送入成品包装工序。

质量控制要点　制粒均匀性。

主要设备　制粒机。

六、成品包装

成品出厂一般采用两种方式，袋装或散装。国内由于输送设备、饲养场喂料设备等不配套，大多采用袋装出厂的方式。成品袋装，是由自动打包设备对成品进行称重、装袋、缝口。袋装规格可通过调整打包秤进行改变。

将配合饲料配方中的各种微量成分如维生素、矿物微量元素、氨基酸、防腐剂、抗菌素等与一定量的载体、稀释剂混合在一起作为配合饲料的一种原料，以一定比例添加到配合饲料中的一种饲料的半成品，称之为预混合饲料。由于各组分含量较低，因而预混合饲料在生产过程中对配料精度、混合均匀度要求高。

【操作关键提示】

1. 工艺流程的选配应考虑产品的种类、工厂规模以及今后的发展方向等因素。

2. 选配先进的机械设备，是提高产量、保证质量、节约能耗的基础。如选用微机控制的电子秤，能保证配料的精确性；选用高质量的制粒机，能提高颗粒饲料产品的质量，降低制粒机的运行费用。

3. 各工序的设备配置要得当，保证工艺流程的连续性。流程中的前后工序应相互配合，前一工序要为后一工序创造有利条件，后一工序的生产能力应比前一工序大 5%～10%。如原料清理为粉碎机的工作创造条件，配料秤和混合机在时间上要衔接，动作上要连贯。

4. 工艺流程应完整、流畅、简捷，不得出现工序重复或连接不畅。

5. 应充分考虑生产中产生的噪声和粉尘对工作人员及周围环境的影响，采取切实可行的噪声和粉尘防制措施，尽量创造良好的工作环境，保证安全生产。

第二节　配合饲料粉碎粒度的测定

粒度就是指物料颗粒的大小。由于物料颗粒大小不可能完全一致，因此，粒度是一个统计学概念，它的准确含义应该是物料颗粒的平均大小及颗粒大小的分布情况。配合饲料厂所使用的原料中除微量组分要求的粒度很小、需要用镜检法测定外，其它原料都可以采用筛分法进行粒度测定。

筛分法是将按一定规则选择的一组筛子，从上到下按筛孔由大到小排列成筛组，把称好的一定量物料置于最上层筛上，摇动筛组进行筛分，待各层筛的筛上物不再变化时，称量各层筛的筛上物重量，以此计算所测物料的粒度。

本测定方法主要参考国家标准《配合饲料粉碎粒度测定法》（GB/T 5917—2008）。

一、适用范围

本测定方法适用于用规定的标准编织筛测定配合饲料粉碎粒度。

二、仪器设备

（1）标准编织筛　筛目（目/英寸）：4，6，8，12，16；对应的净孔边长（mm）：

5.00，3.20，2.50，1.60，1.25。

 (2) 摇筛机 同一型号电动摇筛机。

 (3) 天平 分度值为0.01g。

三、测定步骤与方法

 从原始样品中称取试样100g，放入规定筛层的标准编织筛内，开动电动机连续筛10min，筛完后将各层筛上物分别称重，按下式计算：

$$该筛层上留存百分率 = \frac{该筛层上留存粉料的质量}{试样质量} \times 100\%$$

【操作关键提示】

 1. 过筛的损失不得超过1‰。即：经筛分后，

$$\frac{\sum 筛上物重量}{试样重量} \times 100\% \leqslant 1\%$$

 2. 试验允许误差不超过1‰，两次检验结果的平均值即为检测结果。

 3. 检验结果计算到小数点后一位。

 4. 本试验方法是国家标准中规定的配合饲料粉碎粒度测定方法。它不宜用于粉碎机粉碎性能的评定。

 5. 筛分时若发现有未经粉碎的谷粒与种子时，应加以称重并记载。

第三节 配合饲料混合均匀度的测定

 一般评定混合均匀度的方法是：在混合机内若干指定的位置或是在混合机的出口（或成品仓进口）以一定的时间间隔截取若干个一定数量的样品，分别测得每个样品所含检测成分的含量，然后用统计学上的变异系数表示。一般配合饲料混合均匀度的变异系数要求小于10%，即认为合格；5%以内为良好；3%以内为优秀。

 本测定法主要参考国家标准《配合饲料混合均匀度的测定》（GB/T 5918—2008），常用氯离子选择性电极法和甲基紫法两种测定方法。

一、氯离子选择性电极法

1. 适用范围

适用于各种配合饲料的质量检测，也适用于混合机和饲料加工工艺中混合均匀度的测定。

2. 测定原理

本法通过氯离子选择性电极的电位对溶液中氯离子的选择性响应来测定氯离子的含量，以饲料中氯离子含量的差异来反映饲料的混合均匀度。

3. 仪器设备

 (1) 氯离子选择性电极。

 (2) 双盐桥甘汞电极。

 (3) 酸度计或电位计 精度0.2mV。

 (4) 磁力搅拌器。

 (5) 烧杯 100mL，250mL。

（6）移液管 1mL，5mL，10mL。

（7）容量瓶 50mL，1000mL。

（8）分析天平 分度值0.0001g。

4. 试剂及配制

（1）0.5mol/L 硝酸溶液 吸取浓硝酸35mL，用水稀释至1000mL。

（2）2.5mol/L 硝酸钾溶液 称取252.75g硝酸钾于烧杯中，加水加热溶解，冷却后用水稀释至1000mL。

（3）氯离子标准液 称取经500℃灼烧1h冷却后的氯化钠8.2440g于烧杯中，加水微热溶解，转入1000mL容量瓶中，用水稀释至刻度，摇匀，溶液中含氯离子5mg/mL。

5. 测定步骤与方法

（1）标准曲线的绘制 吸取5mg/mL氯离子标准液0.1mL、0.2mL、0.4mL、0.6mL、1.2mL、2.0mL、4.0mL、6.0mL，分别置于50mL容量瓶中，加入5mL硝酸溶液，10mL硝酸钾溶液，用水稀释至刻度，摇匀，即得到0.01mg/mL、0.02mg/mL、0.2mg/mL、0.3mg/mL、0.6mg/mL、1.0mg/mL、2mg/mL、3mg/mL的氯离子系列标准溶液，将它们分别倒入100mL的干燥烧杯中，放入磁性搅拌子一粒，以氯离子选择性电极为指示电极，双盐桥甘汞电极为参比电极，用磁力搅拌器搅拌3min（转速恒定）。在酸度计或电位计上读取电位值（mV），以溶液的电位值为纵坐标，氯离子浓度为横坐标，在半对数坐标纸上绘制标准曲线。

（2）试样的测定 称取试样10g（准确至0.0002g）置于250mL烧杯中，准确加入100mL水，搅拌10min，静置10min后用干燥的中速性滤纸过滤。吸取试样滤液10mL置于50mL容量瓶中，加入5mL硝酸溶液及10mL硝酸钾溶液，用水稀释至刻度，摇匀，按标准曲线的操作步骤进行测定，读取电位值，从标准曲线上求得氯离子含量的对应值。

（3）混合均匀度的计算 以各次测定的氯离子含量的对应值为 X_1，X_2，X_3，…，X_{10}，其平均值 $\overline{X}$，标准差 S 与变异系数 CV 按下式计算：

$$CV = \frac{S}{\overline{X}} \times 100\%$$

$$\overline{X} = \frac{X_1 + X_2 + X_3 + \cdots + X_{10}}{10}$$

其标准差 S 为：

$$S = \sqrt{\frac{(X_1 - \overline{X})^2 + (X_2 - \overline{X})^2 + (X_3 - \overline{X})^2 + \cdots + (X_{10} - \overline{X})^2}{10 - 1}}$$

或

$$S = \sqrt{\frac{X_1^2 + X_2^2 + X_3^2 + \cdots + X_{10}^2 - 10\overline{X}^2}{10 - 1}}$$

若需求得饲料中的氯离子含量时，可按下式计算：

$$w = \frac{X}{m \times \frac{V}{100} \times 1000} \times 100\%$$

式中 w——氯离子（Cl⁻）质量分数，%；

X——从标准曲线上求得的氯离子（Cl⁻）含量，mg；

m——测定时试样的重量，g；

100——样品滤液的体积，mL；

V——测定时样品滤液的用量，mL。

二、甲基紫法

1. 适用范围

主要适用于混合机和饲料加工工艺中混合均匀度的测定。

2. 测定原理

本法以甲基紫色素作为示踪物，将其与添加剂一起加入，预先混合于饲料中，然后以比色法测定样品中甲基紫含量，以饲料中甲基紫含量的差异来反映饲料的混合均匀度。

3. 仪器设备

(1) 分光光度计　备有 5mm 比色皿。

(2) 标准筛　筛孔基本尺寸 100 目。

4. 试剂及配制

(1) 甲基紫（生物染色剂）。

(2) 无水乙醇。

(3) 示踪物的制备与添加　将测定用的甲基紫混匀并充分研磨，使其全部通过 100 目标准筛。按照配合饲料成品量 1/100 000 的用量，在加入添加剂的工段投入甲基紫。

5. 测定步骤与方法

称取试样 10g（准确至 0.0002g），放在 100mL 的小烧杯中，加入 30mL 无水乙醇，不时地加以搅动，烧杯上盖一表面玻璃，30min 后用滤纸过滤（定性滤纸，中速），以无水乙醇液作空白调节零点，用分光光度计，以 5mm 比色皿在 590nm 的波长下测定滤液的吸收值。

以各次测定的吸收值为基础，其平均值，标准差 S 与差异系数 CV 按前述公式计算。

【操作关键提示】

1. 本法所需的样品系配合饲料成品，必须单独采集；采集时每批饲料应抽取有代表性的样品；每个样品的数量应以畜禽的平均一日采食量为准；即肉用仔鸡前期饲料取样 50g；肉用仔鸡后期饲料与产蛋鸡饲料取样 100g；生长肥育猪饲料取样 500g。样品的布点必须考虑各方位深度，袋数或料流的代表性，但是每一个样品必须由一点集中取样，取样时不允许有任何翻动或混合。

2. 对照样应将上述每个样品在化验室充分混匀，以四分法从中分取 10g 试样进行测定。对颗粒饲料与较粗的粉状饲料需将样品粉碎后再取试样。

3. 同一批饲料的 10 个样品测定应尽量保持操作的一致性，以保持测定值的稳定性和重复性。

4. 由于出厂的各批甲基紫的甲基化程度可能不同，色调可能有差别，因此，测定混合均匀度使用的甲基紫，必须用同一批次的并加以混匀，才能保持同一批饲料中各样品测定值的可比性。

5. 配合饲料中若添加有苜蓿粉、槐叶粉等含有色素的组分时，则不能用甲基紫法测定混合均匀度。

第四节　微量元素预混合饲料混合均匀度的测定

在微量元素预混合饲料中，有些微量成分添加量很小，若是混合不均，必将影响饲养的效果，甚至造成养殖事故（例如中毒等）。因此测定微量元素预混合饲料的混合均匀度尤为重要。

本测定方法主要参考国家标准《微量元素预混合饲料混合均匀度的测定法》（GB/T 10649—2008）。目前国家或行业对微量元素预混合饲料混合均匀度变异系数的要求应小于 7%。

一、适用范围

本测定方法适用于含有铁源的微量元素预混合饲料混合均匀度的测定。

二、测定原理

本法通过预混合饲料中铁含量的差异来反映各组分分布的均匀性。通过盐酸羟胺将样品液中的铁还原成二价铁，再与显色剂邻菲罗啉反应，生成橙红色的络合物，以比色法测定铁的含量。

三、仪器设备

分析天平（分度值 0.1mg），可见分光光度计，烧杯、移液管、容量瓶等常用器皿。

四、试剂及配制

（1）盐酸（化学纯）。

（2）邻菲罗啉溶液　溶解 0.1g 邻菲罗啉于约 80mL 80℃的蒸馏水中，冷却后用蒸馏水稀释至 100mL，保存于棕色瓶中，并置于冰箱内保存，可稳定数周。

（3）盐酸羟胺溶液　溶解 10g 盐酸羟胺（化学纯）于蒸馏水中，用蒸馏水稀释至 100mL，保存于棕色瓶中，并保存于冰箱内，可稳定数周。

（4）乙酸盐缓冲溶液　溶解 8.3g 无水乙酸钠于蒸馏水中，加入 12mL 冰醋酸，并用蒸馏水稀释至 100mL。

五、测定步骤与方法

称取试样 1～10g（准确至 0.0002g）于烧杯中，加 20mL 浓盐酸，充分混匀后用蒸馏水稀释至 100mL，使样品中无机铁直接溶解，待溶液澄清后吸取上清液 1mL（含铁量约在 40μg 以下，否则要少称样或少用上清液，若溶液浑浊，则应过滤）于 25mL 容量瓶中，加入盐酸羟胺溶液 1mL，充分混匀，5min 后加入乙酸盐缓冲溶液 5mL，摇匀后再加邻菲罗啉溶液 1mL，用蒸馏水稀释至 25mL，充分混匀，放置 30min，以蒸馏水作参比溶液，用分光光度计在 510nm 波长处测定其吸光度。

六、结果计算

变异系数 CV

$$CV = \frac{S}{\overline{X}} \times 100\%$$

$$S = \sqrt{\frac{(X_1 - \overline{X})^2 + (X_2 - \overline{X})^2 + (X_3 - \overline{X})^2 + \cdots + (X_{10} - \overline{X})^2}{10 - 1}}$$

或

$$S = \sqrt{\frac{X_1^2 + X_2^2 + X_3^2 + \cdots + X_{10}^2 - 10\overline{X}^2}{10 - 1}}$$

式中　X_1，X_2，X_3，$\cdots$，X_{10}——10 个试样的测定值（吸光度）；

$\overline{X}$——试样吸光度的平均值；

S——试样吸光度的标准差。

【操作关键提示】

1. 取样应是预混合饲料成品，必须单独采制；若是包装成品，应在成品库取样，一个包装算一个点，每个样品由一点采集；每批饲料抽样取 10 个有代表性的实验室样品各 50g，各实验室样品的布点必须考虑代表性，取样前不允许翻动和再混合。

2. 对照样应将上述每个样品在化验室充分混匀，以四分法从中分取 10g 试样进行测定。

3. 试样中加入浓盐酸时必须慢慢滴加，以防样液溅出。

4. 对于高铜的预混合饲料可酌情将显色时的邻菲罗啉溶液的用量提高至 3～5mL。

5. 只测样品混合均匀度时可直接用试样溶液的吸光度计算。需计算铁含量时，则以定量的分析纯铁丝或硫酸亚铁铵作标准曲线，由每个试样溶液测定值减去空白溶液值后从标准曲线上求得样品液的铁含量。

第五节　颗粒饲料硬度的测定

一、适用范围

颗粒饲料硬度是指颗粒对外压力所引起变形的抵抗能力。本方法适用于一般经挤压制得的硬颗粒饲料。

二、测定原理

用对单颗粒径向加压的方法，使其破碎。以此时的压力表示该颗粒的硬度。用多个饲料颗粒的硬度的平均值表示该样品的硬度。

三、仪器设备

木屋式硬度计。

四、测定步骤与方法

将硬度计的压力指针调整至零点，用镊子将颗粒横放到载物台上，正对压杆下方。转动手轮，使压杆下降，速度中等、均匀，颗粒破碎后读取压力数值（X_1）。清扫载物台上碎屑，将压力计指针重新调整至零，开始下一样品的测定。

五、结果计算

饲料颗粒硬度的计算公式如下：

$$\overline{X} = \frac{X_1 + X_2 + \cdots + X_{20}}{20}$$

式中　　　　　$\overline{X}$——样品硬度，kg；

X_1，X_2，$\cdots$，X_{20}——各单粒样品的硬度，kg。

如果颗粒长不足 6mm，则在硬度数值后注明平均长度。例如，硬度 $X=3.0kg$，颗粒平均长度 $L=5mm$，则将样品硬度写为 3.0kg（$L=5mm$）。

六、允许差

两份样品的绝对误差不大于 1.0kg。

第六节　颗粒饲料淀粉糊化度的测定

　　饲料在加工过程中获得必要的糊化度，是生产颗粒饲料及膨化饲料的主要目的之一，更是衡量各种水产饲料质量的重要指标。淀粉的糊化过程就是对饲料的熟化过程，有利于动物特别是水产动物对淀粉的消化吸收。糊化淀粉具备良好的黏结性，糊化较充分的淀粉可完全取代在饲料配方中添加昂贵又无营养价值的专用黏结剂，使水产饲料获得良好的水中稳定性。一般膨化浮性饲料淀粉的糊化度为 90％；膨化沉性饲料淀粉的糊化度为 70％；而硬颗粒水产饲料的糊化度在 30％左右。

一、适用范围

　　本方法适用于经挤压、膨化等工艺制得的各种颗粒饲料中淀粉糊化度的测定。

二、测定原理

　　β-淀粉酶在适当的 pH 和温度下，能在一定的时间内，定量地将糊淀粉转化成还原糖，转化的糖量与淀粉的糊化程度成比例关系。用铁氰化钾法测其还原糖量，即可计算出淀粉的糊化度。

三、仪器设备

　　(1) 分析天平　分度值 0.1mg。

　　(2) 多孔恒温水浴锅　可控温度（40±1）℃。

　　(3) 碱式滴定管　25mL（刻度 0.1mL）。

　　(4) 烧杯、容量瓶、量筒、漏斗等不同规格的玻璃仪器。

　　(5) 中速定性滤纸　直径 7～9cm。

四、试剂及配制

　　(1) 10％磷酸缓冲液

　　① 甲液　溶解 71.64g 磷酸氢二钠（$Na_2HPO_4 \cdot 2H_2O$）于蒸馏水中，并稀释至 1000mL。

　　② 乙液　溶解 31.21g 磷酸二氢钠（$Na_2HPO_4 \cdot 2H_2O$）于蒸馏水中，并稀释至 1000mL。

　　取甲液 49mL、乙液 51mL 合并，再加入 900mL 蒸馏水即为 10％磷酸缓冲液。

　　(2) 6％ β-淀粉酶溶液（活力大于 10 万单位）　溶解 6.0g β-淀粉酶（精制）于 100mL 10％磷酸缓冲液中，成乳浊液。β-淀粉酶贮于冰箱或干燥器内，用时现配。

　　(3) 1.79mol/L 硫酸溶液　将 10mL 浓硫酸用蒸馏水稀释至 100mL。

　　(4) 12％钨酸钠溶液　溶解 12.0g 钨酸钠于 100mL 蒸馏水中。

　　(5) 碱性铁氰化钾溶液　溶解 32.9g 铁氰化钾和 44.0g 无水碳酸钠于蒸馏水中并稀释至 1000mL，贮于棕色瓶内。

　　(6) 乙酸盐溶液　溶解 77.0g 氯化钾和 40.0g 硫酸锌（$ZnSO_4 \cdot 7H_2O$）于蒸馏水中加热溶解，冷却至室温，再缓缓加入 200mL 冰醋酸并稀释至 1000mL。

　　(7) 10％碘化钾溶液　溶解 10.0g 碘化钾于 100mL 蒸馏水中，加入几滴饱和氢氧化钠溶液，防止氧化，贮于棕色瓶内。

（8）0.05mol/L 硫代硫酸钠溶液　溶解 24.82g 硫代硫酸钠（$Na_2S_2O_4 \cdot 5H_2O$）和 3.8g 硼酸钠（$Na_2B_2O_7 \cdot 10H_2O$）于蒸馏水中，并定容至 1000mL，贮于棕色瓶内放置 1 周后使用。

（9）10g/L 淀粉指示剂　溶解 1.0g 可溶性淀粉于煮沸的蒸馏水中，再煮沸 1min，冷却，稀释至 100mL。

五、测定步骤与方法

（1）分别称取 1g 的试样（准确至 0.0002g，淀粉含量不大于 0.5g）4 份，置于 4 只 150mL 三角瓶中，标上 A_1、A_2、B_1、B_2。另取 2 个 150mL 三角瓶不加试样，作空白，并标上 C_1、C_2。在这 6 只三角瓶中各加入 40mL 10%磷酸缓冲液。

（2）将 A_1、A_2 置于沸水浴中煮沸 30min，取出快速冷却至 60℃以下。

（3）将 A_1、A_2、B_1、B_2、C_1、C_2 置于 60℃恒温水浴锅中预热 3min 后，各加入 5mL 6% β-淀粉酶溶液，60℃保温 1h（每隔 15min 轻轻摇匀一次）。

（4）1h 后，将 6 只三角瓶取出，用移液管分别加入 2mL 1.79mol/L 硫酸溶液，摇匀。再加入 2mL 2%钨酸钠溶液，摇匀。并将它们分别全部转移到 6 只 100mL 容量瓶中（用蒸馏水荡洗三角瓶 3 次以上，荡洗液也转移至相应的容量瓶内）。最后，用蒸馏水定容至 100mL，并贴上标签。

（5）摇动容量瓶，静置 2min 后，用中速定性滤纸过滤。留滤液作为下面测定的试液。

（6）分别吸取上述滤液 5mL，放入洁净的并贴有相应标签的 150mL 三角瓶内，再加入 15mL 0.1mol/L 碱性铁氰化钾溶液，摇匀后，置于沸水浴中准确加热 20min 后取出，用冷水快速冷却至室温，缓慢加入 25mL 乙酸盐溶液并摇匀。

（7）加入 5mL 10%碘化钾溶液摇匀，立即用 0.05mol/L 硫代硫酸钠溶液滴定，当溶液颜色变成淡黄色时，加入几滴 10g/L 淀粉指示剂，继续滴定至蓝色消失。各三角瓶分别逐一滴定，并记下相应的滴定量（mL）a_1、a_2、b_1、b_2、c_1、c_2。

六、结果计算

所测试样糊化度两次平行测定结果为：

$$c = \frac{c_1 + c_2}{2}$$

$$d_1 = \frac{c - b_1}{c - a_1} \times 100$$

$$d_2 = \frac{c - b_2}{c - a_2} \times 100$$

最后以两次平行测定的平均值：$\overline{d} = \dfrac{d_1 + d_2}{2}$ 作为该试样的糊化度。

式中　　　c_1、c_2——空白的滴定量，mL；

　　　　　d_1、d_2——两次平行测定的糊化度，%；

a_1、a_2、b_1、b_2——A_1、A_2、B_1、B_2 4 个瓶中试样滴定消耗硫代硫酸钠的滴定量，mL；

　　　　　$\overline{d}$——所测试样的糊化度，%，所得结果取整数。

七、允许差

双试验的相对偏差：糊化度在 50%以上时，不超过 10%；糊化度在 50%以下时，不超过 5%。

【操作关键提示】

1. 要检测的颗粒饲料样品，在实验室样品磨中粉碎，其细度应通过 40 目分析筛，混匀，放入密闭容器内，贴上标签作为试样，低温（4~10℃）保存。

2. β淀粉酶在贮存期内会有不同程度的失活，一般每贮藏 3 个月需测一次酶活力。为了保证样品酶解完全，以酶活力 8 万国际单位、酶用量 300mg 为准，如酶的活力降低，酶用量则按比例增加。

3. 在滴定时，指示剂不要过早地加入，否则会影响测定结果，同一样品滴定时，应在溶液呈同样的淡黄色时加入淀粉指示剂。

第七节　颗粒饲料粉化率及含粉率的测定

颗粒饲料粉化率可显示颗粒饲料的坚实程度，是饲料产品质量的重要指标之一。在颗粒饲料加工过程当中，粉化率高不仅使饲料品质受到影响，且使加工成本相应增加，并给饲料储运带来一定影响，在饲料生产、销售和检测中必须加以控制。颗粒饲料粉化率是指颗粒饲料在特定条件下产生的粉末重量占其总重量的百分比。含粉率是指颗粒饲料中所含粉料重量占其总重量的百分比。标准中规定颗粒粉化率为 10%，含粉率为 4%，超过指标 1.5%，即为不合格。

一、适用范围

本方法适用于一般硬颗粒饲料的粉化率、含粉率测定。

二、测定原理

本法通过粉化仪对颗粒饲料产品的翻转摩擦后成粉量的测定，反映颗粒的坚实程度。

三、仪器设备

粉化仪，标准筛 1 套，标准筛振筛机。

四、测定步骤与方法

（1）颗粒冷却后 1h 以后测定，从各批颗粒饲料中取出有代表性的样品（约 1.5kg）。

（2）将实验室样品用规定筛号（不同直径颗粒饲料所选用筛孔尺寸见表 10-1）的金属筛分 3 次用振筛机预筛，将筛下物称重计算 3 次，质量计为 m，筛下物与总重的百分比，即为含粉率（%）。然后将筛上物用四分法称取 2 份试样，每份 500g。

表 10-1　不同直径颗粒饲料采用的筛孔尺寸　　　　单位：mm

颗粒直径	1.5	2.0	2.5	3.0	3.5	4.2	4.5
筛孔直径	1.0	1.4	2.0	2.36	2.8	2.8	3.35
颗粒直径	5.0	6.0	8.0	10.0	12.0	16.0	20.0
筛孔直径	4.0	4.0	5.6	8.0	8.0	11.2	16.0

（3）将称好的 2 份样品分装入粉化仪的回转箱内，盖紧箱盖，开动机器，使箱体回转 10min（500 转），停止后取出样品，用规定筛格在振筛机上筛理 1min，称取筛上物质量，计算 2 份样品测定结果的平均值。

五、结果计算

样品含粉率 Q_1 的计算公式为：

$$Q_1 = \frac{m_1}{m_2} \times 100\%$$

式中　m_1——预筛后筛下物总重，g；

　　　m_2——预筛样品总重，g。

样品粉化率 Q_2 的计算公式为：

$$Q_2 = \left(1 - \frac{m}{500}\right) \times 100\%$$

式中　m——回转后筛上物总重，g，得结果表示至小数点后一位。

六、允许差

2 份样品的绝对误差不大于 1，在仲裁分析时绝对误差不大于 1.5。

说明：在样品量不足 500g 时，也可用 250g 样品，回转 5min，测定粉化率。

第八节　渔用配合饲料水中稳定性的测定

水中稳定性是水产饲料特有的、衡量其加工质量的一项重要指标，一般以"溶失率"表示。水产饲料投入水中后不可能在短时间内全部被吃完，这就需要饲料在水中能维持一段时间，在这段时间中不溃散、不溶解，即有一定的水中稳定性。如果稳定性差，则饲料不能被水产动物完全食入，不仅降低饲料的利用率，还会引起水质恶化，危及养殖动物健康并污染环境。

一、适用范围

本测定方法适用于渔用粉末配合饲料、颗粒配合饲料与膨化配合饲料水中稳定性的测定。

二、测定原理

本方法通过对渔用粉末、颗粒饲料与膨化饲料在一定的温度的水中浸泡一定时间后测定其在水中的溶失率来评定饲料在水中的稳定性。

三、仪器设备

（1）分析天平　分度值 0.1mg。

（2）电热鼓风干燥箱。

（3）恒温水浴箱。

（4）立体搅拌器。

（5）量筒　20mL，500mL。

（6）温度计　精度为 0.1℃。

（7）圆筒形网筛（自制）　网筛框高 6.5cm，直径为 10cm，金属筛网孔径应小于被测饲料的直径。

（8）秒表。

四、试剂

蒸馏水。

五、测定步骤与方法

1. 粉末饲料水中稳定性的测定

准确称取 2 份试样各 200g（准确至 0.1g），倒入盛有 200～400mL 蒸馏水的搅拌器中，在室温条件下低速（105r/min）搅拌 10min。搅拌完毕后取出，平分 2 份，取其中一份放置于静水中，在水温（25±2）℃浸泡 1h，捞出后与另一份对照样同时放入干燥箱中在 105℃恒温下干燥至恒重后，分别准确称重。

2. 颗粒饲料水中稳定性的测定

称取试样 10g（准确至 0.1g），放入已准备好的圆筒形网筛内。网筛置于盛有水深 5.5cm 的容器中，水温为（25±2）℃，浸泡（硬颗粒饲料浸泡时间为 5min，膨化饲料浸泡时间为 20min）后，把网筛从水中缓慢提至水面，再缓慢沉入水中，使饲料离开筛底，如此反复 3 次后取出网筛，斜放沥干吸附水，把网筛内饲料置于 105℃干燥箱内干燥至恒重，称重（m_1）。同时称一份未浸入水中的同样饲料，置于 105℃干燥箱内干燥至恒重，称重（m_2）。

六、测定结果的计算

饲料水中溶失率质量分数计算公式如下：

$$w(\text{水中溶失率}) = \frac{m_1 - m_2}{m_1} \times 100\%$$

式中　m_1——对照料干燥后的质量，g；

　　　m_2——浸泡料干燥后的质量，g。

七、允许差

每个试样应取两个平行样进行测定，以其算术平均值为结果，结果表示至一位小数，允许相对误差为 4%。

【复习思考题】

1. 名词解释：配合饲料粉碎粒度　配合饲料混合均匀度　颗粒饲料硬度　颗粒饲料淀粉糊化度　颗粒饲料粉化率　渔用配合饲料水中稳定性
2. 简述配合饲料加工工艺流程。
3. 简述配合饲料粉碎粒度的测定方法。
4. 简述颗粒饲料的硬度的测定步骤。
5. 试比较配合饲料混合均匀度与预混料混合均匀度测定方法的异同点。
6. 为什么要对饲料的加工质量进行检测？
7. 简述颗粒饲料粉化率及含粉率测定的意义。
8. 简述渔用配合饲料水中稳定性测定的意义。

附　　录

附录1　相对原子质量表

原子序数	名称	符号	原子量	原子序数	名称	符号	原子量
1	氢	H	1.0079	38	锶	Sr	87.62
2	氦	He	4.00260	39	钇	Y	88.9059
3	锂	Li	6.941	40	锆	Zr	91.22
4	铍	Be	9.01218	41	铌	Nb	92.9064
5	硼	B	10.81	42	钼	Mo	95.94
6	碳	C	12.011	43	锝	Tc	[97][99]
7	氮	N	14.0067	44	钌	Ru	101.07
8	氧	O	15.9994	45	铑	Rh	102.9055
9	氟	F	18.99840	46	钯	Pd	106.4
10	氖	Ne	20.179	47	银	Ag	107.868
11	钠	Na	22.98977	48	镉	Cd	112.41
12	镁	Mg	24.305	49	铟	In	114.82
13	铝	Al	26.98154	50	锡	Sn	118.69
14	硅	Si	28.0855	51	锑	Sb	121.75
15	磷	P	30.97376	52	碲	Te	127.60
16	硫	S	32.06	53	碘	I	126.9045
17	氯	Cl	35.453	54	氙	Xe	131.30
18	氩	Ar	39.948	55	铯	Cs	132.9054
19	钾	K	39.098	56	钡	Ba	137.33
20	钙	Ca	40.08	57	镧	La	138.9055
21	钪	Sc	44.9559	58	铈	Ce	140.12
22	钛	Ti	47.90	59	镨	Pr	140.9077
23	钒	V	50.9415	60	钕	Nd	144.24
24	铬	Cr	51.996	61	钷	Pm	[145]
25	锰	Mn	54.9380	62	钐	Sm	150.4
26	铁	Fe	55.847	63	铕	Eu	151.96
27	钴	Co	58.9332	64	钆	Gd	157.25
28	镍	Ni	58.70	65	铽	Tb	158.9254
29	铜	Cu	63.546	66	镝	Dy	162.50
30	锌	Zn	65.38	67	钬	Ho	164.9304
31	镓	Ga	69.72	68	铒	Er	167.26
32	锗	Ge	72.59	69	铥	Tm	168.9342
33	砷	As	74.9216	70	镱	Yb	173.04
34	硒	Se	78.96	71	镥	Lu	174.967
35	溴	Br	79.904	72	铪	Hf	178.49
36	氪	Kr	83.80	73	钽	Ta	180.9479
37	铷	Rb	85.4678	74	钨	W	183.85

原子序数	名称	符号	原子量	原子序数	名称	符号	原子量
75	铼	Re	186.207	92	铀	U	238.029
76	锇	Os	190.2	93	镎	Np	237.0482
77	铱	Ir	192.22	94	钚	Pu	[239][244]
78	铂	Pt	195.09	95	镅	Am	[243]
79	金	Au	196.9665	96	锔	Cm	[247]
80	汞	Hg	200.59	97	锫	Bk	[247]
81	砣	Tl	204.37	98	锎	Cf	[251]
82	铅	Pb	207.2	99	锿	Es	[254]
83	铋	Bi	208.9804	100	镄	Fm	[257]
84	钋	Po	[210][209]	101	钔	Md	[258]
85	砹	At	[210]	102	锘	No	[259]
86	氡	Rn	[222]	103	铹	Lr	[260]
87	钫	Fr	[223]	104		Unq	[261]
88	镭	Ra	226.0254	105		Unp	[262]
89	锕	Ac	227.0278	106		Unh	[263]
90	钍	Th	232.0381	107			[261]
91	镤	Pa	231.0359				

附录 2　常用酸碱指示剂

指示剂	pK_a	变色范围 pH	酸色	碱色	配制方法
百里酚蓝 (麝香草酚蓝)	1.65	1.2~2.8	红	黄	1g/L 的 20%乙醇溶液
甲基橙	3.4	3.1~4.4	红	橙黄	0.5g/L 水溶液
溴甲酚绿	4.9	3.8~5.4	黄	蓝	1g/L 的 20%乙醇溶液或 0.1g 指示剂溶于 2.9mL 0.05mol/L NaOH 溶液,加水稀释 至 100mL
甲基红	5.0	4.4~6.2	红	黄	1g/L 的 60%乙醇溶液
溴百里酚蓝 (麝香草酚蓝)	7.3	6.2~7.3	黄	蓝	1g/L 的 20%乙醇溶液
中性红	7.4	6.8~8.0	红	黄橙	1g/L 的 60%乙醇溶液
百里酚蓝 (第二白色范围)	9.2	8.0~9.6	黄	蓝	1g/L 的 20%乙醇溶液
酚酞	9.4	8.0~10.0	无色	红	5g/L 的 90%乙醇溶液
百里酚蓝	10.0	9.4~10.6	无色	蓝	1g/L 的 90%乙醇溶液

附录 3　混合酸碱指示剂

指示剂组成(体积比)	变色点 pH	酸色	碱色	备注
1 份 1g/L 甲基橙水溶液 1 份 2.5g/L 靛蓝二磺酸钠水溶液	4.1	紫	绿	灯光下可滴定
1 份 0.2g/L 甲基橙水溶液 1 份 1g/L 溴甲酚绿钠盐水溶液	4.3	橙	蓝紫	pH 3.5 黄色 pH 4.05 绿黄 pH 4.3 浅绿

指示剂组成（体积比）	变色点 pH	酸色	碱色	备注
3 份 1g/L 溴甲酚绿 20％乙醇溶液 1 份 2g/L 甲基红乙醇溶液	5.1	酒红	绿	颜色变化透明
1 份 2g/L 甲基红 60％乙醇溶液 1 份 1g/L 次甲基蓝乙醇溶液	5.4	红紫	绿	pH 5.2 红紫 pH 5.4 暗红 pH 5.6 绿色
1 份 1g/L 溴甲酚钠盐水溶液 1 份 1g/L 氯酚红钠盐水溶液	6.1	黄绿	蓝紫	pH 5.6 蓝绿 pH 5.8 蓝色 pH 6.0 浅紫 pH 6.2 蓝紫
1 份 1g/L 溴甲紫钠盐水溶液 1 份 1g/L 溴百里酚蓝盐水溶液	6.7	黄	紫蓝	pH 6.2 黄紫 pH 6.6 紫色 pH 6.8 蓝紫
1 份 1g/L 中性红乙醇溶液 1 份 1g/L 次甲基蓝乙醇溶液	7.0	蓝紫	紫蓝	pH 7.0 为蓝紫时必须保存在棕色瓶中
1 份 1g/L 甲酚红钠盐水溶液 3 份 1g/L 百里酚蓝钠盐水溶液	8.3	黄	绿	pH 8.2 玫瑰红 pH 8.4 紫色
1 份 1g/L 百里酚蓝 50％乙醇溶液 3 份 1g/L 酚酞 50％水溶液	9.0	黄	紫	pH 9.0 绿色

附录 4　普通酸碱溶液配制

名称（分子式）	密度（ρ）	质量分数（w）	近似浓度/（mol/L）	欲配溶液的浓度/（mol/L）			
				6	3	2	1
				配制 1L 溶液所需要的毫升数（或克数）			
盐酸（HCl）	1.18～1.19	36～38	12	500	250	167	83
硝酸（HNO_3）	1.39～1.40	65～68	15	381	191	128	64
硫酸（H_2SO_4）	1.83～1.84	95～98	18	84	42	28	14
冰醋酸（HAc）	1.05	99.9	17	358	177	118	59
磷酸（H_3PO_4）	1.69	85	15	39	19	12	6
氨水（$NH_3 \cdot H_2O$）	0.90～0.91	28	15	400	200	134	77
氢氧化钠（NaOH）	—	—	—	(240)	(120)	(80)	(40)
氢氧化钾（KOH）	—	—	—	(339)	(170)	(113)	(56.5)

附录 5　常用基准物质的干燥条件

基准物质	干燥温度和时间	基准物质	干燥温度和时间
碳酸钠（Na_2CO_3）	270～300℃,40～50min	氯化物（NaCl）	500～600℃,40～50min
草酸钠（$Na_2C_2O_4$）	130℃,1～1.5h	硝酸银（$AgNO_3$）	室温,硫酸干燥器中干燥至恒重
草酸（$H_2C_2O_4 \cdot 2H_2O_2$）	室温,空气干燥 2h	碳酸钙（$CaCO_3$）	120℃,干燥至恒重
硼砂（$Na_2B_4O_7 \cdot 10H_2O$）	室温,在 NaCl 和蔗糖饱和 液的干燥器中,4h	氯化锌（ZnO）	800℃灼烧至恒重 室温,干燥器 24h 以上
邻苯二酸氢钾（$KHC_4H_4O_4$）	100～120℃,干燥至恒重	锌（Zn）	800℃灼烧至恒重
重铬酸钾（$K_2Cr_2O_7$）	100～110℃,干燥 3～4h	氧化镁（MgO）	

附录6 筛号与筛孔直径对照表

筛号	孔径/mm	网线直径/mm	筛号	孔径/mm	网线直径/mm
3.5	5.66	1.448	35	0.50	0.290
4	4.76	1.270	40	0.42	0.249
5	4.00	1.117	45	0.35	0.221
6	3.36	1.016	50	0.297	0.188
8	2.38	0.841	60	0.250	0.163
10	2.00	0.759	70	0.210	0.140
12	1.68	0.691	80	0.171	0.119
14	1.41	0.610	100	0.149	0.102
16	1.19	0.541	120	0.125	0.086
18	1.10	0.480	140	0.105	0.074
20	0.84	0.419	170	0.088	0.063
25	0.71	0.371	200	0.074	0.053
30	0.59	0.330	230	0.062	0.046

附录7 缓冲溶液的配制

1. 氯化钾-盐酸缓冲液

试剂名称	用量/mL						
0.2mol/L 氯化钾	50	50	50	50	50	50	50
0.2mol/L 盐酸	97.0	64.3	41.5	26.3	16.6	10.6	6.7
水	53.0	85.5	108.5	123.7	133.4	139.4	143.3
pH(20℃)	1.0	1.2	1.4	1.6	1.8	2.0	2.2

2. 邻苯二甲酸氢钾-盐酸缓冲液

试剂名称	用量/mL				
0.2mol/L 邻苯二甲酸氢钾	50	50	50	50	50
0.2mol/L 盐酸	46.70	32.95	20.32	9.90	2.63
水	103.30	117.05	129.68	140.10	147.37
pH(20℃)	2.2	2.6	3.0	3.4	3.8

3. 邻苯二甲酸氢钾-氢氧化钾缓冲液

试剂名称	用量/mL				
0.2mol/L 邻苯二甲酸氢钾	50	50	50	50	50
0.2mol/L 氢氧化钾	0.40	7.50	17.70	29.95	39.85
水	149.60	142.50	132.20	120.05	110.15
pH(20℃)	4.0	4.4	4.8	5.2	5.6

4. 乙酸-乙酸钠缓冲液

试剂名称	用量/mL					
0.2mol/L 乙酸	185	164	126	80	42	19
0.2mol/L 乙酸钠	15	36	74	120	158	181
pH(20℃)	3.6	4.0	4.4	4.8	5.2	5.6

5. 磷酸二氢钾-氢氧化钠缓冲液

试剂名称	用量/mL					
0.2mol/L 磷酸二氢钾	50	50	50	50	50	50
0.2mol/L 氢氧化钠	3.72	8.60	17.80	29.63	39.50	45.20
水	146.26	141.20	132.20	120.37	110.50	104.80
pH(20℃)	5.8	6.2	6.6	7.0	7.4	7.8

6. 硼砂-氢氧化钠缓冲液

试剂名称	用量/mL					
0.2mol/L 硼砂	90	80	70	60	50	40
0.2mol/L 氢氧化钠	10	20	30	40	50	60
pH(20℃)	9.35	9.48	9.66	9.94	11.04	12.32

7. 氨水-氯化铵缓冲液

试剂名称	用量/mL					
0.2mol/L 氨水	1	1	1	2	8	32
0.2mol/L 氯化氨	32	8	2	1	1	2
pH(20℃)	8.0	8.58	9.1	9.8	10.4	11.0

8. 常用缓冲液的配制

pH 值	配制方法
3.6	三水乙酸钠 8g,溶于适量水中,再加入 134mL 浓度为 6mol/L 的乙酸钠,稀释至 500mL
4.0	三水乙酸钠 20g,溶于适量水中,再加入 134mL 浓度为 6mol/L 的乙酸钠,稀释至 500mL
4.5	三水乙酸钠 32g,溶于适量水中,再加入 68mL 浓度为 6mol/L 的乙酸钠,稀释至 500mL
5.0	三水乙酸钠 50g,溶于适量水中,再加入 34mL 浓度为 6mol/L 的乙酸钠,稀释至 500mL
8.0	氯化氨 50g,溶于适量水中,再加入 3.5mL 浓度为 15mol/L 的氨水,稀释至 500mL
8.5	氯化氨 40g,溶于适量水中,再加入 8.8mL 浓度为 15mol/L 的氨水,稀释至 500mL
9.0	氯化氨 35g,溶于适量水中,再加入 24mL 浓度为 15mol/L 的氨水,稀释至 500mL
9.5	氯化氨 30g,溶于适量水中,再加入 65mL 浓度为 15mol/L 的氨水,稀释至 500mL
10	氯化氨 27g,溶于适量水中,再加入 197mL 浓度为 15mol/L 的氨水,稀释至 500mL

附录8 培养基和试剂的成分及制备

项目	肉汤培养基	营养琼脂培养基	血液琼脂培养基	半固体培养基	蛋白胨水培养基
材料	肉膏 0.5g;蛋白胨 1.0g;NaCl 0.5g;蒸馏水 100mL	合成营养琼脂 4.8g(视制剂说明);蒸馏水 100mL	营养琼脂培养基 100mL;脱纤维的新鲜羊血或兔血 5~10mL	合成半固体培养基 1.0g(视说明);蒸馏水 100mL	蛋白胨 1.0g;NaCl 0.5g;蒸馏水 100mL
方法	1. 将上述材料混合,加热溶解,放凉 2. 用精密 pH 试纸试酸碱度,用 10%碳酸钠(Na₂CO₃)或 1mol/L 氢氧化钠(NaOH)矫正 pH 为 7.2 左右。过碱时可用 10%乙酸或 1mol/L 盐酸矫正。必要时可用比色箱或酸度计更准确地测定酸碱度 3. 分装于试管中或放入三角烧瓶中,用 15lbf/in²（1lbf/in²=6894.76Pa）高压蒸汽灭菌 20~30min。待用	1. 混合,加热溶解,无须调 pH 2. 分装于试管和三角烧瓶中,一并高压灭菌 3. 灭菌后,将试管倾斜放置,冷却后则成斜面培养基;三角烧瓶中的培养基趁热倒入灭菌平皿中,冷却后即成琼脂平板	1. 将营养琼脂加热溶化(或高压灭菌后) 2. 待冷却到 50℃ 左右时,无菌操作将羊血或兔血加入后混匀,分别注于无菌平皿或试管中,制成血平板或血斜面	1. 混合,加热煮沸溶解 2. 分装于小试中,高压灭菌后,直立,使之凝固成高层	1. 按量称取后混合加热溶解 2. 矫正 pH 为 7.2~7.6 3. 分装后高压灭菌

表中方法：营养琼脂培养基与血液琼脂培养基之间

续表

项目	肉汤培养基	营养琼脂培养基	血液琼脂培养基	半固体培养基	蛋白胨水培养基
用途	主要用于增菌和观察细菌在液体培养基中的生长状态(沉淀生长、浑浊生长和表面生长)	琼脂平板用于分离细菌等;琼脂斜面用于细菌纯培养和菌种保存等	供培养要求较高的细菌	供测定细菌的动力和保存菌种	蛋白胨水中不含糖类,常用于制备糖发酵培养或用检查细菌的靛基质反应等

附录9 饲料卫生标准 (GB 13078—2001)

1. 范围

本标准规定了饲料、饲料添加剂产品中有害物质及微生物的允许量及其试验方法。

本标准适用于附表中所列各种饲料和饲料添加剂产品。

2. 引用标准

下列标准所包含的条文,通过在本标准中引用而构成为本标准的条文。本标准出版时,所示版本均为有效,所有标准都会被修订,使用本标准的各方应探讨使用下列标准最新版本的可能性。

GB/T 8381—1987 饲料中黄曲霉毒素 B_1 的测定方法

GB/T 13079—1999 饲料中总砷的测定

GB/T 13080—1991 饲料中铅的测定方法

GB/T 13081—1991 饲料中汞的测定方法

GB/T 13082—1991 饲料中镉的测定方法

GB/T 13083—1991 饲料中氟的测定方法

GB/T 13084—1991 饲料中氰化物的测定方法

GB/T 13085—1991 饲料中亚硝酸盐的测定方法

GB/T 13086—1991 饲料中游离棉酚的测定方法

GB/T 13087—1991 饲料中异硫氰酸酯的测定方法

GB/T 13088—1991 饲料中铬的测定方法

GB/T 13089—1991 饲料中噁唑烷硫酮的测定方法

GB/T 13090—1991 饲料中六六六、滴滴涕的测定

GB/T 13091—1991 饲料中沙门氏菌的测定方法

GB/T 13092—1991 饲料中霉菌检验方法

GB/T 13093—1991 饲料中细菌总数的检验方法

GB/T 17480—1998 饲料中黄曲霉毒素 B_1 的测定 酶联免疫吸附法

HG 2636—1994 饲料级磷酸氢钙

3. 要求

饲料、饲料添加剂的卫生指标及试验方法见附表。

附表 饲料、饲料添加剂卫生指标

序号	指标项目	产品名称	指标	试验方法	备注
1	砷（以总砷计）的允许量（每千克产品中），mg	石粉	≤2.0	GB/T 13079	不包括国家主管部门批准使用的有机砷制剂中的砷含量
		硫酸亚铁、硫酸镁			
		磷酸盐	≤20		
		沸石粉、膨润土、麦饭石	≤10		
		硫酸铜、硫酸锰、硫酸锌、碘化钾、碘酸钙、氯化钴	≤5.0		
		氧化锌	≤10.0		
		鱼粉、肉粉、肉骨粉	≤10.0		
		家禽、猪配合饲料	≤2.0		
		牛、羊精料补充料	≤10.0		以在配合饲料中20%的添加量计
		猪、家禽浓缩饲料			
		猪、家禽添加剂预混合饲料			以在配合饲料中1%的添加量计
2	铅（以 Pb 计）的允许量（每千克产品中），mg	生长鸭、产蛋鸭、肉鸭配合饲料	≤5	GB/T 13080	
		鸡配合饲料、猪配合饲料			
		奶牛、肉牛精料补充料	≤8		
		产蛋鸡、肉用仔鸡浓缩饲料	≤13		以在配合饲料中20%的添加量计
		仔猪、生长肥育猪浓缩饲料			
		骨粉、肉骨粉、鱼粉、石粉	≤10		
		磷酸盐	≤30		
		产蛋鸡、肉用仔鸡复合预混合饲料	≤40		以在配合饲料中1%的添加量计
		仔猪、生长肥育猪复合预混合饲料			
3	氟（以 F 计）的允许量（每千克产品中），mg	鱼粉	≤500	GB/T 13083	高氟饲料用 HB 2636—94 中4.4条
		石粉	≤2000		
		磷酸盐	≤1800	HG 2636	
		肉用仔鸡、生长鸡配合饲料	≤250		
		产蛋鸡配合饲料	≤350		
		猪配合饲料	≤100		
		骨粉、肉骨粉	≤1800		
		生长鸭、肉鸭配合饲料	≤200		
		产蛋鸭配合饲料	≤250		
		牛（奶牛、肉牛）精料补充料	≤50		
		猪、禽添加剂预混合饲料	≤1000	GB/T 13083	
		猪、禽浓缩饲料	按添加比例折算后，与相应猪、禽配合饲料规定值相同		以在配合饲料中1%的添加量计

续表

序号	指标项目	产品名称	指标	试验方法	备注
4	霉菌的允许量（每克产品中），霉菌数×10³个	玉米	＜40	GB/T 13092	限量饲用：40～100 禁用：＞100
		小麦麸、米糠			限量饲用：40～80 禁用：＞80
		豆饼（粕）、棉籽饼（粕）、菜籽饼（粕）	＜50		限量饲用：50～100 禁用：＞100
		鱼粉、肉骨粉	＜20		限量饲用：20～50 禁用：＞50
		鸭配合饲料	＜35		
		猪、鸡配合饲料	＜45		
		猪、鸡浓缩饲料			
		奶、肉牛精料补充料			
5	黄曲霉毒素 B₁ 允许量（每千克产品中），μg	玉米	≤50	GB/T 17480 或 GB/T 8381	
		花生饼（粕）、棉籽饼（粕）、菜籽饼（粕）			
		豆粕	≤30		
		仔猪配合饲料及浓缩饲料	≤10		
		生长肥育猪、种猪配合饲料及浓缩饲料	≤20		
		肉用仔鸡前期、雏鸡配合饲料及浓缩饲料	≤10		
		肉用仔鸡后期、生长鸡、产蛋鸡配合饲料及浓缩饲料	≤20		
		肉用仔鸭前期、雏鸭配合饲料及浓缩饲料	≤10		
		肉用仔鸭后期、生长鸭、产蛋鸭配合饲料及浓缩饲料	≤15		
		鹌鹑配合饲料及浓缩饲料	≤20		
		奶牛精料补充料	≤10		
		肉牛精料补充料	≤50		
6	铬（以 Cr 计）的允许量（每千克产品中），mg	皮革蛋白粉	≤200	GB/T 13088	
		鸡、猪配合饲料	≤10		
7	汞（以 Hg 计）的允许量（每千克产品中），mg	鱼粉	≤0.5	GB/T 13081	
		石粉	≤0.1		
		鸡配合饲料，猪配合饲料			
8	镉（以 Cd 计）的允许量（每千克产品中），mg	米糠	≤1.0	GB/T 13082	
		鱼粉	≤2.0		
		石粉	≤0.75		
		鸡配合饲料，猪配合饲料	≤0.5		

续表

序号	指标项目	产品名称	指标	试验方法	备注
9	氰化物(以 HCN 计)的允许量(每千克产品中),mg	木薯干	≤100	GB/T 13084	
		胡麻饼、粕	≤350		
		鸡配合饲料,猪配合饲料	≤50		
10	亚硝酸盐(以 $NaNO_2$ 计)的允许量(每千克产品中),mg	鱼粉	≤60	GB/T 13085	
		鸡配合饲料,猪配合饲料	≤15		
11	游离棉酚的允许量(每千克产品中),mg	棉籽饼、粕	≤1200	GB/T 13086	
		肉用仔鸡、生长鸡配合饲料	≤100		
		产蛋鸡配合饲料	≤20		
		生长肥育猪配合饲料	≤60		
12	异硫氰酸酯(以丙烯基异硫氰酸酯计)的允许量(每千克产品中),mg	菜籽饼、粕	≤4000	GB/T 13087	
		鸡配合饲料	≤500		
		生长肥育猪配合饲料			
13	噁唑烷硫酮的允许量(每千克产品中),mg	肉用仔鸡、生长鸡配合饲料	≤1000	GB/T 13089	
		产蛋鸡配合饲料	≤500		
14	沙门氏杆菌	饲料	不得检出	GB/T 13091	
15	细菌总数的允许量(每克产品中),细菌总数×10^6 个	鱼粉	<2	GB/T 13093	限量饲用:2~5 禁用:>5

注：1. 所列允许量均为以干物质含量为 88% 的饲料为基础计算。

2. 浓缩饲料、添加剂预混合饲料添加比例与本标准备注不同时,其卫生指标允许量可进行折算。

3. 原标准中的六六六和滴滴涕允许量未列入。

附录10 中华人民共和国化学试剂滴定分析 （定量分析）用标准溶液的制备

一、标准溶液的配制与标定

1. 氢氧化钠标准溶液

$c(NaOH)=1mol/L$ $c(NaOH)=0.5mol/L$ $c(NaOH)=0.1mol/L$

2. 配置

称取 100g 氢氧化钠,溶于 100mL 水中,摇匀,注入聚乙烯容器中,密闭放置至溶液清亮。用塑料管虹吸下述规定体积的上层清液,注入 1000mL 无二氧化碳的水中,摇匀。

$c(NaOH)/(mol/L)$	氢氧化钠饱和溶液/mL	$c(NaOH)/(mol/L)$	氢氧化钠饱和溶液/mL
1	52	0.1	5
0.5	26		

3. 标定

① 测定方法　称取下述规定量的、于 105～110℃ 干燥至恒重的基准邻苯二甲酸氢钾，精确至 0.0001g，溶于下述规定体积的无二氧化碳的水中，加 2 滴酚酞指示液（10g/L），用配置好的氢氧化钠溶液滴定至溶液呈粉红色，同时做空白实验。

$c(NaOH)/(mol/L)$	基准邻苯二甲酸氢钾/g	无二氧化碳的水中/mL
1	6	80
0.5	3	80
0.1	0.6	50

② 计算　氢氧化钠标准溶液浓度按下式计算：

$$c(NaOH) = \frac{m}{(V_1 - V_2) \times 0.2042}$$

式中　$c(NaOH)$——氢氧化钠标准溶液的物质的量浓度，mol/L；

m——邻苯二甲酸氢钾的质量，g；

V_1——氢氧化钠溶液用量，mL；

V_2——空白实验氢氧化钠溶液用量，mL；

0.2042——与 1.00mL 氢氧化钠标准溶液 $[c(NaOH)=1.000mol/L]$ 相当的苯二甲酸氢钾的质量，g。

4. 比较

① 测定方法　量取 30.00～35.00mL 下述规定浓度的盐酸标准溶液，加 50mL 无二氧化碳的水及 2 滴酚酞指示液（10g/L），用配制好的氢氧化钠溶液滴定，近终点时加热至于 80℃，继续滴定至溶液呈粉红色。

$c(NaOH)/(mol/L)$	$c(HCl)/(mol/L)$	$c(NaOH)/(mol/L)$	$c(HCl)/(mol/L)$
1	1	0.1	0.1
0.5	0.5		

② 计算　氢氧化钠标准溶液浓度按下式计算：

$$c(NaOH) = \frac{V_1 \times c_1}{V}$$

式中　$c(NaOH)$——氢氧化钠标准溶液物质的量的浓度，mol/L；

V_1——盐酸标准溶液的用量，mL；

c_1——盐酸标准溶液物质的量的浓度，moL/L；

V——氢氧化钠溶液用量，mL。

二、盐酸标准溶液

$c(HCl)=1mol/L$　　　$c(HCl)=0.5mol/L$　　　$c(HCl)=0.1mol/L$

1. 配制

量取下述规定体积的盐酸，注入 1000mL 水中，摇匀。

$c(HCl)/(mol/L)$	盐酸/mL	$c(HCl)/(mol/L)$	盐酸/mL
1	90	0.1	9
0.5	45		

2. 标定

① 测定方法　称取下述规定量的、于 270～300℃灼烧至恒重的基准无水碳酸钠，精确至 0.0001g，溶于 50mL 水中，加 10 滴溴甲酚绿-甲基红混合指示液，用配制好的盐酸溶液滴定至溶液由绿色变为暗红色，煮沸 2min 冷却后继续滴定至溶液呈暗红色。同时做空白试验。

$c(HCl)/(mol/L)$	基准无水碳酸钠/g	$c(HCl)/(mol/L)$	基准无水碳酸钠/g
1	1.6	0.1	0.2
0.5	0.8		

② 计算　盐酸标准溶液浓度按下式计算：

$$c(HCl) = \frac{m}{(V_1 - V_2) \times 0.052\ 99}$$

式中　$c(HCl)$——盐酸标准溶液物质的量浓度，mol/L；
　　　　m——无水碳酸钠质量，g；
　　　　V_1——盐酸溶液用量，mL；
　　　　V_2——空白试验盐酸溶液用量，mL；
　0.052 99——与 1.00mL 盐酸标准溶液 $[c(HCl) = 1.000mol/L]$ 相当无水碳酸钠的质量，g。

3. 比较

① 测定方法　量取 30.00～35.00mL 下述配制好的盐酸溶液，加 50mL 无二氧化碳的水及 2 滴酚酞指示液 (10g/L)，用下述规定浓度的氢氧化钠标准溶液滴定，近终点时加热至 80℃，继续滴定至溶液呈粉红色。

$c(HCl)/(mol/L)$	$c(NaOH)/(mol/L)$	$c(HCl)/(mol/L)$	$c(NaOH)/(mol/L)$
1	1	0.1	0.1
0.5	0.5		

② 计算　盐酸标准溶液浓度按下式计算：

$$c(HCl) = \frac{V_1 \times c_1}{V}$$

式中　$c(HCl)$——盐酸标准溶液物质的量浓度，mol/L；
　　　　V_1——氢氧化钠标准溶液的用量，mL；
　　　　c_1——氢氧化钠标准溶液物质的量浓度，mol/L；
　　　　V——盐酸溶液用量，mL。

三、硫酸标准溶液

$$c\left(\frac{1}{2}H_2SO_4\right) = 1mol/L$$

$$c\left(\frac{1}{2}H_2SO_4\right) = 0.5mol/L$$

$$c\left(\frac{1}{2}H_2SO_4\right) = 0.1mol/L$$

1. 配制

量取下述规定体积的硫酸，缓缓注入 1000mL 水中，冷却，摇匀。

$c(1/2H_2SO_4)/(mol/L)$	硫酸/mL	$c(1/2H_2SO_4)/(mol/L)$	硫酸/mL
1	30	0.1	3
0.5	15		

2. 标定

① 测定方法　称取下述规定量的、于 270～300℃ 灼烧至恒重的基准无水碳酸钠，精确至 0.0001g。溶于 50mL 水中，加 10 滴溴甲酚绿-甲基红混合指示液，用配制好的硫酸溶液滴定至溶液由绿色变为暗红色，煮沸 2min 冷却后继续滴定至溶液再呈暗红色。同时做空白试验。

$c(1/2H_2SO_4)/(mol/L)$	基准无水碳酸钠/g	$c(1/2H_2SO_4)/(mol/L)$	基准无水碳酸钠/g
1	1.5	0.1	0.2
0.5	0.8		

② 计算　硫酸标准溶液浓度按下式计算：

$$c(1/2H_2SO_4) = \frac{m}{(V_1 - V_2) \times 0.052\,99}$$

式中　$c(1/2H_2SO_4)$——硫酸标准溶液物质的量浓度，mol/L；

　　　　m——无水碳酸钠的质量，g；

　　　　V_1——硫酸溶液的用量，mL；

　　　　V_2——空白试验硫酸溶液的用量，mL；

　　0.052 99——与 1.00mL 硫酸标准溶液 $[c(HCl)=1.000mol/L]$ 相当的无水碳酸钠的质量，g。

3. 比较

① 测定方法　量取 30.00～35.00mL 下述配制好的硫酸溶液，加 50mL 无二氧化碳的水及 2 滴酚酞指示液（10g/L），用下述规定浓度的氢氧化钠标准溶液滴定，近终点时加热至 80℃，继续滴定至溶液呈粉红色。

$c(1/2H_2SO_4)/(mol/L)$	$c(NaOH)/(mol/L)$	$c(1/2H_2SO_4)/(mol/L)$	$c(NaOH)/(mol/L)$
1	1	0.1	0.1
0.5	0.5		

② 计算　硫酸标准溶液浓度按下式计算：

$$c(1/2H_2SO_4) = \frac{V_1 \times c_1}{V}$$

式中　$c(1/2H_2SO_4)$——硫酸标准溶液物质的量浓度，mol/L；

　　　　V_1——氢氧化钠标准溶液的用量，mL；

　　　　c_1——氢氧化钠标准溶液物质的量浓度，mol/L；

　　　　V——硫酸溶液的用量，mL。

四、碳酸钠标准溶液

$$c(1/2Na_2CO_3) = 1mol/L$$
$$c(1/2Na_2CO_3) = 0.1mol/L$$

1. 配制

称取下述规定量的无水碳酸钠，溶于 1000mL 水中，摇匀。

$c(1/2Na_2CO_3)/(mol/L)$	无水碳酸钠/g	$c(1/2Na_2CO_3)/(mol/L)$	无水碳酸钠/g
1	53	0.1	5.3

2. 标定

① 测定方法　量取 30.00～35.00mL 下述配制好的碳酸钠溶液，加 10 滴溴甲酚绿-甲基红混合指示液，用下述规定量的盐酸标准溶液滴定至溶液由绿色变为暗红色，煮沸 2min，冷却后继续滴定至溶液再呈红色。

$c(1/2Na_2CO_3)/(mol/L)$	水/mL	$c(HCl)/(mol/L)$	$c(1/2Na_2CO_3)/(mol/L)$	水/mL	$c(HCl)/(mol/L)$
1	50	1	0.1	20	0.1

② 计算　碳酸钠标准溶液浓度按下式计算：

$$c(1/2Na_2CO_3) = \frac{V_1 \times c_1}{V}$$

式中　$c(1/2Na_2CO_3)$——碳酸钠标准物质的量浓度，mol/L；

V_1——盐酸标准溶液的用量，mL；

c_1——盐酸标准溶液物质的量浓度，mol/L；

V——碳酸钠溶液的用量，mL。

五、重铬酸钾标准溶液

$$c(1/6K_2Cr_2O_7) = 0.1mol/L$$

1. 配制

称取 5g 重铬酸钾，溶于 1000mL 水中，摇匀。

2. 标定

① 测定方法　量取 30.00～35.00mL 配制好的重铬酸钾溶液，置于碘量瓶中加 2g 碘化钾及 20mL 硫酸溶液（20%），摇匀，于暗处放置 10min。加 150mL 水，用硫代硫酸钠标准溶液 $[c(Na_2S_2O_3) = 0.1mol/L]$ 滴定，近终点时加 3mL 5g/L 淀粉指示液，继续滴定至溶液由蓝色变成亮绿色。同时做空白试验。

② 计算　重铬酸钾标准溶液浓度按下式计算：

$$c(1/6K_2Cr_2O_7) = \frac{(V_1 - V_2) \times c_1}{V}$$

式中　$c(1/6K_2Cr_2O_7)$——重铬酸钾标准溶液物质的量浓度，mol/L；

V_1——硫代硫酸钠标准溶液的用量，mL；

V_2——空白试验硫代硫酸钠标准溶液的用量，mL；

c_1——硫代硫酸钠标准溶液物质的量浓度，mol/L；

V——重铬酸钾溶液的用量，mL。

六、硫代硫酸钠标准溶液

$$c(Na_2S_2O_3) = 0.1mol/L$$

1. 配制

称取 26g 硫代硫酸钠（$Na_2S_2O_2 \cdot 5H_2O$）（或者 16g 无水硫代硫酸钠），溶于 1000mL 水中，缓缓煮沸 10min，冷却。放置 2 周后过滤备用。

2. 标定

① 测定方法　称取 0.15g 于 120℃烘至恒重的基准重铬酸钾，精确至 0.0001g 置于碘瓶

中，溶于 25mL 水，加 2g 碘化钾及 20mL 20％硫酸溶液，摇匀，于暗处放置 10min。加 150mL 水，用配制好的硫代硫酸钠溶液$[c(Na_2S_2O_3)=0.1mol/L]$滴定。近终点时加 3mL 5g/L 淀粉指示液，继续滴定至溶液由蓝色变为亮绿色。同时做空白试验。

② 计算　硫代硫酸钠标准溶液浓度按下式计算：

$$c(Na_2S_2O_3)=\frac{m}{(V_1-V_2)\times0.049\ 03}$$

式中　$c(Na_2S_2O_3)$——硫代硫酸钠标准溶液物质的量浓度，mol/L；

　　　　　　m——重铬酸钾的质量，g；

　　　　　　V_1——硫代硫酸钠溶液的用量，mL；

　　　　　　V_2——空白试验硫代硫酸钠溶液的用量，mL；

　　0.049 03——与 1.00mL 硫代硫酸钠标准溶液$[c(Na_2S_2O_3)=1.000mol/L]$相当的重铬酸钾的质量，g。

3. 比较

① 测定方法　准确量取 30.00～35.00mL 碘标准溶液$[c(1/2I_2)=0.1mol/L]$，置于碘量瓶中，加水 150mL 水，用配制好的硫代硫酸钠溶液$[c(Na_2S_2O_3)=0.1mol/L]$滴定，近终点时加 3mL 5g/L 淀粉指示液，继续滴定至溶液蓝色消失。

同时作水所消耗碘的空白试验：取 250mL 水，加 0.05mL 碘标准溶液$[c(1/2I_2)=0.1mol/L]$及 3mL 5g/L 淀粉指示液，用配制好的硫代硫酸钠溶液$[c(Na_2S_2O_3)=0.1mol/L]$滴定至溶液蓝色消失。

② 计算　硫代硫酸钠标准溶液浓度按下式计算：

$$c(Na_2S_2O_3)=\frac{(V_1-0.05)\times c_1}{V-V_2}$$

式中　$c(Na_2S_2O_3)$——硫代硫酸钠标准溶液物质的量浓度，mol/L；

　　　　　　V_1——碘标准溶液的用量，mL；

　　　　　　c_1——碘标准溶液物质的量的浓度，mol/L；

　　　　　　V——硫代硫酸钠溶液的用量，mL；

　　　　　　V_2——空白试验硫代硫酸钠溶液的用量，mL；

　　　　0.05——空白试验中加入点标准溶液的用量，mL。

七、溴标准溶液

$$c(1/6KBrO_3)=0.1mol/L$$

1. 配制

称取 3g 溴酸钾及 25g 溴化钾，溶于 1000mL 水中，摇匀。

2. 标定

① 测定方法　量取 30.00～35.00mL 配制好的溴溶液$[c(1/6KBrO_3)=0.1mol/L]$，置于碘量瓶中，加 2g 碘化钾及 5mL 20％盐酸溶液，摇匀。于暗处放置 5min。加 150mL 水，用硫代硫酸钠标准溶液$[c(Na_2S_2O_3)=0.1mol/L]$滴定，近终点时加 3mL 5g/L 淀粉指示液，继续滴定至溶液蓝色消失。同时做空白试验。

② 计算　溴标准溶液浓度按下式计算：

$$c(1/6KBrO_3)=\frac{(V_1-V_2)\times c_1}{V}$$

式中　$c(1/6KBrO_3)$——溴标准溶液物质的量浓度，mol/L；

V_1——硫代硫酸钠标准溶液的用量，mL；

V_2——空白试验硫代硫酸钠标准溶液的用量，mL；

c_1——硫代硫酸钠标准溶液物质的量浓度，mol/L；

V——溴溶液的用量，mL。

八、溴酸钾标准溶液

$$c(1/6KBrO_3)=0.1mol/L$$

1. 配制

称取 3g 溴酸钾，溶于 1000mL 水中，摇匀。

2. 标定

① 测定方法　量取 $30.00\sim35.00$ mL 配制好的溴酸钾溶液$[c(1/6KBrO_3)=0.1mol/L]$置于碘量瓶中，加 2g 碘化钾及 5mL 20%盐酸溶液，摇匀。于暗处放置 5min。加 150mL 水，用硫代硫酸钠标准溶液$[c(Na_2S_2O_3)=0.1mol/L]$滴定，近终点时加 3mL 5g/L 淀粉指示液，继续滴定至溶液蓝色消失。同时做空白试验。

② 计算　溴酸钾标准溶液按下式计算：

$$c(1/6KBrO_3)=\frac{(V_1-V_2)\times c_1}{V}$$

式中　$c(1/6KBrO_3)$——溴酸钾标准溶液物质的量浓度，mol/L；

V_1——硫代酸钠标准溶液的用量，mL；

V_2——空白试验硫代硫酸钠标准溶液的用量，mL；

c_1——溴酸钾溶液的用量，mL。

九、碘标准溶液

$$c(1/2I_2)=0.1mol/L$$

1. 配制

称取 13g 碘及 35g 碘化钾，溶于 100mL 水中，稀释至 1000mL，摇匀，保存于棕色具塞瓶中。

2. 标定

① 测定方法　称取 0.15g 预先经硫酸干燥至恒重的基准三氧化二砷，精确至 0.0001g。置于碘量瓶中，加 4mL 氢氧化钠溶液$[c(NaOH)=1mol/L]$溶液，加 50mL 水，加 2 滴 10g/L 酚酞指示液，用硫酸溶液$[c(1/2H_2SO_4)=1mol/L]$中和，加 3g 碳酸氢钠及 3mL 5g/L 淀粉指示液，用配制好碘溶液$[c(1/2I_2)=0.1mol/L]$滴定呈浅蓝色。同时做空白试验。

② 计算　碘标准溶液浓度按下式计算：

$$c(1/2I_2)=\frac{m}{(V_1-V_2)\times0.049\,46}$$

式中　$c(1/2I_2)$——碘标准溶液物质的量浓度，mol/L；

m——三氧化二砷质量，g；

V_1——碘溶液的用量，mL；

V_2——空白试验碘溶液的用量，mL；

0.049 46——与 1.00mL 碘标准溶液$[c(1/2I_2)=1.000mol/L]$相当的三氧化二砷的质量，g。

3. 比较

① 测定方法　准确量取 30.00～35.00mL 配制好的碘溶液[$c(1/2I_2)=1.000$mol/L]置于碘量瓶中，加 150mL 水中，用硫代硫酸钠标准溶液[$c(Na_2S_2O_3)=0.1$mol/L]滴定，近终点时加 3mL 5g/L 淀粉指示液，继续滴定至溶液蓝色消失。

同时做水所消耗碘的空白试验：取 250mL 水，加 0.05mL 配制好的碘溶液[$c(1/2I_2)=0.1$mol/L]及 3mL 5g/L 淀粉指示液，用硫代硫酸钠标准溶液[$c(Na_2S_2O_3)=0.1$mol/L]滴定至溶液蓝色消失。

② 计算　碘标准溶液浓度按下式计算：

$$c(1/2I_2)=\frac{(V_1-V_2)\times c_1}{V-0.05}$$

式中　$c(1/2I_2)$——硫代硫酸钠物质的量浓度，mol/L；

$\quad\quad V$——硫代硫酸钠标准溶液的用量，mL；

$\quad\quad V_2$——空白试验硫代硫酸钠标准溶液的用量，mL；

$\quad\quad c_1$——硫代硫酸钠标准溶液物质的量浓度，mol/L；

$\quad\quad V_1$——碘溶液的用量，mL；

$\quad\quad 0.05$——空白试验中加入碘溶液的用量，mL。

十、碘酸钾标准溶液

$$c(1/6KIO_3)=0.3\text{mol/L} \quad\quad c(1/6KIO_3)=0.1\text{mol/L}$$

1. 配制

称取下述规定量的碘酸钾，溶于 1000mL 水中，摇匀。

$c(1/6KIO_3)$/(mol/L)	碘酸钾/g	$c(1/6KIO_3)$/(mol/L)	碘酸钾/g
0.3	11	0.1	3.6

2. 标定

① 测定方法　按下述规定体积量取配制好的碘酸钾溶液，置于碘量瓶中，加规定体积的水及规定量的碘化钾，加 5mL 20% 盐酸溶液，摇匀，置于暗处放置 5min。加 150mL 水，用硫代硫酸钠标准溶液[$c(Na_2S_2O_3)=0.1$mol/L]滴定，近终点时加 3mL 5g/L 淀粉指示液，继续滴定至溶液蓝色消失。同时做空白试验。

$c(1/6KIO_3)$/(mol/L)	碘酸钾/mL	水/mL	碘化钾/g
0.3	11.00～13.00	20	3
0.1	30.00～35.00	0	2

② 计算　碘酸钾标准溶液浓度按下式计算：

$$c(1/6KIO_3)=\frac{(V_1-V_2)\times c_1}{V}$$

式中　$c(1/6KIO_3)$——碘酸钾标准溶液物质的量浓度，mol/L；

$\quad\quad V_1$——硫代硫酸钠标准溶液的用量，mL；

$\quad\quad V_2$——空白试验硫代硫酸钠标准溶液的用量，mL；

$\quad\quad c_1$——硫代硫酸钠标准溶液物质的量浓度，mol/L；

$\quad\quad V$——碘酸钾溶液的用量，mL。

十一、草酸标准溶液

$$c(1/2C_2H_2O_4) = 0.1mol/L$$

1. 配制

称取 6.4g 草酸 （$C_2H_2O_4 \cdot 2H_2O$），溶于 1000mL 水中，摇匀。

2. 标定

① 测定方法　量取 30.00～35.00mL 配制好的草酸溶液[$c(1/2C_2H_2O_4)$]＝0.1mol/L，加 100mL 硫酸溶液[浓硫酸：水＝8：92（体积比）]，用高锰酸钾标准溶液[$c(1/5KMnO_4)$＝0.1mol/L]滴定，近终点时加热至 65℃，继续滴定至溶液呈粉红色保持 30s。同时做空白试验。

② 计算　草酸标准溶液浓度按下式计算：

$$c(1/2C_2H_2O_4) = \frac{(V_1-V_2) \times c_1}{V}$$

式中　$c(1/2C_2H_2O_4)$——草酸标准溶液物质的量浓度，mol/L；

$\qquad V_1$——高锰酸钾标准溶液的用量，mL；

$\qquad V_2$——空白试验高锰酸钾标准溶液的用量，mL；

$\qquad c_1$——高锰酸钾标准溶液物质的量浓度，mol/L；

$\qquad V$——草酸溶液用量，mL。

十二、高锰酸钾标准溶液配制

$$c(1/5KMnO_4) = 0.1mol/L$$

1. 配制

称取 3.3g 高锰酸钾，溶于 1050mL 水中，缓缓煮沸 15min，冷却后置于暗处保存 2 周。玻璃坩埚过滤于干燥的棕色瓶中。

注：过滤高锰酸钾溶液所使用的 4 号玻璃过滤坩埚预先应以同样的高锰酸钾溶液缓缓煮沸 5min，收集瓶也要用此高锰酸钾溶液洗涤 2～3 次。

① 测定方法　称取 0.2g、于 105～110℃ 干燥至恒重的基准草酸钠，精确至 0.0001g，溶于 100mL 硫酸溶液中，用配制好的高锰酸钾溶液[$c(1/5KMnO_4)$＝0.1mol/L]滴定，近终点时加热至 65℃，继续滴定至溶液呈粉红色保持 30s。同时做空白试验。

② 计算　高锰酸钾标准溶液浓度按下式计算：

$$c(1/5KMnO_4) = \frac{m}{(V_1-V_2) \times 0.067\,00}$$

式中　$c(1/5KMnO_4)$——高锰酸钾标准溶液物质的量浓度，mol/L；

$\qquad m$——草酸钠的质量，g；

$\qquad V_1$——高锰酸钾溶液的用量，mL；

$\qquad V_2$——空白试验高锰酸钾溶液的用量，mL；

$\qquad 0.067\,00$——与 1.00mL 高锰酸钾标准溶液[$c(1/5KMnO_4)$＝0.1mol/L]相当的草酸钠的质量，g。

2. 比较

① 测定方法　量取 30.00～35.00mL 制好的高锰酸钾溶液[$c(1/5KMnO_4)$＝0.1mol/L]置于碘量瓶，加 2g 碘化钾及 20mL 20％ 硫酸溶液，摇匀，置于暗处放置 5min。加水 150mL，用硫代硫酸钠标准溶液[$c(Na_2S_2O_3)$＝0.1mol/L]滴定，近终点时加 3mL 5g/L 淀

粉指示液，继续滴定至溶液蓝色消失。同时做空白试验。

② 计算 高锰酸钾标准溶液浓度按下式计算：

$$c(1/5KMnO_4)=\frac{(V_1-V_2)\times c_1}{V}$$

式中 $c(1/5KMnO_4)$——高锰酸钾标准溶液物质的量浓度，mol/L；

         V_1——硫代硫酸钠标准溶液的用量，mL；

         V_2——空白试验硫代硫酸钠标准溶液的用量，mL；

         c_1——硫代硫酸钠标准溶液物质的量的浓度，mol/L；

         V——高锰酸钾溶液的用量，mL。

十三、硫酸亚铁铵溶液

$$c[(NH_4)_2Fe(SO_4)_2]=0.1mol/L$$

1. 配制

称取 40g 硫酸亚铁铵[$(NH_4)_2Fe(SO_4)_2 \cdot 6H_2O$]溶于 300mL 硫酸溶液（20%），加 700mL 水，摇匀。

2. 标定

① 测定方法 量取 30.00~35.00mL 配制好的硫酸亚铁铵溶液（0.1mol/L），加 25mL 无氧的水，用高锰酸钾标准溶液[$c(1/5KMnO_4)=0.1mol/L$]滴定至溶液呈粉红色，保持 30s。

② 计算 硫酸亚铁铵标准溶液浓度按下式计算：

$$c[(NH_4)_2Fe(SO_4)_2]=\frac{V_1\times c_1}{V}$$

式中 $c[(NH_4)_2Fe(SO_4)_2]$——硫酸亚铁标准溶液物质的量浓度，mol/L；

         V_1——高锰酸钾标准溶液的用量，mL；

         c_1——高锰酸钾标准溶液物质的量浓度，mol/L；

         V——硫酸亚铁铵溶液的用量，mL。

注：本标准溶液使用前标定。

十四、硫酸铈标准溶液

$$c[Ce(SO_4)_2]=0.1mol/L$$

1. 配制

称取 40g 硫酸铈[$Ce(SO_4)_2 \cdot 4H_2O$]或 67g 硫酸铈铵[$2(NH_4)_2SO_4 \cdot 4H_2O$]，加 31mL 水及 28mL 硫酸，再加 300mL 水，加热溶解，再加入 650mL 水，摇匀。

2. 标定

① 测定方法 称取 0.2g 于 105~110℃ 干燥至恒重的基准草酸钠，精确至 0.0001g。溶于 75mL 水中，加 4mL 20% 硫酸溶液及 10mL 盐酸，加热至 65~70℃，用配制好的硫酸铈（或硫酸铈铵）溶液（0.1mol/L）滴定至溶液呈浅黄色。加入 3 滴亚铁-霖菲罗啉指示液使溶液变为橘红色，继续滴定至溶液呈浅蓝色。同时做空白试验。

注：氢氧化钠的配制方法做亚铁-霖菲罗啉指示液的配制，称取 0.7g 硫酸亚铁 ($FeSO_4 \cdot 7H_2O$) 置于小烧杯中，加 30mL 硫酸溶液[$c(1/2H_2SO_4)=0.02mol/L$]溶解，再加入 1.5g 邻菲罗啉振摇后，用硫酸溶液[$c(1/2H_2SO_4)=0.02mol/L$]稀释至 100mol/L。

② 计算 硫酸铈（或硫酸铈铵）标准溶液按下式计算：

$$c[Ce(SO_4)_2]=\frac{m}{(V_1-V_2)\times 0.067\,00}$$

式中　$c[Ce(SO_4)_2]$——硫酸铈标准溶液物质的量浓度，mol/L；

　　　　　　m——草酸钠质量，g；

　　　　　　V_1——硫酸铈溶液的用量，mL；

　　　　　　V_2——空白试验硫酸铈溶液的用量，mL；

　　0.067 00——与1.00mL硫酸铈标准溶液（0.1mol/L）相当草酸钠的质量，g。

3. 比较

① 测定方法　量取30.00～35.00mL配制好的硫酸铈（或硫酸铈铵）溶液（0.1mol/L）置于碘量瓶中，加2g碘化钾及20mL 20%硫酸溶液，摇匀，置于暗处放置5min。加水150mL，用硫代硫酸钠标准溶液$[c(Na_2S_2O_3)=0.1mol/L]$滴定，近终点时加3mL 5g/L淀粉指示液，继续滴定至溶液由蓝色变成亮绿色。同时做空白试验。

② 计算　硫酸铈（或硫酸铈铵）标准溶液浓度按式计算：

$$c[Ce(SO_4)_2]=\frac{(V_1-V_2)\times c_1}{V}$$

式中　$c[Ce(SO_4)_2]$——硫酸铈标准溶液物质的量浓度，mol/L；

　　　　　　V_1——硫代硫酸钠标准溶液的用量，mL；

　　　　　　V_2——空白试验硫酸铈溶液的用量，mL；

　　　　　　c_1——硫代硫酸钠标准溶液物质的量浓度，mol/L；

　　　　　　V——硫酸铈溶液用量，mL。

十五、乙二胺四乙酸二钠标准溶液

$$c(EDTA)=0.1mol/L \qquad c(EDTA)=0.05mol/L \qquad c(EDTA)=0.02mol/L$$

1. 配制

称取下述规定量的乙二胺四乙酸二钠，加热溶于水1000mL水中，冷却，摇匀。

$c(EDTA)/(mol/L)$	乙二胺四乙酸二钠的量/g	$c(EDTA)/(mol/L)$	乙二胺四乙酸二钠的量/g
0.1	40	0.02	8
0.05	20		

2. 标定

（1）测定方法

① 乙二胺四乙酸二钠标准溶液 $[c(EDTA)=0.1mol/L]$　称量0.25g于800℃灼烧至恒重的基准氧化锌，精确至0.0001g。用少量水湿润，加2mL 20%盐酸溶液使样品溶解，加100mL水，用10%氨水溶解中和至pH7～8，加10mL氨-氯化铵缓冲溶液甲（pH10）及5滴5g/L铬黑T指示液，用配制好的乙二胺四乙酸二钠溶液$[c(EDTA)=0.1mol/L]$滴定至溶液由紫色变为纯蓝色。同时做空白试验。

② 乙二胺四乙酸二钠标准溶液$[c(EDTA)=0.05mol/L、c(EDTA)=0.02mol/L]$称取下述规定量的于800℃灼烧至恒重的基准氧化锌，准确至0.0002g。用少量水湿润，加20%盐酸溶液至样品溶解，移入250mL容量瓶中，稀释至刻度，摇匀。移取30.00～35.00mL，加入70mL水，用10%氨水溶液中和至pH7～8，加10mL氨-氯化铵缓冲溶液甲（pH10）及5滴5g/L铬黑T指示液，用配制好的乙二胺四乙酸二钠溶液$[c(EDTA)=0.05mol/L、c(EDTA)=0.02mol/L]$滴定至溶液由紫色变为纯蓝色。同时做空白试验。

$c(\text{EDTA})/(\text{mol/L})$	基准氧化锌/g
0.05	1
0.02	0.4

（2）计算　乙二胺四乙酸二钠标准溶液浓度按下式计算：

$$c(\text{EDTA}) = \frac{m}{(V_1 - V_2) \times 0.081\,38}$$

式中　$c(\text{EDTA})$——乙二胺四乙酸二钠标准溶液的物质的量浓度，mol/L；

　　　　m——氧化锌之质量，g；

　　　　V_1——乙二胺四乙酸二钠溶液的用量，mL；

　　　　V_2——空白试验乙二胺四乙酸二钠溶液的用量，mL；

　　0.081 38——与1.00mL乙二胺四乙酸二钠标准溶液$[c(\text{EDTA})=0.1\text{mol/L}]$相当的氧化锌的质量，g。

十六、氯化锌标准溶液

$$c(\text{ZnCl}_2) = 0.1\text{mol/L}$$

1. 配制

称取14g氧化锌，溶于1000mL 0.05%盐酸溶液中，摇匀。

2. 标定

① 测定方法　量取30.00～35.00mL配制好的氯化锌溶液$[c(\text{ZnCl}_2)=0.1\text{mol/L}]$，加入70mL水及10mL氨-氯化铵缓冲溶液（pH10），加5滴5g/L铬黑T指示液，用配制好的乙二胺四乙酸二钠溶液$[c(\text{EDTA})=0.1\text{mol/L}]$滴定至溶液由紫色变为纯蓝色。同时做空白试验。

② 计算　氯化锌标准溶液浓度按下式计算：

$$c(\text{ZnCl}_2) = \frac{(V_1 - V_2) \times c_1}{V}$$

式中　$c(\text{ZnCl}_2)$——氯化锌标准溶液物质的量浓度，mol/L；

　　　　V_1——乙二胺四乙酸二钠标准溶液的用量，mL；

　　　　V_2——空白试验乙二胺四乙酸二钠标准溶液的用量，mL；

　　　　c_1——乙二胺四乙酸二钠标准溶液的物质的量浓度，mol/L；

　　　　V——氯化锌溶液的用量，mL。

十七、氯化镁（或硫酸镁）标准溶液

$$c(\text{MgCl}_2) = 0.1\text{mol/L}$$

1. 配制

将21g氯化镁（$\text{MgCl}_2 \cdot 6\text{H}_2\text{O}$）[或25g硫酸镁（$\text{MgSO}_4 \cdot 7\text{H}_2\text{O}$）]溶于1000mL盐酸[盐酸：水=1：2000（体积比）]中，放置1个月后，用3号玻璃过滤坩埚过滤，摇匀。

2. 标定

① 测定方法　量取30.00～35.00mL配制好的氯化镁溶液$[c(\text{MgCl}_2)=0.1\text{mol/L}]$，加入70mL水及10mL氨-氯化铵缓冲溶液（pH10），加5滴5g/L铬黑T指示液，用配制好的乙二胺四乙酸二钠溶液$[c(\text{EDTA})=0.1\text{mol/L}]$滴定至溶液由紫色变为纯蓝色。同时做空白试验。

② 计算　氯化镁（或硫酸镁）标准溶液浓度按下式计算：

$$c(\text{MgCl}_2) = \frac{(V_1 - V_2) \times c_1}{V}$$

式中　$c(MgCl_2)$——氯化镁标准溶液物质的量浓度，mol/L；

　　　　V_1——乙二胺四乙酸二钠标准溶液的用量，mL；

　　　　V_2——空白试验乙二胺四乙酸二钠标准溶液的用量，mL；

　　　　c_1——乙二胺四乙酸二钠标准溶液物质的量浓度，mol/L；

　　　　V——氯化镁溶液（或硫酸镁溶液）的用量，mL。

十八、硝酸铅标准溶液

$$c[Pb(NO_3)_2]=0.05mol/L$$

1. 配制

称取 17g 硝酸铅，溶于 1000mL 硝酸溶液［硝酸：水＝0.5：999.5（体积比）］中，摇匀。

2. 标定

① 测定方法　量取 30.00～35.00mL 配制好的硝酸铅溶液（0.05mol/L），加入 3mL 冰醋酸及 5g 六次甲基四胺，加 70mL 水及 2 滴 2g/L 二甲酚橙指示液，用乙二胺四乙酸二钠标准溶液［$c(EDTA)=0.05mol/L$］滴定至溶液呈亮黄色。

② 计算　硝酸铅标准溶液按下式计算：

$$c[Pb(NO_3)_2]=\frac{V_1 \times c_1}{V}$$

式中　$c[Pb(NO_3)_2]$——硝酸铅标准溶液浓度，mol/L；

　　　　V_1——乙二胺四乙酸二钠标准溶液用量，mL；

　　　　c_1——乙二胺四乙酸二钠标准溶液浓度，mol/L；

　　　　V——硝酸铅溶液用量，mL。

十九、氯化钠标准溶液

$$c(NaCl)=0.1mol/L$$

1. 配制

称取 5.9g 氯化钠，溶于 1000mL 水中，摇匀。

2. 标定

① 测定方法　量取 30.00～35.00mL 配制好的氯化钠溶液［$c(NaCl)=0.1mol/L$］，加入 40mL 水及 10mL 10g/L 淀粉溶液，用硝酸银标准溶液［$c(AgNO_3)$］＝0.1mol/L 滴定，用 216 型银电极作指示电极，用 217 型双盐桥饱和甘汞电极作参比电极。按 GB 9725 中二级微商法的规定确定终点。

② 计算　氯化钠标准溶液浓度按下式计算：

$$c(NaCl)=\frac{V_1 \times c_1}{V}$$

式中　$c(NaCl)$——氯化钠标准溶液物质的量浓度，mol/L；

　　　　V_1——硝酸银标准溶液的用量，mL；

　　　　c_1——硝酸银标准溶液物质的量浓度，mol/L；

　　　　V——氯化钠溶液的用量，mL。

二十、硫氰酸钠（或硫氰酸钾）标准溶液

$$c(NaCNS)或[c(KCNS)]=0.1mol/L$$

1. 配制

称取 8.2g 硫氰酸钠(或 9.7g 硫氰酸钾)溶于 1000mL 水中,摇匀。

2. 标定

① 测定方法　称取 0.5g 于硫酸干燥器中干燥至恒重的工作基准试剂硝酸银,溶于 90mL 水中,加 2mL 硫酸铁指示液(80g/L)及 10mL 25％硝酸溶液,在摇动下用配制好的硫氰酸钠(或硫氰酸钾)溶液[$c(NaCNS)=0.1mol/L$]滴定。终点前摇动溶液至完全清亮后,继续滴定至溶液呈浅棕红色保持 30s。

② 计算　硫氰酸钠(或硫氰酸钾)标准溶液浓度按下式计算:

$$c(NaCNS)=\frac{m}{V\times 0.1699}$$

式中　$c(NaCNS)$——硫氰酸钠标准溶液物质的量浓度,mol/L;

$\quad\quad\quad m$——硝酸银质量,g;

$\quad\quad\quad V$——硫氰酸钠溶液的用量,mL;

$\quad\quad 0.1699$——与 1.00mL 硫氰酸钠标准溶液[$c(NaCNS)=0.1mol/L$]相当的硝酸银的质量,g。

3. 比较

① 测定方法　量取 30.00～35.00mL 配制好的硝酸银标准溶液[$c(AgNO_3)=0.1mol/L$],加入 70mL 水及 1mL 25％硝酸溶液,在摇动下用配制好的硫氰酸钠(或硫氰酸钾)标准溶液[$c(NaCNS)=0.1mol/L$]滴定。终点前摇动溶液至完全清亮后,继续滴定至溶液呈浅棕红色保持 30s。

② 计算　硫氰酸钠(或硫氰酸钾)标准溶液浓度按下式计算:

$$c(NaCNS)=\frac{V_1\times c_1}{V}$$

式中　$c(NaCNS)$——硫氰酸钠标准溶液物质的量浓度,mol/L;

$\quad\quad\quad V_1$——硝酸银标准溶液用量,mL;

$\quad\quad\quad c_1$——硝酸银标准溶液物质的量浓度,mol/L;

$\quad\quad\quad V$——硫氰酸的溶液用量,mL。

二十一、硝酸银标准溶液

$$c(AgNO_3)=0.1mol/L$$

1. 配制

称取 17.5g 硝酸银,溶于 1000mL 水中摇匀。溶液保存于棕色瓶中。

2. 标定

① 测定方法　称取 0.2g 于 500～600℃灼烧至恒重的基准氯化铵,精确至 0.0001g。溶于 70mL 水中,加 10mL 10g/L 淀粉溶液,用配制好的硝酸银溶液[$c(AgNO_3)=0.1mol/L$]滴定。用 216 型银电极作指示电极,用 217 型双盐桥饱和甘汞电极作参比电极。按 GB 9725 中二级微商法之规定确定终点。

② 计算　硝酸银标准溶液浓度按下计算:

$$c(AgNO_3)=\frac{m}{V\times 0.058\,44}$$

式中　$c(AgNO_3)$——硝酸银标准溶液物质的量浓度,mol/L;

$\quad\quad\quad m$——氯化钠质量,g;

V——硝酸银溶液的用量，mL；

0.058 44——与 1.00mL 硝酸银标准溶液[$c(AgNO_3)=1.000mol/L$]相当的氯化钠质量，g。

3. 比较

① 测定方法　量取 30.00～35.00mL 配制好的硝酸银标准溶液[$c(AgNO_3)=0.1 mol/L$]，加入 40mL 水及 1mL 硝酸，用硫氰酸钾标准溶液[$c(KCNS)=0.1mol/L$]滴定。用 216 型银电极作指示电极，用 217 型双盐桥饱和甘汞电极作参比电极。按 GB 9725 中二级微商法之规定确定终点。

② 计算　硝酸银标准溶液浓度按下计算：

$$c(AgNO_3)=\frac{V_1 \times c_1}{V}$$

式中　$c(AgNO_3)$——硝酸银标准溶液物质的量浓度，mol/L；

V_1——硫氰酸钾标准溶液用量，mL；

c_1——硫氰酸钾标准溶液浓度，mol/L；

V——硝酸银溶液用量，mL。

二十二、亚硝酸钠标准溶液

$$c(NaNO_2)=0.5mol/L \qquad c(NaNO_2)=0.1mol/L$$

1. 配制

称取下述规定量的亚硝酸钠、氢氧化钠及无水碳酸钠，溶于 1000mL 水中，摇匀。

$c(NaNO_2)/(mol/L)$	亚硝酸钠/g	氢氧化钠/g	无水碳酸钠/g
0.5	6	0.5	1
0.1	7.2	0.1	0.2

2. 标定

① 测定方法　称取下述规定量的于 120℃干燥至恒重的基准无水对氨基苯磺酸，精确至 0.0001g。加下述规定体积的水溶解，加 200mL 水及 20mL 盐酸，按永停滴定法安装好电极和测量仪表。将装有配制好的亚硝酸钠溶液的滴管下口插入溶液内约 10mm 处，在搅拌下于 15～20℃进行滴定，近终点时，将滴管的尖端提出液面，用少量水淋洗尖端，洗液并入溶液中，继续慢慢滴定，并观察检流计读数和指针偏转情况，直至加入滴定液搅拌后电流突增，并不再回复时为滴定终点。

$c(NaNO_2)/(mol/L)$	基准无水对氨基苯磺酸/g	氨水/g
0.5	2.5	3
0.1	0.5	2

② 计算　亚硝酸钠标准溶液浓度按下式计算：

$$c(NaNO_2)=\frac{m}{V \times 0.1732}$$

式中　$c(NaNO_2)$——亚硝酸钠标准溶液物质的量浓度，mol/L；

m——无水对氨基苯磺酸质量，g；

V——亚硝酸钠溶液用量，mL；

0.1732——与 1.00mL 亚硝酸钠标准溶液[$c(NaNO_2)=0.1mol/L$]相当的无水对氨基苯磺酸的质量，g。

注：本标准溶液使用前标定。

二十三、高氯酸标准溶液

$$c(HClO_4)=0.1mol/L$$

1. 配制

量取 8.5mL 高氯酸，在搅拌下注入 500mL 冰醋酸中。混匀、在室温下滴加 20mL 乙酸酐，搅拌至溶液均匀。冷却后用冰醋酸稀释至 1000mL，摇匀。

2. 标定

① 测定方法　称取 0.6g 于 105～110℃ 干燥至恒重的基准邻苯二甲酸氢钾，精确至 0.0001g。置于干燥的三角瓶中，加入 50mL 冰醋酸，温热溶解。加 2～3 滴 5g/L 结晶紫指示液，用配制好的高氯酸溶液[$c(HClO_4)=0.1mol/L$]滴定至溶液由紫色变为蓝色（微带紫色）。

② 计算　高氯酸标准溶液浓度按下计算：

$$c(HClO_4)=\frac{m}{V\times0.2042}$$

式中　$c(HClO_4)$——高氯酸标准溶液物质的量浓度，mol/L；

　　　　m——邻苯二甲酸氢钾质量，g；

　　　　V——高氯酸钾溶液用量，mL；

　　0.2042——与 1.00mL 高氯酸标准溶液[$c(HClO_4)=0.1mol/L$]相当的邻苯二甲酸氢钾的质量，g。

注：本溶液使用前标定。标定高氯酸标准溶液时的温度应与使用该标准溶液滴定时的温度相同。

附录 11　微量元素饲料添加剂原料质量标准

化合物 名称	$w/\%$	元素 元素名称	$w/\%$	性状	重金属 (Pb) mg/kg	砷 mg/kg	w(水不溶物或水分) /%	w(氯化物等) mg/kg	细度
硫酸铜($CuSO_4\cdot5H_2O$)	≥98.5	Cu	≥25.0	淡蓝色结晶性粉末	≤10	≤5	≤0.2	w(Cl)≤140	通过 $\phi=800\mu m$；试验筛≥95%
硫酸镁($MgSO_4\cdot7H_2O$)	≥99.0	Mg	≥9.7	无色结晶或白色粉末	≤10	≤2			通过 $\phi=400\mu m$；试验筛≥95%
硫酸锌($ZnSO_4\cdot7H_2O$)	≥98.0	Zn	≥35.0	白色结晶性粉末	≤20	≤5	≤0.05		通过 $\phi=250\mu m$；试验筛≥95%
硫酸锌($ZnSO_4\cdot H_2O$)	≥99.0	Zn	≥22.5	白色结晶性粉末	≤10	≤5	≤0.05		通过 $\phi=800\mu m$；试验筛≥95%
硫酸亚铁($FeSO_4\cdot H_2O$)	≥98.0	Fe	≥19.68	浅绿色结晶	≤20	≤2	≤0.2		通过 $\phi=2.8mm$；试验筛≥95%
硫酸锰($MnSO_4\cdot H_2O$)	≥98.0	Mn	≥31.8	白色略带粉红色结晶	≤15	≤5	≤0.05		通过 $\phi=250\mu m$；试验筛≥95%
亚硒酸钠(Na_2SeO_3)	≥98.0	Se	≥44.7	无色结晶粉末			水分≤2		

化合物		元素		性状	重金属(Pb)	砷	w(水不溶物或水分)	w(氯化物等)	细度
名称	w/%	元素名称	w/%		mg/kg	mg/kg	/%	mg/kg	
氯化钴(CoCl₂·6H₂O)	≥98.0	Co	≥24.3	红色或红紫色结晶	≤10	≤5	≤0.03		通过 $\phi=800\mu m$；试验筛≥95%
碘化钾(KI)	≥99.0	I	≥75.7	白色结晶	≤10	≤102	水分≤1.0	w(Ba)≤10	通过 $\phi=800\mu m$；试验筛≥95%
轻质碳酸钙(CaCO₃)	≥98.3	Ca	≥39.2	白色粉末	≤30	≤2	水分≤1.0	w(Ba)≤50	
磷酸氢钙(CaHPO₄·2H₂O)		Ca	≥21.0	白色粉末	≤20	≤30		w(F)≤1800	通过 $\phi=40\mu m$；试验筛≥95%
		P	≥16.0						

附录 12　饲料检验化验员国家职业标准

职业功能		技能要求	相关知识
		初级	
一、饲料的物理指标检验	(一)饲料原料的感官检验	1. 能够通过视觉和使用放大镜观察饲料的外观质量 2. 能够通过嗅觉和味觉来鉴别饲料原料的特征气味和味道 3. 能够通过触觉检验饲料的粒度、硬度	1. 饲料原料的颜色、形状等知识 2. 饲料原料固有的气味和味道的知识 3. 饲料的硬度、粒度等知识 4. 感官检验的含义
	(二)配合饲料粉碎粒度的测定	1. 能够使用天平称量样品 2. 能够使用标准编织筛测定饲料的粒度 3. 能够使用电动摇筛机筛理样品	1. 粒度的定义 2. 采样的一般方法 3. 分样的一般方法 4. 检验结果的分析及计算方法
	(三)配合饲料混合均匀度的测定	1. 能够使用天平称量样品 2. 能够使用分光光度计测定吸光度	1. 混合均匀度的定义 2. 测定混合均匀度的采样方法 3. 混合均匀度的计算方法
二、饲料的常规成分检验	(一)饲料中水分的测定	1. 能够使用样品粉碎机或研钵将待测样品粉碎 2. 能够使用万分之一天平称量样品 3. 能够使用恒温烘箱烘干样品 4. 能够使用干燥器冷却样品	1. 制样的一般方法 2. 天平使用的基本知识 3. 烘箱的控温工作原理
	(二)饲料中粗纤维的测定	1. 能够使用可调电炉进行样品的酸处理和碱处理 2. 能够使用恒温烘箱烘干残渣 3. 能够使用高温炉灼烧残渣	1. 硫酸和氢氧化钠标准溶液的配制与标定知识 2. 有关化学试剂的使用、贮存知识 3. 饲料粗纤维的定义、测定原理 4. 紧急处理的一般知识
	(三)饲料中粗蛋白的测定	1. 能够使用消煮器(炉)消化样品 2. 能够使用凯氏定氮装置进行蒸馏 3. 能够使用酸式滴定管完成滴定	1. 样品的一般知识 2. 粗蛋白的测定原理 3. 标准溶液的配制与标定知识
	(四)饲料中粗灰分的测定	1. 能够使用可调电炉炭化样品 2. 能够使用高温炉灰化样品	1. 坩埚使用的知识 2. 坩埚钳的使用方法 3. 干燥剂的使用知识 4. 分析仪器的调整、保养等知识 5. 饲料粗灰分的定义、测定原理 6. 炭化终点和灰化终点的判断

续表

职业功能		技能要求	相关知识
初 级			
三、饲料的定性分析	淀粉、磷酸盐、氯离子、碘的定性分析	能够使用有关化学试剂完成淀粉、磷酸盐、氯离子、碘的定性分析	有关化学试剂的使用和颜色反应知识
四、饲料卫生指标的检验	大豆制品中尿素活性的定性检验	1. 能够使用研钵或样品粉碎机粉碎豆粕样品 2. 能够使用试管完成尿素酶的定性鉴定	1. 饲料中有毒有害物质的种类与来源 2. 尿素溶液的配制与使用知识 3. 指示剂的配制、使用方法及颜色变化范围
中 级			
一、饲料物理指标检验	(一)饲料的加工指标检验	能够完成预混合饲料、浓缩饲料、颗粒饲料的加工指标检验	1. 饲料、饲料添加剂的基本知识 2. 饲料加工一般知识
	(二)饲料的显微镜检验	1. 能够使用体视显微镜观察饲料原料的特征 2. 能够使用体视显微镜检验饲料原料的掺假物、掺杂物 3. 能够借助于一些化学定性分析和使用体视显微镜来鉴别饲料的掺假物	1. 体视显微镜检验的定义、原理、特点、基本步骤 2. 各种饲料原料的体视显微镜特征 3. 定性分析基本知识
二、饲料常规成分检验	(一)饲料中粗脂肪的测定	1. 能够使用索氏抽提装置抽提样品 2. 能够使用电热恒温烘箱烘干样品	1. 样品的制备与预处理知识 2. 冷凝装置的一般原理
	(二)饲料中水溶性氯化物的测定	1. 能够使用容量瓶定容 2. 能够使用滴定管完成饲料中水溶性氯化物的测定	1. 硝酸银标准溶液的配制与标定知识 2. 指示剂的变色范围
	(三)饲料中钙含量的测定	1. 能够使用电炉分解试样 2. 能够使用漏斗完成沉淀的洗涤 3. 能够使用滴定管等完成沉淀的滴定	1. 高锰酸钾和乙二胺四乙酸二钠标准溶液的配制与标定知识 2. 灰化的原理和方法
	(四)饲料中磷含量的测定	1. 能够完成磷检测中各种试剂的配制 2. 能够使用分光光度计完成磷含量的测定	1. 标准曲线绘制的知识 2. 分光光度计的工作原理 3. 数据处理的一般知识
三、饲料卫生指标的测定	(一)大豆制品中尿素酶活性的定量测定	1. 能够使用恒温水浴锅加热试样 2. 能够使用酸度计测定溶液的 pH 值	1. 氢氧化钠标准溶液和尿素缓冲溶液的配制方法 2. 尿素酶活性的测定原理 3. 酸度计的维护方法
	(二)饲料中氟含量的测定	1. 能够使用酸度计测定试样溶液的电位值 2. 能够绘制标准曲线	1. 标准溶液和缓冲溶液的配制方法 2. 氟含量的测定原理
四、饲料添加剂的检验	饲料添加剂矿物质的检测	1. 能够使用有关化学试剂完成矿物质添加剂的定性鉴别 2. 能够使用有关化学试剂、滴定管等完成矿物质添加剂的含量测定	1. 饲料级矿物质添加剂的一般检验规则 2. 有关矿物质添加剂的质量标准 3. 阳离子的定性分析 4. 阴离子的定性分析
五、饲料检验设计及实验室管理	(一)饲料的质量分析	能够根据检化验的报告综合分析饲料质量	1. 饲料检验设计的一般知识 2. 误差分析的基本方法 3. 相关的质量标准
	(二)实验室管理	1. 能够完成实验室有关基础设备的建设 2. 能够保管和使用实验室中常用的仪器设备和试剂 3. 能够完成检化验制度的制定	

职业功能		技能要求	相关知识
高 级			
一、饲料中的常规成分检验	饲料中的粗蛋白质、钙、磷、水溶性氯化物的快速测定	1. 能够进行样品的消化处理 2. 能够解决实验中出现的技术操作、试剂使用等问题	1. 分光光度计的维护方法 2. 饲料中粗蛋白、钙、磷、水溶性氯化物快速测定原理
二、饲料添加剂的检验	（一）饲料添加剂维生素的检测	1. 能够通过外观、粒度、气味、化学反应等鉴别各种维生素添加剂 2. 能够使用旋光仪测定旋光度 3. 能够对试样进行有机萃取	1. 各种维生素标准溶液的配制与标定知识 2. 维生素添加剂的质量标准、含量检测的原理
	（二）饲料添加剂氨基酸的检测	1. 能够通过外观、气味、化学反应等鉴别氨基酸 2. 能够使用滴定管等仪器完成赖氨酸和蛋氨酸的含量测定	1. 有关氨基酸的质量标准 2. 饲料级赖氨酸、蛋氨酸的测定原理
三、饲料卫生指标的测定	（一）饲料中总砷含量测定	1. 能够使用消化装置进行试样的消化处理 2. 能够解决操作中出现的技术方法问题	1. 砷标准溶液的配制与标定知识 2. 总砷的测定原理 3. 测砷过程中的注意事项
	（二）饲料中汞含量的测定	1. 能够使用加热回流装置处理样品 2. 能够使用测汞仪测定试样溶液的吸光度 3. 能够绘制汞标准曲线 4. 能够解决实验中出现的仪器使用、曲线绘制等技术问题	1. 汞标准溶液的配制与标定知识 2. 汞含量的测定原理 3. 测汞仪的维护方法
	（三）饲料中游离棉酚、亚硝酸盐的含量测定	1. 能够进行样品的前处理 2. 能够使用水浴锅加热试样溶液 3. 能够解决实验中水浴锅使用的技术问题	1. 标准溶液的配制与标定知识 2. 游离棉酚、亚硝酸盐的测定原理 3. 分光光度计的使用、维护方法
四、饲料中微量成分的检验	预混料中铁、铜、锰、锌的含量测定	1. 能够进行样品的前处理 2. 能够解决前处理中出现的技术问题	1. 标准溶液和缓冲溶液的配制方法 2. 预混料中微量元素的测定原理 3. 原子吸收分光光度计的工作原理
五、饲料中微生物的检验	饲料中霉菌、细菌总数、沙门氏菌的检验	1. 能够制备培养基和稀释液 2. 能够使用高压灭菌器、超净工作台等微生物实验室常用设备 3. 能够进行微生物计数	1. 微生物实验室的基本要求 2. 微生物实验时应注意的事项 3. 微生物实验常用的消毒和灭菌方法 4. 饲料微生物检验的一般方法
六、饲料检验设计与实验室管理	（一）饲料检验设计	能够制定反映产品质量的检验项目	1. 饲料检验设计的目的、意义、基本依据及原则 2. 饲料检验设计的一般程序和方法
	（二）实验室管理	1. 能够描述饲料质量分析的基本程序 2. 能够制定实验室的管理制度	
	（三）培训指导	能够指导初、中级饲料化验员的检化验工作	

参 考 文 献

[1] 王秋梅. 动物营养与饲料. 北京：化学工业出版社，2009.
[2] 夏玉宁，朱丹. 饲料质量分析检验. 北京：化学工业出版社，1999.
[3] 邓勃. 应用原子吸收与原子荧光光谱分析. 北京：化学工业出版社，2002.
[4] 张丽英. 饲料分析及饲料质量检测技术. 北京：中国农业大学出版社，2003.
[5] 陈桂银. 饲料分析与检测. 北京：中国农业大学出版社，2008.
[6] 农业部人事劳动司，农业职业技能培训教材编审委员会. 饲料检验化验员. 北京：中国农业出版社，2004.
[7] 饲料工业职业培训系列教材编审委员会. 饲料加工工艺. 北京：中国农业出版社，1998.
[8] 武书庚. 饲料加工与调制问答. 北京：中国农业出版社，2008.
[9] 杨久仙，宁金友. 动物营养与饲料加工. 北京：中国农业大学出版社，2006.
[10] 王加启，于建国. 饲料分析与检验. 北京：中国计量出版社，2003.12.
[11] 杨胜. 饲料分析及饲料质量检测技术. 北京：北京农业大学出版社，1999.
[12] 佟建明. 实用饲料检验手册. 北京：中国农业大学出版社，2001.8.
[13] 农业部畜牧兽医局. 饲料工业标准汇编. 北京：中国标准出版社，2002.
[14] NY 438—2001.
[15] NY/T 725—2003.
[16] NY/T 726—2003.
[17] GB/T 19542—2007.
[18] GB/T 9841—2006.
[19] GB/T 7301—2002.
[20] GB/T 7303—2006.
[21] GB/T 7296—2008.
[22] GB/T 7297—2006.
[23] GB/T 7300—2006.
[24] GB/T 7302—2008.
[25] 农业部人事劳动司. 饲料检验化验员. 北京：中国农业出版社，2006.
[26] 农业部畜牧兽医局. 饲料工业标准汇编. 北京：中国标准出版社，2002.
[27] 中国饲料工业协会. 饲料工业标准汇编. 北京：中国标准出版社，2000.
[28] 李详明. 饲料质量评价选择适用误区. 山东畜牧兽医，2000 (2).
[29] 张子仪. 中国饲料学. 北京：中国农业出版社，2000.
[30] 周德庆. 微生物教程. 北京：高等教育出版社，2002.
[31] 王加启，于建国. 饲料分析与检验. 北京：中国计量出版社，2001.
[32] 梁邢文. 饲料原料与品质检测. 北京：中国林业出版社，1999.
[33] 贺建华. 饲料分析与检测. 北京：中国农业大学出版社，2005.
[34] 杨凤. 动物营养学. 第2版. 北京：中国农业出版社，1993.
[35] 北京农业大学主编. 家畜饲养实验指导. 北京：农业出版社，1988.
[36] 杨诗兴. 饲料营养价值评定方法. 兰州：甘肃人民出版社，1982.
[37] FNCPSL0080.
[38] 顾君华，胡广东. 饲料检验化验员. 北京：中国农业出版社，2004.
[39] 黄一石. 仪器分析. 北京：化学工业出版社，2004.